U0864739

寡人无疾

2

祈祷君 著

GUAREN WUJI

百花洲文艺出版社
BAIHUAZHOU LITERATURE AND ART PUBLISHING HOUSE

目录

第一章
死谏？无能？

好好的一场宫宴，最终因为大皇子的晕倒而兵荒马乱。如果只是刘凌出事，袁贵妃肯定是眼睛都不会眨一下的，可刘恒出事了，她连自己刚才准备让刘凌干什么都忘了，至于什么派人伺候刘凌、什么王宁每年的孝敬，更是抛之脑后，只能大声叫唤着请孟太医。

刘凌整个人也蒙了，让他更蒙的是，他虽然一身秽物，但倒在一堆秽物里的却是大哥……

“还好大哥晕了，否则看到自己所在之处，大概就要这么死了……”

出事之后，袁贵妃从殿内高台上下来，一路奔向“儿子”，两边的宫人、嫔妃纷纷为她让路。

她是个得天独厚的女人，高龄、丧子，不但容颜没见衰老，反倒有了种狠戾的气质，糅合着她本来就有的艳丽，越发让人望而生惧。

看到袁贵妃来了，刘祁和刘凌都默默往后让了一点。袁贵妃奔到刘恒面前，原本想冲上前去抱住他以示关心，只是到了他身前看到那一片黄黄绿绿时，她的动作硬生生刹住了，尖厉地叫了起来：“脱掉他这一身脏衣服！难道还要我动手吗？！”

伴随着她的尖叫，孟太医带着两个少年踏入了麟德殿。

与刘凌交错之时，两人互换了心照不宣的眼神，然后又状似无意地分开，可谓是天衣无缝。

所有人都围在已经晕倒的大皇子那里，俨然忘了刚刚噎得半死的是这位满身酒气的老三。刘凌也没有什么不适应的，抖抖手，将已经脏污的外袍脱了下来，坐到远远的角落里，落得个自在。

只是没一会儿，刘凌就觉得有些不对了。

他的头晕晕的就算了，怎么突然感觉天旋地转的？

眼前所有的一切都变成一道一道的光束，无数的光束和光怪陆离的扭曲物体重叠在一起，在刘凌的眼中，这个人现在还在这里，下一刻就到了那边，一眨眼又回到了原地……

刘凌揉了揉眼睛，抬起手掌，看见自己的手掌像细沙一般流淌着。他再仔细看，哪里有什么细沙，什么光束，不过是一群胡乱走动的模糊人影罢了。

“看样子我是真喝醉了……”

刘凌哑然失笑。

“老三啊，你的酒量真的不行，才这么点，就说自己醉了。”

刘凌的身侧突然传来清亮的声音。

他抬头望去，是和他一样选择站远点看热闹的刘祁。

“我是第一次喝酒。”

刘凌没觉得这有什么丢人的。

“也是，父皇从未让你跟我们去祭天地和社庙……”

刘祁一直不明白为什么父皇会这么不待见老三，虽说老三从小并不出众，但至少皮相不错，个子在兄弟几个之中也算是拔尖的，要是好好教养，未尝不是一个拿得出手的皇子。

“静安宫里没酒，我对酒也不感兴趣。”刘凌摇了摇头，“陆博士说酒能催人肝，也能断人肠，我可不想肠穿肚烂。”

“我也不喜欢酒……”

刘祁大概是想起了什么，神色变得微微有些柔和。

兄弟两人离得远远的，竟感觉到从未有过的融洽，哪怕这种融洽是因为刘恒出丑而引起的，可这般安静地坐在这里，似乎已经是很久没有过的事情了。

* * *

“恒儿晕了？怎么回事？”

刘未听到手下的通报，压低声音询问。

“听说是三皇子吃东西噎着了，二皇子帮着灌酒给他咽下去，结果吐了过来查看的大皇子一身……”

皇帝的贴身随侍岱山显然觉得这事有些好笑，却只能拼命忍着。

刘未自然知道自己的这个儿子是什么脾性，闻言了然地摇了摇头：“下次这种小事，不必特地过来通报，叫你那帮徒子徒孙也不必这么担心。”

“是。”

岱山内心一惊，担心这是皇帝变相地警告他不得结交皇子，只能越发小心地低着头退到了皇帝身后。

朝宴里请的大多是一些年高德劭却已经不在朝堂上任职的老臣，也有各地政绩突出正等着升迁的外放官员。刘未不觉得几个儿子弄出来的闹剧是什么大事，只一心和蔼地和各位官员攀谈，间或聊聊各地的风情和习俗，俨然一副关心各地民生疾苦的样子。

京城里的大臣们都还好，毕竟皇帝每年都来这一出，可外地回京来述职的官员们有许多人却不知道啊，顿时感激涕零大呼明君，回答起皇帝的提问也一个个“士为知己者死”的模样，将自己在任职之地施政的难处倒了个干干净净。

刘未起先还一本正经地听着，待听到什么“寒门潦倒，书院凋敝”，什么“大族侵占良田，强行蓄水屯田”云云时，顿时也感觉到隐隐的头疼。

寒门潦倒，书院凋敝，那是因为寒门学子出头无门，乡野间情愿让孩子去学手艺也不愿让他们去读书。

但归根结底，还是因为权贵们把持着“科举取士”的上升之路，才有了如今的局面。

至于蓄水屯田，侵占良田，这种状况也不是一两天了，他每年都用雷霆手段惩治一拨不法之徒，但治标不治本，所谓恶霸无赖都是这些大族的爪牙，砍了一拨又生一拨，除非彻底撕破脸，否则也是个痼疾。

在宴请大臣、热闹欢庆的场面说这个，该说这些外放的年轻臣子们是“一腔热血”急着出头呢，还是说他们当官当傻了一点都不明白人情世故呢？

“朕想起来，刚刚还有人通报恒儿晕了过去，朕得派人再去看看。”

刘未说罢，给了岱山一个眼色。

可怜岱山刚刚因为这个被敲打，皇帝眼睛一眨又变了主意，岱山只能在心中暗叹一声伴君如伴虎，然后乖乖地出去吩咐。

这原本只是刘未的托词，但也许是他之前过于和蔼放大了不少朝臣的胆子，再加上已经酒过三巡大家都喝得有些醺醺然，竟有胆儿肥的官员就在席间站了起来，直言进谏。

“陛下，既然说到几位皇子的事情，臣也要说上几句。我代国皇子人数稀少，仅有三位，陛下应雨露均沾，多多留下后嗣才是！陛下虽春秋鼎盛，但储君事关社稷，不可长期空悬。大皇子已有十五岁了，一没有成婚，二没有就藩，若说陛下有意让大皇子为储，也该早作考虑。二皇子与大皇子只差一岁，两位殿下比邻而居，明争暗斗……”

说话的是御史台的御史中丞。

“放肆！你竟敢窥探禁中之事！”

刘未脸色黑得不能更黑，一声呵斥立刻脱口而出。

“陛下，若说贵妃独占圣眷是陛下的家事，臣等不敢赘言，那储君之事却攸关国体，算不得什么家事。自古储君稳，则江山稳，储君悬，则江山乱，陛下难道要将三位皇子困在宫中直到成年吗？那岂不是代国立国以来从未有过的怪事！陛下若继续执迷不悟，那先帝之乱就在眼前……啊！”

乓！

刘未手中的琉璃杯被他掷了出去。正在皇帝席下痛陈利弊的御史中丞只觉得风声扑面，还未反应过来就额头一凉，接着又热又冷的东西混合着流了一脸，额头上也是一阵剧痛，忍不住痛呼出声，又惊又惧地摸了把额头。

御史中丞的脸上全是血。

“这里是举行宴会、观看乐舞的含元殿，不是听政的宣政殿！”刘未即使盛怒，也没有站起身子，只是瞪着眼睛，他眼中的厉色犹如利箭一般向御史中丞射了过去。

这御史中丞在御史台中资历最老，只是因为过于刚直，所以得罪了不少人，原本最该胜任御史大夫的他，到了四十多岁依然还做着御史中丞。他此前就喝了不少酒，如今酒气上头，再听到皇帝不但不允许他直谏，反倒出手伤人，顿时倔劲上来，大怒道：“臣从未听过天子接受谏言还分什么地方！天子设公卿大臣，不是为了匡正错误，难道是专作阿谀奉承的吗？臣既在其位，总不能只顾个人安危，见错不说，使皇帝陷于不义之地！”

刘未见他执迷不悟，抓着龙案的手掌都隐隐生疼，恨不得直接召进外面的侍卫将他给拖出去。

“陛下当效仿高祖，平衡后宫前朝，尽心抚育皇子，就算不能著《帝范》千古流芳，至少能保证储君是才德兼备、足以独当一面之人，陛下怎能一意孤行，对皇子们视若无物！这简直是罔顾人伦！”

“李中丞，你实在是太过放肆了！就算你是御史中丞，也不得对陛下如此无礼！”方孝庭忍不住站起身，左右看了看，连连叫道，“殿中侍卫在哪儿？！还不把喝醉了的李中丞‘请’下去！”

许多大臣纷纷松了口气，刘未没有阻止，几位高大健壮的殿中侍卫立刻飞身上前，想要将御史中丞架出去。

“方尚书不必为我找台阶！”

面对周围冲上来的侍卫，李中丞长袖一抖，整理衣冠，众人还以为他要自己走出去，谁料他正完衣冠，突然脚下发力，身体猛地前倾冲到了皇帝面前！

刘未曾经历过魏国公夫人行刺之事，对这种事已经不慌不乱，随手扯了个侍酒的宫女就挡在身前，旁边皇帝的近身侍卫纷纷拔刀，眼见着这位御史中丞就要刀剑加身，却见他将头一低，一头撞在了龙案之上！

皇帝宴饮所用的龙案乃是玉石所雕，何其坚固，只听得一声闷响，那红的白的溅出老远，御史中丞须发皆张，脸上还带着"虽死犹荣"的怒容，眼睛瞪得老大，跌倒在龙案之前。

到了这般地步，刘未哪里还能坐得住，站起身子直冲到李中丞的身前，抓住他的手满脸骇然。

"储君……皇子……"

御史中丞口中吐出几个不清楚的字句，再也没有了声息。

刘未深吸一口气，重新站起身子，目光如电般射向方孝庭。方孝庭脸上还是一副怜悯的表情，待发现皇帝看了过来，连忙低下头微微躬身，避开了刘未的眼光。

"命人将御史中丞李源抬下去，此人直谏而死，理应厚葬。"刘未阴沉着脸有条不紊地安排着接下来的事情，"着太常寺官员进宫，议定李源的谥号和丧葬之事，其余诸人，即刻离开宫中……"

他没想到事情居然会发展到这步田地，心中更是一阵挫败，只死死地看着李源的尸体，冷声命令："散宴！"

好好的宴席吃成这样，后面的大皇子要知道自己晕过去能牵出这么一桩事来，恐怕又要再晕一次。

待人离开得差不多了，刘未召了身边一个侍卫，让他去请刚刚离开的沈国公回来。

刘未今日在麟德殿匆匆忙忙就走了，不仅仅是因为外朝有许多大臣等着他主持宴饮，还因为他在等一位老臣打探来的消息。

沈国公戴勇祖上是开国国公，一直深受君恩，只可惜从第三代起，子孙多为纨绔子弟，大多不成器，在吃喝玩乐一道上门门皆精，什么文韬武略，是说起来人人都大摇其头。正因为如此，虽然沈国公满门勋贵，但历经几代在朝堂上也没见过有几位站得住脚的，子弟们一级级降袭下去，也都快不入流了，唯有嫡脉还顶着国公之爵。

但世间的事情有失必有得，也是因为沈国公一家都是昏昏碌碌的庸人，所以每次宫变、政变，这一脉都没出过什么大麻烦。加上沈国公人缘颇好，亲友也愿意伸出援手，竟成为代国为数不多的一直到现在还屹立着的国公之府。

刘未找沈国公戴勇来不是为了别的，而是相传沈国公府里藏着一卷高祖的立像，这幅立像作为沈国公家庙中主祭的神像一直承受香火，外人从未见过。

这幅画像乃是当年的画圣丹青子为高祖亲绘，后来由高祖亲自赐给沈国公戴勇，沈国公一脉皆将此画像视为珍宝，非沈国公家中嫡系，不得入家庙参拜此像。

可以说，这世上除了刘未，任何人想要将这幅画像请出戴家的家庙，那都是痴心妄想。

侍卫很快就把跑得满头是汗的戴勇请进了殿中，这位身材矮小的沈国公身后还挂着个小皮囊，入了殿中侍卫们先让他在门口开了皮囊，取出一个小筒，又从筒里取出一幅画来，直到把画卷全部展开确定没有任何武器，才对他放行。

那边刘未已经等得不耐烦了，还没等到画卷完全展开就已经几个箭步上前，劈手夺过了画卷，将那画像一展，一幅栩栩如生的神仙画像就显现在了他的眼前。

说起这幅画像，其实是代国一段君臣相得的佳话。

丹青子擅长画人物，尤其是峨冠博带的仙人形象。高祖三十岁后寻仙，一直想让丹青子为他画一张肖像，只是丹青子乃是前朝公主之子，刻意躲避高祖的寻访不愿进京，且丹青子喜欢游历名山大川，高祖遍寻不得，最终只能叹息无缘。

开国功臣戴胜也擅长画人物，了解到高祖的遗憾后，故意找人将“戴胜画人天下第一”的名头传遍天下，最终用激将法激得丹青子来京中“切磋画技”，并且以神仙为题，在道观中比试。

戴胜是个有德有智之人，丹青子入京后，戴胜请了高祖微服出访，让高祖乔装成道人，并假装在道观里随便抓个道士为作画对象，于是高祖便被“恰好”选中了。

丹青子自然不明真相，画神仙和画鬼怪不同，首先就要人物原型样貌出众，高祖身长八尺，相貌堂堂，哪怕穿着道袍也难掩他的不凡之气。丹青子要找原型当然愿意找高祖那样的，而不是随便什么道人。丹青子见了高祖立刻就满是灵感，根本不用别人催促，立刻泼墨挥毫，成就了一幅传世名作。

高祖一见丹青子画中的自己腾云驾雾，佩剑服玉，手持琼玉之芳，礼容极为恭肃，当即就一喜。再见画中的自己身前有钟鼓、竽瑟、歌唱、舞蹈之人纷纷祭祀，灵巫艳装，蕙兰遍布，即使只是画卷，也觉得香飘满堂，更是连声呼“绝”。

戴胜画的是高祖飞度升天之景，可谓是中规中矩，不过因为这是高祖的心愿，虽这画像中规中矩，也算是讨人喜欢，也不失为一幅佳作。

但这意境和技巧，无论怎么比，高下立判。

戴胜输了也不恼怒，高祖更是心中欣然。这时候丹青子突然屈身跪拜，以下臣叩拜皇帝之礼对身着道士服饰的高祖三跪九叩，顿时惊骇了诸人。

原来高祖身为开国皇帝，浑身气势不同于一般人，画神仙当然画不成散仙，但凡在任何一道上超凡入圣之人，在见识上都有不凡之处，这丹青子在琢磨高祖神韵之时察觉此人绝非普通道人，心中便隐约有了些猜测，于是便画了先楚神话中统御天地的天君形象，其神名曰“东皇太一”。

这世上的人，只要是听到别人说“你天生与众不同，我一眼就能看出来”这样的话的，没有一个会不高兴，高祖也不例外，不但没有怪罪丹青子几次刻意避开他的使臣，反倒赐下重赏，也没有强迫丹青子入宫担当宫廷供奉。

戴胜因算计了丹青子一把，也十分有风度地施礼求情，将高祖求才若渴，只是隐士们品行高洁，不愿入世，不得不出此下策的为难说得十分恳切。

丹青子见皇帝并没有强迫自己留在京里已经是十分高兴，又得到允许可以入宫随意学习宫中藏画，当然是欣然接受了戴胜的道歉，并且在后来和戴胜以画为友，成了莫逆之交。

只是丹青子自这一幅《东皇太一图》后自称再无超越的可能，从此不再画神仙像，而是改为画精怪山鬼之流，从此丹青子的神仙图在这幅《东皇太一图》后成为绝响，后来丹青子的神仙图也就成了可遇而不可求的神作。

后来，喜好云游的丹青子在一次登山的过程中失足坠崖，尸骨无存，在京中的戴胜得知消息后呕血不止，大病一场，半年不能离床。高祖心中知道戴胜失了丹青子，就犹如伯牙失了子期一般，遂长叹一番后，将宫中收藏着的《东皇太一图》赐给了戴胜，以解他心中之悲戚。

从此供奉皇帝御像的延英殿里挂着的就是戴胜的那幅《神仙图》，而不是丹青子的那幅《东皇太一图》。虽然戴胜的画技远不及丹青子画技高超，但高祖对戴胜的关心爱护之情，可谓是让人动容。

先帝宫变之时，延英殿里不知为何着了火，从高祖到惠帝的画像以及那么多名臣良将的随像全部付之一炬，无人再知高祖和其他列祖列宗的真容，就连刘未自己，都已经记不起先帝是什么样子了。

如今刘未将这画像一打开，顿时觉得眼前一亮。他出身尊贵，从小就见识了不少好东西，丹青子的真迹宫中也有留存，他自然是一眼就看出这绝对是丹青子的手笔。

这位以高祖为原型的东皇太一剑眉星目，五官深邃，身材高过身后的随神们大半个头，显然不是一位文弱神仙。

刘未仔细端详，越看越觉得太眼熟。

他之前就听宫中曾打理过延英殿的老宫人隐约说过，说是三皇子的长相有些像高祖，不过这些只是私下的传言，若不是岱山当成闲话说给他解闷儿，他根本就不会知晓。

刘未心中一直有心结，当年四皇子被宫人传闻长相酷似先帝，他便恨不得立刻将这个儿子拱上御座，如今这画像里的人和刘凌的眉目其实只有五分相像，可刘未心中也把它看成了九分。

尤其是那眼睛……

丹青子画人最传神的就是眼睛，刘凌的眼睛和这眼睛相比，足足像了八成！

"这画像很好，朕留下了。"

刘未霸道地一挥手，就这么决定了。

"啊，什么！陛下！这是臣家传的画像，是高祖当年赐下的啊！臣若失了这画像，怎有颜面去见列祖列宗……"

戴勇痛哭流涕地跪地号叫，甚至有失礼仪地浑身颤抖，显然是极为不愿。

刘未心中高兴，见戴勇御前失仪反倒觉得他是个真性情的人，便开口道："怎么？你不愿意？也是，朕这样未免有些夺人所好，今年直入金殿殿试的名额，好像还有两个没有赐下，朕原本是准备留着给功臣举荐所用，现在就把这两个名额给你吧。无论是做做人情，还是攀个交情，都是极好的。就算这些你都不需要，你家小儿子不成器，你家总还有几个成器的子弟吧？"

戴勇心中一喜，顿时腿也不酸了，腰也不疼了，眼泪也止住了，立刻就地一滚，忙不迭地叩头谢恩。

想到自己的三子和四子，刘未心中松快，再见戴勇那眯眯眼都觉得可爱起来，正准备让戴勇赶快走别老盯着他手中的画时，他突然想起一件事，又开了口说道："听说你家的长孙，又气跑了几个先生？"

说到这个，戴勇心中一凉，连忙露出"家门不幸"的表情，满脸伤心："臣的长子本来就没个正经，臣的大孙子也是从小愚钝，学什么都学不会，先生现在都不敢上门了！"

"正好，朕那老三过年就要去东宫了，身边一个伴读都没有，他一直没有正经上过学，估计也要从头学起。找个聪明的伴读倒要让他不自在，你那大孙子今年已经十三岁，和朕那老三年纪相仿，就进宫为他做个伴读吧，许你那大孙子五日回家休沐一次。"

刘未说话的口气不是在商量，而是下命令。

戴勇的长子戴执没官没职，戴勇这身板看起来再当二十年沈国公也不成问题。戴执没官职，又等不到继承爵位，一天到晚就带着夫人游山玩水，留下三个孩子在家中替他尽孝，这大孙子尽孝没尽到，反而全给京里的人“尽笑”了。这样的孩子给刘凌当伴读，既不扎眼，也不会给刘凌树敌，而且教学相长，说不定对双方也能有些促进。

刘未想得周到，那戴勇却是一脸无奈，就差没有哭天抢地了。

“陛下，陛下，臣的家训，不得结交皇子啊！陛下！”

“这不是你主动结交，是朕给你家孙子一个机会聆听圣贤之道，你就当是恩赐吧。”

戴勇越不愿意，刘未越觉得自己的选择正确。

戴勇期期艾艾，见刘未一脸不耐烦，只能满脸颓丧且无奈地离开了大殿。

刘未最喜欢大臣在他面前一筹莫展、任他予取予求的样子。直到戴勇离了殿，刘未依旧手中抚着画卷，面带微笑。

* * *

这边被赶出殿外的戴勇满脸难过地拖着步子走了老远，沿途走过的宫人和侍卫都满脸不解，似乎不明白这个出了名的“宽心人”为什么会一副如丧考妣的样子，难不成是被皇帝训斥了？

戴勇垂头丧气地召来了自己候在外面的随侍，低声吩咐：“去看看夫人那边好了没有，我已经准备出宫了，去后面求见下掌事的内侍，让夫人速速来东内这边，我们一起回府。”

消息很快就传到了沈国公夫人所在的麟德殿那边，她得到消息后，又确认了一遍：“你确定是东内那边？”

麟德殿掌事的太监点了点头：“夫人的家人是这么传话的。”

沈国公夫人也不多言，起身就要出去，旁边伺候的宫人们连忙跟上，送这位国公夫人离开。

离开阁间时，一个身材圆胖的宦官冒冒失失地冲过走廊，惊扰了沈国公夫人，那掌事的宦官正要发火训斥，一看是在袁贵妃面前还算说得上话的王宁，顿时就有些为难地看向了沈国公夫人。

“无妨，他也不是故意的。”沈国公夫人矜持地颔了颔首，飘然而去。

“还不快走！”掌事的宦官瞪眼。

“是是是！”王宁擦着汗连忙离开，待走出老远后，他手中已然多了张纸条，上面用果酱写着：大事已成。

第二章
真画？假画？

除夕当夜，一干留在国子监没有回家的博士们只好召唤三五好友，想法子不要让除夕过得那么无聊。

陆凡自然是没家室的，他家中早已经没人，薛门被灭后，他担心自己会受到牵连，遂回到家乡三年不出，因为确有才华，当地一位无子的致仕官员喜爱他的才华，将他收作嗣子，何凡便改何姓为陆姓，继承了陆家的香火，并凭借这一层关系改换了身份，回到京中参加科举。今日大事已成，他约了几位同道在一起过除夕，朱谦家就在京郊，陆凡从沈国公那里得了两坛好酒，便约定在朱谦家喝酒相聚，权当是助兴。

他是当年的探花，然而那时候王英把持朝政，他的义父并非王英一派，陆凡见上升无门，果断改入国子监，一边结交同样出身、满腔抱负的士子，一边想办法查探当年薛家被灭门后留下的遗孤，这一查，倒让他查出了几位莫逆之交。

擅长绘画的王韬和能言善辩的朱谦便是其中的两人。

“沈国公府的酒果然是好酒，不愧是以善吃喝玩乐闻名的人家，只是想想，就知道他家的日子过得是何等安逸……”

王韬喝着沈国公府特有的美酒“霜露白”，舒畅得眼睛都眯了起来。

“我倒不觉得他家日子过得安逸，否则他也不会听从我们的建议将那幅画交给我们做手脚了。”朱谦喜欢另一瓶“烈火烧”，辣得他眼眶通红还忍不住要再倒一杯，“他家几代不敢恋权，如今总算是安定下来没有什么祸事了，自然想着重回朝堂……”

“正是如此。”

陆凡胸有成竹地笑着。

“你莫小看沈国公府一门不务正业，京中那么多富贵人家，有几家如他们家这样数代人都不出仕依然过得如此安逸的？正因为他们家的人精于吃穿用度，但凡有一点什么东西被他们家人夸过，那就是好东西。就如这‘霜露白’和‘烈火烧’，原本只是两处偏僻之地的名不见经传的地方酒，就因为沈国公府的老大从外游历带回来给各家送上，便成了京中炙手可热的美酒……”

“你是说……”朱谦倒吸一口凉气，“但凡他们家夸过的，在京中风靡一时的东西，都是他们有意而为之的？他们家私下里在经商？”

“这也不算是什么稀奇事。沈国公府从景帝起就慢慢淡出朝堂，惠帝那般爱财，也不禁官员经商，他们家那时候指派一些家人和家奴出去经商也没什么。沈国公府原本就是钟鸣鼎食之家，就算是经商，也比别人底子要好些，只是名头说出去不好听，所以知道的人不多罢了。”

陆凡啜饮了一口“烈火烧”，继续说道：“他们家讲究吃穿的名声，也是从惠帝那时候开始的，几代下来，他们家几乎成了京中最会玩乐、最能花用的人家。这吃喝玩乐都是要本钱的，如果靠开国时那些赏赐，还有那些爵封，沈国公府大概也就只剩个空架子了，可你们看，他们有一点要衰败的迹象吗？”

“这……这倒是真的，到如今，沈国公府也还好好地在那儿。”

王韬也开始感兴趣起来。

“难怪你选择从沈国公府着手！”

陆凡笑而不语，没提冷宫里有赵太妃，而沈国公夫人正是赵太妃的姨母这一层关系。刘凌既然信任他，将最大的秘密告诉了他，他自然不会告诉其他人。

“我有些不懂，既然沈国公府一门都不掺和政事，安心做他的安乐公，为何如今又要冒着这么大的危险来支持三皇子呢？”

朱谦一直没问这个让他疑惑的问题：“他们继续做安乐公难道不行吗？”

“当年高祖有容人之量，善待老臣，一干功臣自然是荣华富贵享受不尽。到景帝时，国库开始丰盈，但当年那些打天下的老臣却占尽职位之利，壮大家族声势，自然要引起景帝的忌惮。景帝不着痕迹地削弱旧勋贵的势力，他选择了以后戚新贵来平衡实力，旧臣勋贵纷纷下马，有些连体面的爵位都没留下来，正是从那个时候开始，沈国公府的子弟开始表现出不关心政事的态度，也就避开了直接的冲突，整个沈国公府得以保留下来。”

陆凡为几位好友指点迷津。

“到了惠帝时期，惠帝发现景帝确实将旧臣勋贵的势力压制得差不多了，但却扶植出后戚这股可怕的力量，甚至于后戚比那批开国功臣更热衷于干政。惠帝又想要重新重用勋贵的力量，同时借助寒门和商人的能力来达到朝中平衡，这时候沈国公府应当是沦为皇帝的棋子的，但那一任的沈国公壮年而亡，只留下几个幼子，他们都尚未成年，沈国公府又一次避开了斗争的旋涡。

“我的老师当年和我说，那时沈国公戴峰看出沈国公府的困局，事先安排好了一切，包括向同为开国功勋的世交们托了孤、定下了儿女们的婚事、起好了儿子们的字，然后他自己选择了慨然赴死。”

陆凡脸上的表情岂止是钦佩，简直就是敬若神人。

“他是自尽的？！”

朱谦根本无法理解，一双眼睛瞪得浑圆。

“你们道沈国公府为何能屹立五代而不倒？沈国公府开国国公的家训之一，便是只要确有能够为世子的才能，哪怕是庶子，也能承袭爵位，所以他对家中血脉一视同仁。哪怕他的子孙后代不能为官，只懂吃喝玩乐、斗鸡走狗，却也团结无比，借助着家族的力量，行事往往都事半功倍。是以沈国公府从未如其他人家一般今日闹分家，明日闹出头，无论何时都是铁板一片。”

“沈国公戴勇，当年只不过是家中老三，文不出众，武也不成，还貌不惊人，几乎是无人得知的人物，可原本是板上钉钉袭爵的嫡长子选择了逃婚，爵位一下子就落到了他的头上，这难道是偶然吗？若是偶然，西宁伯府也不会把自家的女儿嫁给他这么个平庸之辈了。”

“我还是不明白，沈国公既然是个厉害人物，他这么多年不出仕也压着家中子弟不出仕，又为何在这个关口变了心思？”

王韬听得出神，连酒杯空了都不知道。

“是因为君子之泽，五世而斩吧。”

一旁心思明透的朱谦突然了悟地接话：“沈国公当年何等厉害，一眼看出勋贵之家不得长久，遂以退为进，但一旦退久了，假退也变成了真退，国公府的势力一旦不能保护到家中子弟，便成了人人可咬的肥肉，加之沈国公府经营这么多年，只要稍有留意的人家都能看出沈国公府其实家大业大，并未破落，图谋之心也会渐渐升起。”

“确是如此。”

陆凡点了点头：“一来沈国公府曾经积累下来的圣眷，经过这么几代后也差不多消耗殆尽了，二来沈国公府中子弟越来越多，家业越来越大，远没有当年孤儿寡母齐心协力地撑着国公府那般和谐了。”

“沈国公压着子弟，不准他们出头，可总是有想要上进的子弟。他自己的儿子可以听父亲的话去游山玩水，那二房、三房等子孙，难不成就被压着一辈子做大房的附庸不成？所以如今这局面，已经到了不破不立的时候。”

“难怪你借着国子监戴家子弟的路子见了沈国公后没多久，就迅速赢得了他的信任，想来你肯定是把刚才和我们说的那一番话，也分析给沈国公听了？”

王韬满脸佩服。

陆凡矜持地点了点头：“其实沈国公也早就看出了这局面危如累卵，只是苦于没找到破局的时机。其实他心中对子女有许多愧疚，戴家大公子并非无才，却因为家中守拙不能出头，只能以游山玩水、结交高贤来排解心中郁气，顺便为家中谋划。他家中几个孙子常年不见父母，以为自己的父母是被祖父逼走的，对他也不是很亲近，性格更是执拗，好好的一家人，变得犹如路人……”

“呃，真是家家有本难念的经。”

朱谦有些庆幸地拍了拍胸：“还好我一人吃饱，全家不愁，也不必为谁谋划前程。”

“正是如此，世上的美人儿，又哪里有我画出来的美人儿更美？”

王韬笑着抚须。

“这事也多亏了王韬有这门手艺，只是你那‘丹青第二’的名头不能再用了，也不能让人知道你的这般本事。”

陆凡的面色变得十分严肃。

“呜呼哀哉！我就这么一个赚钱的门路了，还被你这厮活生生堵了！”王韬立刻做哭天抢地状，眼睛里倒是没什么不甘的神色。

“你喜好丹青子的技法，从小临摹，虽说有七分相似，但毕竟是假的，我当年就曾告诫过你，造假这种事只能骗骗外行，若真遇到大家，难免被识破，恐怕要惹祸上身。好在你一直是暗中假做丹青子的真迹，又有朱谦给你做托，做得比别人小心，如今借此机会正好罢手，左右你赚的也够了。”

“真的够吗？”王韬突然露出认真的神色，“为薛家平反，为士林正名，为寒门立志，此路何其任重而道远。”

朱谦和陆凡皆的面上露出肃然之色。

“就凭我等，哪怕散尽家财，恐怕也抵不上那些权贵手指缝中漏出来的一点财富、一句关说……陆凡你资助着那么多寒门士子，朱谦你到处搜集书籍请人誊抄，若全凭俸禄，你们又能支撑多久？”

王韬眉头皱得极深。

“我们真的非要断了这条路，没有其他法子吗？”

“此乃违背君子之道，权宜之计罢了，我等如今想要匡扶大业，必须得小心谨慎，不能因小失大。虽说这样会穷一点……”陆凡苦笑，“穷就穷吧，我们再想办法。”

“你总是有道理的，既然你说非这样不可，那我就罢手吧。”

王韬回得也干脆：“我临摹丹青子这么多年，神仙图也就只见过这一幅，而且还是丹青子大成之作，已经死而无憾了。

“而且通过研究丹青子的《东皇太一图》，我已经对自己的画技又有了新的感悟，再给我十年时间，即使我超越不了他，未必不能成就自己的名声，仔细想想，也许这正是上天给我的一个契机，让我摆脱丹青子对我的影响。”

王韬反过来还安慰劝他如此选择的陆凡。

“你说得没错，一直模仿别人，永远无法达到自己的‘道’，不过是跟风罢了。”陆凡欣然长笑，“你画人眼睛的技能已经是神乎其神了，那幅《东皇太一图》被你改了眼睛，看起来倒比原作更要传神几分！”

“惭愧！惭愧！”

王韬满脸自得，口中却答得矜持。

陆凡了却了一番心事，心中也轻松不少，趁着王韬和朱谦讨论别的事，脑子里却开始思考起其他的事情。他和刘凌接触了几年，越来越觉得这位皇子绝非寻常之人，就像是老天赐下来做皇帝的材料。

刘凌记忆力超群，不但过目不忘，还过耳不忘，而且他喜好阅读经史著作，并非泛泛而读，往往都精通要领。刘凌从小跟着冷宫里的太妃们学习百家之道，能文能武，身体又强健，若能继位，至少能坐在皇位上几十年。可偏偏刘凌从小受到冷遇，即使他每年都能见到亲父，可他每年所得到的厌恶也会更甚一分……这简直是不通情理的。

于是陆凡和一干好友就聚在一起苦思冥想，猜测皇帝为什么不喜欢三皇子，最终他们只得到了一种答案。

那就是“子不类父”。

刘凌除了薄唇，从眉目到体型，以及性格，都不像皇帝。岂止是不像，刘凌甚至和他的两个兄弟都没有一样的地方。

血脉上的猜疑，在皇家可谓是最大的忌讳，也是最容易引发正统之争的禁忌，哪怕不是为了给刘凌争得圣宠，就算是为了日后解决这个很可能产生的猜疑，他们也要想办法谋个周全。

陆凡将对于刘凌不受宠原因的猜测告诉了他，这位三皇子也很受打击，任谁知道自己因为“优点”而被人讨厌都会产生这样的挫败感。

但三皇子却给了他们一个很重要的消息。

宫中曾有个惠帝时期的妃子说过，高祖便是剑眉星目，身长过人，三皇子长得和高祖颇为相似。

当年供奉着历代皇帝画像的延英殿外殿早就被付之一炬，谁也不知道该从哪儿确认这个消息是不是正确的，于是他们就把主意打到了沈国公府中的那幅画像上。

在经过大半年的谋划之后，陆凡终于看到了那幅画。

不得不说，高祖和刘凌确实在眉目之间很是相似，但有一个问题，大概因为刘凌的母亲有外族人血统，刘凌的眼皮是双的，而高祖虽然目若朗星，但在这点上和刘凌的眼睛还是有所区别的。

他们不能赌，所以只能借着王韬造假的本事，用古墨在原画上做了些手脚，达到以假乱真的地步，而后请孟太医在宫中传播刘凌长得很像高祖的消息，果真传到了皇帝耳中，等过一段时间，再看皇帝对刘凌的态度，就能知道他们对刘凌"子不类父"而遭厌弃的推测是不是正确的了。

如果他们的推测是正确的，想要改变皇帝的想法，那就再容易不过了。

将对刘凌的评价和名声，尽力往高祖的方向靠就是！

* * *

翰林院。

"陛下将沈国公府上那幅家传之宝借来了？"

翰林院里一干供奉们神情激动地围着画，有几个年纪极大的甚至潸然泪下，就差没有捧着画跪拜了。

刘未也没说是或不是，但见着这一群代表代国画技最高水平的供奉们露出这般表情，心中自然是更加愉悦，就差没大笑三声了。

"如何？这画是真迹吗？"

刘未心情大好地询问。

"启禀陛下，其实为臣家中便藏有一幅丹青子早年的神仙图真迹，是臣父亲几乎散尽家财从一破落王侯家中购得。但和此画比起来，那幅画倒像是假的一般了。"

"哦？卿难道买了假画？"

刘未好奇。

"非也，并不是说臣家中的画不是真迹，而是因为即使是同一个画手，在技艺大成和摸索技艺之中都有很大的不同。这幅《东皇太一图》已趋大成，尤其是这眼睛，更加传神……"那供奉左右走了几步，"无论臣在哪个角度看它，那东皇太一的眼睛都像是在凝视着为臣，犹如真正的神仙一般明察秋毫，让人忍不住肃然起敬，仅仅这双眼睛，就已经证明此画必是真迹，因为这双眼睛，已经超越了丹青子之前所有的画作！”

“不但如此……”有一个垂垂老矣的画师指着这幅神仙图，“世人皆知，高祖之母乃是世代将种的萧家出身，萧家出身西北，为了边关平静，曾多次与羌人通婚，是以萧家男儿多异于汉人，或五官深邃，或身材健硕，或力气惊人。高祖有萧家血脉，从小身长过人，剑眉朗目，所以这幅画便突出了高祖的阳刚之气，将东皇太一的至阳之气表现得淋漓尽致。”

刘未听到“力气惊人”“身长过人”云云就已经眉开眼笑了，待这老画师将这幅画的人物形象和性格特征结合起来夸了一遍之后，他更是龙颜大悦，大手一挥：“诸位如此沉浸于丹青之道，丹青子泉下有知，一定也十分欣慰。这幅画朕就放在画院里让你们观摩三日，三日后送入延英殿，朕要重新供奉列祖列宗的画像。”

一群画师们乐疯了，纷纷跪地叩谢君恩。有一个画师更是痛哭流涕，恨不得抱着刘未的大腿乞求再多借这幅画几天。

刘未心情大好，留下几个细心的内侍照顾这幅画，免得这群画师太激动玷污了画作，便大笑着离开了翰林院。

第三章
民贵？君轻？

元月是不开课的，所以即使刘凌得到了沈国公夫人的消息，也不敢确认是不是真的大事已成，心中兀自忐忑不定。

然而他没等到陆凡入宫，却先等来了皇帝的恩旨。

这恩旨的内容是，上元节过后，东宫开课，令三皇子每日去东宫上课，赐下侍读宦官舞文和弄墨二人，下诏令沈国公府的嫡长孙戴良入宫伴读。

而根据传旨宦官的消息，不仅仅是刘凌，就连大皇子和二皇子都被指定了伴读人选。大皇子的伴读是如今的方国公魏灵则家的小儿子魏坤，二皇子的伴读是大理寺卿庄骏家的长孙庄扬波，皆是累世公卿之家。

相比之下，刘凌身边跟着的没有实权的沈国公府家的长孙，倒不起眼了。

刘凌恭恭敬敬地送走了传旨的宦官，待回到含冰殿，他的心中还是有些莫名的欢喜。

他们的父皇从来不关心他们这方面的琐事，为何今年好好的，突然改变了主意，插手起他们的学业来了？

这究竟是为什么？

*　*　*

“究竟是为什么！”袁贵妃愤怒地摔烂了蓬莱殿里的杯子，“为何不光恒儿，连老二和老三也有伴读？！”

蓬莱殿里的宫人们对袁贵妃这几年总是莫名其妙地发火已经习以为常，连脸色都没有多大变化，唯有蓉锦耐下性子，上前慢慢劝导：“娘娘莫要生气，气坏了身子不值当。”

“我能不气吗？！方国公家破败得就剩一个还在灵州做太守的荫官了！可老二身边侍读的是大理寺卿家的！九卿之一！就算庄骏没有什么爵位，那也是掌着实权的官员！”袁贵妃咬牙切齿，暗恨不已，“陛下怎可厚此薄彼！”

蓉锦明白袁贵妃心中也许并非真是为了刘恒谋划，只是大皇子刘恒名义上是她的儿子，皇帝如此分配伴读，就等于是打了袁贵妃的脸。加之昨夜皇帝居然去宠幸了他以前从不问津的唐贤妃，袁贵妃更是心中不快，只不过是趁着这道旨意发作出来罢了。

也是古怪，唐贤妃长得并不出众，如今也年过三十了，加之她出身陇西大族，皇帝一直不喜她，迫于她身份贵重才给了贤妃之位，那已经是袁贵妃入宫之前的事情了。如今这唐贤妃之位已经晋了十几年了，早不开花晚不开花，怎么好端端地成了棵老树的时候开了花?

难道皇帝就是喜欢三十岁左右的妇人？之前宫中只有袁贵妃年纪较大，所以皇帝就宠爱袁贵妃，如今她这主子已经年近四十，而宫中其他原本娇嫩如鲜花的妃嫔却大多年近三十，所以反倒讨了皇帝的喜爱?

想到症结，这就更好劝了，蓉锦又上前几步，沉声说道：“蓉锦向宣政殿伺候的内侍们打听过了，说是因为御史中丞李源在宫宴上以死相谏，直谏陛下不够重视几位殿下，又不肯立下储君安稳社稷，所以这段日子纷纷有大臣劝谏的奏折入宫，有劝陛下雨露均沾的，有劝陛下重视子嗣的，这奏折多了，而且大有一发不可收拾的态势，即使是陛下也要做出些回应，否则这样的折子每天像雪花片一样地飘进宫里，陛下就更没法理政了。”

“那李源平日就是个刺头，死谏死谏，他怎么不死了算了！”袁贵妃冷哼。

“娘娘！”其中一位女官实在听不下去了，“娘娘请慎言！李中丞为了进谏，一头碰死在御案上，陛下亲下的旨意厚葬李中丞，太常寺给他定了谥号‘忠简’，陛下还下令不得妄议此事。若外朝官员知道娘娘如此对待义士，恐怕折子进来得要更多了！”

袁贵妃听这位女史敢直接指责她的不对，脸色也变得铁青，只是她毕竟不是蓬莱殿的人，所以袁贵妃的脸色又青又白变了又变后，最终还是不甘心地冷声道：“我知道了，去叫恒儿过来。”

这些女官不满袁贵妃的简单粗暴，袁贵妃也同样对这些女官恨极。

当初皇帝刚刚赐下这些女官的时候，袁贵妃心中欣喜若狂，以为自己离那个位置更进一步了。谁料这些女待诏一留就是几年，尚服和尚工的几人还好，但尚仪的女待诏，恨不得指挥她怎么走路才好。若不是她确实需要这几位女待诏辅助，恐怕早就找孟太医要一碗毒药给她们灌下去了！

几年下去，她没被封后，反倒给自己添了一堆枷锁，连行事都要收敛几分。有的时候，袁贵妃甚至有些怀念有王皇后在的那些日子，至少那时候皇帝和她同在一个阵线，虽然她什么都要仰仗他，可他对她也算是予取予求，哪里像现在……

想到这里，袁贵妃忍不住打了个寒战，又连忙催促了几声："恒儿还没来？找几个腿脚利索的出去接应一下啊！"

不会的，不会那样的……

虽然她没有亲子，但至少还有个嗣子，只要她的嗣子登上了皇位，哪怕是为了纲常，她的太后之位也跑不掉。

她绝不会落得那样的下场！

* * *

"阿公，我不懂，为何您非要弄出这么一场来？！"

二皇子立在道观的静室里，对着阴影中盘腿而坐的外曾祖父方孝庭有些不满地出声质问。

"宫中已经够乱的了，我在东宫几乎是如履薄冰，您还逼得父皇对我们更加关切……"

"殿下如今出宫不易，将老臣叫来，就是为了问这个？"方孝庭有些失望。

"我不信李大人之死阿公你没有插手！之后那么多折子一同入宫，难道都是巧合吗？！"二皇子在宫中有自己的眼线，喝问起来掷地有声。

"殿下，您已经不小了，若是再不出一点事分散陛下对大殿下的注意力，恐怕被胡乱赐婚封出去就藩的就是您了！三殿下年纪还小，不用担心这些事情，到时候大殿下和三殿下尚在京中，您在藩地鞭长莫及，您就真的甘心吗？"

方孝庭叹了口气，颇有耐心地向这位尊贵的曾外孙解释着："所以，这时候直谏是最必要的。越是一堆人劝着陛下立储，陛下就越不会在这时候立储！"

"李中丞什么时候成我们的人了？他不是孤臣吗？居然会为了此事送命？"

这也正是刘祁怎么也想不通的地方。

"正是因为他是孤臣，所以他去死才最合适。"

方孝庭并不避讳自己的老谋深算，因为他知道自己这曾外孙只能依靠他，让刘祁知道这些也没什么："所谓'文死谏，武死战'，文官上书直谏，不算什么，为着劝谏死了才算不愧圣贤；武将流血疆场乃是应当，战死才是一代英豪……"

他捻着白须："这李中丞做了一辈子御史中丞，自以为自己性格刚正处事公允就能坐上御史大夫的位子，却不知道任何人都不会喜欢一个咄咄逼人的御史大夫。他被压抑了十几年，半生经卷，得罪了无数人，就为了能得一个'名'字，如今我略略激他一下，他终于可以完成心愿了。”

方孝庭一抖袍袖，有些嘲弄地说道：“我让他在黎民苍生、帝王将相的心里活成一座丰碑，他得偿所愿，理应谢我才是。若是他病死家中，可没有‘忠简’的谥号。”

刘祁沉着脸站在那里，看着自己的曾外祖父对李中丞满脸不屑，心中不知为何如同潮涌一般，似是非要发泄些什么，方能得个痛快。

他是这么想的，也是这么做的。

“李中丞是位好官！阿公不该如此嘲笑他！”

方孝庭挑了挑眉，有些意外地看着自己扶植的这位殿下，约莫过了几个眨眼的工夫，他突然笑了。

“就算您心中愧疚，那也没什么……每一位殿下登上那个位子之前，都有过这样那样的迷茫。满朝文武官员，什么样的人都有，有老臣这样铁石心肠的，便也有李源那般宁为玉碎之人，殿下若是心有大志，迟早都要面对这些。”

刘祁微微放下心来。

方孝庭顿了顿，木然地说道：“若真是一意孤行的昏君，臣子一头撞死在堂上也不能改变什么，死了也是白死，反倒让世上少了一位敢于直言的义人；若是经臣子一撞而幡然悔悟的明君，那臣子即使不撞也能找到其他直谏的法子，一死只能凭白陷君王于不义，原本可以两全其美之事，偏偏弄了个玉石俱焚。

“老臣这一辈子，因着任职吏部，见过形形色色的人，有不少颇有名声的贤士一生所求，竟无非是能轰轰烈烈地一死。殊不知求着轰轰烈烈去死的人，都是不敢隐忍着为了目的而生的懦夫罢了！”

刘祁瞠目结舌，不敢妄言，只能傻愣愣地看着面前这位精神依旧矍铄的老人。

“死何其容易，难的是生！你问老臣为何嘲弄李源？”老人嘴角又露出一抹讥笑，“因为老臣明白他心中想的是什么，才能因势利导，让他求仁得仁。你道李源真的是怒极而撞？非也，他有志不知该如何伸张，这一幕恐怕在他心中已经反复出现过无数回了，也许在他死谏前的每一抬手，每一投足，那长袖一抖、整理衣冠，甚至那欣然怒骂，都已经在他的心中演练过无数次，才能如此让人震撼，如此让人嗟叹！”

老人言之凿凿，少年五味杂陈，静室里陡然一片沉寂，就如同有什么凝重的东西混在空气之中，让人根本无法透过气来。

刘祁隐约看到了那“为君之道”的一丝影子，可那影子却让人不寒而栗，他仿佛已经看见无数枯骨铺成了那条道路，而那条道路上，是无数甘愿赴死、马革裹尸的“烈士”们……

君纲臣纲，当年创立出这一套规则的先贤，究竟有多么可怕！

“所以殿下，您会不安，是因为这件事完全出乎您的意料之外，又超出了您的掌控之外。其实对于老臣来说，那也是意外，不过是老臣迅速抓住了可以利用的时机罢了。陛下那一瞬间就明白了我们想做什么，可是他也无可奈何，因为李源冒死直谏之事，正是他无法妥协却又不得不直视之事。

“若不是老臣之后细心筹划，让其他大臣一齐借机上奏逼迫陛下正视储位之事，李源死了也就是死了，死得一点价值都没有。

“殿下，这便是君臣博弈之道！”

须发皆白的方孝庭依旧静静地立在那里，可这一次，他的身躯在刘祁面前仿佛无比高大，再不是之前走路都有老态龙钟之象的老大人了。

刘祁知道方孝庭今日其实不必向他解释那么多，因为君臣博弈之道，正是日后他会用来应对臣子的办法，他知道得越多，其实对这些权臣来说越是不利，然而曾外祖父还是说了，并且说得无比透彻，自然是想要他日后的路走得更顺畅一些。

这便无关乎君臣之义，奇货可居之心，而纯粹是一个长者对身为后辈的他的谆谆善诱之心了。

所以刘祁心悦诚服地一揖到地，满腔感动地颤声道：“谢阿公此番教导之言让我解开心结！”

方孝庭对这一幕自然也是无比满意，伸出手搀扶起刘祁，笑吟吟地说道：“老臣帮着殿下，不仅仅是因为殿下日后可能成大器。老臣今年已经七十有余，还能再活几年呢？只有殿下过得好了，老臣的孙女才有好日子可活啊。权势虽然可怕，但有时候是唯一能够保护重要之人的东西，殿下虽然心地仁善，但切记您的身后还有更重要的人需要保护，有些时候……”

方孝庭一字一顿地说道：“当弃则弃。”

* * *

“弃？为何要弃？不能弃！”

薛太妃指着刘凌的功课，恨不得拍案而起。

“这陆凡就知道一派胡言，误人子弟！百姓若愚昧暴戾的，要惩戒教导使其知晓过错，然后再使之，怎能不教而诛，直接放弃？！那岂不是要教出一个暴君来！不可弃！不可弃！”薛太妃最后一瞪刘凌，“你认为该如何评价这句？！”

刘凌就知道薛太妃肯定会问自己，这样的场面这三年来他也不知道经历多少次了，不光是在薛太妃这边，就连陆博士那边也是经常如此，夹得他两边不是人，简直是痛不欲生。

而这次的策论是“民可使由之，不可使知之”，这是刘凌入东宫之前需要交给陆凡的答卷，很可能很长一段时间刘凌再无法这样接受陆凡的教导，刘凌自然是慎重无比，所以才来找薛太妃求教，结果薛太妃一看陆凡给的这“点题”，顿时就怒了，认为陆凡也是个读书读得麻木不仁之人。

“咳咳，我觉得太妃您和先生说的都没错。”

刘凌模棱两可地说着。

“你别给我和稀泥！”

薛太妃柳眉倒竖：“你的策论难道就准备和稀泥吗？！”

“那个……百姓若能认可上令的，那就让他们按照上面制定的方法去做，那个……若是不认可的，就告知他们为什么要如此做……如果每个都要解释，官员确实也不用做事了……但一味说百姓都是愚蠢的不需要知道政令的含义，那个……也不能算是对的……”

“那你准备怎么让百姓知道政令的含义？一个个去说吗？”薛太妃看着刘凌，“你觉得这样有效率吗？”

“那个……张榜公告？发布像是邸报一样的东西？这个……”刘凌苦笑更甚，“薛太妃，我还没坐到那个位置，实在是想不出啊。”

“等你坐到那个位置再想就晚了！你给我好好想！不要学陆凡那一套！对了，你的策论写完了，记得也给我抄一份，让我看看你是不是有偏颇之处！”

薛太妃发泄完了对陆凡的怒火，干脆利落地对刘凌发了话。

可怜的刘凌握着文卷垂头丧气地离开了绿卿阁，只觉得生无可恋，就连不久以后的上元节都不怎么期待了。

“这日子没法儿过了……”

刘凌叹了口气，抬起头来，正准备往前走，却突然浑身一震。

刹那后，刘凌脸上的无奈转为平静，面无表情地继续向前走去，只有眼底掠过一丝诧异。

不远处，抚摸着墙角、撅着屁股，毫无形象可言的“神仙”瑶姬一点点直起了身子，没形象地伸了个懒腰，自言自语着：“呼……真累，这里果然有避雷针，真是不可小觑古人的智慧……”

难道她就这一身衣服吗？她总穿这一身衣服是另有什么原因吗？这么多年了，她这一身衣衫就从未变过，面容也是……为什么这次她是独自一人，没有其他古怪的神仙跟着？难道她是偷偷下凡的，所以才没有那么大阵仗？

刘凌的心中闪过无数念头，却依旧装作若无其事地从她身边走过，然后一屁股坐在她身侧的屋檐底下，展开了手中的纸卷，假装是在思考。

他这一番作态果然引起了瑶姬的好奇，缓缓地移步过来，站在了他的身后。

刘凌只觉得心中七上八下，耳边隐约传来珰佩之声，身边就多了个人影。没一会儿，他身后的人影蓦地变成了一片阴影，从他的头上笼罩下来。

然而此刻的刘凌，直觉得心如擂鼓，后背上连汗都快要流下来了。他听着身后以环抱姿势俯身的瑶姬有些困惑地读着他手中的题目："民可使由之，不可使知之？不对，好像是民可，使由之；不可，使知之？若这么说，那民可使，由之；不可使，知之也说得通……这是玩文字游戏吗？这里连句读都没有？"

刘凌眼中露出震惊之色，不同于薛太妃和陆博士，这位神女居然一张嘴就说出了三种解释！

像是刺激还不够似的，瑶姬伸出手来，轻轻地点着他手中的题目，手指像是融化一般在那句话上泛起一阵涟漪，随着她的手指在不同位置停顿，她的口中也开始喃喃自语。

"民可使，由之不可；使知之？

"民可使由之？不。可使知之？

"还是民'可'，使由之。不'可'，使知之？

"呵……"

姚霁的嘴角泛出一抹有趣的笑容。

"这些读书人还真是有意思，这是为了迎合各种不同治国观念的君王而设下的语言陷阱吗？无论是何种治国之道，似乎都能从这句话里得到他想要的答案，其实根本就没什么答案罢了。"

刘凌傻傻地听着耳畔的轻笑，第一次觉得在神仙眼里，圣人似乎也并没有多了不起，至少没有在陆博士或薛太妃心目中那么了不起。

第四章
放松？紧张？

对于姚霁来说，她只不过半个月没来这里而已，这个世界就已经变化得十分快了，至少上次她来的时候，还没有竖立在冷宫内外的那道围墙。

终于拉到足够支撑她在这里待很长一段时间的经费了，根据当年的互助协议，她可以在这里停留一段时间进行研究。

事实上，大部分的考古学家和历史学家都愿意为这个看不到曙光的项目做这样吃力不讨好的工作，全都是为了能够名正言顺地在这里停留一段时间。

停留是有风险的，被历史学家停留过的世界，有很多最后都因为没有按照历史进程发展而被销毁，照理说双方完全不在一个维度，互相对对方都没有影响，但这种规律简直像是一种诅咒一般。

在科研人员之中流传着一种说法，“只要有进入，其实就应该产生了干扰，只不过干扰有大有小”。这也是让项目科研组的技术员们不愿意让观察者长期留在推演世界的原因。

但姚霁却觉得这种说法是无稽之谈，每个推演世界就和平行空间一样，会自动产生无数条道路，就如他们的历史会拐上哪个拐点，通向的是何方，他们也不得而知，想要完全掌控，恰巧就需要观察者们长期地观察。只有这样，他们才能弄清楚到底是什么造成了影响，又是什么使得同一段历史产生了不同的结局，只有这样，他们才能避免下一次的失败。

这种观点正好和科研组人员的截然相反，却是得到数量众多的观察者们肯定的一种说法。

由于最近由历史学家和考古学家组成的观察者都非常给力，拉到了不少赞助，所以项目组的主要负责人也愿意接受她的观点，尝试下长期观察会不会对项目正确运行有所帮助。

姚霁作为主要维护区域的观察者，争取到了一次名额，她要观察的时代，就是推演世界正在进行的代国时期。

姚霁其实已经见识过整个项目经历的四次失败，而第四次的失败，直接导致了姚霁的父亲在绝望中自杀。

这个项目最让人沮丧的地方就是由于技术的限制，所有的发展只能按时间线的顺序向前进行，不可以倒退，也不可以进行任何逆向操作，所以一旦出现偏差，很多时候就要宣告整个实验的失败了。

由于四次失败，这个项目已经遭到了灭顶的打击。没有资金支持、缺乏观察者和科研人员的加入，所有剩下来的人几乎没有报酬全靠义务劳动，偌大的研究所因为经费不足渐渐缩小，甚至不得不关闭一部分来节省开支。

最让人沮丧的是，由于不能接受任何组织和机构的资金支持，所有仅剩的观察者必须要放下身段，以导游和业务人员的身份而非学者的身份去想办法获取个人资金上的赞助。

因为姚霁的身份和历史学上的成就，她的申请几乎是被项目组欣喜若狂地通过的，这一留，就是好几年。

这一次项目的启动，要用好几年的时间才进行到代国时期。相比于前几次的发展，恐怕只能以“龟速”来形容，但考虑到项目仅剩的设备和人员，能够无惊无险地进行到这个时期，并且还有越来越多的个人赞助以观光经费的名义汇入项目组，已经算是奇迹了。

甚至有不少人认为推演的时间放得慢一些，也会对项目的顺利进行有帮助，反正他们现在的资金并不紧缺了，慢一点反倒有利于整个项目的有序运行。

在这种情况下，没有了带队压力的姚霁，才能够优哉游哉地带着控制器，以个人的身份进入代国的世界。

*　*　*

“其实我也没得选择，我对那个穿内增高的矮子皇帝没有什么兴趣……”

姚霁看着面前低头看着绢帛的孩子，喃喃自语道。

“更何况这皇帝也活不久了。”

姚霁的心里还有其他打算。

当她说到“穿内增高的矮子皇帝”时，刘凌手中的绢帛不由自主地一滑，一下子掉到了地上。

他连忙手忙脚乱地从地上将那绢帛捡起来，重新卷起，抬起头看向天空，掩饰着自己的尴尬。

只是他的掩饰还没做多久，更尴尬的又来了。

“这未来的代昭帝，怎么感觉有点傻？”

姚霁完美的五官突然出现在刘凌的面前，因为离得太近，姚霁这张脸变得硕大无比，若不是刘凌从小经历过各种艰难的局面，这时候恐怕要吓得仰倒在地。

刘凌又一激灵打了一个哆嗦，随即反应过来，连忙搓了搓手臂，以显示自己是因为冷才打了哆嗦的。

“说起来，刘凌能从冷宫一步步走上皇位也很不容易啊，到底发生了什么事情才让他一飞冲天呢？”

觉得弯着腰很累，姚霁慢慢直起身子，偏了偏头看向面前的刘凌。

“仅仅以身体素质和外表形象来说，他倒是超出他的两个兄弟一大截……唔，这么说起来，古往今来，似乎人们对继承人的身体素质也有很高的要求，难道是因为这个？”

听到姚霁的评价，刘凌的嘴角扬了扬，突然一下子站了起来，拍了拍屁股，却没有走动，而是一副不知道去哪里的样子。

他这一站，倒惊得姚霁反射性地往后退了一步，而后醒悟过来地拍了拍自己的胸口。

“吓我一跳，忘了他看不到我。”

姚霁的课题是研究“古代宫殿在失去维护的情况下会有什么样的衰败过程”，所以她的重点要放在冷宫上，受到惊吓之后，她对刘凌倒没有那么好奇了。

“乖孩子，好好长，也许等你长大了，我就会经常出现在你身边观察你，研究一个帝王是如何养成的。”

姚霁从广袖中伸出一只手来，虚虚地拍了拍身前男孩的脸颊，“姐姐要去冷宫里逛逛啦。”

她眯起眼，看了看远处，很快就做出了决定。

“看样子飞霜殿像是保存得最好的建筑，同样的宫殿，飞霜殿却保存得这么好……我就去飞霜殿吧！”

随着姚霁一句“哎呀我不认识路，好麻烦，走直线吧”的自言自语，刘凌眼睁睁地看着她就这么穿过厚厚的宫墙，消失不见了，他终于吓得一屁股坐在地上，半天喘不过气来。

*　*　*

“飞霜殿，宫室的地底有温泉经过，形成水暖，故酷寒之时雪落于瓦却不堆积，仅仅结霜，因此而得名‘飞霜’。，建于代高祖时期，是当年的萧太后冬日居住之所……”

姚霁职业病发作，念叨完一大段介绍后回身想要领人进去，一扭头身后却空无一人，这才想起来这次她根本没有带团，也没有什么赞助人跟着。

“真是，这么安静，我反倒有些不习惯了。”

姚霁摇了摇头，听着头顶发出“叮叮当当”的声音，脸上自嘲的神色更重：“都没有人了，我何必穿着这么一身进来呢？下次换回常服好了。”

她扯了扯衣袖，又摸了摸头上的华胜，带着“我是个笨蛋嘛”的表情，抬脚踏入了飞霜殿。

姚霁一进入飞霜殿，驻守在飞霜殿各处的大司命们纷纷有所感应，云旗更是一抖银丝，直接跳到了殿门之前，想看看是哪个不要命的居然敢擅闯飞霜殿。

然而他明明感觉到有人踏入了警戒范围，可飞霜殿前却空无一人，只有他萧瑟的身影伫立在寒风之中，手中还傻乎乎地拉着一根细线。

“哎呀呀，真吓人！”

姚霁看着面前突然出现的面罩人，心有余悸地拍了拍自己的胸口。

“刚刚那个难道是传说中的轻功？”她围着云旗绕了一圈，对他手中的银线多关注了几分。

“是做针线的宫人？穿成这样是做什么的？”

她皱着眉头，对冷宫里有这么一群人疑惑万分。

冷宫明显是这个皇宫里犹如隐形人一般的存在，而这样的地方竟藏着一支武装力量，难道里面住的人并不简单？

姚霁带着疑惑，踏入了飞霜殿中。

飞霜殿在冬日总是比别处温暖，就如含冰殿到了夏天一定非常阴凉一般。

对于古人的智慧，姚霁常常叹为观止，即使没有现代的科技手段，占据这个帝国最顶端的统治者们也能找出各种办法让自己过得更加舒适。

“真是奇怪，照理说静安宫成了冷宫，飞霜殿的地热应该没有人再维护才对，为什么还有热水从地下通过？这种热度，应该连汤池都是可以正常使用的……”

姚霁步入飞霜殿，四周晃了一下，发现这里虽然有些陈旧，但远没有冷宫里的很多宫殿那样又潮湿又墙壁斑驳，甚至连木柱都没有虫蛀的痕迹，她更是啧啧称奇。

“这萧太妃当年一定很受宠……”

姚霁在主殿绕了一圈，没发现多少人，反倒接二连三地碰到不知道从哪里跳出来的黑衣人，她更是有些莫名其妙。

姚霁心里的疑云越来越重，而她明白想要得到答案的最好办法，恐怕就是花一段时间接近萧太妃，通过萧太妃的日常和她与这些人的接触而得知。

就如上次在蓬莱殿一般，姚霁也没在正殿和寝殿发现萧太妃，姚霁抱着死马当活马医的想法，跟在蓬莱殿一样直奔汤池而去。

蓬莱殿明显是按照飞霜殿的格局造的，两个宫殿汤池的方位都是一样，姚霁毫不费力地就摸到了汤池旁，听到了里面传来的轻微声音。

“太妃，真不需要我们给您搓背？”

一个柔柔的女声在低声询问。

“不用，我一个人就可以了，即使是你们，让你们看我‘放松’，也实在尴尬得很。”

萧太妃的声音带着笑意响起。

“那我们出去候着，您休息好了，就唤我们进来伺候。”

另一个宫女叹了口气。

“主子最好多泡会儿，不然等下会很疼。”

“无妨，我已经习惯了。”

看着两个中年宫女从汤池室中捧着脏衣等物出来，姚霁站在门口，反倒有些不敢进去了。她正准备转身换个地方研究，却隐约听到了什么奇怪的动静。

不是她想象中的呻吟，也不是什么古怪的碰撞之声，而是犹如豆子爆开一般“噼里啪啦”的炸裂之声。

这声音太过古怪，姚霁长这么大，还没听过这样的声音，更别说是在古代了。

“难道这太妃所说的‘放松’之法，是一个人在宫中炒豆子？这未免也太奇怪了吧？”

姚霁的脸上不由自主地露出古怪的神色。

爆裂声越来越响，随着爆裂声，汤池所在之室又开始传出更可怕的声音。

这声音既像是什么野兽在痛苦地嚎叫，又像是什么人饱受痛苦后压抑不住的低吼，最重要的是，无论是野兽在叫还是人在吼，这声音都绝不是女人能发出来的。

出于好奇和担忧，姚霁毫不犹豫地“穿越”进了宫室，只见在水汽蒸腾的汤池池畔，一道修长的人影趴在池子旁温暖的地砖之上，不停地抖动着自己的身体。

随着那道身影的每一次抖动，那在氤氲之气中颤抖的身体都会变大几分。起初姚雾还以为那是汤池里水汽缭绕产生的错觉，到后来她走得近了，才发现这爆豆一样的声音居然是来自这道趴在地上的身影，赫然就是从此人的关节各处发出来的声音！

天啊！这是什么情况？！

姚雾瞪大了眼睛看着这具不着寸缕的身躯，看着它一点点从一米七左右的身高渐渐暴涨到一米八左右，肩膀也从窄变宽，臀部却由宽变窄，渐渐拉长成一个宽肩窄臀、腰身匀称的修长身体。

听着耳边瘆人的低吼号叫，即使身在暖室，也知道这个世界没人能伤得了她，姚雾依然毛骨悚然，那感觉就跟身处恐怖片的片场差不多。

姚雾心跳加速，被眼前这诡异的场景惊得连动都不能动一下，眼睁睁地看着那个趴在地上的人影在抽搐了几下之后，突然翻过了身子。

嗬！这居然是个男人！

第五章
法宝？神器？

姚霁被吓得眼睛差点瞪出来，这也正常，即使是科学技术非常发达的未来，也没有这种“一下子变大只”的技术，如果增高那么容易，也就不会有那么多科学家辛辛苦苦研究基因技术了。

但事实就明明白白地摆在她面前！

这具横陈在她面前的“玉体”，比起之前她见到那个只是有些英气的太妃，只是五官和身材略略有了些变化，然而气质却陡然一变，变得阳刚俊朗起来。

作为一个在自己的时代连成人游戏都玩过的主儿，姚霁“无意间”多看了这位男太妃几眼，这才转过身去盘膝而坐，脑子里混成了一团糨糊。

冷宫里有个男人，而且看样子已经存在很久了，能够一直将自己男人的身份掩饰下来，他的身份绝非表面上那么简单。

再想想刘凌似乎是从小接受冷宫里的教育而长大，长大后更是成了下一任的皇帝，说不定这冷宫里许多人都有自己的故事和本领。

几乎只是一瞬间，姚霁脑子里就已经拟出了好几个博人眼球的标题，远比她准备作为论文的“代国建筑演变史”“论刘氏皇族的遗传性精神病基因”等要更容易引起轰动。

姚霁皱着眉想了半天，却听到脑后传来窸窸窣窣的穿衣声，她松了口气，转身继续打量起这位男太妃来。

这位男太妃似乎一点走出这间汤池的意思都没有，他身上披着的葛袍也宽大无比，看来正是为他“变身”后准备的。

穿好衣服的男太妃胡乱擦拭了下自己的湿发，又从身边的玉箱里拿出一把小小的指刀，开始为自己修整眉毛，修整完容貌，他还顺便把刚长出来的几根稀疏的胡茬剃掉。

男太妃整理仪容的动作无比认真，就好像这是天底下最重要的事情，除此之外，再无可以让他动容之事一般。

姚霁越看鸡皮疙瘩越冒个不停，满脑子都是“女装癖”之类的想法，若不是她还想知道一些这个男太妃身上的秘密，恐怕已经掉头走了。

好在她的坚持确实是有结果的，大约只是一炷香的时间，就有敲门的声音响起。随着外面的敲门声，男太妃拿着指刀的手突然一顿，淡淡地开口：“是谁？”

“是云旗。”

大司命云旗的声音在外响起。

“什么事？”

“少司命那边的消息，紫宸殿那位强行要走了沈国公府上的那幅高祖像，还给三皇子指了沈国公府的长孙为伴读，看样子，那位对三皇子的态度似乎有所变化。”

云旗的语气中也带着一丝感叹。

“这位殿下，总算是熬出头了。”

“可知是为什么？”

男太妃放下手中的东西，移步到汤殿门口，却没有打开殿门。

姚霁好奇地跟在男太妃身边，侧耳听着门外之人的汇报。

“听少司命说，似乎是因为三皇子的长相很像高祖那幅画像。”

“嗤，刘未那点心思，真是一猜就透。他还在怀疑自己不是刘家血脉？”萧太妃摇了摇头，“高祖的画像现在在哪儿？”

“在翰林院的画院里，供奉们在学习丹青子的技法。”

云旗的声音很稳，完全听不出刚才那副神神叨叨的样子。

“问问少司命或云中君，能不能想个法子将那幅画像给毁了。”

“呃？主子，那三皇子，恐怕……”

“就算我们不毁，也会有人毁掉的。”男太妃意有所指地说着，似乎并不认为毁掉一幅高祖的画像有什么大不敬的。

姚霁叹为观止地在一旁看着这对主仆一唱一和，心中对男太妃的复杂程度又有了新的认识。

大司命、少司命、云中君，这都是《九歌》中的人物，如果按照这种命名方法，难道这宫中还有其他以楚国神话里的神明命名的势力不成？那统领众神的东皇太一又是谁？听起来，这些人似乎并不是和现任皇帝一路的。

姚霁这一天得知了许多秘密，脑子里一时还不能理清，只能冷眼旁观着这个男扮女装的中年男人发号施令。

“那主子，我这就去……”

“算了，你还是别去了，刚刚的话，就当我没说。”

穿着葛衣、披着湿发的男人突然开口制止。

“嗯？不用了？”

“罢了，如果是别人插手想要烧它，也稍微阻止一下吧。刘凌那孩子，过得也是不容易……”

男太妃幽幽地叹了口气。

“好歹我教导了他这么久，最终结果如何，就看天意吧。”

“是！”

云旗的声音中明显带着如释重负的解脱。

“还有什么事吗？”男太妃道。

“主子，马上就要天黑了，要不要云旗给您点个睡穴？”

云旗在外面犹豫了一会儿，才轻轻地开口询问。

“不用了，反正我白天就回去了，刘凌最近都不怎么来，我白天正好可以补觉。”

“可是最近您休息的时间越来越少，若是您的身体支撑不住，那赵太妃又要唠叨许久，您不如趁天没黑，抓紧时间多睡一会儿……”

云旗温言相劝。

“我知道了，等会儿我就在暖室里稍微睡一会儿，也不用点什么睡穴。”

听到男太妃的回答，外面的云旗没有再说话了，大概是得到了满意的答复，心满意足地离开了这里。

汤殿里又恢复了一片平静。

姚霁深吸了一口气，在控制器呼出的面板上按下了“暂停”。这是她央求同事们在手表形控制器上增添的一个功能，原本是当作记事本来使用的，却没有想到此时派上了用场。

因为两人的对话在她听来太过不可思议，所以她将云旗和男太妃的对话记录了下来，以备空闲时候可以细细分析他们话语中的意思。

现在她该做的事情，就是研究下整个汤池进水和出水的原理，然后再看一下旁边隔出来的暖室究竟是如何利用沐浴后用剩的脏水为屋子取暖的，这一切都做完，她就可以功成身退了。

那边的男太妃赤着足踩过温暖的地砖，向着汤池旁边被隔出来的暖室而去，大概正如他刚刚所说的，要去暖室小憩一会儿。

姚霁则“跳入”了水里，蹲在比未来世界的浴缸大不了多少的汤池中研究着它的进出水系统，并且不时呼出控制器做着一些记录。

等一切都做完，她浑身清爽地迈出水池，也朝着隔壁的暖室寻了过去。待她细细观察地砖，才发现从汤池到暖室的方向修了一道“口”字形的沟渠，温泉水从这沟渠流向隔壁的暖室再流回汤池，最终加热了整个汤殿区域。

姚霁踏入约莫二十平方米大的暖室，只见得地上铺着厚厚的软垫，上面侧卧着那位已经睡着了的“太妃”，他长长的头发披散在软垫上方仅仅铺着布巾的地砖上，虽然依旧是湿的，但凭借地砖的热度，慢慢烘干也不过是时间问题。在没有干燥设备的古代，这种暖室实在是再享受不过了。

姚霁做了个深呼吸，慢慢退了几步，跪下来研究原始版的“水暖地砖”。

等等，好像有什么动静？

姚霁耳边隐隐约约传来稍显粗重的呼吸声，这声音在这安静的暖室里分外明显。她不由自主地抬起头，向着声音传来的方向看去。

只见得软垫上，不知道什么时候已经坐起身的男太妃满脸惊恐地打量着四周，不停地喘着粗气，那表情就像是在岸上睡觉的鸭子睡了一觉后发现自己出现在水里一般，除了惊恐，还有一丝无所适从。

姚霁饶有兴趣地看着这位男太妃慢慢地摸着自己的脸，心中好奇他究竟还能表现出多少面来。仅仅是今天这一个下午的时间，她就已经对这位男太妃产生了浓重的好奇心。

但哪怕姚霁再怎么想象力丰富，也没想到这位“太妃”居然会沿着自己的脸庞一直往下摸去，那手掌划过自己突出的喉结、平坦的胸部，最后落在了脐下三寸之处，然后整个人剧烈地颤抖了一下。

“啊！”

一声粗重的尖叫之后，这位“太妃”像是被人掐住了喉咙一般噤了声。他捂着自己的喉咙呆了好一会儿，才用着女人的声音伤心地哭了起来：“呜呜呜呜，为什么会这样？！我以为以后不会再出来了……为什么又要让我这样，我不要顶着这个身子如厕，哥哥你快回来！为什么老是让我死而复生！”

他幽怨的声音如泣如诉，配上那明显比刚刚的“太妃”娇媚得多的动作，更是让姚霁的背后冷气直冒。

“天啊！男扮女装就算了，居然还有人格分裂！！！”

*　　*　　*

飞霜殿外不远处。

刘凌在这里已经坐了两个时辰了。

他原本应该早点回到含冰殿，赶紧将应付薛太妃和陆博士的策论给写出来的，毕竟离陆博士和薛太妃要策论的时间已经不多了。可是一想到那位瑶姬神女去了飞霜殿，而且明显是目的明确的，刘凌心中就一直七上八下的，就像是有什么不好的事情要发生似的。

刘凌不觉得这位神女会有什么危险，毕竟她是天上的神仙，而萧太妃武艺再怎么厉害，也不过是一位凡人罢了。

所以因为担心萧太妃会出什么事，刘凌便找了这处离飞霜殿不近不远的地方，将自己藏在树荫之中，安静地等候着飞霜殿里的瑶姬神女出来。

他的预感一点也没错，大约只过了半个时辰，飞霜殿的方向就发出了恐怖的号叫声。

这声音刘凌其实听过好几次了，每次他都是在不远处的其他宫殿隐约听到的。事实上，从他还是个不懂事的小孩子起，就已经听说过飞霜殿里时常闹鬼的传闻。

赵太妃说萧太妃得了怪疾，发病时非常痛苦，那声音并非鬼嚎，而是萧太妃压抑痛苦的声音。

只是这声音太过让人难受，刘凌在“去看看”和“静观其变”之间挣扎了许久，好不容易才控制住自己去飞霜殿的念头，继续静候。

一个多时辰过去了，冬天天黑得比较早，今日又是阴天，比往常黑得更快，饶是刘凌身体好，此时也觉得有些体寒，正在他考虑是不是该回去了的时候，他看见远处一个发着光的物体“飘”了过来。

刘凌强压着内心的惊恐，遥遥向树下看去，待那道发着光的身影从远处越来越近，刘凌这才松了一口气。

发光的不是什么鬼，而是浑身笼罩在光晕中的瑶姬神女。那柔和的光线，正是从她那身飘逸的宫装上散发出来的，所以看起来像是一道发光的白影在地上飘着。

然而他还没有轻松多久，树下喘着气扶住树干的神女就冒出一句让他从树上跌下去的话来。

“萧太妃是男的？萧太妃人格分裂？搞没搞错，这里是代朝吧？不是什么志怪小说所在的年代吧？我真是活见鬼了！”

刘凌四肢并用地扒住身前的树枝，将脑袋扭成几乎九十度的角度往下望着，险之又险地倒吊在这棵树的树枝上，没有掉下树去。他不敢弄出任何动静，他只能祈祷着树下的瑶姬神女没发现在她正上方的自己，能够完整地给出他能理解的答案。

瑶姬神女没有离开，而是在心绪终于平静之后背靠着树干伸出了手腕，露出了手腕上一只圆形的“法宝”来。

他看着树下的瑶姬伸出食指在那“法宝”上点了一下，一道让人惊叹的光幕就凭空在“法宝”上竖了起来，光幕上浮现着许多的文字，是刘凌完全看不明白的蝌蚪文。

他见着其中几个“蝌蚪”突然变粗跳跃了一下，然后一个陌生男人的声音和云旗的声音就细细地从那“法宝”里传了出来。

“是谁？”

“是云旗。”

“什么事？”

“少司命那边的消息……”

刘凌渐渐瞪大了眼睛，只觉得浑身上下密布着冷汗。

他觉得自己有些抓不住了。

第六章
逃避？面对？

刘凌第一次开始后悔自己的眼睛与众不同。

姚霁播放的只是一小段声音，所以开始听的时候，刘凌并没有听出是那是萧太妃的声音，反倒以为是哪里来的什么特殊势力，又或者是大司命们真正的主子，刘凌心中甚至还在为萧太妃担忧，惊得出了一身冷汗。

可到了后来，当那段声音里出现“他还在怀疑自己不是刘家血脉”以及“好歹我教导了他这么久”云云时，刘凌就像是一下子被人打通了任督二脉似的，脑子里电光石火般闪过了许多以前想不明白的问题。

为什么他的父皇对他表现得那么厌恶？

为什么一张高祖画像能让他的父皇态度大变？

为什么冷宫里曾经死了那么多人，宫中却从未追究过？

为什么方太嫔、窦太嫔、赵太妃对萧太妃的态度都那么怪异……

刘凌不是笨孩子，相反，他有着这个年纪的孩子少有的观察力和悟性。只是通过瑶姬“法宝”中记录的言语，就足以让他不寒而栗了。

如今这位神秘的萧太妃，手中能够控制的宫中力量至少有三支，一支是他见过的大司命，另外两支是他从未见过的少司命和云中君。

楚国神话里，大司命管死，少司命管降生和守护子嗣，云中君是云神，负责遮蔽艳阳、行云布雨。薛太妃曾提过高祖当年遍召奇人异士以为己用，其中就有大司命这一支人马。那以高祖命名的方式，说不定少司命、云中君也是那些奇人异士中的一员。

很有可能，《九歌》里提到的其他神明，在这皇宫里都以各种各样的身份存在着。

为什么萧太妃会是男人的声音？为什么这些奇人异士都听从萧太妃的命令？刘凌苦苦思索而百思不得其解，唯一能够确定的，就是萧太妃对自己没有恶意，也不想伤害他。

有这一点就够了。

刘凌有些苦中作乐地想。

“冷宫里的太妃是男人，是男人就算了，还人格分裂，另一部分人格认为自己是女人，难道这就是他一直在冷宫里的原因？他白天是男人，晚上是女人？”

姚霁反复听了汤殿里的对话好几遍，咬着手指思索了好一会儿，也没有得到什么答案。她抬头看了看天色，也没有多耽搁，大步流星地一路穿墙而走，要从祭天坛的裂隙中回到自己的世界去，趁记忆还很鲜明的时候去寻找相关的资料。

她一穿墙离开，树枝上吊着的刘凌终于坚持不住，“扑通”一声掉下树来，摔得龇牙咧嘴。

他面色复杂地看了眼飞霜殿的方向，也没有犹豫，穿过杂草丛生的小径，头也不回地朝着含冰殿奔去。

这一夜，他注定无法入眠了。

* * *

无论刘凌经受了多大的惊吓，日子却还是要照常地过。

他的策论写得很成功，因为有瑶姬的“提示”，刘凌索性写了五六种不同断句后的解释，也写出了不同理解的释义，然后根据这些解释，写出了极为漂亮的策论，无论是薛太妃还是陆博士看了，都拍案称奇，陆凡甚至拿着那张策论直呼刘凌若不是皇子，凭借写策论的本事拿个状元、榜眼什么的都有可能。

但刘凌一点都高兴不起来，不但高兴不起来，而且还十分期待自己能早日去东宫读书，不必每日待在静安宫，想起萧太妃的事来。

他也不是害怕或者愤怒，只是有些难以接受，想远离她们一段时间，清净清净罢了。

好在他在宫中还有一位好友存在，才没有真的被逼疯。

那位好友，就是太玄真人身边的道童张守静。

上元节那天，太玄真人在宫中为皇帝和贵妃等人举行“天官赐福”的仪式，这种大的法事张守静向来是不参与的。因为之前和刘凌通过气，张守静早早地离开了太玄真人身边，溜到了祭天坛来，和三皇子刘凌相会。

对于并不知道张守静真实身份和本领的刘凌来说，张守静只是一个单纯的朋友。而对于张守静来说，刘凌却是泰山天师道复兴的希望，所以无论刘凌说什么话题，他都含笑听着，并不表示反对。

"我现在很想去东宫读书。"

刘凌望着天上圆圆的月亮，小声地嘀咕。

"她们一定很难过，今夜我没和她们一起过上元节。"

他没有说"她们"是谁，张守静也从来不问。

"其实我很尊敬她们，也很爱她们，可是我太寂寞了。除了你，我没有同龄的朋友，不知道外面是什么样子的。我甚至连西宫都没有出过几次。我不知道像我这个年纪的男孩子都学些什么、对什么感兴趣，也不知道我能够坚持多久……"

刘凌难得露出这样迷茫的表情。

"我母妃去世早，父皇也很厌恶我，我真不知道自己能撑到何时。"

"殿下刚刚说您想去东宫读书？那不是很快就可以了吗？"

张守静赶快岔开话题。

"说是上元节过后您就要去东宫了？"

"是啊，我明天就要去东宫了。东宫崇教殿已经备下了伺候我笔墨的宦官，父皇还给我指了个伴读，是沈国公府的嫡长孙戴良，比我大一岁，不知道是个什么样的人。"

"一府的嫡长孙，自然是悉心教导的人才，殿下不必担忧。"

张守静细声安慰。

"守静，你说一个人能见到神仙，是好事还是坏事？"

刘凌冷不防突然询问。

"啊？"

张守静一时没有心理准备，被问得一蒙。

"你说神仙的日子会不会很无聊？因为神机妙算，什么事情还没发生就已经掐算到了，他们难道不会觉得厌倦吗？若一个凡人也有了神仙预知过去未来的本事，他会不会疯掉？"

刘凌扭头看向张守静，脸上的表情极为怪异，好像是他已经疯掉了，如今是个疯子在说话。

像是这样的怪异之语，张守静也听了许多次了，有几次是刘凌问人可不可以见到神仙，还有几次是问神仙要下凡能不能主动和他们接触什么的。

若是换成一般人，听到这种问题恐怕只会把对方当成疯子，可张守静是什么人？张守静的祖上可是出过一位天师，曾常年累月陪伴寻仙的高祖，甚至为高祖勘察风水，定都临县。

像是这样的问题，那位先祖张致虚甚至写过一本《答高祖》作为传家密卷，历数如何和高祖这样地位无上又容易有奇思妙想的人打交道，其中有许多心理分析和应对之法都很有意思。

此书张守静自然也读过，所以他听到刘凌如此说话，只是面不改色地点了点头，顺着刘凌的意思说道：“我不是神仙，所以我不能回答殿下这到底是好事还是坏事。但就以我的想法，我宁愿痛苦地明白一切，也不愿糊里糊涂地活着。”

“不愿糊里糊涂地活着吗……”

刘凌少年老成地皱起了眉头。

“说的也是……”

“说起来，殿下就要去读书了，我这有个白玉葫芦的腰坠，权当贺仪，就当是庆祝殿下要去东宫了吧。”

张守静从怀里掏出一个被磨得圆润无比的白玉葫芦，大约拇指大小，颜色形状无不莹润可爱，上面还有个小小的木塞，显然葫芦里是有东西的。

刘凌愣了一愣，手中已经被塞入了这个温热的玉坠，他有些不好意思地推辞：“看起来这个葫芦你已经戴了很久了，给我不好吧？君子不夺人之所好，你要想给我贺仪，把那些润嗓子的药糖给我一盒就行了。”

“这里面装着的是我师门传递讯息的无色水，你将这无色水写在任何东西上，用火一烤，就能显出字来。这里面的无色水虽然不多，但它可以掺水使用，一滴可以掺上一盏茶的水，我觉得你需要这个。至于白玉葫芦，反正是身外之物，只是值些俗世的银子，对你来说，也算不得什么。”

张守静的表情突然变得无比严肃，硬生生地将白玉葫芦又推了回去。

刘凌看着满脸认真的张守静，心中一热，没有推辞，只是珍而重之地将白玉葫芦挂在了腰上以示重视。

过了一会儿，他想了想，从腰带里抠出一枚小小的宝石来，也塞到了张守静的手里。

“我得了你白玉葫芦，便给你这个。和白玉葫芦一样，这个对我来说，只是值些俗世的银子，你就拿去换银子吧。只有一点，这个东西比较扎眼，你最好小心点换钱，也不要让人家知道是从哪里来的。”

张守静打开手掌一看，一颗青绿色如猫眼一般的宝石躺在他的掌心，在月光的照耀下，那中间的猫眼细细地眯成一条线，显得无比神秘。

张守静虽然见多识广，但毕竟只是个普通的少年，这金绿猫眼非大富大贵之人不能得见，他虽然从刘凌的话中听出这东西并不普通，但在刘凌十分坚决的态度之下，也就小心翼翼地收入了怀中的布囊里，权当这是未来皇帝对他的赏赐了。

两人就着月色聊了好一阵子，直到值夜的巡逻守卫已经第三次路经这里，张守静才不得不赶紧赶回太玄真人身边去，免得被当作什么深夜里乱窜的宵小而丢了自己的性命。

刘凌站在祭天坛上，握着腰上的白玉葫芦，目送着张守静又一次走远。他静立了半晌之后，方才心事重重地往冷宫而回。

明天就要去东宫了，东宫里等待着他的，将会是什么呢？

那位沈国公府的嫡长孙，会不会是个和张守静一般好相处的人？

* * *

东宫。

“你就是那位三皇子？”

瘦高个子，满脸戾气的少年面无表情地扫了面前的刘凌一眼，有些失望地撇了撇嘴。

“一看就知是个无趣的，我算是倒霉了。”

刘凌看着面前一脸“老子就是不好惹”表情的戴良，心中不由得苦笑。

看样子这位伴读一点都不想来陪他读书。

也是，虽然沈国公府愿意帮他，但那也是为了那几个殿试的名额而做出的交换，并不见得把宝押在他的身上。如今因为戴良成了他的伴读，整个沈国公府无缘无故被盖上了“三皇子党”的烙印，想来沈国公也很不高兴，恨不得早点弄出些麻烦将戴良捞出去，就如当年装疯卖傻离开了宫中的陆博士一般。

“你们一大早戳在这里干什么？当柱子吗？”

一个不耐烦的声音从他们背后传来。被挡了路的二皇子刘祁满脸不耐，张口就讽刺他们。

刘凌赶紧带着身后的人恭恭敬敬地向二哥问安，戴良即使再怎么桀骜不驯，也只能乖乖低头，随便敷衍了一下。

眼神扫过一早就来了的戴良，刘祁脸上的不满更重。

刘祁皱着眉，问身边伺候的宦官徐枫：“说是今日分给我侍读的那个叫庄扬波的，怎么到现在还没来？”

“这个……许是路上耽搁了？”

徐枫有些迟疑地回答。

“哼，连有人带路都能迟到，想来也是个缺心眼儿的。”

刘祁冷哼。

“什么缺心眼儿？”

就住在东宫里，本该最早到的大皇子却是最迟的一个。

出现在宫廊之下的刘恒丝毫不觉得自己来晚了，身边跟着一个黑脸健硕的陌生少年，大概是他的伴读。

见到眼前出现一大片人，刘恒有些讶异地挑起眉，开口笑道："你们来得好早，我刚刚在门外等我的伴读魏坤，所以现在才来。"

待扫到刘凌，他反射性地捂住鼻子退了一步，见刘凌要上前行礼，更是满脸不悦地连连摆手："行礼就不必了，你离我远点就好！看见你我就恶心！"

刘凌露出受伤的表情，尴尬地顿住了脚步。

一旁以为自己又要折腰的戴良顿时松了口气。

他从知道自己要进宫后就一直烦躁不堪，平生最不愿意给人低头的他却到了一个处处要低头的地方，而且侍读的对象还是个不受宠的可怜虫，未来的日子多么痛苦简直可以想象。

这不，还没进学呢，这三皇子就先吃了两个下马威了。

可惜这戴良还没明白侍读到底是一种什么样的存在。

"你行礼就不必了，就让你身边的侍读给我磕两个头，就当是你行过礼了吧。"

刘恒突然露出有些不怀好意的表情，指着戴良说道。

刘凌心中"咯噔"一下。

如果他让戴良这么做了，从此他和戴良的关系就不可能再和睦了，谁第一天来被逼着给别人下跪磕头都不可能有好脾气。

本朝重"士"，即使臣子上朝也不用对皇帝叩拜，仅仅长揖即可，位高权重的大臣甚至可以在殿下看座以示重视，就算是侍读，那也是臣，不是奴婢。

可若是不按照大哥所说的去做，自己和大哥的关系也就更加雪上加霜。

刘凌脸上青一阵白一阵，正准备想办法婉拒刘恒无礼的要求，就见着戴良已经率先跳起了脚，瞪着眼睛、梗着脖子道："什么？！关我什么事？！凭什么让我替他……"

刘凌被这直脾气不怕死的伴读骇了一跳，正准备拉着他的袖子让他住口，猛然间听到东宫外礼官的唱礼声骤然响起。

"陛下驾到！"

听到父皇来了，三兄弟哪里还敢闹什么矛盾，连忙领着身边的伴读和小宦官们去门外迎接。

远远地，一脸轻松惬意的刘未踱着步子，在宫人的簇拥下不紧不慢地朝东宫而来，身边还跟着一个矮小的童子，满脸天真地不停扫视着宫中的一切。

待刘未走到了东宫门口，莫说三位皇子，就连东宫里今日要上课的博士和经师们都哗啦啦出来站了一大片。

刘未这几天大概是睡得很好，还没等他们行礼就已经免了礼，然后将身边圆脸的矮小童子往前面一推，指着老二刘祁笑道：“那个就是朕的二儿子刘祁，也是你要侍读之人，刘祁，上来领走你的伴读。朕在东宫不远处看到他哭着找领路的宦官，一问才知道他和引路的宦官走散了……”

说罢，他扭头吩咐身边的岱山：“找到那带路的宦官，送到宫正司去。”

“啊？陛下可不要怪他们，是我看腊梅看傻了，走偏了道，大概是因为我个子矮，所以一钻到树丛里他们就看不到我了……”

庄扬波吓了一跳，圆圆的杏眼也睁得老大，看样子又要哭出来了。

怎么我的伴读是个泪包儿？他看起来好像还没老三大吧？

刘祁腹诽了几句，认命地上前拉住了庄扬波的袖子，对他解释着：“不管怎么说，他们看丢了你，那就是失职。你不要再多说了。”

“可……”

“宫中就是这样的！想要他们不受罚，下次就不要乱跑。”

刘祁用冷厉的语气在庄扬波耳边低声警告。

“……是。”

庄扬波的眼泪在眼眶里打转，看了看刘祁，又看了看皇帝，硬憋着把眼泪逼了回去，扁着嘴站在了刘祁的身后。

刘未露出欣慰的表情，看了看自己的三个儿子，眼神在长得最高的刘凌身上停留了片刻，笑着出了声：“既然你们的伴读都到了，希望你们日后能好好相处，珍惜这段在东宫的日子。从今年起，东宫的校场将送入一批上好的战马，朕命了禁军中郎将王朗教导你们弓马之道，他性格方正，你们几个休想能蒙混过关！”

也不知是什么原因，刘未一直很忌讳让自己的几个儿子学习武艺，刘恒和刘祁都会骑马，但远没有他们向刘凌炫耀的那般神气，只不过是从宫中御马苑里牵出的几匹温顺的母马，定时在校场上遛一遛罢了，真刀真枪更是从未有过。

所以听到刘未意有所指的话，所有皇子没有一个害怕担忧的，反倒露出了欣喜若狂的神色，哪怕是从一进宫就满是臭脸的戴良，都露出了“总算有一件好事”的高兴神色。

只有那站在刘祁身后的伴读庄扬波，那好不容易忍下去的眼泪珠子，“唰”地一下又流了下来。

第七章
包子？馒头？

三个伴读，都不是自愿来做伴读的。

甚至在皇宫的旨意下达之前，连他们的父母长辈都不知道皇帝会做这样的安排，更谈不上商量什么应对之策了。

刘未看着跟在自己三个儿子身边的伴读们，心里十分满意。

三人之中，老大的伴读魏坤，乃是方国公魏灵则的幺子，虽说是方国公的儿子，但他的年纪和他一母所生的大哥相差了二十多岁，所以大多数时候，是魏家这位世子照顾这个弟弟，而非方国公夫妻。

魏坤的胞兄魏乾除了是方国公府的世子，还是在鸿胪寺任职的典客，凡是进京述职的外地官员在京城的衣食住行、送往迎来，都归他管，算是个清贵的官职，却也没什么太大实权，不过托这一点的福，魏乾的人脉倒是广阔得很。

老二的伴读庄扬波，乃是大理寺卿庄骏的长孙。

如今的这位大理寺卿也是当年科举取士一路直入殿试的世家之子，要出身有出身，要能力有能力，要德行有德行。他历经外放、宫变屹立不倒，而且凭着为人方正又公允的性格，在大理寺卿上一坐就是近十年。

庄家家风颇严，家中子弟大多成才，庄家长子在湖州任刺史，把长媳和长孙留在京中算是尽孝，只带走了两个侍妾伺候起居。

庄扬波今年才八岁，三岁起就没见过父亲了，祖父是个严厉的性子，祖母又是典型以夫为天之人，这庄扬波原本胆子就小，每天被祖父说自己这里不如父亲，那里不如父亲，渐渐地就自暴自弃，养成了个一说就哭的泪包脾气。

老三的伴读戴良，是京中出了名不学无术的粗鲁性子。沈国公家几代也没出过武将了，这位长孙却是从小喜欢舞刀弄枪，压根儿不愿意读什么圣贤之书。以沈国公府的家世，就算长孙要学武也没什么，尽力寻找些名师慢慢教导就是，可这戴良却因武废文，这就是大大的不对，足以让沈国公雷霆大怒。

家中强硬压制戴良的结果，就是把他的小弓、小马、小剑丢了个干净，也辞退了家中的武师武先生，只给戴良留下圣贤之书、笔墨纸砚，又延请名师为他教导圣贤之道，结果这孩子文不成武不就，还不尊师重道，活生生气跑、打跑了许多先生，一时传为京中笑柄。在很多人看来，他是不适合进宫伴读的。但刘凌这孩子最大的问题是太过被动，有一个无事生非的伴读在身边，他再想守拙也守不住了，只要他的本事一点点露出来，他背后之人也就能一目了然，究竟日后有什么成就，就看这孩子能走多远了。

刘未越想越觉得自己思虑得周全，看向三个儿子和他们伴读的眼神也越发和蔼，倒把很久没有见到过自己父皇这么温和的三个皇子吓得心惊肉跳，生怕还有什么后招在等着他们。

好在刘未早朝过后还有许多事情要处理，来东宫也不过就是来走个过场，他对东宫里教导学问的各位先生交代了几句之后，人群便又浩浩荡荡地离开了东宫。

“三位殿下，请入崇教殿读书吧。”

东宫教导几位皇子的太傅徐清同时也是国子监的祭酒，见三位皇子还凝视着圣驾迟迟不入殿，忍不住出声催促。

东宫如今并无皇储，自然就没有仿照前朝建立的东宫体制，也没有固定的教习，太子所住的三殿如今空出，仅仅用了偏殿的光大殿和作为教习之所的崇教殿给大皇子和二皇子读书与起居。

课程是由祭酒徐清制定的，每月月初会提前交给皇帝批示，待上什么课时，就由皇帝指定那几位擅长此科目的大臣或大儒前来教导，或者由徐清推荐合适的人选，这几乎已经成了教导皇子的一种惯例。

可如今徐清却发起了愁。大皇子和二皇子的进度几乎一致，在一起读书就可以了，可如今来了个冷宫里长大的三皇子，据说他的学问是不怎么样的，琴棋书画恐怕也一窍不通，这课该怎么安排？

好在徐清在国子监也见识过各种良莠不齐的太学生，在进行过该有的礼仪和客套之后，他开门见山地问起刘凌：“敢问三殿下，如今您已经读了哪些书了？”

徐清对陆凡的人品和学问都很信任，否则也不会曾经将他推荐给两位皇子开蒙。只是这个人性格太不着调，是以连徐清自己也不确定陆凡到底有没有教给刘凌什么真材实料。

刘凌来之前和陆凡已经商量过了，所以他的回答的话很有意思：“徐祭酒，我这岁数该读的，都已经读过了。”

“不知三殿下具体读过什么书呢？只有知道三殿下到什么程度了，我才好安排教习的先生。”

“除了开蒙的那些，陆博士教过我《四书》了，《左传》《国语》《史记》我也都读过，就是囫囵着学的，也不知道程度如何。”

刘凌露出迷茫的表情，将自己也不知道自己学得怎样的不安表现得淋漓尽致。

徐清是个好人，一想到刘凌的遭遇，心中不由得一软，点了点头道：“那今日大殿下和二殿下由蔡博士指导年前的功课，三殿下随臣去偏殿，臣根据殿下的进度，再来斟酌该如何授课。”

说罢，徐清起身做了个手势，示意刘凌和戴良跟上。

刘凌知道一开始不会跟两位兄长在一起读书，心中松了口气。戴良的想法也差不多，他也不愿意一大堆人一起读书，干脆地站起身就跟着刘凌去了偏殿。

* * *

“谁是纨绔子弟！”

戴良压低了声音恶狠狠地道：“不爱读书就是纨绔子弟？这是哪位圣贤立下的道理？有本事让他跟我打一场！”

刘凌头疼地看着面前满脸凶戾的戴良，不明白什么样的人家能养出这样脾气暴烈的孩子，还能好好地长到这么大。

“徐祭酒也是好意，他是怕你荒疏了学业，才把话说得重了点。”

刘凌看了眼去给自己拿“课本”的徐清徐祭酒，小声安抚戴良：“你如今在宫中，不是家里，不要老是把打打杀杀放在嘴边，东宫里是有侍卫的，若你放肆，徐祭酒随时可以让侍卫把你架出去。”

“那正好，我让他们明白我拳头的厉害！”

戴良变掌为拳，“呼呼”地挥舞了几下。

刘凌从小习武，很有一些眼力。如今见戴良出拳，他一眼就看出这戴良的拳法虽然威风凛凛，其实外强中干，一拳打出去后劲不足，力道又全部卸掉，根本没有什么威力，连花拳绣腿都算不上。想到自己许多观点与他不能一致，日后想要相处恐怕多有磋磨，刘凌心中不悦，皱起眉头直言道：“纨绔与否，不看读书多寡，而是看处事如何。你一不尊师重道，二不以礼待人，为何不算纨绔？”

“三殿下说得好！”

门边传来一声喝彩，刘凌扭过头去，发现正是满意地抚着胡须的国子监祭酒徐清，也不知道他在窗外站了多久了。

徐清对刘凌客气，那是因为刘凌是皇子，在礼法上，除了师徒，还要讲究个君臣，可对沈国公府这位无官无爵的嫡孙，他可就没那么客气了，当下胡子眉毛一动，冷声斥道："戴良，你身为皇子伴读，当以德为先，如今以我看来，你不但性格乖张，而且分不清何为君臣，罚你在殿外跪上一个时辰，想明白了再进来。"

"弟子有何错？"戴良不服。

"会问这句话，就是有错！"

徐清虽性格正直，可他身为祭酒也不是什么好好先生，国子监里什么纨绔子弟他都见得多了，当下一指殿外，厉声道："要么你自己出去跪着，要么我请侍卫进来丢你出去！"

戴良深吸一口气，捏紧拳头，剧烈抖着身子，终是丢下一句"我自己出去跪"，便大步流星地出去了。

刘凌看着戴良心不甘情不愿地出了偏殿，越发觉得日后在东宫的日子不好过，忍不住叹了口气。他身边的舞文和弄墨两个宦官倒是高兴得很，颇有些幸灾乐祸之意。

"殿下的书读得多，却毕竟学得时日还短，臣怕您基础不太扎实，所以拿了几本大殿下和二殿下几年来的功课借您阅读。您看过这些功课，就大致会知道皇子的课都是如何安排的，也好先适应适应。"

徐清给了戴良一个下马威，对刘凌却没有面对不得宠皇子的倨傲，递出来的几本册子也是厚重无比。

刘凌谢过徐清，眼睛的余光却不由自主地扫向殿外。

这些神情自然被徐清看在眼里，微微笑着解释："戴良其实并不适合做伴读，臣虽不知道陛下为何如此安排，但臣希望看到殿下能够有一个安心进学的环境，而不是找一个会带累殿下之人。谁知今日的伴读会不会是他日的臣属？如果现在分不清孰强孰弱，日后只怕会粉身碎骨。"

刘凌听出了徐清的话外之音，有些难以置信地看向面前的国子监祭酒。却见这位宽厚的老者对他偷偷眨了眨眼，指着那些功课笑了笑，就踱着步子出了偏殿，大约是回主殿督促其他两位皇子的功课去了。

刘凌压下对于徐清的疑问，翻开了手中的功课，他身边的舞文和弄墨想要拿出镇纸和笔墨等物伺候，却被刘凌制止。刘凌吩咐他们在殿门口等候，若要伺候再另行召唤。

两个小宦官都不过十来岁的样子，见刘凌对他们并不亲热反倒有些隐隐的排斥，眼神中都流露出一丝失望，但他们能够伺候皇子而不是做些贱役就已经很高兴了，虽然被吩咐在殿门口吹风，依旧还是依言守在门口，不时看看殿外跪得笔直的戴良，以及翻着厚厚册子的刘凌。

两位皇子的功课自然不会自己变成一本本书，这些都是东宫里历年教导两位皇子功课的先生做出的批示和记录，以及分析两位皇子思路的教学心得，和两位皇子的功课一起被装订成册，以便徐清和皇帝随时监督进度、确定方向。

刘凌一直认为自己在冷宫里的学习已经很苦了，他小时候甚至有一段时间觉得自己根本撑不下去，可如今看着两位哥哥的功课，尤其是大哥读书后装订成的密密麻麻的册子，顿时生出了一股敬畏之情。

他们甚至起得比上早朝的父皇还早，上午学文，下午还要学习天文、地理、乐理及其他修身养德之道，即使是酷暑和严寒也没有假日，唯有过年、生病和父皇的诞日能够休息几天。相比起在冷宫里偶尔还能开开小差到处闲逛的自己，他的两位兄长是以一种严苛自律到近乎残酷的方式在生活的。

看着博士先生们一道道红色的驳斥，父皇一条条“糊涂，重写”的批示，还有那端正清秀并不亚于自己的字迹，刘凌手抚着几本厚厚的册子，心中立刻警醒。

是他坐井观天，认为自己是在守拙，谁又能知道他这“拙”，是不是真“拙”？他自己在前进的时候，难道别人就躺在那里倒退吗？为了那个位子，谁不是在用尽全身力气向前？他有冷宫里的太妃们教导，可教导他两位兄长的先生，难道都是不如太妃们的庸才吗？

他除了一身武艺之外，究竟有多少能胜过他的兄长？

刘凌将那几本册子翻了一遍又一遍，发现在两位兄长十二岁那年功课的那本封皮上有个折角，他忍不住细细看了起来。

看着看着，他忽然就明白了徐祭酒这样做的原因——徐祭酒是在提醒自己，不可盲目自大，亦不可妄自菲薄，他所缺少的，只不过是时间而已，如今他已经进了东宫，就该努力缩短这些时间带来的缺憾才是。

刘凌将几本册子放在案上，跪坐着行了个礼，为自己曾经努力过的那些时日，也为兄长们为他做出的榜样。

他有天命，可以为帝。

他信天命，却不能轻视别人的努力。

估算着已经到了一个时辰，刘凌收起手中的册子，站起身来，走出殿中替徐祭酒免了戴良的责罚。

“到一个时辰了，起来吧。”刘凌弯下腰，伸出手递给跪着的戴良。

戴良抬起头来，露出一张依旧倔强的脸，脸上麻木一片，显然他并不认为自己有错，只是畏于长辈才不得不听由惩罚。

“起来。”刘凌的手伸得更前了一些。

要他起来是吧，这皇子害他受了这么大罪，怎么能就这么算了！

戴良心中阴鸷地想着，干脆地递出手去，握住了刘凌的手。两人手掌一相握，刘凌天生高于常人的体温就传了过去，让在门外被冷风吹了一个时辰的戴良手中顿时一暖。

可惜这温度却没暖到戴良的心里。

戴良借力想要站起身子，却假装脚跪麻了往后一倒，用出极大的力气拽着刘凌往墙上带去，若这一下刘凌摔倒了，就算没有摔得头破血流，也会摔得鼻青脸肿，出个大丑。

戴良心中正在得意，手臂上却陡然传来一阵大力，原本该飞出去的刘凌非但没有撞向墙壁，还反手状似无意地扭过了戴良的手腕要害，震得他手臂一阵软麻，直直转了个方向，变成了他面部朝着墙壁撞了上去。

砰！

刘凌跟着撞上他的后背，但有戴良作为肉垫，刘凌一点损伤都没有地站稳了身子，随即露出温柔无害的笑容：“多谢你以身相护，否则我就要摔个颜面无存了。”

舞文和弄墨赶紧上来对刘凌嘘寒问暖，发现他只是被带得踉跄了一下，顿时都松了口气，心中也对戴良有了极大的改观。

戴良一头栽到了墙上，手臂麻穴还在兀自疼着，鼻腔内更是火辣辣的。他伸出手抹了鼻子一把，只见得满手是血，再看到一旁的刘凌满脸无害地笑着，岂止是鼻腔流血，喉间一口血都快呕了出来。

第八章
意外？故意？

是意外呢，还是这位三皇子其实是个面白腹黑的芝麻馅儿包子？

已经重新坐回偏殿的戴良小心翼翼地看向刘凌，发现刘凌一点慌乱的表情都没有，反倒还能不时回头关切地看他一眼，露出歉意的笑容，他忍不住在心中直犯嘀咕。

没一会儿，徐清宣布休息一会儿，崇教殿里的大皇子和二皇子已不是稚子，对这课间的一刻钟时间并不是很兴奋，反倒有些闲着无聊，索性领着新上任的伴读来偏殿看望第一天入学的弟弟。

这边戴良还没来得及正经地坐起身子，一副无状的姿态就被大皇子和二皇子看了个正着。

大皇子一见戴良这粗鄙的样子，眉头立刻蹙得极深，脱口骂道："你这是什么样子！崇教殿是学习圣人之道的地方，你怎能如此放肆！"

戴良刚刚跪了一个时辰，又摔了个脸贴墙，心情正糟糕着呢，被大皇子这么一骂，反倒气笑了，懒洋洋地爬起身，歪歪倒倒地坐了起来，将满是鼻涕和血的脸凑了过去："是，大殿下，我这就坐好。"

刘恒最是爱洁，看着戴良这张脸吓得倒退了几步："你这是怎么回事！舞文和弄墨呢，为何不给戴侍读净面？！"

戴良还想上前恶心他，被刘凌抓住肩头往下一按，竟就站不起来了。

"两位哥哥不知，我这侍读刚刚冲撞了徐祭酒，被罚跪了一个时辰，刚刚起身时腿麻了没站稳，一下子撞到了墙上，鼻子给撞坏了，我怕他头晕，让他稍微歇息一会儿。"刘凌觍着脸为自己的侍读说好话，"舞文、弄墨，快去拧条帕子来！"

"你从小就心善，可惜老被人骑在头上。以前是王宁那厮……"刘祁斜眼看着戴良。

"咳咳。"刘恒突然咳嗽了起来，"母妃是好意，我看王宁这几年，伺候得挺好的。"

“是挺好的，看他吃得那肥头大耳的德行，再看看我们家三弟瘦得就剩一把骨头的样子……”

刘祁也懒得和刘恒抬杠，横竖刘凌也不是他亲弟，他自然不会为了刘凌瘦一点胖一点而得罪如日中天的袁贵妃。

刘凌没想到自己偏瘦的事情也会被二哥记在心里，甚至让二哥对王宁产生了恶感。刘凌一直以为两个哥哥自四弟之死后就格外讨厌他，有时候碍于面子才和他攀谈几句，如今想来，大概血缘之亲是抹杀不掉的，哪怕是异母，也和旁人有所不同。想到这里，刘凌更加眼笑眉飞，即使被两个哥哥笑话无能，脸上依旧丝毫不见羞惭恼怒之色。

“你这侍读，看起来也是个不牢靠的，自求多福吧。”大皇子感觉自己一刻都忍受不住了，“我先带魏坤去熟悉熟悉崇教殿。”

“扬波，你看好这人，庸才不可怕，可怕的是这种起身都能把自己摔得鼻青脸肿的蠢货。”刘祁临走还不忘讽刺戴良一句，“你要蠢成这样，我就只能让你日日跪在殿外了。”

“我……我没那么笨。”庄扬波缩起脖子，看着戴良眼神凶悍地扫了过来，脖子缩得更短了。

“哼，就知道吓唬小孩子。”刘祁拍拍庄扬波的肩膀，“我们走。”

直到大皇子和二皇子离开了偏殿，戴良才龇着牙低吼了起来：“谁欺负小孩子！谁欺负小孩子！那徐祭酒仗着自己年纪大让我罚跪才是欺负弱小！”

“咳咳，原来我是在倚老卖老。”徐祭酒的声音幽幽响起。

戴良被吓得手中的帕子都掉了，僵硬地扭过头看向窗外。

徐祭酒望着戴良像是见了鬼一样的表情，负着手悠悠地转了进来，语调平静地对戴良说道：“既然你说我倚老卖老，那我不欺负你一下岂不是白担了这个名声？看你摔成这个样子，也不必跪了，去门外站着吧。午时放课，你就站到午时。”

戴良只觉得一阵眩晕上脑，立刻识时务地用哀求的眼神看向刘凌。还不待刘凌求情，徐祭酒就已经动了动胡子，音调也有些变高：“怎么，站到午时不够，你还想站到申时不成？”

“我这就去！”戴良识趣地答应道，也不求刘凌了，乖乖地爬起身，干脆地出去罚站。

刘凌微微张口，看向徐祭酒，却见他抚了抚胡须，反倒露出“孺子可教”的表情：“这戴良不愧是沈国公府的人，知道多争辩无用的时候就该避重就轻，就是他的脑子不太灵光，有点缺心眼儿……”

听到徐祭酒的话，刘凌没忍住，鼻子里喷出了“嗤”的一声。

“三殿下和这戴良，还有的磋磨。只是二殿下说得没错，一味宽以待人，只会让人轻视而已，殿下和戴良有君臣之别，勿要太过放纵。”徐祭酒说完，又对着刘凌笑了笑，“殿下还要向臣求情吗？”

“要。”刘凌也跟着笑了。

“哦？”徐祭酒感兴趣地看着刘凌。

“春寒料峭，求祭酒允我差舞文、弄墨为戴良摆两个炭盆在廊下。”刘凌拱了拱手，认真请求道，“若戴良第一天进宫就冻了场大病，沈国公一定会痛惜孙子。遣孙侍读来东宫原本是沈国公的忠君之举，可戴良要是真的病出个意外，未免拂了沈国公的美意。”

徐祭酒这下真的对刘凌刮目相看起来。他仔仔细细地打量了刘凌一番，连连说了几声“怪不得”，这才示意舞文、弄墨去端炭盆。

“陆元常夸您是可造之材，臣原本以为他只是为了掩饰自己的偷懒，在臣这里想办法为殿下贴金，想不到殿下倒真是心思明澈之人。”徐清似乎对刘凌很有好感，赞美之词毫不吝啬，“若殿下刚刚要向臣求情，让戴良进来，臣回去倒要好好罚一罚元常了。”

陆博士名凡，他的字，正是“元常”。

“戴良不敬师长在先，是该罚。但惩罚的目的是让人警醒日后不要再犯，却不是为了伤害他人的身体，所以我才向您求情，给他添两个炭盆。”

刘凌从小也没少受过罚，但没有哪一次真的伤筋动骨，所以他很能理解这些先生们的想法。

徐清不知道刘凌从小到大的遭遇，对他格外照拂也不过看在他是陆凡夸奖过的学生，以及他是龙子龙孙的身份上。

他将刘凌当作一位深宫里受到各种苛待而长大的孩子，原以为会遇见一个像是戴良那样浑身是刺、满身戾气的少年，又或者是见到一个懦弱无能、唯唯诺诺的点头虫之类。谁料一见面，刘凌的气度谦和，长得又很清俊爽朗，他对刘凌就有了几分好感，这才抱了两位皇子的功课来激励刘凌日后努力进学。

而刚刚那一番对话，不仅仅是聪明就能说出来的了，这说明刘凌既有仁厚之心，又明白“分寸”的重要性，并不是那种只知道施恩的滥好人。而作为冷宫里长大的皇子，刘凌处事既不失偏颇，又不卑不亢，正是让人最惊奇的地方。

想到这里，徐清的面色更加温和，他甚至一改先生该有的态度，在刘凌身边跪坐了下来，几乎紧挨着身子，和刘凌亲切地说话：“听元常说，三殿下有过目不忘之能？”

刘凌一惊，没想过陆博士会把这个也告诉徐清。

徐清在宫中监督这些皇子读书已久，对后宫之事自然也明白个几分，见刘凌露出惊讶担忧的表情，声音放得更低，开口安抚：“三殿下放心，东宫不比后宫，臣受陛下恩旨执教崇教殿，这里便不是什么耳目眼线能进来的地方。三殿下若有大才，不妨好生进学，不必担心有奸佞小人与您为难。”

“可是……”刘凌听他唤袁贵妃为“奸佞小人”，就知道他和大部分清流士人一样，视袁贵妃为妖妃之流，也就不掩饰地露出了为难的表情，“我一贯示弱，此时表现得太过聪明，恐怕两位哥哥和父皇都会……”

“依臣看，殿下想要藏拙也是藏不了多久的，循序渐进是最好。殿下在冷宫中能看到的典籍不多，在臣这里倒是方便，最近一段日子，还是以自学为主吧。”徐清想了想，道，“待再过一段日子，殿下再进崇教殿进学就没有那么突兀了，臣再为您多安排几个司业，想来也不算扎眼。”

“我明白了。”

徐清看了下外面的天色，站起了身子：“快到午时了，臣要去宣布放课了，戴良那边，还是殿下看着办吧。”说罢他大袖一拂，仪态闲适地走了出去。

临出门前，徐清看着戴良期盼的眼神飘了过来，心中一阵大乐，却装作什么都没看到一般从边廊穿了过去，走了老远，还能听到戴良不甘的跺脚声。

听到钦天监在东宫的五官司晨报了午时放课的号子，刘凌也站起身来，伸了个懒腰，舞文和弄墨连忙在后面跟上，随着刘凌步出了偏殿。

另一侧，大皇子和二皇子出了正殿，魏坤依旧是一言不发地跟着。庄扬波东看西看，待看到廊下站着的、脚边还有两个炭盆的戴良，立刻露出了同情的神色。

刘凌踱到戴良面前，笑着伸出手去牵他，道：“已经午时了，徐祭酒都走了，你自行方便吧。”

戴良早上陷害刘凌却被那么一摔，对刘凌伸出来的手已经害怕了，条件反射地挥出胳膊大力地拂开刘凌的手，生怕又要摔一跤。

“你不要过来！啊……”

有些事情就是这么奇怪，你越不想来什么就越来什么，戴良手臂挥动得太大力，自己也失去了平衡，一个踉跄就朝着身边歪了下去。

这一歪吓得众人大惊失色，他脚下可摆着两个取暖的炭盆呢！戴良眼见着自己就要和炭盆来个亲密接触了，忍不住惨叫了起来。

说时迟那时快，一旁似乎吓傻了的刘凌伸出去的手臂突然拐了回来，手肘往戴良下颌那么一撞，戴良向炭盆扑去的姿势立刻变成了横着飞出，从那台阶上骨碌碌地滚了下去，摔了个七荤八素。

但无论如何，戴良那张本来就不算英俊的脸总算是逃过了毁容的一劫。

刘凌心中微微叹了口气，装作吃痛的表情揉着手肘，下了台阶关心地问道："怎么样，你没有摔得如何吧？"

"咬到舌头了……这几天别想好好吃饭了！"戴良抖着唇抬起脸，含糊不清地回答。

刘凌见戴良又要犯浑，率先上前一拉他的手臂，硬扯着他进了偏殿，带他等候太医。大皇子自然是没有进去，二皇子也懒得进去看这浑人，就在这门口，两兄弟对着殿中的戴良冷嘲热讽了起来。

见戴良手臂上的汗毛都竖了起来，眼睛里也是凶光直冒，刘凌正大感头痛，却听得外面宫人禀报太医令孟顺之来了，整个崇教殿偏殿内外气氛顿时一凝。

这下子，外面还在幸灾乐祸的刘恒和刘祁也不说话了，其他宫人也都沉默不语，戴良原本恨不得冲出去跟他们拼了，见这般架势也不安了起来。

"这孟太医，是什么了不起的人不成？"

戴良小声嘀咕。

"你们怎么都不说话了？"

别人当然不是怕孟太医，而是因为孟太医在后宫中为袁贵妃做爪牙太久，又深得陛下和吕寺卿的信任，人人都忌惮他身后的势力，不敢得罪。再加上孟太医浑身上下原本就有一副"小儿止啼"的气势，见他来了，胆小的更是不敢嬉皮笑脸，生怕下次生病就被多扎几针，多喂几服苦药。

孟太医对三位皇子行过礼，挟着"生人勿近"的气势迈入了偏殿，一扫眼便见到鼻青脸肿的戴良，再见到他身边一脸无奈的刘凌，心中已经有了八分猜测，再看看门外有些好奇而不停伸着头看的大皇子和二皇子，八分猜测也有了十分。孟太医淡淡地开口："臣刚刚为陛下看过平安脉，正准备回太医局，看到大殿下的宫人举着牌子往太医局跑，就先过来了。"

大皇子名义上是袁贵妃的儿子，孟太医又是袁贵妃的心腹，他会格外重视亲自跑一趟也是正常。大皇子和二皇子脸上顿时露出"原来如此"的表情。

“把舌头伸出来，再把头抬起来。”

孟太医根本都不必问谁得了病、谁受了伤，径直走到戴良面前，抬了抬下巴指向他。

“我好得很，不用你看！”戴良刚刚见一群人看到孟太医跟老鼠见了猫似的，心中就已经不安了，再见这人张口就要“整治”他，更是想“垂死挣扎”一番。

“好厉害的口臭。”孟太医皱了皱眉，伸出手捏住戴良的下巴，强硬地分开了他的颌骨，偏头看了看，点点头说道，“你肝火太旺，容易生气，一生气就失态，难怪摔成这样。”

“孟太医，那该怎么办？我看他不光是肝火旺，还有些缺心眼儿！”大皇子在外面大着胆子打趣。

孟太医扫了眼大皇子，一本正经地跪坐在案后，写了一张长长的方子，头也不抬地吩咐：“他年纪小，泻火还容易，再大些就要伤肝了。这药方不必在太医局拿药，等会儿我吩咐医正送到沈国公府去，你在府里抓了药，慢慢吃便是。”

随即，孟太医转过身，眼睛扫过大皇子和二皇子，把他们看得不由自主地往伴读身后缩了缩，生怕也被看出个什么“肝火旺”，吃下一肚子药去。

魏坤和庄扬波都不知道刚刚还气性极大的两位皇子为什么突然一个望天一个瞅地，只能傻傻地看着孟太医丢下一句“两位殿下也要保重身体”，就吩咐药童背着药箱这么施施然走了。

第九章
福气？霉运？

今日白天的课业算是无惊无险地结束了，因为第一天戴良就弄了个鼻青脸肿，皇帝听说后特允了他回去休息一日，刘凌也得以回到冷宫，没有在东宫留住。

看得出大皇子和二皇子都挺失望的，光大殿里目前只住着大皇子和二皇子，两位皇子平时对待对方还算客气，但下面的人早已经明争暗斗到了剑拔弩张的地步，住进去一个三皇子，对解决这样的局面是有好处的。

不过想到明天刘凌还是要住进来的，刘恒和刘祁也就没说什么，只一心带着伴读熟悉自己住的宫室。

光大殿，左殿。

“魏坤啊，这就是我住的屋子，你就住隔壁吧。对了，我每日都要沐浴，你是侍读可能没有专门伺候的宫人，你就用我每天沐浴的水洗吧。”

刘恒指着连接自己寝殿的浴房，脸上颇有一副“跪下谢恩吧”的表情。

“你放心，我每天都沐浴。而且我沐浴要用三次水，留给你的是最后一桶……”

都是清清的，比新打的还干净！

宫中沐浴不易，像是他三弟，恐怕一个月都洗不了几次，这可是受宠的皇子才有的殊荣。

魏坤扯了扯嘴角，算是笑了笑。

“对了，等会儿你陪我去给母妃请安，父皇也许会在那里，若他问起白天的事情，不要说得太多。三弟第一天就学，若是第一天就出差错，父皇也许会不悦而降罪他们二人，知道吗？”

他魏坤好好的说这个干什么，又不是长舌妇。

魏坤点了点头。

不过这位殿下，倒没有白天看起来那么刻薄了。

他的嘴上虽然将戴良说得一无是处，其实还是因为关心弟弟才这样说吧。

魏坤想起自家话痨的兄长，眉眼不由得柔和了一点。

若是这位殿下和兄长是一样的人，那大概不难相处。

* * *

光大殿，右殿。

“你晚上就住我隔壁吧，父皇也是这么安排的。伺候我的内侍是徐枫，我从小受他照顾，不能让他伺候你，就把伺候我笔墨的青山分去伺候你。”

刘祁点了一个小宦官出来。

“我晚上一般是在看书，没事不要来打扰我。”

“哦。”

庄扬波看了看四周。

“这好大啊，比我爹我娘的主院，不，比我祖父的主院还大！”

“京中寸土寸金，庄寺卿虽然是大理寺卿，但要想置办个比宫中还大的宅子，却是不容易的。”

刘祁笑了笑，语气中颇有自豪之意，只是没有一会儿，他就又露出了有些伤感的表情。

“其实我小时候住的地方更大的。我母妃是四妃之一，独住一殿，我当年起居玩耍的宫室，比我如今的寝殿还大。后来我去了观中，观主怜惜我年幼，将‘归真’一殿给我居住，那里也不比这光大殿小。”

庄扬波父亲外放，从小是跟着母亲在家伺候祖父祖母的，他原本还听得似懂非懂，待听到“母妃”云云时，立刻恍然大悟地叫了起来：“原来您是想娘了！”

刘祁的眼眶有些红，却嘴硬地呵斥：“你瞎说什么！”

“我没瞎说啊，想娘不是很正常吗？我也想娘了。”庄扬波突然觉得这位殿下不太可怕了，“陛下的圣旨送到我家的时候，祖父非常高兴，我娘却抱着我哭了一个晚上呢。我其实对住在哪里并不在意，当知道不用每天被祖父盯着功课的时候还有些高兴，可一见我娘那样子，我就不大愿意来了。”

“能进宫侍读是一步登天的好事，你为什么不高兴？”

庄扬波站了许久，他年纪小，有些站不住了，刘祁看了出来，允他坐在自己外室的榻上，庄扬波高兴地坐了下来，嘟嘟囔囔地说着：“我娘其实很辛苦的。我爹纳了四位姨娘，最年轻漂亮的两位跟着我爹去湖州伺候了，我爹把我和我娘留在家里伺候祖父祖母，我祖母其实想让我娘和我跟着我爹去的，可我祖父不同意，说我离开了京城就更加荒废学业了，我娘没法子，只好留了下来……”

庄扬波说到这里时，颇有些觉得自己拖累了亲娘的语气：“家里剩下的两个姨娘本来见我爹的面就少，我爹一走更是没了指望，三天两头哭哭啼啼，还要生出些事来。梅姨娘生了我的庶妹，祖父担心庶妹生母低贱日后不好结亲，就把她抱到我娘院子里养。我娘要主持家务，还要照顾祖父、祖母和我，我不争气老挨骂，我爹一年也回不了一次家，小时候我怕黑，经常晚上偷偷溜到我娘屋里，有时候夜里能听到她一个人躲在屋子里偷偷地哭，后来我再怕黑，都不敢去了，怕我娘更难受。

“我有时候想，我娘是很好很好的，人人都夸她，可她过得并不快活，她有时候反倒没有那两位随父亲上任的姨娘快活。去年过年我爹回来过一回，我家那两个姨娘穿金戴银，看起来似乎比我娘还要光彩照人一些。我祖母也说，若不是我父亲懂得分寸，两个姨娘都没有得孕，我娘恐怕过得会更加艰难。

“可我想有些弟弟妹妹，哪怕是庶出也可以。我一人承担着祖父所有的期待，实在是太累了。如果多些兄弟，也许我就不会养成这样的性格了吧，说不定我就能稳重一点，不会动不动就想哭……您看，我眼泪又下来了。”

庄扬波揉了揉眼。

“殿下？”

“嗯？”

“其实我很想谢谢您。”庄扬波忽闪着一双大眼，脸上露出羞涩的神情，“我祖父说，因为我给您做了侍读，所以我爹今年任满回京述职，很有可能就留在京城了。嗯，因为方老大人是吏部尚书……”

“呵呵。”刘祁失笑，“庄寺卿倒是个精明人，就是不知道曾外祖父会不会卖这个人情。”

“我爹已经在湖州任了两任了，我三岁以后就几乎没怎么见过我爹。所以我很谢谢您，也谢谢陛下给我家这个机会，真的……”庄扬波端端正正地跪坐在榻上，对着刘祁俯下了身子，“虽然我很笨，但我会认真跟上您的，请您不要嫌弃我。”

刘祁一下子怔住了，心中油然涌起了一阵暖流。

不是故作高傲，也不是装腔作势，他第一次感受到了被人需要的感觉。

不是倚靠别人，也不是为了达到一致的目标而凝聚在一起，仅仅是作为被需要的一方，立下希望追随的誓言。

* * *

沈国公府，主院。

“你怎么将自己弄成这样？！还有，为什么宫里太医局会给你开了方子？！你不是该在宫中居住，五日一休沐吗，怎么这么早就回来了？！你被赶回来了？！”

脸圆圆的、看起来和气无比的沈国公如今脸上愁云密布，恨不得摇着长孙的肩膀咆哮一番。

戴良和这位被公认为老好人的祖父从小就处不好已经是家中不算秘密的秘密了，他心中原本就委屈，被祖父这么一逼问，逆反心理顿生，梗着脖子就是不说话。

“你如今在宫中侍读，行错一步就祸及全府，你为何还是如此任性！”

沈国公戴勇看着孙子这样的脾性，全身像是泄了气的皮球一般跌坐在椅子上，脸上是说不出的颓丧。

“我今天被徐祭酒罚跪了，然后又罚站了，起来的时候没站稳，摔了一跤，跌到墙上，就成了这样。太医局的孟太医正好在附近，替我看伤的时候说我肝火旺，非要给我开药。陛下听说我摔了，就叫我先回府休息一天，明日再住宫里。”

戴良咬了咬牙，声如蚊蚋一般说起了今天的丑事。

“你是不是被人算计了？大皇子和二皇子不好相处？”

沈国公想不到三皇子身上，毕竟三皇子没理由伤害自己的侍读，只能往大皇子和二皇子向三皇子撒气，撒不了只能在自家孙子身上发作。

“他们是不好相处，嘴巴都跟刀子一样……”戴良撇了撇嘴，“不过真是我自个儿摔的，有一次是方国公家那魏坤扶我没拉好，我自己滑下去的。”

听到这里，沈国公更觉得其中有诈，思咐了一阵后抬了抬手：“你别跪着了，白天跪的还不够吗？起来和我好好说说今天的事儿！”

戴良已经被罚成了老油条，一听不必跪了麻溜地站起来，想起祖父刚才那样子，他也顾不得丢脸，老老实实地说起白天的事。

“我早上被引去东宫……”

由于大部分时间他是在独自罚站或罚跪，在殿中的时间少，和刘凌更是没什么太多交流，所以说起来也简单，不过三言两语的工夫，就把白天的事情说了明白，包括他陷害刘凌不成反倒摔了自己，以及后来说徐清坏话被罚站，等等。

戴家是代国勋贵里“闷声发大财”的代表，一家子从不张扬，但等闲人也别想让他们吃亏，没见着皇帝要张自己祖宗的画还要拿留着平衡朝廷局势的殿试资格来换吗？所以听到这蠢孙子一天的遭遇，戴勇真是觉得老戴家几辈儿人的老脸都被这大孙子一人丢尽了。但好在长孙心性并不狭隘，没养成太偏激的性子，就是个爆竹一点就着，着完也就没了，否则大祸还在后头。

沈国公一边庆幸着一边忧伤着，手指不停摩挲着桌角，无奈地叹了口气："做这宫中侍读，果然并不简单，陛下似乎不介意你们是不是不学无术之人，只是为了填补三位皇子的不足的……"

"哈哈，祖父你也知道我比三皇子……"

"住嘴！就是因为你太蠢了，所以才被指给三皇子！连徐祭酒都对三皇子和颜悦色，难道是因为徐祭酒是个大好人吗？！他能在祭酒的位子上坐了这么多年，若他真是老好人，早就被撸下去了！"

戴勇眼睛中精光一闪，戴良慑于祖父的严肃，笑容一下子僵硬在了脸上。

难怪陆凡那么劳心劳力地为他谋划，怕是士林已经倒向他那边了。奇怪，他不过是个娃娃，哪里有什么不同寻常的地方？戴勇在心里思索着，想了半天也想不明白。

还有陛下为何会那么想要高祖的画像，若是只为了好奇，何必费那么大心思？我家早已经淡出朝堂，戴良怎么看也不是侍读的最好人选，除非陛下根本就没想过三皇子能上进。

"三皇子为人如何？长得可是其貌不扬？"

沈国公想到了什么，突然开口相问。

说到这个，戴良也是满脸迷惑："说起三皇子，他比大皇子和二皇子他们还小两三岁，个子却比他们都要高，只是挺瘦弱的。我听大皇子和二皇子的意思，他身边那个叫王宁的宦官吃得滚圆，他们都觉得三皇子被奴才欺压到了头上，三皇子却安适得很。可我见他长得虽瘦长，但气色不错，又浓眉大眼，不似是什么受气包儿一样的……"

浓眉大眼！

那不是和高祖特征一样吗？！

陛下眼长眉疏，身量矮小，长得有些阴沉，当年他会继承世子之位，有一部分原因是他大哥长得高大英俊，剑眉星目，每每见到陛下，陛下都面露不喜。

沈国公府挑选家主，最重要的是能够延续家业，一府之主不得圣宠就算了，若还有嫌恶之色，便是最大的祸端。后来他兄长假装逃婚离了府中，果然沈国公府改立世子的请求立刻就得了批复，没有像他大哥那样耽搁了好几年。

陛下讨厌剑眉星目之人，为何？

沈国公想想朝中得到重用的近臣，竟没有一个是长相阳刚伟岸的，不是偏文弱的就是长相端方的，他越想越是冷汗淋漓。

再想到前朝旧事，宫变秘闻，薛家、萧家和他夫人的妹夫赵氏一门为何得了灭门之祸，他更是不敢深想。

身为姻亲，他自然曾经听过许多传闻，包括薛家满门忠烈偏偏不愿让刘未登基，赵家翻出宫中的谱牒推算继承的顺序，萧家和其他几家参与宫变的武将势力软禁了吕太后和当年还是皇子的刘未长达月余……

他们当年为何要坚持等几位藩王入京，才愿意议立新帝登基之事？明明就在眼前的从龙之功，弑君这样的罪过，如果一个兴废不慎，就会变成乱臣贼子……

这几位都是从高祖起，就对刘氏皇族最忠心耿耿的股肱之臣，说他们会造反，何人能信？

沈国公府当年已经是淡出朝政，上代的国公更是自尽而死，留下的子嗣年轻不能支撑门户，反倒逃过了当年的劫难。但相对的，许多内幕消息和其中的变故，沈国公也是事后听到别人议论方才得知。

但戴勇交游广阔，三教九流都有，什么奇怪的事情没有听过，稍稍一想，似乎就窥探到了为何刘未执着于自己的身高和高祖的长相。

还有那位传闻长相酷似先帝，差点一出生就被立为太子的四皇子……

陛下居然还有这样的担忧？！

“祖父，你为何不说话了？”

戴良立在一边，见自家祖父脸色又青又红，满头大汗，顿时心中不安，生怕自己在宫中惹出了什么大祸，急着出声询问。

“我在想你入宫，到底是福是祸。”

沈国公抹了把脸，只觉得手心湿漉漉的，可见他方才慌张成了什么样。

“是我耽搁了你，从小武师就说你根骨好，适合学武，是我想着我府上最好不要出什么武将，硬逼着你从文，否则说不得我们家里也能出个将才……”

沈国公没想过孙子能去当什么侍读，总想着军中由皇帝心腹把持，皇帝不会让勋贵后戚染指军事，也就想掐死孙子这方面的妄想，结果现在后悔也来不及了。

“您要早这么想就好了！”戴良眉开眼笑，“没关系，陛下说请了禁军中的将军教我们弓马之道，明日就来东宫，我还能学！”

“陛下竟请了禁军将领？！”沈国公又是一惊。

因为前朝之事，皇帝是根本不允许皇子们接触武将的，连后宫里也没有将门出身的妃子，皇帝为何会突然变了想法？

“是啊，嘿嘿，孙儿本事虽不如那魏坤，可比起连弓马都没摸过的皇子们和那个泪包庄扬波可好多了，祖父勿忧，待孙儿在沙场上光耀门楣！”

戴良笑得张扬至极。

不知为何，沈国公看着笑得灿烂的孙子，心中油然升起一阵不祥的预感。

*　*　*

第二日，东宫校场。

高祖能文能武，也从不重武轻文或重文轻武，无论文臣武将一视同仁，所以几代的君王都是能上得了马，开得了弓的文武全才。

这东宫的校场比起宫中的校场丝毫不小，只是马厩空无一马，但从明天起，这里的马厩终于不会再是什么摆设了。

即使刘未年幼登基，但王宰相和宗室们当年也没轻忽刘未的武功，只是他亲政以后时间越来越少，加之西边胡夏正被西域那边的战事弄得焦头烂额，已经六七十年没有侵犯过代国边境一寸，刘未也就慢慢放下了自己的弓马之道，一心一意地处理起朝中越发激化的各层矛盾。

只是正如沈国公所想，他自己登基得益于武将和文臣的联合，就对文臣和武将越发忌惮，功勋后戚等官宦人家在军中屡屡碰壁，倒是草莽出身的百战之将和世代将门的人家更能在军中出头。而且兵符皆在皇帝手中，将领们只负责练兵，边关都是靠当年的那些老将们镇守着。

大皇子和二皇子骑过马，也拉过弓，不过那都是他们小时候被刘未带着玩的事情了，说起战场驰骋之道，那简直就是笑话。

三皇子刘凌更是凄惨，长这么大就没见过马，玩的弓还是萧太妃拿一些竹木做的，和小孩的玩具也没什么区别。

突然，漫天的烟尘大起，马嘶人吼之声大作，那声势犹如整支骑兵队伍驰向校场一般。

三位皇子和伴读们激动地睁大了眼睛，目不转睛地盯着那些骏马昂着头踏着轻快的步子进入校场。

每匹骏马上都坐着一位人高马大的马奴，入了校场，马奴们立刻翻身下马，跪在地上为三位皇子行礼。

当头一匹枣红色的马上跳下一个彪形大汉，下地抱拳而立，声如洪钟般长声道：“末将谢飞燕，拜见几位殿下。末将甲胄在身，不能向几位殿下行全礼，还请恕罪！”

第十章
沉默？还击？

一身骑装的刘凌对眼前出现的一切都满意极了。

那马蹄翻腾的壮美姿态，那长长的马鬃和马尾在风的拂动下披散翻飞，战马们高昂着骄傲的头颅，踩着整齐的节奏，它们身上的每一块肌肉都显现出极致的力量，让每一个看到它们的人都目眩神迷。

自称谢飞燕的魁梧将领摸了摸为首的三匹骏马，脸上露出又羡慕又惋惜的表情，牵着最前方的三匹马来到三位皇子身前。

“这都是西域来的种马之后，和我中原之马大为不同。御马苑中仅有五匹这样的马，两匹是陛下的御马，这三匹是陛下让臣送来，交由三位殿下的……”他难掩脸上的担忧之色，摸着三匹马的马鬃，“自古宝马通人性，这三匹马都刚刚成年，性情未定，希望三位殿下能够亲自培养和它们的感情，而不是交由马奴饲养。虽说亲自照顾马有失几位殿下的身份，但臣保证，三位殿下之后得到的好处必定是难以想象的。”

这谢飞燕看起来是个十分识趣的人，说完话后微微抱了抱拳，便命令几位马奴伺候三位皇子挑马。

刘恒仗着自己是长子，毫不客气地奔向了最威风的那匹黑马。实际上，兄弟三人都看上了这匹黑马。这匹马皮毛光滑，身形魁梧，眼神坚定而有力，即使是在这三匹骏马里，依旧是鹤立鸡群。

只是长幼有序，两位弟弟也只能眼睁睁地看着刘恒将手伸向黑马的缰绳。

“此马名为‘绝地’。足不践土，快若闪电，可腾空而起，是为绝地。”

绝地旁的马奴立刻解释。

“哇啊！”

大皇子的手还没摸到缰绳，就被瞪大着眼睛转过头的绝地喷了一头一脸的口水，他惊叫着挥起了手臂。

就像是还要再刺激刺激大皇子似的，绝地身边的黑鬃赤马“奔霄”突然放了个屁，从它的臀部滚出两块满是草渣的粪便来，就这么大剌剌地掉在了大皇子的面前。

大皇子连连后退了几步，指着奔霄旁边浑身披白，无一根杂毛的温顺白马“腾雾”叫道：“我就要这个了，就这个！”

见老大挑走了腾雾，二皇子立刻松了口气，毫不客气地伸手继续向黑马努力。

这黑马经过刚才大皇子这一吓，已经对人有所警觉，看着二皇子伸过来的手，它不但浑身肌肉紧绷，目光也紧紧逼视着二皇子的眼睛。

二皇子眯起眼睛，用最为傲然的眼神和它对视，一人一马的眼中俱是骄傲的神色，那黑马甚至微微侧了侧脑袋增加气势。

那马奴看二皇子要上马，立刻跪在地上为他做马凳。二皇子踩着马奴的背靠近了马镫，刚一拉缰绳准备迈脚，他的身子突然顿了顿。

“罢了，何苦和它这般互相折磨。”

二皇子似乎想通了什么，跳下人背，走向绝地身边稍微矮上一点的奔霄。

就这样，原本该是第三个挑选的刘凌莫名其妙地得到了最高大的黑马绝地，直到马缰绳送到刘凌手上，他还有些云里雾里的。

牵着绝地的马奴递过缰绳时还有些不安地开口：“三殿下，这绝地有个毛病，那个……其实也算不上毛病，就是……”

马奴正踌躇着该怎么开口，刘凌已经迫不及待地伸手摸向了绝地的脖子。

“汪嗷嗷嗷！”绝地不悦地摇动着脖子。

“噗！”一旁等得有些无聊的戴良听到绝地一叫，差点笑喷出去。

就连一贯沉得住气的刘凌都露出了难以理解的表情，他不知所措地望着那马奴：“它，它……”他扭头看向一脸不屑的绝地，一口气叹得越发深了。

三位皇子用的是御马苑里的御马，三位侍读不能和他们有一样的待遇，得到的自然不是西域的宝马。

但御马苑的人给侍读挑来的依旧是千里挑一的战马，至少比谢飞燕座下的那匹黄骠马看起来更加威风。

魏坤得到的是一匹叫“雷吼”的乌骓马，它的四个蹄子白得赛雪；庄扬波年纪小，得到的是一匹马驹，但也能看出它日后的不凡之处，这匹胭脂马名为“朝丽”，和二皇子的坐骑奔霄的名字倒是相互辉映。

戴良年纪已经不小了，虽然他恨不得也得到一匹马驹，但马奴牵来的依旧是匹成年的白马，名唤“赛风”，听说赛风善于跳跃，灵活敏捷。听到马奴说面前的高头大马善于跳跃，戴良的脸当场就变得煞白，似乎完全无法想象它到底能怎么跳。

这坐骑一分，可谓是几家欢喜几家愁。谢飞燕是个好教头，从如何熟悉自己的马开始教起，教他们如何和马培养感情，每匹马的特点是什么，适合用什么样的兵器马战，听得几个大男孩眼神灿然，恨不得抱着马进寝殿同住。

谢飞燕被钦点来教皇子时就知道这是条腾飞之道，自然是使出浑身解数，他长得魁梧吓人，脾气倒是出乎意料得好，一个早上下来，几个男孩都很喜欢他，很快就“谢将军”长，“谢将军”短地叫了起来。

这一早上几个孩子就在熟悉马匹，中午匆匆用过了些点心后又迫不及待地来到了校场，在谢飞燕的指点下骑着各自的坐骑在校场里兜圈，这一骑，顿时笑料百出，差点让谢飞燕的肚子憋破了去。

“我叫你走啊！你不会走吗？！”

二皇子坐在奔霄背上，双腿一夹马肚子，那奔霄才有气无力地走了几步，而后又停了下来。

“它到底是怎么了？！”刘祁气急败坏地问奔霄的马奴。

“回禀殿下，它看起来像是饿了……”马奴轻车熟路地从腰间解下一袋东西，打开后竟是一包豆子，“奴婢这就喂，这就喂……”

“什么毛病！它不吃东西就不走路吗？这到底是马还是猪！”刘祁看着身边的老大骑着腾雾不紧不慢地遛着圈子，眼睛都气红了。

刘恒骑着腾雾，自然很是为自己的选择得意。这马真是不错，跑得稳，身上也干净，等等，跑起来稳？！

“天啊！天啊！”小时候只坐在马身上“走”过的刘恒瞬间意识到发生了什么事，紧张地一抱马脖子，“它在跑！它在跑！”

“不要紧张！不要勒马脖子！大殿下，腾雾很稳，很稳的！”马奴惊得跟着腾雾后面拔腿狂奔，谢飞燕见大皇子这般害怕，连忙扬鞭跟上，担心他突然坠马。

校场里，像是被拖着跑一般的刘恒依旧在大呼小叫着：“啊啊啊，它要跑到校场外面去啦！谁来拦一下，拦一下啊！”

“老马识途，大殿下，它是要回御马苑，你勒马停住啊！”

一群人瞠目结舌地看着大皇子就这么被“脚步沉稳”的腾雾一路小跑着带离了校场，朝着御马苑的方向而去，三四阶的台阶被它一下子就轻松跨过，完美地解释了何谓“乘云而奔”，如果忽略掉大皇子那恐怖的惊叫的话……

刘凌见谢飞燕跟着大哥跑了，二哥还在那儿喂马，看着身边的绝地，忍不住开始发愁。

他回想着大哥刚刚上马的姿势，从左前方靠近绝地，马奴立刻跪下为凳，刘凌稍稍犹豫了一下就踩上了马奴的背，拉住马辔头踩着马镫翻身上马。

“汪嗷嗷嗷！”

绝地突然一叫，吓得刘凌差点没有握住手中的缰绳，但他还是险之又险地爬了上去，喘着大气露出狂喜的表情。

他上来了！骑马果然没那么难！

绝地并没有其他人想象的那般狂野，只是略微难受地摇动了下脖子，就像是它充满警惕性和烈性的外表都是伪装的一样。

“果然是好马啊！”

戴良羡慕地看着绝地，指了指马奴让他牵着刘凌的马的缰绳，自己也跟在了刘凌的身边，就这么牵着马在校场里遛了起来。

* * *

紫宸殿。

“……就是这样，陛下，三殿下有过目不忘之能，若只有臣兼顾着指导一二，不免荒废了三殿下的学业。臣问过三殿下，三殿下似乎有许多顾忌之事，也不愿暴露自己的本事，所以……”

徐清在家中考虑再三，还是决定让三皇子的本事先过个明路。

“你说老三过目不忘？”刘未有些意外地看向徐清，心中的懊悔无以言表。

刘凌生下来没多久就被他发现有先天之气，是天生的武将，现在又告诉他，老三其实过目不忘，从文也可以！

他自己亲手废了一个能文能武的天纵奇才！

想到五岁之前老三连接触纸笔的机会都没有，刘未心头升起一股烦躁之气，强压着脾气向徐清说道：“朕知道了。只是按你的建议一味地让他看书没多大用，最多是囫囵吞枣。从明天起，徐祭酒就安排几位大儒轮流给老三上课，以免贪多嚼不烂……”

刘未头疼地揉着自己的眉头：“我只是以为他运气比他人好一点，没想到……哎，我是不是错了……”

徐祭酒眼观鼻，鼻观心地装作什么都没听见。

得到了想要的结果，他也没敢耽误皇帝多久，很快就离开了紫宸殿。

刘未像是泄愤一样批复着案上的奏折，批着批着就莫名想到了被他贬入冷宫的狄氏。

狄氏没入宫前，只是西域一个小国的公主，她甚至连公主都算不上，因为西域有很多国家只有一座城，整个城里也没多少人，说是城主之女其实都算是抬举了她。

这个小国横在胡夏和代国之间，胡夏想对它出兵，刘未就命令边关守将先下手为强，狄氏也就这样入了宫。

他从未见过这样的女人，一身肌肤白得像是牛乳，五官深邃，轮廓鲜明，身材又高挑丰腴，顾盼之间眼神里有流光闪过，看着就像那种随时能拔剑杀人的女武士一般。

他爱上了她浑身上下散发出的不同于中原女人的强健，多次临幸于她，恨不得她能更加强势一点，不屈一点，让她在其他妃子眼中被抨击的“粗野”更加粗野一些……

可最终结果是让他失望的。

高鼻深目不代表就心性坚毅，她的脾性向来逆来顺受。

身材健壮，却连别人的耳光都不敢躲避，更别说还击。

在床笫之间，她比中原女人还放不开，甚至屡屡用母族之语痛哭流涕地求饶，明明会说中原话，却胆小得连自己的意思都不敢表达。

是什么时候，他放弃了呢？

大概是他从袁爱娘的眼睛里看见了和他母亲一般的野心时开始的吧。

但狄氏的外表却还是他很满意的样子，她的背影比袁爱娘更要单薄，所以他还是让她有了身孕，并且抱有期待地将她贬去了冷宫。

他以为她会为母则刚，就像是自己的母亲一样，但她除了天天以泪洗面，再也没有做出什么能自立自强的事情。

渐渐地，刘未对她失望至极，甚至认为这样性子的女人生出来的孩子也不会有多好，原本有的期待也都慢慢淡去了，只一心一意地享受着袁爱娘为了得到他的宠爱而做出的所有事情。

刘凌被发现有先天之气，是个意外。

当时的刘未确实慌了，甚至生起就让刘凌这么死了算了的想法。但不知为什么，到最后，刘未只是让那些会武的暗卫小心地废掉了刘凌的经脉，将他还给了狄氏。

狄氏依旧没有为母则刚，太医都说她命不久矣。一个外强中干的妃子明显不是刘未需要的，这孩子日后想要平安长大，一定要靠其他人的庇护才行。

如果飞霜殿的那位发现了刘凌断掉的经脉……

如果当年那位对孩子十分慈爱的薛太妃愿意伸出援手……

只要小小地诱导宋娘子一下，让她带着孩子去冷宫里寻求帮助，刘凌是不是就能和当年的自己一般，得到她们的信任和爱护？

刘未鬼使神差地就这么做了。

可他还是讨厌这个孩子，讨厌到看见刘凌就想要让他离得远远的。

如此矛盾之下，什么布局和计划都是妄谈，他自己都不知道该如何面对这乱七八糟的局面。

他是最艰难的帝王，也是最不被承认的东皇太一。

更何况，还有那个人像是悬在他头上的利剑，随时提醒着他，他拥有的一切很可能刹那间天翻地覆。

既然刘凌肖似高祖，是不是该拼上一拼？

没有了老四，至少……

刘未撑着下巴，因为专注而眉头紧蹙，周围伺候的宫人们连大气都不敢出。但他们直觉地预感到，有什么大事，恐怕就在这位帝王的皱眉间，即将发生。

这位陛下，已经很久没有这样紧蹙过眉头了。

"吕寺卿最近有没有坐班？"刘未突然平静地开口问到身边的大常侍岱山。

岱山自然不能一口回答，但他很快就问出了答案："吕寺卿最近都没有进宫，陛下。"

"什么时候吕寺卿去宗正寺了，记得通……"

"陛下！陛下！翰林院的画院突然着火啦！烟腾得在中宫都能看到！"殿外一位近身舍人气喘吁吁地惊叫了起来。

"什么？"刘未站起身，语气有些慌张地喝问，"那张《东皇太一图》呢？我派去看管那张图的几个人有没有把图带出来！"

"臣不知晓，臣也是在中宫看到有烟……"

"去探！"

刘未面色扭曲地在紫宸殿里踱起了步子，片刻之后，他像是再也无法忍受似的一挥袖，大叫出声："摆驾翰林院！"

"可是陛下，那里起了火，一片混乱，陛下还是……"岱山满脸担忧地劝谏。

"现在就去！"刘未说走就走，快步迈出紫宸宫，脸色铁青地向着翰林院疾步而去，慌得身后一干宫人满头大汗。

他一定是知道了什么，先下手为强了！母后到底在宫中给他留了多少人！刘未在心中思索片刻之后，背后不由得汗湿一片，被冷风吹拂之后，甚至生出了刺骨的冰寒。

他既然要毁了那幅画，就说明老三肖似高祖确实不假，沈国公也不是他的人。他到底选择了谁？是老大，还是老二？刘未在心中暗想，他既然撕破了脸面，我是不是也该开始还击了？

刘未脑中在不停思考，脚步却一直没停，直到画院附近，才看见之前派去探查的宫人们急急忙忙地跑了出来，身后跟着的正是抱着《东皇太一图》的那位老画师。

“陛下！”

老画师见了刘未顿时瘫软在地。

“臣求陛下宽恕老臣的欺君之罪！臣为了能多看《东皇太一图》几眼，偷梁换柱塞了一幅画轴大小一样的画在原本的画筒之中，臣原想着找个没人的地方看几眼就偷偷放回去，谁知道臣刚换走这画没多久，画院就失火了！”

“看画的人呢？”

刘未看着来来往往忙着救火的宫人，劈手将老画师怀里的画抢到自己手中，展开一看，正是那幅《东皇太一图》，画的右下方还有自己激动之下掐出来的破痕，他以后也不准备修复了。

“他们以为留在画筒里供着的那幅是真迹，火一起就忙着救画，此时恐怕已经被困在火海之中了。”那老画师如丧考妣，显然这样的结果让他心里内疚极了，“都怪老臣担心私下偷画会被责罚，火起时没有立刻言明画在老臣这里，是老臣害死了那几位内侍……陛下，请重重地责罚臣吧！”

刘未仔细看了看，认出这个老者正是之前说出“高祖有萧家血脉，从小身长过人，剑眉朗目，所以这幅画便突出了高祖的阳刚之气，将东皇太一的至阳之气表现得淋漓尽致”的那位供奉。

这位老画师是惠帝时期的供奉，一生都在画院之中钻研画技，在画院中算是德高望重之人，他将画留在画院供他们观看，其实也存着几分如果画有了差错还能让他们临摹出的想法。

当时他寄予重望的，就是眼前这位擅长画人物的老画师。

刘未想到老者对这幅画的痴迷，大致也就推算出这幅画是如何阴差阳错地被他侥幸给救了下来。

想到其中关键，刘未的神色渐渐恢复如常，看着地上颓丧的老画师，他非但没有生气，反倒微微笑了起来。配合着画院一片狼藉、兵荒马乱的氛围，刘未这样的笑容显得无比怪异。

“朕怎么会责罚你呢，”刘未扬起了嘴角，“朕该赏你才是。”

第十一章
愿意？不愿意？

最近是多事之秋。

先是翰林院莫名起火，烧了画院里不少的画儿，还有几个宦官被着火腾起的烟雾活生生熏死，惹得宫中人人紧张，生怕天子一怒之下伏尸千里。

还好，皇帝并未因此有何恼怒，反倒好生安慰了翰林院里的那些画师，其中那位救了《东皇太一图》的画师甚至还被赐了一件宫中珍藏的丹青子真迹，虽然画的是山水，但也是外界难得一见的珍品。

然后皇帝就做了一件出人意料的事。

大概是因为画在翰林院都不安全，又或者是皇帝想要其他人也领略高祖的风采，皇帝居然把那幅高祖的《东皇太一图》挂在了宣政殿最显眼的位置！

这幅百年前画圣丹青子的真迹实在名头太大，所有来来去去的人总要多看几眼，越看越觉得此画不凡。于是一传十，十传百，宣政殿里挂上了丹青子《东皇太一图》的事情京中内外就都知道了，许多对丹青子狂热无比的学子为了能看看这幅真迹，也挤破了头要得到举荐的资格参加殿试。

至于皇帝为什么把这幅画放在宣政殿，皇帝给大臣们的回答也很简单——这么一幅画，如果只放在内库里，未免可惜。当年《东皇太一图》是为了纪念君臣之谊而被赐下，如今也为了让皇帝和臣子们牢记当年君臣相得的感情而挂在这里，算是一种见证。

这种情怀自然得到了一片赞誉之声。

宣政殿日夜都有人值守，白天有皇帝和大臣们上朝理政，晚上也有重兵把守，莫说一幅画，就是一根针都丢不了。画像挂在那般显眼的地方，除了宣政殿也起了火，否则这幅《东皇太一图》再安全不过。

这算是前朝发生的事情，暂时还不算什么大事，但要说起后宫里皇帝突然开了恩旨遣散宫人，就未免有些耐人寻味了。

代国是没有什么宫人遣散制度的，偶有放出宫去的，那也是宫中的恩旨，算是特例。宫中有采选使，会在地方上采选十三岁以上的良家女子作为宫女，这种宫女有月俸、有地位，有时候还能升任女官，是宫女中最普遍的一种，如今宫中年纪最大的宫女是景帝时期的，在宫中已经待了一辈子。

正因为宫中没有遣散制度，而采选的采选使却是三年一采选，所以后宫里的宫人数量剧增，即使经历过平帝时期的宫变枉死了不少宫人，到了刘未登基之后，人数也渐渐回到了过去的数字，并且越来越多。

当年王皇后治理内宫时深觉开销过大，有些宫人是不必要的，如果实在不好遣散，送去冷宫也是一条路子，可皇帝都没有应允。

到了袁贵妃接手这个烂摊子时，更是对这么多宫人的吃喝拉撒头疼不已，宫人的俸禄虽然是从国库出，可是胭脂水粉、膳食、衣服和赏赐都是出自内府，这一大笔花销让刘未这个皇帝越做越穷。

因为刘未都没余钱，更不会让袁贵妃大手大脚地花银子。故而袁贵妃什么都有，就是没有闲钱，后来刘未派来了女官辅佐她，她连克扣宫人的用度都不敢明目张胆了，日子过得并没有别人想的那么风光。

所以，当袁贵妃听到皇帝要遣散一批年老的宫人出宫以减少内府开销时，激动得眼泪都快流下来了。

“恭喜娘娘，贺喜娘娘，终于不必为那些杂事烦忧了。”蓉锦听到消息就忙不迭地庆贺，“西宫是冷宫，不能安置宫人，仅有的地方早就不够住人了，如今这些人一被遣散，娘娘的压力就小多了。”

袁贵妃也难得露出快意的笑容：“可不是吗，那些老货每年还要胭脂水粉和新衣，简直就是糟蹋东西！”

蓉锦的笑容敛了敛，复又带着一丝期望笑着说道：“娘娘，陛下可提了什么样的宫人能放出宫去？”

“宫女年满三十六岁，伺候过两朝以上的，可以出宫。这一次要放出三千人，宫女和女官都可出宫，宦官则是送往各地驿站、藩国为侍者，宦官恐怕放得不多。”袁贵妃顿时觉得自己扬眉吐气了。

“淑妃身边那青鸾和绿翠我早就看不顺眼了，可惜放的都是伺候过两朝以上的宫人，否则这次我要把她们都给放出去。”

袁贵妃自从收了大皇子为子后，就一心一意想将他送上皇位，尤其这段时间皇帝又开始临幸宫中其他妃嫔了，她的危机感日甚一日。

如今借着放宫人出宫，她也好对这些痴心妄想的女人敲打敲打！

袁贵妃只觉得汗毛都激动地战栗了起来，眼睛里闪出慑人的精光，她已经迫不及待地想要开出一张名单，将宫中那些相貌出众的妃嫔身边的老宫人们个个遣散。

“启禀袁贵妃，含冰殿的王宁求见。”

殿外的宦官小声地通报。

“他来做什么？这个月的孝敬不是才给过吗？莫非是刘凌那……”袁贵妃奇怪地看向蓉锦。

蓉锦也莫名其妙地摇了摇头。

“让他进来。”

王宁一进殿，行过礼，就满脸愁容地问起袁贵妃来：“娘娘，您可听说了最近要遣散宫人的恩旨？”

不等袁贵妃回答，一旁的蓉锦就翻了个白眼。

“还要你这奴婢问？这件事陛下已经交代给娘娘了！”

“那真是恭喜娘娘，贺喜娘娘了！”

王宁脸上的笑容还没挤出多久，就又愁眉苦脸地说：“其实奴婢来找娘娘，也是为了此事。您也知道，奴婢是在冷宫外设局开场赚点小钱的，在奴婢这里寻乐子的，大多是宫中年长有些闲钱的老宫人，如今这一大批宫人放出去，以后的脂粉钱恐怕就要少上不少了。”

袁贵妃原本有些快意的表情渐渐收敛了起来。

“还有，奴婢以前能耳目灵通得到不少消息，皆与这些老宫人和人脉有关系，奴婢和他们常年接触，消息总能得到一些。如今这些老宫人一旦放出宫，奴婢可能就没有以前那么多消息递进来了。”王宁心中也是叫苦，他不必抬头都知道袁贵妃心情不会太好。

“娘娘，奴婢怕过几个月后您会认为奴婢偷懒无能了，所以不得不先来做个报备，并非奴婢……”

“好了，你不必说了，我知道你的意思。”袁贵妃有些烦躁地打断了王宁的话，“最近三皇子有什么异动没有？”

“三皇子在宫中读书，并没有带奴婢伺候，陛下赐下了两个小宦官伺候笔墨，是以奴婢只能在含冰殿里等着，大多数时候为娘娘赚点胭脂钱。其实奴婢也想去东宫伺候三皇子的起居，但是这胭脂钱……”

“按你说的，人都少了，收益也不见得能有多少，你还是关心着正事罢。我会和太常寺说一声，让你也去东宫伺候。舞文、弄墨还依旧伺候笔墨，你就伺候三皇子起居吧。宋娘子毕竟是女人，三皇子也这么大了，就让她留在含冰殿。”袁贵妃很快就做出了决断。

“是，奴婢也觉得娘娘说得对。不过奴婢为娘娘效力这么久了，如今却不能为娘娘分忧，实在是惶恐万分，奴婢思来想去，觉得还有个赚脂粉钱的法子，而且比奴婢小打小闹得的更多，不知娘娘愿不愿意听一听？”王宁在心中将已经打腹稿打了无数遍的话说了出来。

“哦，你还有来钱的法子？”袁贵妃疑惑地看了王宁一眼，见他肯定地点头，便看了看左右，对他一指。

“你跟我来。”

她让王宁跟着她去了偏殿，屏退宫人，只留蓉锦，这才让他细细说来。

“娘娘，如今陛下将遣散宫人之事交给了您，这便是最好的来钱法子。据奴婢所知，宫中年满三十六而历经两朝的宫人远不止三千这个数字，这次陛下有意放她们出宫，宫外早有鳏夫和想要续弦的富裕人家等着娶这批宫中女子，这些宫人的家人很多都得到了消息，早就已经把婚约先定下了，就等着宫中放人……”

王宁在心中叹了口气，但是不得不继续说道：“除此之外，宫中还有些宫人早就没了家人，出去也没有着落，爬了这么多年才升任女官或内侍，结果一朝散了，出去反倒没在宫中自在，这些人是不愿出宫的，无奈名字又登上了名册……”

虽然王宁说得浅显，但袁贵妃立刻就懂了，眼睛一亮。

“宫中遣散三千人，这三千人陛下不可能人人都认识，人人都知道来历，到底怎么遣散？还不是看太常寺和内府送上来的名单？最终名单还是要娘娘点了头才能放的，娘娘多添一个少放一个，也就是动动笔的事情。但对于这些宫人来说，却是倾家荡产也愿意谋算之事，更别说他们在宫外还有那么多家人可以倚仗。”

王宁笑得像是个和气的商人。

“而且，因为前朝的事情，很多宫人的名册早就毁了，他们到底是三十六还是三十五，连内府都不知道，对这些人，内府肯定也是头疼得很，究竟怎么放，也得看娘娘的指示。”

“你做个宦官，倒是可惜了，否则你恐怕也是富甲一方的商人。”袁贵妃心中畅快，揶揄起王宁来。

“奴婢不敢当娘娘的夸奖。不瞒娘娘，从宫中有了遣散宫人的传闻，就不停地有宫人拐弯抹角地找到奴婢，想借着奴婢在娘娘这里微不足道的脸面求个情，许多宫人甚至愿意倾囊来打点。但奴婢胆小，没那个胆子也没那个能力应承这些事，所以奴婢斗胆来见娘娘……”

王宁在袁贵妃面前一向说话“实诚”。

“其实就算奴婢今日不说这个，过几日消息传开了，也会有不少宫人想法子求到娘娘面前的。奴婢只是觉得这件事其实是个皆大欢喜的好事，既能得利，又能积德，娘娘若是觉得可行，奴婢就想法子牵线搭桥，娘娘派几个得力的心腹和这些宫人自己商议就是。”

得到这样的结果袁贵妃心中自然是乐意之至，王宁说的也是实在，就算他不做这事，别人也会做，但王宁胜在知根知底，又没有什么野心和贪欲，袁贵妃用他自然最是放心。

“你这滑头，说了这么一大圈，还是想在我这里得点准话。”袁贵妃笑容满面，“好了，你好歹也效忠我这么多年，这点老人儿的脸面还是要给的，你那里有什么宫人要求恩典出去，又有哪些不要出去的，回头你给我递个名单上来，我看着能行的，就给他们办了。”

王宁感恩戴德地磕了个头，仰起头来也是笑容满面，将一个得了好处又得了女主人恩宠的宦官形象演绎得淋漓尽致，直到被蓉锦送出殿外，他脸上的笑容还依旧这么挂着。

蓉锦将王宁照旧送出殿门，她的脸上突然出现了一抹扭捏之色，将王宁拉到一边，小声地问道：“你说像我这样没到岁数，条件也不够的，能不能求了娘娘，蒙混着被放出宫去？”

王宁刚刚完成了太妃吩咐的事情，正在美滋滋地想着王太宝林这次又会赐给他什么好东西，突然被蓉锦抓到一边问起了这个，有些愣怔地看了她一眼，莫名地问道：“您深得娘娘信任，年纪轻轻就已经是尚侍了，为何要出宫去？这件事您又何必问奴婢，直接问娘娘不是更好吗？”

蓉锦红了红脸，好半天才说道：“娘娘以前说会在我三十岁之前赐我出宫，可如今我已经二十六了，娘娘似乎忘了这个事，我也不敢提。王内侍，你见多识广，你说我该怎么跟娘娘提这事才好？”

王宁莫名其妙被当成了妇女之友，为难地摸了摸光洁肥厚的下巴：“奴婢觉得吧，除非您有特别合适的理由向娘娘求情，比如说父母病重，家中有了合适的婚配对象……”

蓉锦抓着王宁衣袖的手越来越紧。

王宁敏锐地察觉到了蓉锦是对他刚才的话有了反应，立刻装作不经意地问道：“要是有婚配的对象也是人之常情，您伺候娘娘这么多年，娘娘一定会通融的，就是不知道是哪家有这么好的运气？”

蓉锦满脑子想的都是自己的心上人，听到耳畔的问话，迷迷糊糊地应道：“孟太医还不知道我……”

话说到一半，她立刻住口，脸色煞白地望向王宁。

思春这件事在一个二十多岁的女子身上发生是很正常的，这王宁一刺探，压抑在蓉锦心中的话竟就这么被套了出来。

王宁也没想到是这种结果，呆了片刻后扯了扯嘴角，立刻躬下了身子：“奴婢刚刚什么都没听到，尚侍请放心。”

蓉锦呼了口气，有些站不住了，她根本拿不准袁贵妃的这个忠心的内应会不会将此事告诉袁贵妃，只能装作不在意的样子开口：“你听没听到都无所谓，娘娘答应过我会赏我一门好亲事，孟太医虽然身为太医令，但他毕竟年纪大了，我也是三品女官，配他也不算什么，我只是想早点出宫去。”

“那奴婢就先预祝尚侍事事如意了。”王宁也不敢再多待下去，告了辞就往含冰殿去了。

蓉锦在门口立了半晌，脸色又青又红，旁边看门的宦官见了她神色这么差，好几次上来询问，都被她敷衍了过去。

她在心中想了一遍又一遍，眼前不停出现王宁那呆住的表情，最终还是咬了咬牙，鼓起勇气踏入殿中去。

也许娘娘现在心情正好，随口就答应了呢？

反正王宁也许很快就要告诉娘娘的，与其那样，还不如自己……

片刻后，蓬莱殿内殿。

原本心情大好的袁贵妃听了蓉锦的话，一张脸迅速沉了下去，眼神中也流露出忽明忽暗的东西。

“蓉锦，我记得你今年二十六？”她极其平静地问道。

跪在地上的蓉锦将头压得更低了，说了声“是”。

“我是不可能现在把你放出去的，我没有得力的人手。”袁贵妃回答得冷酷无情，“我已经年近四十，等我死了的时候你都不算太老，现在你还这么年轻，就想出宫去嫁人？”

蓉锦心中一片绝望，低着头沉默不语。

“在宫中再伺候我一阵子，你有什么不满吗？我说了会将你放出宫去，就会将你放出宫去，你不必担心我会食言。”

“蓉锦不敢，蓉锦愿一直伺候娘娘。”

袁贵妃见她很快屈服，也就没有多费口舌：“还有，我劝你别对孟太医痴心妄想了。我昔日在宫外的时候就认识他了，他的未婚妻死于非命，他曾经立誓终身不娶。他都这个岁数了从未见他和任何女人来往，我即使给你赐婚他也肯定是不会愿意的。我在深宫不便，很多时候都要仰仗他，不会为了这种事勉强他，和他撕破脸，你明白吗？”

蓉锦捏紧了拳头，直把指甲掐入掌心，这才俯下身子：“是蓉锦糊涂，蓉锦不会再想了。”

“这才对。”袁贵妃满意地笑了，“这次遣散宫人之事你要办得好，我重重有赏。你有钱财傍身，出宫后想要嫁个年轻英俊的如意郎君自然不在话下，何必嫁一个又臭又硬，像是石头一样的男人？来，我们说说王宁刚才提议的事。”

“……蓉锦听娘娘的。”

* * *

王宁一路笑容可掬地回了含冰殿，在含冰殿里坐了一会儿，他才收起笑容从后墙翻出含冰殿，直奔围墙边一个角落里，扒下了几块不起眼的石头，从里面钻了过去，再小心地用石头掩上洞口。

大司命没空天天接人，王宁就想了这个法子，挖了一个洞出来，供他为冷宫里传递消息和物资。

王宁一路小跑到绿卿阁，不必通传就直入阁内。薛芳、张茜和王姬早已等候了半天，见王宁奔了过来，立刻露出关切的神色。

“诸位太妃，王宁幸不辱命！”王宁躬下身子，向着几位太妃行礼。

王姬心情大好，兜手就丢出一颗玛瑙：“这个赏你了！”

王宁费尽唇舌就是为了这个，灵活至极地接过丢来的玛瑙，笑得像是尊弥勒佛一般。

“想想看，好歹伺候我们一场，这么把她们送出去我还是有些不舍得。”张太妃叹了口气。

“我们没人可用，三儿身边也没得力的人，不把她们放出去替我们积攒人脉，迟早是坐吃山空。”王姬撇了撇嘴，“比起这个，我反倒怕她们出去就跑了。”

“薛姐姐身边的可不会，称心原本就是薛家的人。我也不要白芷为我做什么，出去帮我找找家里人，看他们还在不在就行，再说了，还有孟师哥能帮着照拂下她……”说到孟太医，王宁身子颤了下，嘴巴动了动后，还是什么都没说。

薛太妃是何等人也？见王宁嘴巴动了一下，立刻就开口逼问：“你刚刚想和我们说什么？”

王宁嘴唇翕动了几下后，终是把袁贵妃身边那蓉锦的心思倒了个干净。

这话一说，阁中众人，齐刷刷向着张太妃看去。

只有张太妃丈二和尚摸不着头脑，瞪大了眼睛问道：“你们看我干吗？他那么好，有人喜欢他不是很正常嘛！”

“他人好不好，我不知道。”王姬笑着说，“其实若是孟太医不介意，倒是可以使一使美男计，毕竟蓉锦是袁爱娘身边的心腹……”

“你们好缺德！”张太妃张大了嘴。

“当然，还得看孟顺之愿不愿意。”薛太妃偏头又看了一眼张太妃，“还有你，你愿不愿意？”

第十二章
杀人？毁容？

孟太医对张太妃的那点心思，可谓是天下皆知。就连刘凌这样的孩子，都能感受出孟太医对张太妃的不同寻常。

只有张太妃自己，心智仿佛一直留在少女时期。可怕的宫中时光像是禁锢了她的成长，冷宫里没有日月的日子更是让人忘却了时光，生性乐观豁达的张太妃并没有像薛太妃那样变得越发沉稳，却越发像个山中不识岁月的局外人。

孟太医在宫中无疑是让人惧怕的那一群人。他不苟言笑，气质严肃，出入权贵门庭，传言中他的手上还有无数人命，更是袁贵妃这种奸妃的心腹。

然而，因为孟太医的出现，冷宫里的日子越来越好过了，刘凌也得以认识陆凡这样的名师，加之孟太医对张太妃尽人皆知的“企图心”，冷宫里的诸位太妃都爱屋及乌地将他当成了“娘家人”。

薛太妃说那番话，自然也不是真要孟太医使什么美男计。“情”这个字最是复杂，也许你以为是使计，时间久了就真栽下去了。说句凉薄的话，她还指望着孟太医对张太妃死心塌地，好让她们谋取更大的帮助，她怎会让孟太医冒这么大的风险？

她无非是想刺激刺激张太妃，让她开窍罢了。

可惜张太妃是个不开窍的。

“问我愿不愿意干什么？不过，师哥难道一直没娶妻？”张太妃瞪大了眼，像是才发现这个事实，她的脸白了白，“难道孟师哥真喜欢男人？”

一干太妃啼笑皆非。

“我小的时候，孟师哥和我三哥最好，我记得孟师哥和我好的时候，三哥还去找过他麻烦，叫他离我远一点。以前我不明白，后来我想想，是不是三哥喜欢孟师哥，所以……”

“什么乱七八糟的！”薛太妃实在听不下去，“这话题赶快揭过，我头都痛了！”

“哦。”张太妃的声音渐低。

“刘凌如今在东宫之中和大皇子、二皇子朝夕相处，一定会有摩擦。皇帝见了那幅高祖图，一定会对刘凌慢慢改观，这样的态度变化更会让他陷入危险之中，能否成功，就要看我们接下来的经营。他不在冷宫，和我们的联系就断了，所以必须把王宁送到东宫去，但仅仅这样还是不够的。”

薛太妃望着其他几位太妃。

“这几年，我们要艰苦一点。少几个伺候的人对我们来说没有什么，给刘凌想办法找一些知根知底的可用之才是关键。陆博士现在已经不能自由出入宫中了，孟太医就是唯一能沟通内外之人，但我还是不能完全信任他，我们不能只依靠这一个人。”

“你说吧，我们都听你的。”王姬满脸支持。

“接下来，就要看王宁的了。”薛太妃意味深长地看着王宁。

* * *

因为要遣散宫人，所以宫中变得格外“喧闹”。蓬莱殿前求见的人每天络绎不绝，就连许多一直和袁贵妃不对付的妃子，也避免不了各处的关说而上门求情，很是让袁贵妃扬眉吐气。

除了扬眉吐气，袁贵妃的荷包前所未有地鼓了起来。宫中内外对陛下的德政自然是感激无比，可对着“雁过拔毛”的袁贵妃却是满腔怨恨。如果有一个处事公允的皇后，一定会按照年龄长者先出宫的顺序遣散宫人，可袁贵妃现在是全看谁孝敬的多、谁来关说的来头大，卡着许多达到条件却一直是低位宫人的人，不让他们出宫。

薛太妃和王宁也成功地让袁贵妃成了宫人们最讨厌的人，没有之一。很多宫人说起袁贵妃就在暗处咬牙切齿，恨不得立个小人天天去扎。

这样的处境让大皇子很尴尬。

他名义上是袁贵妃的儿子，所以也有不少人拐弯抹角地向这位大皇子求情，希望大皇子能在袁贵妃那里说动说动，将托了关系想要出宫的宫人放出去。

如果袁贵妃是他的生母，他肯定去求了。可袁贵妃却不是他亲娘，所以大皇子不敢拿这件事去劳烦袁贵妃，也不愿意拿这种和自己没关系的事情去试探两人虚假的母子情谊。

许多原本以为能够得到一些方便的宫人见大皇子丝毫不想管这种事，也渐渐心死，遂不愿再提。

有些求到二皇子身边的，二皇子也表示无能为力，但私下里还是给了这些求情的人一些金银，好让他们有办法去打点，赢得了不少好名声。因为这个，大皇子有好多天不愿意给二皇子好脸色。

唯一置身事外的倒是刘凌。反正他是不得宠的皇子，袁贵妃又看不上他，谁也不会求到他身上。

就这样，东宫原本还算和谐的气氛一时间荡然无存，后宫的事情直接影响到了东宫，影响到几位皇子的学习和生活。一直在偏殿里自己读书的刘凌还好，可主殿里，刘凌已经看见过好几次庄扬波被大皇子讽刺得眼泪汪汪地蹲在树下抽泣了，也曾见过魏坤被二皇子身边的人刁难，结果双方不得不大打出手。

心中了解这一切的演变其实有大半是出自薛太妃的谋划，刘凌对于现在的局面感到非常矛盾。

他们虽然达到了想要的目的，可随着大皇子和二皇子关系的激化、袁贵妃越来越得势，气氛也变得越来越紧张了。

今日，在校场的武艺课上，二皇子被大皇子用木矛扫落马下，若不是一旁的谢飞燕眼疾手快，说不定二皇子就要被马踩中落得个残疾了。

看得出大皇子也吓得半死，但谢飞燕救下二皇子后，他还是冷哼了一声，连看都没看自家这位二弟，就策马离开了。

刘凌领着戴良凑上前："二哥，你怎么样？"

刘凌人高马大，从学习骑射起就比两个哥哥更出色。他又是学过射箭的，学起来比两人都要快。谢飞燕十分喜欢刘凌，对他更是悉心教导，亲自陪练。

相反地，大皇子和二皇子因为旗鼓相当，倒是经常互相比试，偶尔也和刘凌对上几局，今日之事，就是在两人比试时情绪没有控制好而发生的。

二皇子见到刘凌过来，难堪地把头一扭："我没事，休息一会儿就好，应该没伤到筋骨。"

"殿下可有哪里不适，要不要去召太医？"谢飞燕心里七上八下，再见大皇子已经纵马走远了，更是一阵憋闷。

"你要全宫里的人都知道我丢脸了吗？"二皇子不悦，"我说歇息一下就好，不用管我，送我回殿里休息！"

其他人没法子，只能眼见着大皇子和二皇子一前一后离开了校场。

"这种事越来越多了。"戴良第一次庆幸自己跟着的是老三刘凌，"听我祖父说，前朝又在催促大皇子成亲的事情，许多大臣认为宫中遣送了人出去后压力就小得多，可以开始置办大皇子和二皇子的婚事了。"

"越来越乱了……"刘凌叹了口气，不知道该如何回应。两位兄长的争斗变相地为他撑起了一张保护伞，但实际上，他怀念的却是在暖阁和宗正寺里三兄弟惶惶不可终日地等待着袁贵妃带来灾难的那些日子。

至少那时候他们是齐心的。

下午的课是教《帝范》，就是刘凌一直想学却找不到书本的《帝范》。皇帝指派来教刘凌的是朝中的礼部侍郎，他对《帝范》最有研究，本人也极为仰慕高祖的德行。

刘凌正经八百地端坐在殿中等着这位侍郎来授课。那侍郎被宦官接引着进入偏殿，一眼看到跪坐在那里的刘凌，顿时大吃一惊！

刘凌不知道这侍郎见他时为何一副惊为天人的样子，行过礼后就开始接受这位侍郎的教导，谁料这位侍郎授课时频频走神，还经常望着刘凌的脸就陷入沉思，越发让刘凌不自在起来。

这种情况直到刘凌提起笔来写字方才有了些好转。

“好字！三殿下是跟着国子监博士陆凡学的字？”国子监归礼部管，所以这位侍郎对国子监的司业和教习都非常熟悉，一见刘凌握笔行书的姿势立刻就看出了来历。

“是，我在含冰殿时接受过陆博士的教导……”刘凌点了点头。

“陆凡的字乃是一绝，当年他金榜题名，这一笔字就占了很大的优势。”礼部侍郎看着刘凌抄写的《帝范》，满意地轻笑着，“殿下习字三年就有如此成就，聪颖和毅力缺一不可，难怪您的长相酷似高祖，果真与高祖有共通之处！”

“高……祖？”刘凌心中这才有所领悟，看向礼部侍郎的表情依旧惊疑不定。

“殿下还未得知？宣政殿上如今挂着以高祖为范本的《东皇太一图》，此图天下闻名，却因赐予沈国公府而成为难得一见的真迹。如今这幅画就挂在宣政殿，来往官员人人可以看得。我等大臣与这幅画朝夕相处，闭着眼睛都能看到东皇太一的神情。”

这位礼部侍郎也是个随和的性子：“刚刚臣一进殿中，乍一望还以为是高祖重生，你和高祖的五官实在是太像了！若不是臣仔细看过殿下，分辨出殿下与高祖的不同，恐怕还不知要走神到什么时候，希望殿下不要怪罪臣怠慢了您的学业。

“其实殿下的长相和高祖那幅画像真的神似无比，只是殿下年幼，五官还显稚嫩，待殿下年纪再大一些，恐怕其他大臣见了您都要认错了。啧啧，这血脉渊源真是奇妙，传承了上百年后，高祖的容貌又在子孙的身上呈现……”礼部侍郎连连称奇，语气之中多有感慨。

刘凌心中又激动又不安，他知道陆博士只是对画像的眼睛动了手脚，那就是说，他的长相确实是神似高祖无误的！这怎能不让人激动？

不安是因为这幅画毕竟被动过手脚，难保没有厉害的人能看出来。就算别人看不出来，他如今这般出风头，也实在是太过危险了一点。

因为《东皇太一图》，礼部侍郎和刘凌的课上得浑浑噩噩的，就连戴良在一旁看着刘凌如此走神都颇感奇怪。

接下来的几天，刘凌酷似其祖的传闻果然传遍了宫内宫外，除了来东宫上课的礼部侍郎，后来授课的几位国子监大儒和官员都对刘凌的长相表现出了无比好奇的姿态。

东宫就这么大，这件事是瞒不住的，很快大皇子和二皇子那边也有所耳闻，原本就紧张的气氛越发古怪起来。

“明明是端给我们殿下的热水，为什么要送到主殿去！”舞文、弄墨见热水被半途拦下送去了主殿，气得眼睛都红了，“你们欺负人！”

“长幼有序。我们家大殿下手上正好也染了墨。你知道大殿下最是爱洁的，这盆水啊，你们就别争了！”那宦官支使着捧盆的粗使宫人就走，丝毫不给舞文和弄墨一点面子。

等舞文和弄墨回到屋子里，说了这件事，刘凌也只能在心中暗叹了句“果真如此”，让他们再去要盆水。

舞文和弄墨第二次去要热水倒没有遇到什么麻烦，捧盆的和提水的粗使宫人很快就来了，那提水的宫人手中的汤壶还在冒着热气。

刘凌此时正在看书，见水盆来了，很自然地等着两个宫人在他面前跪坐伺候，那捧盆的将盆举在他的面前，另一个持壶的抬起手正准备倒热水到冷盆里，突然手一抖，那一壶热水就这么朝着刘凌的脸上泼了过来！

这一下太过快速，谁也没想到会发生这种事情，刘凌凭着过人的反应立刻伏倒在案底，利用案桌的桌面挡住了向他泼来的热水。

一旁伴读的戴良却没有这么好的运气，那水倾倒过来时他就在旁边，不免有一些溅到了他的身上，烫得他大叫了起来。

这水的温度何其高，不一会儿的工夫，他的颈部就已经起了一堆水疱。

舞文和弄墨已经被这出人意料的结果吓得僵硬住了，殿中的先生早已经放课，只有几个不入流的小笔帖在里面，见到这种情况，立刻尖叫着大喊：“有刺客！”

刘凌从案下翻出身子，另一旁捧着冷盆的粗使宫人也将手中的冷水向着刘凌泼去，刘凌再也顾不得藏拙了，一个滑步避开粗使宫人泼洒来的水，抬起脚就踹开了粗使宫人手中的铜盆！

哐当！

铜盆落地后，两个粗使宫人一不做二不休，干脆从怀中抽出武器——一双筷头磨得尖细的银筷，向着刘凌刺了过来。

“殿下小心！”

戴良忍着剧痛，随手抓起案上的砚台，向着刺客丢了过去。

这两人行动太快，偏殿里都是案桌和蒲团，可以躲避的地方不多，刘凌只能抄起案桌上的镇纸当作武器挥舞起来，抵挡着两位刺客的攻击。

一时间，金铁相碰之声不断。刺客拿着的是不像样子的筷子作武器，刘凌是将一条铜镇纸作为武器，场面看起来怪异至极，又凶险无比。

舞文和弄墨早就奔出殿外喊着“抓刺客”，抄笔帖的宫人们也纷纷学着戴良将手中的字帖和笔墨纸砚向着两个刺客的方向砸去，只为了阻挡刺杀之人的行动，能让刘凌趁机逃走。

一旁的戴良目瞪口呆地看着刘凌神勇无比地大战刺客，将一条细长的镇纸挥舞得犹如短剑一般虎虎生风，心中忍不住大叫：“他果然是骗人的！”

刘凌一身武艺乃是萧家精华，随着年岁越大，经脉过人的好处也越发显现了出来，他只是缺乏实战经验而已。这两个刺客起先还能在刘凌手上占到便宜，不过三招两式之后就越来越是吃力，他们心中的惊骇可以想象！

两人几招不能得手，又听到外面脚步声大作，知道已经逃不掉了，脸色顿时灰败起来，望向对方的神色一片决绝。

“不好！”刘凌看出两人心中已存死志，镇纸脱手而出，可惜已经来不及了。

两个刺客手中原本夹击刘凌的筷子突然转了个方向，就像是这一招已经练过无数遍似的，两人右臂长伸，双双用筷子的尖头将对方的喉咙刺了个大洞。

这一刺连气管加喉咙都捅了个通，他们就算不死也说不出话了，其狠绝凶残，连刘凌都惊得呆若木鸡。

“啊！”

“我的天！”

已经跟着侍卫踏入偏殿的大皇子和二皇子见到眼前的一幕，大声惊呼了起来。

这一声惊呼倒是震醒了刘凌，他立刻装出吓得不知所措的样子，哆哆嗦嗦地往后退着，像是刚才勇斗刺客的人只是“鬼上身”一般。

“抓住这两个刺客，居然敢在东宫里行刺，他们不想活了！”二皇子的脸上一片厉色，“叫太医来！死了也要给我救活！”

“是！”

刘凌见局面已经控制住了，这才跌坐于地，背后早已经汗湿一片，手臂也是酸软无比。

待他跌坐在地上，才发现臀下湿漉漉的，不但触之生热，还带着一种滑腻腻的触感。

刘凌想起来这是那捧盆的宦官泼出去的冷水泼洒到的地方，可这坐下去感觉到的却不是冷水。

他伸手在地上一抹，手指搓动，才发现那是油。恐怕为了不让其他宫人发现冷盆里装的是热水，他们在盆上抹了什么油脂，热水被油封在了下面，冒不了热气，看起来就跟冷水没有什么区别。

热壶里的水要泼不上就用不设防的冷盆，冷盆要再泼不上就动筷子。若他刚刚没看错，刺客的每一招每一式看似对准他的要害，实则全是对着他的面部和眼睛。

那筷子上的杀招不是为了杀人，而是为了毁了他的脸！

“三弟，你现在如何？”大皇子奔到刘凌身边，并不踏足他身旁，而是隔着几步远的距离问询他的情况。

刘凌知道这位大哥爱洁，心中也没有什么不悦，只苦笑着说：“刚刚太过惊吓，现在腿软了，站不起来了。”

二皇子倒是胆大，等侍卫们说两人已经死了才凑上前去，仔细观察了他们的手臂和指节，冷着脸说道：“看他们的样子，倒真是做了许久的粗使宫人了。也不知道是谁有这么大的本事，能让这样的死士出来刺杀皇子。”

大皇子的伴读魏坤跪在地上看了一会儿，破天荒地吐出一大段话来。

“这两个刺客深谙人性，但凡是自杀之人，总有些犹豫，可若是互刺喉咙，就没有那么难出手了，这才死得这么干脆。”

刘凌越听越是心惊，再一抬头看见身旁戴良痛苦的神色，立刻想起他的脖子似乎是被泼了热水，赶紧大叫了起来：“快去打点冷水来！最好去冰库司要些冰！戴良的脖子被滚水烫了，要用冷水先镇一镇！”

舞文和弄墨哪里敢坐着，顾不得腿软，连忙奔了出去。

“你这时候还关心别人！他身为侍读，应该保护好你，自己却先倒下了！”二皇子用“怒其不争”的眼神看向戴良，关切地挤到刘凌身边，“你可知道他们为何要杀你？你可是惹了什么人？”二皇子一边说，余光一边向大皇子扫去，想要看看他的反应。

刘凌比他们还迷糊呢，只能摇头。

没一会儿，太医局的太医匆匆赶到，宫正司也来了人，说是陛下接到消息已经摆驾过来了，东宫里顿时混乱一片，刚刚还被人嘘寒问暖的戴良又成了小可怜一个，捂着脖子恨不得哭天抢地。

他才进宫多久啊，就已经见了两次太医了！

他一定是和皇宫八字相克！

* * *

荣寿大长公主府。

满脸煞气的吕鹏程大步地朝着大长公主的院子前进，沿途伺候的奴仆婢女见着男主人那难看的脸色，无不吓得纷纷躲避，就怕一不小心触了霉头，卷进两位主人的旋涡里，被撕得粉身碎骨。

吕鹏程显然已经气急，眼眶也是通红，待到了荣寿大长公主的院子，那上来问话的宦官还来不及开口，就被吕鹏程一脚蹬了个好远。

“滚！”他瞠目切齿地吼道，“全部给我滚！”

屋里的大长公主听到了屋外的动静，立刻站起了身子。屋子里伺候的侍者们心惊肉跳，纷纷用不安的眼神看向大长公主，却见主子抬手挥了挥。

“没听到吗？你们都出去吧。”

吕鹏程耐着性子在外面等了一会儿，等到屋子里侍者尽退，这才推开门进了屋子，见到荣寿大长公主面无表情地立在屋中，他的怒气更盛，简直是咆哮了起来：“刘芳容！你究竟在干什么！你居然调动我的人乱来！”

“我在帮你。”荣寿大长公主讥笑了起来，“皇帝将高祖的画都挂在宣政殿上了，你居然还不出手？”

“这与你何干！”吕鹏程扬眉怒目。

“你我是夫妻，一荣俱荣，一损俱损，当年我就告诉过你，你不愿和我和离，一辈子就休想抛开我……”她的面容依旧姣好如少妇，只是那眼神里的怨气破坏了其中的美感。

“那幅画一出，又有刘凌酷似高祖的传言，你最大的筹码从此就没了。大祸就在眼前，你以为皇帝会就这么姑息你？你怨我，我倒要问你……”她眼中的怨毒之色更甚，“你为何不杀刘凌，只是放火烧画？！”

第十三章
爱护？爱憎？

“你为何不杀刘凌，只是放火烧画？”

“你既然知道我只是放火烧画，还去杀人？”吕鹏程“嘿嘿”冷笑了起来，“你是不是觉得我必倒无疑，惊慌失措到失心疯了？”

大长公主刘芳容的脸色变得难看至极。

“你根本不知道我要的是什么，就以己度人地替我‘扫平阻碍’，你实在是太过自负！就算我吕家在宫中的人全被遣散，那也是我吕家的事情，倘若我真要倒了，会跟你和离的，你不必担心成这样。”

吕鹏程像看蠢货一样看着刘芳容。

“刘凌并不是一个普通的皇子，皇帝也未必真的是冷落这个儿子才把他丢在冷宫里，莫说是你，便是我，想要杀他也没有那么容易。你用了我在东宫最得力的两个人手，不管事情成与不成，我在东宫都再无耳目，你说你帮我？你究竟是帮我，还是害我！”

“只要刘凌死了……”

“宫正司派了二十个宦官去抓他，他都没有死！”吕鹏程一掌拍向旁边的方桌，那张方桌应声而裂，“我说这么多，不是要和你商量，是让你离刘凌远点！”

说罢，吕鹏程拂袖而去，头也不回。

“什么为了吕家大业，你就是为了萧遥而已！”刘芳容难以忍受地尖叫出声。

吕鹏程跨出门槛的脚微微顿了一顿，复又坚定地踩上了外面的地面。

“你以为我不知道，你一直派人关心刘凌的行踪，尤其是他在冷宫里的行踪！三年前你为何要出手救他们，不过只是为了他一人而已！你根本就辜负了太后和吕家对你的信任！”

吕鹏程站定，从鼻腔里哼出几个字来：“干你何事？”

*　*　*

东宫。

崇教殿内上演的刺杀太过骇人听闻，尤其是刺杀三皇子的明显是特别培养出来的死士，只是刺客以粗使宫人来掩饰自己的身份，看他们的年纪，甚至有可能已经在东宫里隐藏十几年以上了，怎能不让人不寒而栗？

大皇子怀疑是袁贵妃下的手，二皇子则同样怀疑是自己的曾外祖父动了手，然而他们只是怀疑了片刻，另一个问题就浮上了心头。

他们为什么要这么做？

有这样大的本事，这样厉害的刺客，为何不刺杀老大或者老二，而单单是对着最无威胁的老三下手？

刘凌在看到两个哥哥既关心又疏远的态度时就知道他们在想什么，心中不由得升起了一股伤感。

三人原本就没有多少兄弟之情，怕是因为这场刺杀，他们不得不撕开最后的遮羞布了。

不久后，皇帝的到来，更是加剧了这紧张的气氛。

不但皇帝来了，得到消息的袁贵妃和方淑妃都派了人来求见，加上赶往东宫的几位太医令，原本就不大的崇教殿偏殿被挤得满满当当。

刘未一进门，眼光就不停地在偏殿里搜寻，直到三个儿子都站在了他身前行礼，他的眼神就直接定在了刘凌的方向上，尤其是刘凌的脸上。

“老三可有哪里受了伤？”刘未偏头望向身边的孟太医，“你去诊一诊。”

“父皇，儿臣只是受了些惊吓，并未受伤。倒是儿臣的侍读戴良，他的脖子上被泼了热水，求孟太医为他诊一诊。”刘凌见到刘未这么关心他，颇有些受宠若惊。

“戴良？沈国公的孙子？孟顺之，你去看看。”刘未随口允了刘凌的请求，随即又招呼刘凌过来，仔仔细细地检查了他的脸面和身体各处。

这样的举动让大皇子和二皇子心里暗羡不已，恨不得今日被刺杀的是他们。就连刘凌也有些手足无措，不停地解释自己并无大碍。

“你那伴读性格不稳重，而且警惕心不强，朕当时让他做你的伴读，有些太随便了。”刘未一想到那些滚烫的开水就心有余悸，“这样吧，朕读书的南熏阁旁还有个书房，从明天起，你就改在那里读书。”

大皇子和二皇子浑身一震，难以置信地看向皇帝身边的刘凌。

饶是刘凌性格沉稳，听到这句话，也忍不住傻乎乎地仰起脸看向刘未。

皇帝眼中满是肯定和慎重，毫无敷衍之色。

“父皇，我认为让三弟去您的南熏阁读书不妥。”大皇子忍不住开口，“南熏阁是您白天处理朝政的地方，出入之间皆是大臣，三弟在旁读书，颇不方便。更何况三弟刚入东宫不久，如今当以学业为重，去了南熏阁，东宫的教习就要分作两处，对儿臣们太不公平！”

“大哥所言正是。”二皇子看了一眼皇帝身边的刘凌，不紧不慢地说道，“东宫刚刚发生行刺之事，且罪人已经自尽，三弟不可能再在东宫里遇到刺客，东宫此时反倒是最安全的地方。”

刘未刚刚是心有余悸之下随口说出的决定，原想着先将刘凌带在自己身边，等宫中前朝的眼线探子清理得差不多了再将刘凌送回东宫，却没想到另外两个儿子会有这么大的反应。

刘未望着刘凌那酷似高祖的眼睛和眉毛，嘴角动了动，正准备坚持己见，却见一旁的刘凌突然跪行到自己身前，俯首说道：“父皇，儿臣虽遇刺，但幸得老天庇护，已经没有大碍了。正如大哥和二哥所言，东宫已经经历过一场行刺，恰恰是最安全的地方。儿臣一心向学，在南熏阁那般地方，反倒没办法好好读书，请准许儿臣继续留在东宫进学。”

刘凌想着，去了前面，他日后想要跟后宫的太妃们接触就难了。而且无论是孟太医还是张守静，都是住在中宫附近的，一旦他去了东内，想见他们的面也不容易。

见三个儿子都表示出反对的样子，刘未意外地挑了挑眉，故作不满地说道：“朕原想着东宫不安全，让你们去南熏阁读书，怎么，你们竟然都不愿意，朕的身边就这么可怕吗？”

刘未轻轻松松地开口，就将带走老三变成了担心所有孩子。

三个孩子皆道不敢。

“既然如此，老三也不要单独在偏殿读书了，你一个人留在偏殿，确实容易给心怀不轨的小人可乘之机。从明天起，你入主殿，和你两个哥哥一起读书。东宫加强防守，朕会让禁中再派两支巡查的队伍日夜巡逻。你们三人从今日起吃住行都要在一处，防止再有刺客作乱。”

三个孩子虽然都不愿意吃喝拉撒和对方在一起，可皇帝既然说了就是圣旨，他们只能心不甘情不愿地应了。

安排好一切的刘未又在东宫绕了一圈，命令宫正司把东宫里所有的宫人换掉，换上紫宸殿派去的宫人，又妥善安排好了巡逻的侍卫，这才在所有儿子的恭送下准备回宣政殿继续处理公事。

刘未已经走到了门口，脚步突然又停下，他回身望向三个儿子的眼神有些奇妙。

老大和老二被看得噤若寒蝉，刘凌也是浑身都不自在。

良久之后，刘未清了清嗓子，做出了个惊人的决定。

“你们现在也不小了，该跟着朕学习如何处理国事了。等春祭之后，你们便每日去宣政殿听听早朝吧。”

三人惊得目瞪口呆，而后便是欣喜若狂，毫不掩饰心中喜悦地跪下来谢过了父皇的安排。

皇子可以旁听政事是成人的象征，其重要程度甚至在成亲之上！

天上下红雨了吗？

刘未见三个孩子高兴成这样，笑着摇了摇头，抽身而去。他刚一转头，脸上顿时露出阴沉的表情。

“你不是不想别人知道老三的样子吗？我偏让全天下都知道他长得像高祖！”

* * *

春祭，又称社祭、农祭，是代国最重要的祭祀之一。自楚国统一七国以来，曾经作为楚国最重要祭祀的春祭也成了历朝历代最重要的祭祀。

春祭是为了祈求上天让新的一年风调雨顺，农业兴盛，无论是皇帝还是文武大臣，甚至宫中的嫔妃和内外命妇，都要参与春祭。

春祭对于大皇子和二皇子来说毫不陌生，甚至他们的母亲都曾主持过宫中的春祭，唯有刘凌从未参与过任何祭祀，对这些祭祀也没有什么期待。

但是今年却不一样，皇帝亲口承诺春祭以后让三个皇子开始参与朝政。

皇帝答应此事时，东宫有不少司业听到，在场的还有许多宫人、侍卫，一时间，消息就像插上了翅膀一般传遍了宫中内外，引起朝野间一片沸腾。

这么多年了，皇帝一直用各种借口阻止大皇子和二皇子听政，也不允许他们和朝中的官员接触，就算他们不是太子，也是可以听政的。当年惠帝十二岁听政，平帝也是十三岁就开始和兄弟们一起听政，绝无养到十五岁还圈着的道理！

大臣们沸腾了，宫中的袁贵妃和方淑妃也都兴奋得多加了一碗饭。

袁贵妃一心做着“太后梦”，听到这样的消息自然是难掩激动之情。当日大皇子来请安，皇帝并未在蓬莱殿，袁贵妃竟然留了大皇子用饭，并且不停地对刘恒和魏坤嘘寒问暖。

“你便是恒儿的侍读魏坤？你长得真像方国公夫人……”袁贵妃满脸慈爱地吩咐

蓉锦，“去把我前日得的那一枚饕餮环拿来，就给这孩子留着把玩吧。”

袁贵妃这阵子得了无数好处，手头宽裕，又听到了这样的好事，心情自然是好得不得了，见刘恒和魏坤都有些拘谨，她一边命令宫人给他们布菜，一边像是不经意地开口问道：“听说，三皇子前天遇刺了？”

刘恒心中一惊，筷子上夹着的菜滚到了碗里，连忙应道：“确实如此，刺客先想用滚水泼三弟的脸，被三弟避过后又用一双磨尖的银筷行刺……”

“听起来，凶险得很，还好他吉人天相躲过一劫。”袁贵妃点了点头，“当时殿中留有侍卫？两个大人对付一个孩子，居然没得手？”

她的声音压得极低，只有一旁的魏坤和大皇子听见了。魏坤的手顿了一顿，装作什么都没听见似的继续用膳，大皇子坐立不安地扒拉了两下碗里的米，终于咬牙露出犹豫的表情说道：“这也是奇怪的地方，这两个刺客应该是训练有素的死士，莫说是杀一个手无寸铁的少年，便是身怀武艺之人也可能中招，可听当日在殿中抄书的笔帖们说，三弟只是挥舞一条镇纸，就把两个刺客的攻势挡了下来，反倒是三弟身边的侍读戴良中了暗算。”

大皇子心中的疑惑早已经存了许久。

“而且几位博士都曾夸奖过三弟，我看着似乎不像是奉承，可三弟读书才仅仅三年……”

“你想说什么？”袁贵妃脸上的笑容渐渐消失，随即浮上来的是惊疑之色。

“我觉得……”大皇子踌躇了一会儿，看了眼魏坤，咬牙道，“我觉得三弟身上有些古怪。而且，前天父皇担心三弟再遇刺，还想让三弟到南熏阁去读书。我和二弟从小到大，都没被允许进过南熏阁……”

说到这里，袁贵妃脸上最后一点笑容也消失了。

“我知道了，等你父皇过来，我会帮着问问。”

她话音一转，开口安抚：“其实你也不必把这种事放在心里，莫说三皇子之前一直不受宠，就算他现在受了宠，还能越过你们两个兄弟去？你曾是嫡，现在是长，朝中那么多大臣认你为正统，你只需稳稳地坐着，就没有人能说什么！”

她见大皇子终于轻松了一点，不着痕迹地点醒他：“你父皇其实最看重的是才能，等你去听政了，让他看看你的能力，我再帮你说说好话，你先从不怎么要紧的政事做起，慢慢就能得到好处。你父皇年纪还轻，你也别那么急着出人头地，日子还长着呢。”

听到袁贵妃应允会帮自己说好话，大皇子的脸上终于露出了宽心的笑容。

“多谢母妃！”

霎时间，蓬莱殿里一片和乐融融。

唯有一旁不停扒拉着饭碗的魏坤，他的碗底其实已经空了许久了。

* * *

“三弟身上有些古怪。”

正在光大殿寝宫里歇息的二皇子刘祁，对身边伺候的宦官徐枫吩咐：“你这次出宫后和阿公说一声，让他派人查查那位陆博士的底细，我总觉得三弟没有之前表现得那么不学无术，至少宫中的博士们对他都没有什么怨言。”

徐枫是方淑妃亲自为刘祁挑选的贴身宦官，是方老大人从很早起为女儿准备的自己人。徐枫的义父是出宫采买的总宦内侍，所以徐枫每隔一月也能跟着出宫一次，替二皇子去城外的道观进行供奉。

徐枫每月一次的出宫之日，便是刘祁内外沟通消息之时。

徐枫帮着传话已经不是一两次了，闻言立刻将刘祁的话记在心里，犹豫了一会儿，接着提醒二皇子：“上次方老大人说的事……就是庄侍读……”

刘祁的手在罗汉床上无意识地摩挲了一下，像是突然想起来此事，有些迟疑地说道：“和阿公说，最近因为三皇子遇刺的事情，东宫关系紧张得很，就算我想要弄走庄扬波，恐怕也要等这阵子风波过后。而且庄扬波年纪虽小，但行事却没有什么差错，我要随便找点由头让他走，父皇也不会答应的。”

徐枫听完，脸上露出为难之色：“可是殿下，老大人已经亲自上门向庄家提出结盟之意，是庄寺卿自己拒绝了老大人的好意。如果您继续将庄侍读留在身边，就等于是打了老大人的脸，老大人为您辛苦操劳，您连个准话都不给……”

“好了好了，我知道了，到底你主子是我还是阿公？我说了最近不方便，没看到戴良伤成那样都不能出宫吗？这时候人人都怀疑是我和大哥对三弟下的手，我突然把庄扬波给赶走了，岂不是更加此地无银三百两？”刘祁露出不耐烦的表情，“你就照实说我的难处！”

徐枫见二皇子毛了，不敢再逼问准话，只能叹了口气，悻悻地退下。

徐枫一走，刘祁一下子仰倒在罗汉床上，满脸都是挣扎之色。

他母族方家和大理寺卿庄骏有些过节，双方在政见上也颇有不合。

庄家送了孙子进宫，却不一定就站在他这边，最终结果如何，还要看他如何承诺庄家日后的前程。

但看他曾外祖父那个意思，似是不想让他和大理寺卿府上有什么瓜葛，频频逼他想法子见怪于庄扬波，然后换个侍读进来。

这对于脾气本来就不好的他来说，原本并不是什么麻烦事，可是一想到一旦按照曾外祖父的意思做了，自己日后就真的只能依靠母族的势力了。

刘祁越想越是烦躁，大叫了一声将脸埋于靠垫之中，恨不得能有个智多近乎于妖的谋士为他参详参详。

可惜他身边除了曾外祖父安排的人，什么可以商量的人都没有。

“殿下，庄侍读回来了！”

门外的宫人在外间通报着。

“他这么早就回来了？”

这边刘祁起了身，去了前殿，一进门就看到庄扬波哭得浑身直抖，连眼泪都流不出来了，显然是哭了许久，伤心极了。

“呜呜呜呜，殿下，我爹在回家述职的时候遇见了山贼，现在下落不明了！呜呜呜，家里现在乱成一片，我娘不让我在家里待，把我赶回宫里来了！”

刘祁心中“咯噔”一声，顿时升起了不祥的预感。

庄扬波还在伤心地哭着。

“您说我怎么坐得住？我回去时，我娘都病了！祖父也像是垮了一样，我去向他请安喊了好几遍他都没有反应过来，根本就没骂我的那个力气了……呜呜呜，管事的说，消息传回来两天了，大理寺已经派了人去当地勘查，陛下也命令禁卫军一同去剿匪，可我爹还是没消息啊……”

刘祁心如乱麻地摸着庄扬波的小脑袋，口中随便安慰着：“没有消息就是好消息，真要是出了事，还能让你找不到人？”

庄扬波抬起头，鼻子哭得红成了一个球。

“您说我爹怎么会遇到山贼呢？他身边带着七八个家丁，走的还是官道，偏偏春日连连下雨，官道半路被滑下来的山石堵了，他们改了一小截路，就遇见了山贼……死了四五个人……呜呜呜，我爹身边的家丁都是会武的，什么山贼这么厉害啊……”

刘祁越听心中越是觉得可怕，只觉得手下摸着的不是庄扬波的脑袋，而是什么可怕的东西，竟有些伸不出手去。

这件事的手法……倒是像曾外祖父一贯的手段。

刘祁的怀里，矮小的庄扬波哭得浑身滚烫，可揽着庄扬波小声安慰的刘祁，却感觉如坠冰窟。

第十四章
冲天？落地？

傍晚，用过晚膳的刘凌和殿中伺候的宫人说自己要回含冰殿取些东西，带着两个侍卫就向着冷宫而去。

一踏入冷宫的大门，刘凌躁动的心就冷静了下来。

他幼时缺衣少食，少时蒙受谆谆教导，而后得遇名师，他的路，从来就不是走得一帆风顺，窦太嫔说过“当你处在最低谷的时候，无论往哪一个方向，都是向上”。更何况，他现在已经走到了自己都无法想象的明亮之处，他不再是那个蜷缩在冷宫里的小可怜虫。

宋娘子一早便得到了消息，从内室里奔了出来，对着刘凌嘘寒问暖，带着一丝惧意看向两个高大的侍卫，不明白自家殿下为什么突然回了含冰殿。

“奶娘，去把我以前做的功课都整理一下，让我带走。”刘凌抿了抿唇，“王宁去了哪里？”

宋娘子嘴巴动了动，眼睛向着内殿的方向偏了偏，示意王宁在冷宫太妃们那里。刘凌会意后便没有多问，只是说了几句责怪王宁偷懒的话，便留在屋中等着宋娘子收拾东西。

没一会儿，王宁赶了回来，他浑圆的身子跑得满身是汗，一见刘凌赶紧屈身行礼，嘴里还在解释：“奴婢不知殿下回来，要知道殿下回来，一定不跑远……”

“好了。”刘凌“难掩”厌恶地开口，“我才不管你去哪里了，屋里太冷，你带两位将军去隔壁喝杯热茶。”

待两个侍卫走得不见踪影了，刘凌将手伸入屋中长塌上的枕中，从枕头里掏出一张纸条来。

上面龙飞凤舞地写着四个大字——一飞冲天。

刘凌一颗悬着的心终于沉了下来，握着手中的纸条静坐了半天，才珍而重之地将纸条放入了怀中。

连最谨慎的薛太妃都这样说，那他也不必再藏拙了。

事实上，进入东宫以后，他就感觉越来越难藏拙。

这么长时间以来，他一直觉得自己所有的举动都做得不着痕迹，无论是从小在冷宫里接受薛太妃教导，还是后来在萧太妃那里打通经脉，抑或让王宁小心经营人脉，取得袁贵妃那边的信任，他都做得小心翼翼。

可当他走出冷宫，真正地开始了解什么是“皇权”时，才发现自己身边似乎早就已经布上了一张无形的大网，那些曾经掩盖着的小心翼翼，都在这张大网下一览无余。

他并不怕刺客，怕的是这背后的含义。

他怕那些冷宫里的太妃，会在看见一丝希望之后陷入绝望，失去了最后的动力和快乐。

前朝的父皇，冷宫里的萧太妃，一切都是谜。

而他，是包裹在谜团里的小小虫子，却还做着一飞冲天的梦。

“殿下，这就是你所有的功课了。”宋娘子很快就把留在含冰殿里的所有和字有关的东西整理了出来，放进了她缝制的书袋里。

书袋沉甸甸的，都是刘凌这么多年来和陆博士、薛太妃学习的成果。

“我会好好进学的，奶娘。等我能有自己的地方时，我会把你接过去享福的。”刘凌从宋娘子手上接过书袋，同时拍了拍她的手。

还有薛太妃、张太妃、赵太妃她们……

刘凌心想。

他要把她们从这个牢笼里全部放出来！

* * *

因为春祭后三位皇子便能听政了，所以今年的春祭成了礼部和太常寺最大的事情，连不久后的殿试都被盖过了风头。

刘凌从未参加过皇家的祭祀，今年是他真正意义上走出冷宫的第一年，按理说今年的春祭他也是可以跟着两位兄长一起参与的，但事实上他却根本无法参加。

不能参加的理由很简单也很可笑，他竟然没有祭祀穿的冕服。

后宫自袁贵妃独揽大权之后，除了大皇子以外，刘祁和刘凌的待遇都不算太好，但刘祁的冕服是一年两套从不会怠慢的，可刘凌从小到大就没有得到过正式的冕服。

马上就要听政了，春祭时皇帝却没有带三皇子出行，宫外的人根本不会相信是这么简单的原因，文武大臣和宫中之人恐怕会往更坏的地方想，比如说皇帝根本不将刘凌当作子嗣，又或者皇帝不认为刘凌有资格一同参加春祭，等等。

袁贵妃的手段很简单，影响却很恶劣，而且连挽救的办法都没有。国之大事，在祀与戎，哪怕皇帝也想把刘凌带上，却不能带着一个穿着常服的儿子去参加春祭。

于是，在大皇子幸灾乐祸、二皇子同情却平静的态度中，刘凌被留在了宫中，他目送着大皇子和二皇子在众人的簇拥之下浩浩荡荡地离宫，去京郊进行春祭。

刘凌虽然表现得很平静，但他因为袁贵妃从中作梗而不能参加春祭，说不郁闷是骗人的。

因为去南熏阁读书的事情，大哥和他之间果然生出了嫌隙。尤其是这段日子他进入主殿读书，在进度上一日千里之后，连二哥看他的眼神都有些不友善了。

虽说他早就有所准备，可真到这时候……

张守静跟着他师父太玄真人去主持春祭了，所以他连说个话、吐个苦水的人都没有。“求雨”一直是春祭里压轴的法事，以往都是由皇观的观主主持，这几年太玄真人在京中，就一直是太玄真人代劳了。

听宫中的人说，今年春初泰山周边地动了一次，太玄真人不放心泰山的基业，向皇帝提出了回泰山的要求。自古泰山象征社稷稳定，连皇帝也不敢轻忽，不但下令让当地的官员积极赈灾，保证春耕不被耽误，还赐下了不少宫中藏着的法器和财物，并派鸿胪寺的官员送太玄真人师徒回泰山祭祀。

这么一来，刘凌恐怕几年之内都见不到张守静这位小友了。

越想越是沮丧，刘凌内心压抑地在东宫里闲逛，不知不觉地走到了一处小池边。刘凌原以为这么偏僻的地方绝没有人来，结果刚靠近西池，就看见一个小小的身子坐在西池的游廊之上，那人手里抓着一本书卷，正看得津津有味。

那人正是二皇子身边的庄扬波。

刘凌好奇地走近庄扬波，伸出头张望：“你看的什么是书？”

“啊？哈！哇！”

被吓到的庄扬波发出一大串毫无意义的单字后手上的书脱手而出，向着廊外的池塘飞去。

幼年的经历造成刘凌对每一本书都很珍惜，眼看着庄扬波的书就要落入池塘，刘凌手臂一展，速度极快地在那本书掉下去之前将它抄回了怀中，他的眼光不经意地在书皮上一扫，顿时愣住了。

这本书的名字叫《凡人集仙录》，且封皮上写着“第一册”。

《集仙录》刘凌听过，那是《道藏》的一部分，元山上有完整的书册，皇观之中也有收藏，上面记载着道家的各种神仙和司职，张守静说做天师道的道士，最重要的就是要记得道家的神仙和司职。

刘凌像是着了魔一般伸手翻开了书册，随手翻了几章。

他能一目十行，记性又好，虽看起来像是在乱翻书，但其实他已经很快地把前几页读了进去。第一页写得非常简单，“男子得道，位极于真君。女子得道，位极于元君，圣母元君者，乃洞阴玄和之气凝化成人，亦号玄妙玉女”，然后寥寥数语，介绍了圣母元君。

后面几页更加寻常，只是一些普通的神仙介绍，西王母以及她所统领的昆仑系女仙和她的女儿之类，看起来像是一本介绍道家女仙的名录。

只是这书到了后来，就有些不太对劲了，什么西王母座下女仙接受任务下凡无法回归天庭，一个凡人捡到了《集仙录》，要用自身的精血帮助女仙们回归天庭云云……

刚写到凡人捡到《集仙录》，第一册就戛然而止，让人抓耳挠腮，心痒不止。第一册上只写了女仙的介绍，刘凌看到了“瑶姬”的名字，却无图、无介绍，大概是在后面几册里有详细描写。

等刘凌已经翻了一会儿，庄扬波才像是突然醒悟一般伸手去抢刘凌手中的书。无奈对方手长腿长，庄扬波只是个八岁的矮墩儿，伸手抢了几下都没有抢到，最后还是刘凌自己低下头来，满脸紧张地抓住了庄扬波的肩膀。

“这书是哪里来的？后面几本在哪里？”

庄扬波张口结舌地抬起头，只见这位三殿下神采奕奕，浑身气势逼人，哪里有之前那个木讷中带着宽厚的样子！

刘凌随即发现自己的失态，连忙松了手向庄扬波道歉：“抱歉，我之前从未见过这样奇特的书，有些鲁莽了！”他忍不住轻笑，将那本《凡人集仙录》递给了庄扬波。

庄扬波小心翼翼地将书塞回怀里，不安道：“三殿下能不能不要告诉二殿下我看杂书的事情？二殿下不准我看这些杂书的。”

“杂书？我觉得这书挺有意思的啊。”

刘凌不着声色地附和着庄扬波的话。

“我还没见过这么有趣的志怪传奇呢！”

“嘿嘿，殿下也觉得有意思？这书是我从我爹的书房里拿的。”庄扬波的笑容突然顿了顿，声音逐渐低落，“也不知道我爹怎么样了，这本书还是我爹出事前我从他的书房里取的……”

“庄大人出了事？什么事？”

刘凌一惊，连忙询问。

庄扬波心里压着这件事很久了，二皇子每次听到他提他爹就百感交集，他在宫中又无朋友和熟人，母亲不许他回家，祖父白天在大理寺晚上还要安排查探父亲下落的事情，他不敢回去添乱，只能一天天在宫中提心吊胆地过活。

此时刘凌关心地问起他父亲的情况，庄扬波像是抓住了一根救命稻草一般，抽抽泣泣地就说起了他父亲回京述职准备升迁，结果半路遇到山贼的事情。

刘凌冷静地听着庄扬波所说的事情，心中也是一片震惊。

官员回京，即使没有仪仗，旁人也能看出他们是官府中人，莫说是山贼，便是什么胆大包天的江洋大盗，一般也不会惹这样的队伍。而且什么山石堵了驿道，怎么看怎么像是故意为之。

“你父亲应该会没事的。”刘凌只能干巴巴地安慰庄扬波，“这一路上这么多疑点，庄大人是聪明人，一定可以看出其中的不对，山贼没有得手反倒露了行踪，这就说明庄大人肯定是逃出生天了，只是各种原因，他大概是藏了起来，等待京中去救援。”

庄扬波听着刘凌的温声安慰，心中一暖，跟着点了点头：“二殿下也是这么说的，所以我最近都很少回家，只是心里实在害怕又担心，什么圣贤之道都看不下去，这才拿了我父亲的杂书看看。

“我爹书房里关于神仙志怪的书最多，所以我从小看得最多的就是这些。殿下刚刚问我这书是哪里来的，我偷偷告诉你……”庄扬波压低了声音，神神秘秘道，“这书藏得可严密了，我拿它出来都费了好大的工夫，太高了我够不着……

“这本一点都不精彩，我不太爱看，什么女仙之类的，太奇怪了。”才八岁的庄扬波自然对女仙不感兴趣，“上次我看的《共工传》才好看呢，共工和祝融打架打得天翻地覆的，有机会我找给你看。”

“好。”

“嘿嘿，我爹不知道我偷看他的书，否则我屁股要开花。我还是不要告诉他我看了……”

说到这里，庄扬波渐渐扬起的笑意突然又敛了敛，他幽幽叹出一口气。

“我要是能看到神仙就好了，见了神仙，哪怕是土地神，我也能求求他们，庇佑我的父亲……”

这哪里是能看到神仙就好了的事呢。

刘凌眼神扫过庄扬波的怀里，那里藏着那本《凡人集仙录》。

他原本是想跟庄扬波把后面几本借来看看的，尤其是记着瑶姬的那一本。可现在庄扬波家也是多事之秋，这话倒是不好提了。

神仙是不救人的，他们只会丢下几句似是而非的“谶言”，将你原本清晰明了的人生搅得满是雾水，然后潇洒地离开。

神仙都是这样的吗？

刘凌忍不住仰头看向天空。

在他身边坐着的，是同样仰头看着天空，口中不停祝祷的庄扬波。

那位神仙，瑶姬……现在怎么样了呢？

第十五章
逐鹿？杀生？

春祭过后，曾经在京中和宫中轰动一时的太玄真人带着他的弟子离开了，去春初时地动的泰山周边地区安抚灾民。

在太玄真人祈过雨的春祭之后，整个春天果然都开始下起了连绵不断的小雨，淅淅沥沥的小雨在保证了春耕的顺利以外，带给人们的只有潮湿的居住环境和分外低沉的心情，就和外面阴沉的天气一样。

在这样的天气里，大皇子刘恒和二皇子刘祁的心情更坏了，整个东宫的气氛压抑到所有的人都夹着尾巴。

校场上。

刘凌是最早到的，他身着一身猎装，手里提着那把大弓，见到两个哥哥来了，从容不迫地行礼。

看到他从容不迫的仪态，两位皇子的眉头皱得更深了。

“不必这么客套，都是自家兄弟。”大皇子口不对心地虚扶起刘凌，“这几日你功课做得不错，连徐祭酒都夸你好悟性，我们做哥哥的，也为你高兴。”

“谢大哥夸奖！”

刘凌脸上露出受宠若惊的表情，心中却是一叹。

没一会儿，谢飞燕来了，命人牵着几只活鹿，一步步进入靶场。三位皇子见到那几只活鹿就是一怔，而后有些惊异地看向谢飞燕——不会是让他们要射鹿吧？

“之前都是射死物，昨日陛下发话，该让几位殿下见见血了。”谢飞燕似乎也有些苦恼。

“春掌生发，原是禁猎的，可陛下有令，末将也不敢不从。这四只鹿都是温顺的母鹿，等会儿末将会命人将它们放入栏中，三位殿下谁射杀的母鹿最多，谁就是胜者。”

“只有我们？我们的侍读呢？”大皇子刘恒皱了皱眉，看向身边黑炭一般的魏坤，“如果一人驱赶母鹿，一人射杀，算不算数？”

“大哥这话未免有些不公平，我身边的侍读庄扬波今年方才八岁，还没鹿高，戴良的弓技也不精，你的伴读魏坤却是自小弓马娴熟，若是带伴读，自然是不算数的。”

二皇子刘祁一听这场较技是父皇指定的，心中明白父皇肯定是想看看他们学习的成果，无论是心性计谋还是武艺上的，当然不能轻易让老大占据优势。

那头谢飞燕听到二皇子刘祁的质疑，不慌不忙地回答：“启禀殿下，末将领鹿之前，陛下有嘱咐过，侍读也可加入。哪位皇子的侍读射杀的母鹿，也算是那位皇子的。”

听到这句话，刘恒果然大喜，得意地拍着魏坤的肩膀，似是胜券在握。

在谢飞燕命令几位牵鹿的宦官将母鹿们赶到指定的围栏里之后，他请了三位殿下带着三个侍读进了栏，自己和几个宦官在外面等着。

三位皇子分别在三个位置站定，眼神一动不动地凝视着围栏里或趴或立的四只母鹿，他们心中都已经有了想要射杀的对象，并和自己身边的侍读商议好了。

随着一声尖锐的鹿哨声，四只鹿都开始在栏中跑动了起来，也宣告了射鹿的开始。

刘凌此时不再掩饰自己的本事，将一把弓拉得犹如满月，对着一只满身白斑的母鹿射了出去。

箭如流星，那只箭犹如长了眼睛一般朝着白斑母鹿的脖子而去，可是那只鹿似有所感一般连连后退了几步，那支满弓之箭居然射偏了，斜斜地钉在了围栏上，入木三分，让人惊骇。

大皇子和二皇子没有注意三皇子的动作，魏坤和戴良却一直眼观六路，耳听八方。见到那根钉在围栏上的箭后，他们皆露出骇然的表情。

“魏坤，我要那只大的！”

大皇子一声轻叱惊动了魏坤，他连忙回过神来，压低身子就飞快地朝着最大的那只母鹿扑去。

大皇子用箭支瞄准最大的那只母鹿，魏坤的身体像是一堵墙一样阻挡在母鹿的身前，让它无法再向旁边迈出一步。

大皇子的射术不差，左右瞄了一会儿后射出一箭，却见斜里飞出一支箭来，带偏了老大的那支箭。

那支箭带走了老大的箭后，另一个方向又射出一只小箭，直中大鹿的额头，母鹿吃痛，满场地狂奔起来，引着整个围栏里的鹿都像是发了疯一般乱跑。

"啊！"

戴良原本真想用自己的蛮力"牵"回来一只母鹿，结果他刚刚蹑手蹑脚地靠近一只鹿，这四只鹿就开始受惊地狂奔。

就算这些都是没有角的母鹿，被这么大的东西撞一下也是不得了的，戴良吓得不轻，迈开腿就一阵小跑避开了。

"老二，你要诈！"

刘恒怒不可遏地大吼。

"大哥，谁也没有规定您看中的鹿我们不能射啊！"

二皇子刘祁得意地挑了挑眉，给了庄扬波一个赞许的眼神。

庄扬波抱着自己的小弓，傻兮兮地笑着。

刘凌被满场乱窜的母鹿绕得头晕，干脆扒着围栏爬了上去，站在围栏上一心一意地瞄准着，尝试着先射到一只鹿。

他在冷宫里也曾射过活物，都是萧太妃命人抓来的黄鼠狼和老鼠等物，比起这些鹿，那些活物才叫难射，又小又狡猾。

就在刘恒和刘祁相争的时候，刘凌已经瞄准了一只鹿的脖子，手中弓弦一松，低沉的弓鸣之声后，只见一支箭快速飞了出去，插在了一只母鹿的脖子上。

那只母鹿一声哀嚎后向前扑倒，四只蹄子不停地使劲，就是站不起来。

戴良的眼睛一亮，连忙补上一箭，这一箭正中母鹿的大腿，那鹿更是站不起来了，只能发出一阵阵的"呦呦"叫声。

见到老三先射到了鹿，大皇子和二皇子都急了。

皇帝的意思是射杀最多者为胜，一共就四只鹿，要想赢得比赛就要射杀两只，现在一只濒死，还有三只，他们两个在争斗的时候，还得提防老三随时又射死一只。

"魏坤，帮我拦鹿！"

刘恒也顾不得和刘祁置气了，提起弓就向着最近的一只鹿射去，另一边的刘祁也是一样，举着弓就射向最近的那只鹿，都是想着越快射中越好。

刘恒的箭并没有正中目标，只是擦着鹿的身子过去了，刘祁的箭却是正中鹿的肚子，带着箭的鹿像是发了狂一般在围栏里乱蹦乱跳，吓得庄扬波小脸惨白，连连惊叫。

整个围栏里的鹿都受惊了，还没受伤的两只鹿和已经中箭却没倒下的那只鹿简直就像怪物一般横冲直撞。

三位皇子的脸色均是一变，心头也蒙上了不安的阴影。

就在这个时候，围栏外观察着局势的谢飞燕突然开口喊道："三位殿下，这几只鹿似乎是发疯了，你们还是出来吧！"

刘恒一听立刻露出喜色，但过了一瞬后他立刻意识到没有那么简单，抬头问谢飞燕："如果我们出去，是不是就算输了？"

谢飞燕点了点头："那是自然。就算是正常狩猎，也经常有猎物受惊的情况，如果殿下出来了，就算是输了。"

几乎是同时，三位皇子一起叫了起来。

"那我们不出去！"

这是皇帝对他们的考验，说不定考验的就是他们的忍耐力，如果他们轻易就放弃了，岂不是前功尽弃？

就在这一刹那的工夫，魏坤已经取下了背上的弓，开弓射箭，射死了一只母鹿。大皇子连连叫好，跟着补上了几箭，在这只鹿的身上留下了自己的印记。

开局，刘凌一只鹿，刘恒一只鹿，刘祁零只鹿。

死了两只鹿，剩下的两只鹿感受到了浓重的杀意，再见面前几个少年虎视眈眈地望着自己，不由得跑得越来越快。

就在这个时候，变故陡生！

中间个头最大的一只鹿不知道是生出了什么变化，竟不管不顾地朝着刘凌冲了过去！

一只鹿最轻也有几百斤重，全速疾奔起来的时候，那可怕的势头不亚于一匹矮马，别说刘凌只是个少年，他就算是个成人也会害怕！

刘凌吃了一惊，连放箭都来不及了，急急忙忙跳上围栏，想要爬出围栏去，可是为时已晚，那鹿已经到了近前！

"殿下快跑！"

戴良也不顾会不会撕裂脖子上刚养好的伤口，拿着自己的弓就甩了出去，然后把箭袋里的箭都往疯鹿的方向丢，想要阻止它的势头。

母鹿的脚步果然停了一停，但很快又朝刘凌追了过去。

刘凌此时已经半个身子趴在围栏上面了，他正想要翻越围栏，那鹿"咚"的一声撞在了围栏上，震得刘凌已经趴上去的身子又滑了下来。

说时迟那时快，突然从魏坤的方向射来一支箭，正中母鹿的臀部，母鹿受到惊吓，扬蹄立了起来，那蹄子立刻朝着刘凌的方向踏去！

"老三！大哥你在做什么？！"

刘祁的吼叫声响彻校场。

刘凌爬上围栏的时候已经以为自己逃出生天了，可是很快那只鹿就追了上来，它一头撞在围栏上的架势，甚至让刘凌以为是一辆奔驰的马车撞上了木栏，连牙缝都被震得打战。

掉下围栏时，他听到耳边响起的喷气声、众人的呼叫声，看到了空中弥漫着的尘土。这一切像是瞬间定格在他的眼前，而后全部变成越来越大的一只鹿蹄。

鹿的蹄子原来像叶子，像有四个脚趾的叶子，他想。

不对，他现在是想这个的时候吗？！

眼见着那只蹄子就要踩在他的头上，幼年时从萧太妃那里学到的“拼命三滚”自然而然地发挥了作用，刘凌抱着自己的头，用一种狼狈的姿势滚到了一边，而后又滚了几滚，干脆地爬了起来，向着另一个方向狂奔。

被大皇子刘恒射中臀部的鹿，胡乱地踩踏着，而后又开始没有目标地狂奔，它的臀部像是打开了塞子的酒葫芦一般，不停地流着鲜血。鲜血沿着围栏里面的场地洒了一路，简直是触目惊心。

“我……我不是故意的，我射出去的时候以为三弟已经爬出去了……”大皇子刘恒抖着身子望向身侧的魏坤。

“你也看见了是吧！在我这个方向是看不见三弟的……我真以为他出去了，我只是想再射中一只鹿好获胜……”

魏坤素来寡言，听到刘恒的话后还是不发一言，只是低下头摆弄着自己的弓箭，尽力瞄准那只发狂的母鹿。

留着这只鹿在场中，终究是个祸害。

一旁已经跑得气喘吁吁的刘凌终于奔到了戴良的身边，一把抓住他的胳膊，伸出手道：“把你的弓给我，我的在爬围栏的时候丢掉了！”

弓一入手，刘凌就恼怒地瞪了戴良一眼，因为这弓太轻了，和他刚刚抛下的弓比起来，简直就像是庄扬波的玩具。

但有弓总比没弓好，刘凌拉开弓，一步步接近另一个方向的母鹿，估算着两者之间的距离。

嗖！

刘凌手中的弓弦一声轻响，箭头向着母鹿左边的眼睛飞去。

扑哧！

箭头应声而入，母鹿一下子倒地！

这时，另一支箭从另一个方向飞来，擦过跌倒的母鹿的身子飞了过去，而后传来魏坤懊恼的一声叹气。

刘凌定了定神，复又开弓，对着眼睛受伤的母鹿又补了一箭，确定它倒下不能动了，又射了几箭过去。

做完这一切，刘凌只觉得全身酸痛，那是筋肉紧绷后突然放松产生的酸痛。他极少这样直面生死，乍一放松，只想瘫倒在地，他提着弓，像是遛弯一样走回了戴良身边。

“咦，殿下你不射鹿了吗？”戴良正在因他家殿下射中了两只鹿而兴奋，就见刘凌没有再下场的意思，戴良满脸诧异。

“嗯，我的手臂已经脱力了。”

刘凌敷衍地回答。

“我没法再射鹿了。”

“哦，那真可惜。不过射了两只也很好了，二殿下一只都没射到。”

戴良喜滋滋地扭头看了眼一旁的庄扬波。

“也是，就二殿下一个人，怎么射鹿……”

场上的情况简直是一边倒，有魏坤的帮助，刘恒很快就射中了仅剩的那只母鹿的一条腿。

魏坤艺高人胆大，大皇子又急于求胜，那鹿倒地之后刘恒赶忙补了几箭，奔过去要看个究竟。

一旁的二皇子刘祁却抬起了弓，静静地瞄准刘恒的方向。

这下子，满场皆惊。

“殿殿殿殿殿下……”戴良的牙齿在打战，哆哆嗦嗦地说，“二……二殿下……下在做什么……”

刘恒已经离垂死的鹿很近了，弯下腰想要检查它的生死，确定所有权，他突然感到面前一黑，奇怪地抬起头来，却发现是魏坤挡在了自己的面前。

“你挡着我干什么？”

刘恒奇怪地将魏坤的身子往旁边推，伸出脑袋一看，却见日光之下，刘祁弓上的箭头反射着冰冷的光芒，直直地对着自己。

嗬！

刘恒还没来得及躲，那支箭就已经对着他射了过来。

刘恒吃了一惊，偏了偏身子又想往魏坤身后躲，谁料魏坤也想重新站回去替他挡箭，两人一个往左偏一个往右躲，重新错了开来，刘恒的身子又一次完全暴露在了刘祁的面前。

嘭！

一道鲜血飞溅出来，温热的鲜血洒到刘恒的身上。

腿部的滚烫让刘恒的腿一软，“扑通”一声坐倒在地。

就在每个人都屏住呼吸以为要看到大皇子血溅当场时，血溅当场的却不是大皇子，而是他面前已经濒死的母鹿。

刘凌诧异地向着二皇子刘祁看去，谢飞燕诧异地向着二皇子刘祁看去，庄扬波诧异地向着二皇子刘祁看去，就连原本隐藏在宦官身后一个戴着帽盔的侍卫都古怪地伸出头来，也向着二皇子刘祁看去。

只见场上，之前射鹿毫无成绩的刘祁眼睛亮得惊人，他手中的弓弦声不断，箭袋里的箭被一支一支地射向地上的那只母鹿，每一箭都射得母鹿颤抖一下，也惊得大皇子刘恒颤抖一下。

刘祁每射一箭就向前走上一步，他射箭的本事在三兄弟里不算拔尖的，连谢飞燕都没看出他有什么天赋，可现在这箭就像是自己有意识一般向着刘恒面前的母鹿身上钻，飞溅出一道又一道血光。

刘恒面色苍白，两条腿像是灌了铅，根本站不起来。那些从鹿身上飞出的鲜血溅了刘恒一头一脸一身，鹿血的温热和腥气让爱洁的他抑制不住地想要呕吐，他恨不得晕过去。

可提着弓的刘祁太过可怕，就像是从地狱里走出来的魔神，激得刘恒后背一阵阵冒汗，硬是晕不过去。

一旁的魏坤将身子挡在刘恒面前，躬身道：“二殿下，您要再上前，我只能动手了。”

“大哥，你还是这样的脾气……”

刘祁像是终于忍受不住一样，恨声道：“当年就是这样，你只看得见我出宫的好处，父皇问你我是不是病了，你却一字不提我生病的事。”

“你……”

“刚刚你真是没看见三弟没爬出去吗？就算你没看到三弟被撞了下来，出于兄弟情义，也不该射鹿让它更加受惊。你眼里永远只看得到你想看到的东西，什么兄弟之情，什么手足之爱，都要排在你想要的东西后面。”

刘祁尚在变声期内，这一压抑之下，他的声音更加沙哑，甚至还带着一种粗糙的音色。

“我……”

刘恒准备开口解释。

“你们都别胡闹了！”

一个熟悉的声音突然响了起来，惊得刘恒魂飞魄散。

刘凌并没有太吃惊，从二哥举箭射向大哥，谢飞燕却没有阻拦的那一刻起，刘凌就知道父皇肯定就在这校场某处。只是他差点被鹿拱死，父皇的人也没来救他，实在太让他心寒了。

果不其然，谢飞燕身后的一名侍卫摘下头盔，露出之前遮遮挡挡的身影，旁边的侍卫和宦官们都瞪大了眼睛，惊讶地叫了起来。

“陛下！”

刘未抛下头盔，在谢飞燕的保护下踏入围栏之内，眼神从浑身鲜血的刘恒和倔强站立的刘祁身上扫过，他忍不住叹息了一声。

“老二，看来你的心头一直有怨气？”

刘祁垂下眼眸，只字不语。

刘恒终于在魏坤的搀扶下站了起来，他身上的鲜血已经凝固了，腥膻扑鼻。

“恒儿去清洗一下，然后到东宫的丽正殿来见朕。”刘未指了指刘祁，“你跟朕去丽正殿。”

刘恒和刘祁都低头听命。

一旁略显冷漠的刘凌提着弓站在那里，刘未的眼光从刘凌身上扫过，像是不经意地开口：“朕觉得凌儿的猎装颇有些不合身，贵妃最近是越来越不像话了。”

刘恒的脸色又是一变。

“岱山。”

刘未唤起随身常侍的名字。

从校场右首的木亭内走出一个宦官的身影，遥遥俯身。

“领着三皇子去一趟尚衣局，按照皇子的仪制从头到脚、从里到外置办好衣冠。马上就要去听政了，朕不想再听到他没有朝服、没有常服、没有鞋子，不能出门。”

“是，陛下。”

刘未看了眼刘祁，抬了抬手示意他跟上。刘未连看都不看身边的刘恒一眼，就这么从他身边穿过。

刘凌被岱山引着往尚衣局而去，没走几步忍不住扭过头，只见着大哥似是恼羞成怒地甩开了魏坤想要扶着他的手。

刘凌在心中幽幽叹了口气。

恐怕过不了多久，他们三兄弟间就真的连什么兄弟情义都没有了吧……

第十六章
量体？裁衣？

见到岱山领着一个青涩的少年进入六局，不少来去的宫女都停下了手中的事情，好奇地看着这位穿着猎装的少年，猜测着他的来历。能让岱山引着的绝不是什么普通少年，是王室宗亲，还是什么地位显赫之人？

刘凌刚刚猎完鹿，身上的猎装护具未除，他刚才在地上又滚又爬，满身尘土，蓬头垢面，自己都有些不好意思，往来宫人的眼睛又像是刀子一般在他身上来回扫过，他更是不太自在。

偏偏岱山像是毫无所感一般在前面依旧走着他的路，完全没注意到刘凌在宫人们的指点下连脸都有些发烫了。

“田典宝，我知道您最近就要出宫了，可您手中的服契图籍也得给交接全了啊！容司宝让我跟在您后面学着处理宫务，您连服契图籍都不给我，我怎么去学？”

一个声音粗哑的女子声音从宫廊另一头传来，她显然很是气愤。

听到这样的对话，岱山的脚步突然顿了顿，扭过身对着刘凌做了个“嘘”的姿势，让他噤声。

刘凌听到出宫云云时就已经警觉地停止了脚步，见岱山也有此意，更是不会再出声。

两人就这么贴在墙边，听着转角那一头的争论。

“你也知道我是马上要出宫，而不是现在出宫，没到最后的名单下来，谁也不知道我能不能走，服契图籍既然由司宝交给我掌管，事关尚服局司宝寺的大事，怎么能现在给徐典宝你？”

说话的人是个中年女人，语调缓慢，显然不把跟她说话的徐典宝放在眼里。

尚服局掌管皇帝、妃嫔和皇子们的衣冠服用，下有四司，分别是司宝、司衣、司饰、司仗，由尚服局的尚服女官统辖。皇帝下旨要给刘凌置办全套衣着，必须先去司宝司，由司宝司出具服契，然后交给司衣司量体裁衣，按契制作。衣冠做完后，配饰交由司宝司绘图留档，和当初的服契一起存做记录，这叫作“合契合籍”。

这种事在宫中有许多，岱山早已经见怪不怪了，只是因为牵涉到服契图籍这种事情，岱山才停下来听了听。

没一会儿，两个女人的争论声越来越大，徐典宝嘶哑的声音越发低沉粗嘎，几乎是吼叫一般爆发了出来：“你是怕你和贵妃娘娘一起克扣衣冠上金丝银线并玛瑙珠玉的事情被捅出去，所以才不肯给我图籍是不是？！谁愿意管你们那些破事儿！”

岱山一愣，刘凌也是一怔。

“我不是傻子，你不把这些东西给我，我造不了册，如果以后出了问题，这些黑锅就得我背！”徐典宝一点都不怕别人听见，“你若再不给我，我就要到吴尚服那里去给你抖出来了！”

“你以为我怕你？”田典宝的语气中带着几分讽刺，“宫中又不是我一个人这么做，你以为容司宝为什么把服契图籍交由我留档，而不是交给你？嘿嘿，你尽管去吴尚服那里抖，抖完了，你就去缝衣服边吧！”

田典宝将徐典宝奚落得一无是处，冷笑着转身走出角落。结果一转出来，田典宝就和外面廊上站着的岱山和刘凌打了个照面。见到岱山，田典宝的脸色“唰”的一下子白了，连嘴皮子都在哆嗦。

“岱……岱……岱……岱常侍……”

“田芙蓉，你今天是给也得给，不给也得……咦？！”

追着田典宝出来的女人身材矮胖，见到外面站着的一大一小两人，也是傻眼了。

岱山眼观鼻，鼻观心，装作什么都没听见地干咳了一声，开口解释：“老奴奉陛下旨意，领三殿下来尚服局置办衣冠鞋履并衣饰等物，现在正好要去司宝司领服契，正好路遇两位典宝，麻烦典宝们帮老奴带个路，也免得老奴一路通报了。”

岱山长相忠厚，“呵呵”笑了几声以后，像是无意一般问起田典宝：“听说田典宝是这次放出宫去的女官之一？外面可有了着落？老奴记得你的家人可都不在了啊。”

“可不是，”田典宝满脸感慨，“不过好在前几年我托人在外面认了个义子，他以后是要给我捧盆的，现在寄养在别人家中，等我出宫去了，我就把他接过来，我也算是有儿子的人了。”

“田典宝仁心，那孩子日后一定孝顺。”

岱山随便敷衍着，回头又望了望刘凌。

“殿下可有偏好的颜色？”

“我对颜色没有特殊偏好，若是可以，颜色请深一点，不要容易脏的颜色。”

刘凌想了想，老实地回答着自己的想法。

岱山知道这位皇子年少时在冷宫里连洗衣的粗使宫人都没有，心中忍不住叹了口气，转过头来对徐典宝说：“既然田典宝要出宫了，那老奴和你说也是一样的，劳烦徐典宝记一下，殿下的常服尽量准备石青、绯红之类耐脏的布色。猎服以炭黑、墨绿为主。”

徐典宝没想到岱山会提到自己，意外地抬起头，眼睛从刘凌身上扫过后点了点头：“殿下的皮色并不算白，穿墨绿未免气色不佳，还是用其他颜色比较好。”

岱山只是想随便用个话题打断田典宝的攀附，对徐典宝的提议自然是没有意见。

司宝司里来来往往有不少宫人，有些宦官老远见到两位典宝引着岱山并一个少年来了，飞快地去司宝处事的地方通报，没一会儿，司宝就从一间宫室里迎了出来，毕恭毕敬地向岱山和刘凌行礼。

待知道岱山的来意，这位姓容的年老女官错愕地看向刘凌，开口询问：“是这位殿下？请问祭服、丧服、朝服、戎服、常服要给殿下准备几套？”

岱山笑而不语。

容司宝却像是知道了什么一般立刻做出了决定：“既然之前没有成例，那就按没有准备过的来备，祭服、丧服春夏秋冬四季各四套，朝服四套，常服十二套，戎服六套，如何？”

刘凌闻言一呆，这套数，已经是按亲王的级别在准备了！

“司宝是尚服局的老人，你说是什么就是什么，劳烦司宝差人为殿下量体量身，老奴要去拜访下吴尚服，传达陛下的旨意。”

岱山笑眯眯地看着刘凌：“殿下，老奴出去逛逛，等会儿就来。”

他留下有些尴尬的刘凌，被一群司宝司的女人用目光扫着。

“殿下请脱吧。”

“哈？”

刘凌眨了眨眼。

屋子里一旁的宫女有几个顿时红了脸。

“我说，殿下请宽衣。”

老太太笑得更慈祥了。

“不宽衣解带、脱履除冠，我们怎么帮您量体裁衣呢？”

刘凌环顾四周，侍女们虎视眈眈，女官们笑得暧昧，宦官们手中提着笔，臂上持着册，就等着要描画刘凌的身形。

“请宽衣！”

* * *

在此之前，刘凌从未想过量体裁衣是件这么累人的事情，难怪岱山要借故避开，因为实在太烦琐了。

等刘凌全部忙完，浑身上下都被人摸了个遍，就连尾骨都没有被放过。

等刘凌如释重负地走出尚服局，一旁的岱山满脸了然地窃笑了几下，理解地安抚他：“殿下不必板着张脸，您从前没被量过身材，尚服局的女官们谨慎点是正常的，从此以后她们每年会来替您量几次身，那时候就不会像今天量得这么细了。其实您这样已经算好的了，当年陛下……”

脸上原本露出了怀念之色的老常侍，突然一下子就噤声了。

岱山根本不是嘴碎的人，也从不会透露皇帝身边的事情，今日他也不知道自己为何这么放松，竟放肆地跟刘凌说说笑笑起来。

刘凌没问父皇当年是怎么了，他看出岱山有些不安，连忙换了个自己感兴趣的话题。

“岱常侍，刚刚田典宝和徐典宝争的事情……那些服契图籍……”

岱山没想过这位皇子会关心这种事，略显惊讶地看了一眼刘凌，了然道：“殿下觉得田典宝做得不对？”

“如果按徐典宝所言，田典宝克扣宫中御用的材料为己用，当然是做得不对。”刘凌皱起眉头。

“宫中就是这样，有时候你并不想做这种事，但人人皆是如此，你也只能和他们沆瀣一气，否则便无法生存。现在宫中有大量宫人被遣送出宫，后宫里到处都在盘算过去的账目进行交接，有些人不敢揭露过去的劣迹，情愿老死在宫里。有的人想早些抽身事外，恨不得早早离开宫中。”

“按照岱常侍的说法，随着宫里的宫人交接，这些问题迟早要暴露出来，那父皇会怎么做？父皇会让那些犯错的宫人不再出宫吗？还有以前克扣的那些财物……”

“陛下应当是不会管后宫的事情的，那于理不合。待东窗事发，贵妃娘娘自然就要主持大局。只是很多陈年旧账甚至都是静妃娘娘为后时留下的了，很多连贵妃娘娘都无法解决，怕是要请出当年的其他几位夫人共同处理……”

岱山话说一半，又拍了拍自己的嘴。

“您看老奴这张嘴又胡说，老奴也只是猜测，猜测！”

岱常侍的意思是，方淑妃和唐贤妃会要出来分权？

袁贵妃独占君宠十二三年，难道她现在要失宠了？

“真是奇怪，老奴平日话是极少的，只是一见到殿下啊，就觉得亲切得很，这话也就止不住了。殿下现在也算是苦尽甘来了，日后若有什么不明白的，可以差个小厮来老奴这里问问，老奴活了一大把年纪，见得也多，说不定能为殿下分分忧。”岱山走得不紧不慢，像是随口而言，“陛下已经很久没有安排老奴做这么件跑腿的差事了……如果不是老奴亲自来，您说不定还要被尚服局那些狗仗人势的东西刁难一番。陛下这样的关心爱护之情，连老奴都嗟叹不已。”

刘凌的脑子里已经是一团乱麻，几乎被岱山直截了当的说明弄得满头雾水。

这位父皇身边跟着最久的常侍到底看出了什么?

刘凌难以置信地看向岱山，岱山却将眼光看向他处，顾左右而言他："唉，这宫中老人一走，留下那么多生面孔，老奴也是感伤得很。老奴其实也想出宫去享清福，带着陛下这么多年赐下的赏赐，找个安静的农庄，买几亩水田，养几个义子，过过普通田舍翁的生活……”他突然满脸深意地看向刘凌，“就是不知道老奴日后还能不能享这清福啊。”

刘凌被他话中的意思惊得鸡皮疙瘩直起，连心脏都骤停了片刻，瑶姬仙人那句“他就是日后的代昭帝”犹在耳。

然而只是几个眨眼的时间，刘凌就镇定了下来，缓缓地点了点头。

“岱常侍会如愿的。”

“那就借殿下吉言了。”

岱山的眼睛都笑成了一条线。

“呵呵，老奴得想法子托个可靠人，找个山清水秀的地方，相看相看水田了……这水田啊，得细细相看，多相看一些日子也不嫌长……”

* * *

蓬莱殿。

“你说什么?！你和徐典宝争执时被岱山那老家伙听见了?！”袁贵妃脸色铁青地瞪向地上跪着的田典宝。

“他可说什么了?！”

“岱常侍什么都没说，装作没听见的样子。但三皇子就……”

田典宝有些担心地低下头。

“就老三那个胆量，就算知道了，他也不敢说什么。”

袁贵妃撇了撇嘴，刚准备开口安抚田典宝几句，却听得蓉锦慌慌张张地在外面求见。

蓉锦从不冒失，袁贵妃吃了一惊，也顾不得什么田典宝了，抬脚就迈向门口，打开门问起蓉锦发生了什么事。

蓉锦压低了声音，悄悄在袁贵妃耳边说道："大殿下不知道为什么惹火了陛下，现在正在东宫的明德殿外跪着呢，听说什么人求情都不管用，侍读魏坤也陪着跪下了！"

袁贵妃正是心情糟糕的时候，听到这样的消息脸色更差，气得身子直抖。

"那不可能！恒儿最是稳重小心，怎么可能惹火了陛下！"

"听说是在校场射箭时，大殿下差点射死了三殿下……"

蓉锦也打探不出什么消息，事情一发生东宫就被封锁了，这些消息还是事情刚发生时大皇子身边的宦官往外面送出的。

袁贵妃原本想更衣去求情，却不由自主地扭过头向屋子里看去。

屋子里，田典宝跪得直直的，脸上满是惶恐的神色。

最近捞得也够了，该答应的也都答应了，现在忙那三千人出宫的事情，真是劳心劳力又容易出事。那么多人手脚都是不干净的，万一一个个举发出我来，总是不好，现在恒儿出了这个事，我得赶快转移陛下的注意力，快点修复他们父子之间的情谊才好。袁贵妃在心中盘算了一会儿，突然虚扶着脑袋痛呼了一声。

"啊，我的头好痛，痛得要裂开了！"

蓉锦一开始没反应过来，傻乎乎地伸手去扶，见袁贵妃"虚弱无力"却站得稳稳的，立刻就意识到她是在作态，不由得身子一顿。

"最近没日没夜地处理遣散宫人的事情，我大概是着了风寒。恒儿也是，真是气死我了！我的头好痛……我现在岁数大了，真是不如年轻的时候，一熬夜就头疼欲裂……"袁贵妃摸着自己的脑袋，装腔作势地哼着，"请孟太医来帮我看看，到底是什么毛病……"

蓉锦眼睛一亮。

"是！"

"你别去，找个腿脚利索的去。你把田典宝送出去。"

自从知道蓉锦对孟太医有那种意思后，袁贵妃可不敢让他们私下里有什么相处，自己宫里出了丑闻，她在皇帝那边就站不住脚了。

宫女能和太医有私情，妃嫔难道就不能？

蓉锦毫无所察一般，回答得一样干脆。

"是。"

袁贵妃摸着头，依旧"哼哼唧唧"地叫着。

"嗯……好疼，我要儿子在身边侍疾……我是不是病得快死了……找个人和陛下说一声，最近遣散宫人的事情臣妾真的是没办法处理了，臣妾有心无力啊……"

第十七章
压力？动力？

孟太医很快就来了，一摸袁贵妃的脉象，哟，气血通顺，根骨强健，再活个二十年都没有问题，哪里有半点头疼欲裂的样子？

一宫里那么多嫔妃，健康状态能强过她的，估计没几个。

“贵妃娘娘，您这头疼，看起来比较麻烦……”孟太医踌躇了一下，收回了按在袁贵妃脉上的手，露出为难的表情，“臣得再诊诊。”

孟太医左右看了看，见只有两三个袁贵妃的心腹，压低了声音对袁贵妃为难地说：“问题就在于娘娘太健康了。臣虽是太医令，但太医局并非每一个太医都听臣的。若您在遣散宫人的重要关头病了，陛下是一定要派其他太医来一起会诊的，到那时候，您装病的事情一定瞒不住。”

孟太医耐着性子和她解释。

“那我该怎样才能装病？顺之，你是不知道，恒儿刚刚被申饬了！我现在必须要让恒儿到我身边来侍疾！”袁贵妃有些六神无主，“还有，以前那些宫人满身的烂账，都求到我这里来，我也是没办法……”

“所以，娘娘是想避开最近的风波？”

孟太医立刻抓到了重点。

“娘娘现在的身体状况，是不可能骗得过陛下的，不过臣有一个法子，能让娘娘迅速生病，并且越来越严重。等娘娘混过这阵子，我再给娘娘施针，让娘娘恢复正常，娘娘可愿冒这个风险？”

袁贵妃听到“风险”二字，心中就是一惊，她攥着拳头问：“怎么做？”

“臣会施针让娘娘的气色大变，与此同时，娘娘会出现体弱乏力的征兆，臣再对症下药，假病也变成了真病。只是这阻断气血的法子有个麻烦，就是娘娘会愈见痰多。”孟太医的声音压得极低，“痰一多就会堵住呼吸，您只能静卧，待这阵子过去，臣再来施针送药为娘娘祛痰。”

“你为何说有风险？”

袁贵妃紧张地追问。

“痰在喉中原本并不会有什么问题，但如果娘娘在这段时间里大喜大悲，可能会被喉中之痰堵住气管，有窒息的危险。”

孟太医说得也干脆。

“如果娘娘这阵子闭宫不见人，也无怒无喜，自然没有大碍。”

袁贵妃权衡了下利弊，点了点头。

“那就劳烦顺之了！”

孟太医的脸上一直是冷淡的表情，见袁贵妃做出了决定，也不再多言，取出金针就开始为她施针。大约过了一刻钟的时间，气脉被阻滞的袁贵妃脸色从红润变得苍白，整个人就像是被掏空了一般。

孟太医施完针，收拾收拾东西就准备回太医局。他在几个小宦官的指引下出了蓬莱殿以后，突然听到了身后有脚步声传来，同时还伴随着喘着粗气的声音，他心头顿时生出不祥的预感。

“孟太医，请稍等。”

蓉锦？

孟太医回过头，态度和缓地问道：“可是娘娘又有什么吩咐？”

“不，不是，孟太医，可否借一步说话？”

“男女授受不亲，你还是就在这里说吧。”

蓉锦的脸色红了红，她发现几个小宦官都识趣地离得远了一点，再想到这位孟太医是个八棍子都打不出一个屁的人，咬咬牙鼓足勇气道：“孟太医，我上次听娘娘说，您的未婚妻去世了，所以您……”

“胡说八道！哪有的事！”

孟太医一点都听不得别人说她有个万一，哪怕是猜测都不行。

蓉锦先是一呆，而后转为狂喜。

没有这种事？

没有这种事！

“娘娘也是关心您，怕您连个知冷知热的人都没有。”蓉锦不着痕迹地套着孟太医的话。

“您为何一直没有娶妻呢？”

“我自小父母双亡，而后祖父祖母也相继病故，像我这种天煞孤星，还是不要拖累别人才好。”

孟太医的气质变得孤寂而冷漠，眼神里也都是受伤的神色。

“先谢过贵妃娘娘关心，如果没什么事的话，孟某先告辞了。”

蓉锦得到了想要的答案，高高兴兴地送走了孟太医，脚步轻快地返回蓬莱殿。

回到蓬莱殿，步入袁贵妃的寝宫，她依稀听到袁贵妃和身边的另一个心腹方内侍在说话。

“宫中那么多奉承之人，我真正可以信任的只有孟顺之一人。我和他是在宫外的交情，我帮他重回太医令之位，他投桃报李帮我固宠，偶尔做些我不方便做的事情，但我现在能再提供给他的也有限，能不能一直拉拢住他，我心里也没底。”

袁贵妃的语气中充满了太多的不甘心。

“他不常回京中的宅子，似乎也没有什么爱好，你觉得我该怎么拉拢他？”

“娘娘，您的美貌宫中无人能及，这孟太医也是个男人，又经常出入蓬莱殿，您说……”方内侍不露痕迹地拍着马屁，暧昧地“嘿嘿”笑着。

“休要胡说！”

袁贵妃虽然嘴上训斥着方内侍，但她心中似乎快活得很，语气并未特别严厉。

除了皇帝，谁会喜欢你这个快四十岁的老妖精！

蓉锦的脸色变得像是锅底一样黑，心中的妒火像是被点燃了一般不停喷涌。

孟太医都说了他没什么死掉的未婚妻，贵妃娘娘为何要骗她，是想用这个方式来打消她的念头？

孟太医会不会和方内侍所说一般……

蓉锦难以忍受地揉搓着衣衫的下摆。

*　*　*

遣散宫人的事情只做了一半，各宫的老人都在做着交接，就等出宫了，袁贵妃却突然病倒了！

刹那间，宫内宫外都炸开了锅。

与此同时，大皇子差点杀了三皇子的事情也从东宫传了出去，听说大皇子在东宫太子才能居住的明德殿外跪了一下午，最后是晕过去被抬回光大殿的，再联想到袁贵妃这时候病倒，顿时整个后宫都沸沸扬扬起来。

就在人人都以为袁贵妃会失宠，其他的嫔妃，包括已经和进冷宫没区别的方淑妃，都期待着宫务能分到四妃身上的时候，皇帝出人意料地没有将宫务分给其他人。

他让袁贵妃在宫中休养，将遣散宫务的事情暂时安排给了六局主事，直到袁贵妃病好。

最后，皇帝还安排了大皇子回蓬莱殿侍疾，晚上回东宫。

这么一来，无论是方淑妃还是其他妃子，统统失望了。

在后宫沸沸扬扬之际，唯有东宫还算是一片净土。

“殿下，陛下那天到底和您说了什么，您回来这么高兴啊？”

“怎么，谁向你打听这个事了？”

刘祁斜眼瞟了庄扬波一下，表情是说不出的嘲讽。

“算了，管他是谁向你打听，我都不会说的。你才当我的伴读几天？下次再有人问你，你就这么说。”

“哦……”

庄扬波有些受伤，闷闷地收拾功课去了。

刘祁托了托腮，想到那天父皇和他的密谈。

丽正殿内。

“你对我一直有怨言。”

面色冷峻的刘未用肯定的语气问着刘祁。

刘祁一言不发，只低着头，不愿回答。

“我当年让你进道观，是为了护你，也是为了让你增长见识。”刘未突然幽幽地开口，“你以为你进了道观后，观主那么照顾你，又对你曾外祖父寻来的先生睁一只眼闭一只眼，真是看在你曾外祖父的面子上不成？”

刘祁浑身一震，难以置信地抬起头来。

“你身上中了怪毒却毫无所觉，但你到了八九岁时就会毒发，也许就会一直瘫软在床上。朕当初在太医局得到这个消息时，就着手让人在宫外寻找制毒大家，想要帮你解了身上的毒。可笑你母亲光想着借势，却从未想过自立自强，也没注意到你身上的不妥，朕恼她老和王皇后的人掺和在一起，便顺势把你送出宫去了。”

刘未语气淡然地继续说着。

“能在皇子身上下毒的人，必定在宫中有很多眼线和探子。朕怕打草惊蛇，慢性毒药变烈性毒药，所以只能让你在宫外慢慢调理身体。你曾外祖父家中那个被举荐去的名医，也是朕安排的人送去的。道观中教授你学问的名师，俱是快要外放闲赋在京中的官员。

“你曾外祖父是老谋深算之人，如果朕对你完全不管不问，即便你是他的曾外孙，他也不会伸手触朕的逆鳞。他知道朕有心护你，观主也知道朕有心护你，所以他们都顺势而为，想要借着你的位置更上一步。”

刘祁的脑子里乱成一片，不知道自己的父皇说的究竟是真的，还是用来安抚他的话。

很快，他就醒悟过来——他的父皇乃是一国之尊，无论是嫔妃还是皇子都只有讨好父皇的份儿，父皇为何要撒这个谎？

更何况他身上确实有毒，是在迁居道观后才由曾外祖父找到的名医慢慢清除干净的。

“朕小时候屡经磨难，又有权臣后戚掣肘，足足等了十几年方才能够执掌大局。磨难是最好的试金石，朕没有变成个懦弱无能之人，也没有在掣肘之下屈服，全靠着小时候的磋磨和太后昔日的教导。”

刘未傲然地说道：“你和你大哥，实在过得太顺遂了，你们的母亲，又没有太后十分之一的才干，你们留在妇人身边，只会变成唯唯诺诺的皇子。你如今也有十四岁了，庄扬波父亲的事情，想必你也知道了。”

刘未的一句话犹如雷击，震得刘祁难以置信地张大了嘴。

“也是朕太过心急，想要扶植起庄敬，让你慢慢学会平衡之道。”刘未摇了摇头，“你曾外祖父年纪太大，怕自己撑不了几年，大好的基业便宜了他人，一窥得朕的想法就先下手为强。”

刘祁已经傻了。

“这件事不会是第一次，也不会是最后一次。为了让你变成他们的傀儡，除了方家，你日后很难再得到其他的助力。庄敬之事已经给了朕一个教训，想必你自己也感觉到了后戚的力量。你不必否认，很长一段时间里，朕就是这么过来的。

“你大哥是个不成器的，你身后的二皇子党又太过根深叶茂。你若一直不肯解决这种尾大不掉的局面，哪怕去就藩，这些人最后也只会逼着你走上造反的路，哪里有什么善终。”

刘未拍了拍儿子的肩膀。

“听政的时候，好好观察朝堂上的局势，看看你曾外祖父是怎么通过门生故吏左右朝堂的。”

刘祁僵硬地抬起头，只觉得肩膀上的手烫得惊人。

“父皇不是说我不可倚仗后戚……”

“后戚可用，不可重用。你母亲太倾向娘家，现在这样的局面反倒是最好的。只要你好好的，她就不可能吃什么苦，你心中的怨气，可以散一散了。”

皇帝不以为然地回应他。

“朕对你有很大的期望，老二，不要辜负朕对你的期望！”

刘祁心中又惊又喜，又喜又悲，千言万语涌上心头，最终只能变成一个……

“是！”

刘未露出欣慰的表情，似乎很高兴儿子能“迷途知返”。

“你最大的缺点是心软，我原本以为你在历经出宫、进宫之后，心肠会硬一点，结果你却还是一点都不懂取舍，方孝庭也是看出你这一点，完全将你牢牢地攥在了掌心中。以后你自己要警醒一点，朕也会帮你。庄家门风严谨，也是可以信任之人。”

“是……只是父皇，当年究竟是谁那么恶毒，对儿臣下了那种毒？”

刘祁一直不肯甘心的就是这个。

他原本是一个宽心度日的皇子，可忽然一日，袁贵妃进宫了，他的生活便陷入了水深火热之中，原本和蔼的皇后和大哥也换了个面孔，他被送出宫去，过着不知何时才能进宫的苦修日子，他的母亲幽居宫中，犹如无人问津的游魂。

下毒的，是不是袁贵妃？

“朕知道你在想什么，朕可以告诉你，不是。”刘未见到刘祁的脸上露出惊讶之色，忍不住笑道，“你也不要再胡思乱想，反正这事情已经过去了，但是能下毒的，一定是你身边之人。你去了道观之后，你身边的人也被朕遣了个干干净净，仅剩徐枫。只是徐枫毕竟是方家的人，该防备时，还是得防备。”

刘祁心中有些难过，又有些失落，更多的是一丝不敢相信的了然。

母妃当年对皇后那般恭敬，他对大皇兄也曾真的满是仰慕之情。

刘未和儿子一番深谈之后，似乎也有些疲惫，不住地揉捏着额角。

刘祁感觉出刘未的不对劲，想要上前嘘寒问暖，却被刘未摆了摆手斥退。

刘祁满腔的孺慕之情刚刚酝酿而起，刘未却一副“我的死活和你无关”的态度，如此性情多变，刘祁实在有些不太适应，只能依言而退。

只是待他走到殿门前，准备推门出去的时候，突然鬼使神差地扭头又问了一句话。

“您说让儿臣去道观修行是刻意磨炼儿臣，那三弟从小就在冷宫中备受冷遇，难道也是……”

刘未揉着眉头，像是完全不放在心上地说道：“你说老三？他就是一个错误。等日后……对他好一点吧……”

一个错误……刘祁心中这样想着，对父亲行了一礼，倒退着出了殿门。临出门前，他隐隐约约听到父皇呢喃了一句什么，只是隔得太远，所以他没有听清。

“所以，是该纠正这个错误的时候了。”

刘未揉着自己的额头，喃喃地重复了一遍。

在独处中，刘未再度陷入了深思。

* * *

就这样，袁贵妃在后宫“养病”，东宫的人在经过射鹿之事后也松松散散的，好日子过了几天，终于到了上朝的日子。

上朝前一天，大皇子从蓬莱殿回来，说是袁贵妃的病已经好了一些，不需要皇子侍疾了，这显然是为了不耽误他听政。

一大早，宣政殿派来的漏刻博士就早早候在了东宫外，有鸿胪寺派来的三个礼官负责指导三位皇子去宣政殿，并将殿上的礼仪、站位等琐事一并告诉了三位皇子。

刘凌起了个大早，在王宁的伺候下换上了绯色朱罗蟒袍，脚上蹬了黑色朝靴，腰上佩着玉剑并玉佩组绶，头上束发戴冠，越发显得他肩宽臂长，英姿勃发。

“殿下今日一定要沉着稳重。”王宁小声地叮嘱，“您不比大殿下和二殿下，在朝中并无认识的大人，不管发生什么事，您都要泰山崩于前而面不改色，记得保持君子气度……咳咳，这是薛太妃的话。”

刘凌心中一暖。

“知道了。”

他整整衣衫，从自己住的偏殿前往门口，却发现大哥和二哥早已经到了，他们身上也穿着和他一样的朱罗朝服，神色中都有些紧张之态。

因为是第一天听政，礼官们特意领着三位皇子绕行，从宣政殿外的大广场上徐行而入，让他们知道朝臣们一般是怎么上朝的。

此时天色还蒙蒙亮，一路上只听得到礼官们的声音。

“陛下勤政，朝会一直按时举行，但无论陛下有没有先入殿，五更二刻敲鼓后，百官方可入殿。”

“陛下吩咐臣领着几位殿下走一遍朝臣们上朝的路，一同在殿外等候，以示陛下一视同仁之意。”

“殿外等候时，三品以上官员在阶上，三品以下官员在阶下，文臣在左，武官居右。几位殿下身份特殊，直接在殿门前等着便是……”

礼官们领着三个皇子到了宣政殿前的时候，殿前已经稀稀拉拉聚集了不少人，许多官员大概还有些犯困，靠着殿外的柱子正在小憩；也有一些官员三三两两聚在一起，说着些什么。

见到礼官们领着三个少年来了，立刻有眼尖的官员推搡了下身边的同僚，对着前方指点了起来。

第十八章
争斗？平衡？

刘凌跟着两个哥哥一步步来到了阶上，他感觉这简直是度日如年。

那些大臣用自以为别人听不见，其实大部分人都听得见的声音议论纷纷，这让站在台阶上的刘凌越发局促。

“像不像东皇太一？尤其那双眼睛……”

“三殿下比大殿下和二殿下高那么多，此点肖似高祖啊！”

“我观此子，眼神清澈，举止有度，不像是冷宫里长大的皇子，难道东宫的徐祭酒这么厉害？我家那不成器的儿子也在国子监，怎么整日还是一股纨绔习气？”

“听说方国公家那个幺儿去东宫侍读了？不是说等他再大一点送到军中去历练的吗？”

“唉，陛下要他侍读，方国公能如何？”

“也是，方国公在不在？上朝还能看看小儿子，也算是安慰了。”

一群人正在议论纷纷，刘凌好奇地随着议论的人群扭过头，顺着众人的目光在文官队伍里找到了魏坤的父亲。

魏坤是老来子，方国公魏灵则如今已年近六十，方口阔鼻，丝毫没有老态龙钟之象，反倒有一种豁达的气度，魏坤的眉目和他很像，一望便知是他们父子。

魏坤等几个侍读都在阶下候着，庄扬波紧张地在宣政殿前找着祖父的踪迹，魏坤和方国公目光有了个交接，互相点点头便再无交流，唯有戴良对着自己的祖父沈国公挤眉弄眼，祖孙俩都没有个正经。

不过沈国公家向来如此，大家也见怪不怪，笑笑也没有议论。

一进殿，最显眼的位置就挂着那幅《东皇太一图》，趁着皇帝没入座，这张图前又挤满了大臣。平日看着这张高祖图看得眼睛都长茧子的这些大臣都是图新鲜，看看神仙图再看看刘凌，露出了各种各样的神色。

“等这孩子长大了，这朝还怎么上？”一个年轻点的官员偷偷和上司抱怨，“就跟高祖看着我们上朝似的。”

“你说这是什么道理？都五世孙了，他还跟祖宗长得一样……高祖的血脉就这么厉害？”

刘凌闭了闭眼，定神将那些窃窃私语抛诸脑后，不去考虑这些话语给他带来的得失。他根本不明白自己的父皇将这幅《东皇太一图》挂在这么显眼的位置，又安排他们站在这幅画下的原因。

没一会儿，刘未到了。

这位皇帝很少迟到，不过听说昨日他的头风又犯了，所以他早上起得迟了点。这两年夜里他的头风频频发作，能忍着一直不断朝，已经是少有的勤勉了。

刘未坐上御座，眼神从刘凌等三人身上扫过，待看到一身朝服的刘凌英姿勃发地站在阶，再看看他们头顶上的《东皇太一图》，刘未满意地点了点头，吩咐岱山准备开朝。

随着赞者的唱和，今日的早朝开始了。

早朝一开始，宣政殿内就犹如被施展了某种法术一般，之前那些充满好奇和八卦的气氛顿时荡然无存，也没有人再看那幅画，人人眼观鼻，鼻观心，随着宰相出列开始一条条说着今日该议的事情，所有大臣的心神完全被国政朝事所吸引，重新成了刘凌和其他皇子们心目中向往的那种大人形象。

凝望着大臣们一个一个出列各抒己见，有理有据，无论是大皇子还是二皇子，甚至包括刘凌，都激动得整个人在颤抖。

当今世上，除了他们这些皇子，还有几人能在十几岁的少年时期接触到代国最中枢的政治中心？

身为皇子，就算历经磨难，也能成常人所不能及！

“年初泰山地动，不仅耽误了春耕，还使不少百姓的牛羊受到了损伤，现在宋州、中州地方人心惶惶，全靠当地官府赈抚恐怕力不能及，两州刺史都希望京中能够赈济。”

奏事的是中书省的中书令柳原琮，他是位年高德劭的老大人。

可惜中书令的话一出，马上就有户部的官员站出来反对。

“年初地动，又不是春耕之时，那时正在农闲，怎么会耽误了春耕？！春天耕种无非是耕田播种，又不是秋收，只要人力不损，就不会耽误春耕。去年和州发洪水，河工上花了不少赋税，今年各地都要春耕赈济，若年初就掏空了国库，夏季再有灾害，岂不是要更加危急？”

户部管着财政，反对的理由也很充分。

“臣建议宋州地方的官员向周边四州拆借粮草和物资，秋收后归还……”

“去年的赋税刚刚上缴国库，地方上也是内库空虚，拿什么来拆借？！”

工部的大臣上前驳斥。

“地动毁坏了不少房屋倒是其次，中州有报，中州的河渠也因为地动出现了损毁和破裂的情况，如果人力都用来修补地动毁坏的房屋以及忙着春耕的话，河渠的隐患就会在夏天集中爆发，如果黄河再度泛滥，就会和去年一样，仅仅治水和赈灾就要掏空国库大半的银两！”

“应该先救灾！”

“应该先修河工！”

“春耕要紧！”

“春日多雨，百姓流离失所，若身无可蔽，时疫必定横行，一旦时疫蔓延开来，就不是一州一府之事了！”

“你们都是杞人忧天，泰山的地动只是小灾，当地自己就能解决，他们只是不愿意担这个责任，又想要京中发放赈粮和赈银好层层克扣！”

一时间，刚刚还肃穆庄严的朝堂，顿时吵得犹如集市一般。几位刚刚在阶下还勾肩搭背聊得火热的大人就差没有挽起袖子干架了。

三位皇子目瞪口呆地看着大臣们，再看刘未，就像是没听见大臣们在吵什么一般冷静地开口：“关于宋州和中州地动之事，诸位爱卿还有什么要奏的？”

随着刘未的一句话，原本并没有说话的刑部尚书王昱颤巍巍地从椅子上立起了身子，虚弱地开口：“臣也有奏！”

代国律，朝臣七十而致仕，实际上，很少有人真的到七十岁才致仕，大部分人在身体开始变差的时候，皇帝就会委婉地提醒他们该致仕了。

听到一般不发表意见的王昱也开了口，皇帝意外极了。

“陛下，诸位同僚，你们都只注意是否要赈灾，会不会有疫病，要不要春耕，却没想过如果春耕受阻，这么多年轻人无所事事，在乡野间会造成多大的麻烦。每逢大灾过后，地痞无赖、路霸山贼都会增多，为何？其实他们大多数都是活不下去的可怜人。为保国之根本，臣提议各地更要注意灾民流窜的问题。”

“正是如此，所以春耕决不能断！京中必须要调粮调种子，想法子租借农户耕牛！”

“户部没钱！”

刘凌皱着眉头，陷入了思考。

户部不愿意拨银子，是因为如今才是年初，各处都要用钱，这些都是去年年末户部已经分配好的，一旦在赈灾上投入过大，没熬到秋收各地就要告急。

从户部官员的话中也可以听出，地方官员每次一遇到灾害就把事情往严重里报，好获得户部的赈济，结果层层盘剥各级吃饱的事情恐怕已经不是一两天了，户部根本不愿意再当冤大头动国库的钱，他们希望地方各级自己想办法。

这件事，工部是站在户部这边的，所以工部将河道受损的事情扯出来，希望受灾地区放弃今年的春耕，将劳力投入到河工上去，靠借粮渡过难关。因为河工关系到整个黄河沿岸所有州府而非受灾一地，各地的州府为了夏天不被水淹使春耕毁于一旦，多少都要借一点银子给地方渡过难关。

而吏部和刑部恐怕是站在地方这边，刑部委婉地点出了地方上的官员恐怕人手不够，如果赈济不够及时，暴民就要作乱，唯有京中传出会赈灾的消息，百姓们才会留在原地各司其职，不生变故。

吏部并未发言，但不发一言就是最大的支持。地方上的官员赈灾出彩，政绩就会很出色，任满一定会得到升迁，但职位就这么多，平调或升迁都会破坏现在的格局，除非宋州和中州有必须要重用的势力，否则一动不如一静。

京中赈济属于朝廷援助，这样的政绩属于户部，地动是天灾不是人祸，当地官员既不用受罚也不会因为这个得到升迁，无功无过。

最主要的是，这层层盘剥的钱，会不会也打点到上官那里……

兵部和礼部的尚书都一言不发，似乎在思考着什么。

底下的各位大臣都在直抒己见，分析利害，希望皇帝能够听从自己的意见。

刘凌虽然能够分析出各部的想法，但是毕竟他经验不足，又是第一次听政，自己脑中都是一团乱，一下子觉得户部的想法是对的，要是层层盘剥，那些赈灾之物到不了百姓手里，还不如地方上自己互相拆借解决。

他一下子又觉得如果处理不当，时疫蔓延，就不是小事。

“方尚书，你一向足智多谋，可有什么高见？”

刘未敲了敲御案，突然开口。

听到自己的曾外祖父被点到了名字，刘祁带着复杂的神色看向方孝庭，好奇他会说出什么。

“高见不敢当，臣认为，当务之急，是应该知道当地的灾情如何，再决定是京中赈济还是当地官员自行解决。”

方孝庭公允地回答：“如今京中各部的建议都建立在灾情严重或根本不严重的猜测上，但中州和宋州的情况是否有地方官员汇报得那么严重，户部的疑虑是不是正当，应当有御史台的御史去当地进行巡查，再做结论。”

御史台里最后一根硬骨头已死谏身亡，现在御史台的御史大夫还是你的门生，还不是你说了算！

几个和方派不对付的大臣只能在心中腹诽。

刘凌原本推测吏部是倾向地方官员的，此时再听方孝庭说得很是公允，顿时有些奇怪。

照理说，方孝庭应该夸大地方上的灾情，想法子牟利才是。

正因为猜不透，刘凌越发仔细地观察着诸位大臣的神色变化，尤其是明显和方孝庭有矛盾的那些，当看到他们的神色不是不以为然就是隐有愤然之后，刘凌便开始怀疑御史台其实也和吏部有所勾结。

往这个方向推断，刘凌的思路也就越发清晰了。

莫非御史台其实也受吏部控制，只要御史台派出巡查御史，得到的消息一定是利于吏部那一方的？

六部之间本身就互有矛盾，御史台倒向吏部，对身为外戚派中坚力量的方孝庭有什么好处呢？

如果……

御史台弹劾谁德行有亏，那位官员肯定是要接受三司会审的。外台监察地方官员德行，同样有风闻奏事、弹劾官员的权力。官员在监察期间职位不能空缺，谁上就是吏部说了算，这么一来，官员的任免，无形中又受到了吏部的控制，方孝庭可以将附庸自己的人换上去。

即使那位官员被查明是冤枉的，为了避嫌也不能再在原本的职位任职，而是平调处理，所有的政绩和人脉关系就会毁于一旦。

只是这样的手段不能重复上演，用上这样渠道的对象一定是难啃的硬骨头。有了这样的能量，谁还敢忤逆这位原本就权势滔天的吏部尚书？

难怪二哥的曾外祖父有“隐相”之称，这样的能量，无怪乎父皇不敢宠爱方淑妃。父皇也只能等着方孝庭到致仕的年纪，就如同他当年等死了一手遮天的王宰相一般。

有御史台的遮阳伞，地方官员也能做得滴水不漏，即使遭受弹劾，也能被御史台压下去，除非再上告到大理寺……

大理寺！

难怪父皇要将大理寺卿的孙子做二哥的伴读！

难怪庄扬波的父亲回京晋升的路上出了事！

父皇不是为了平衡，是为了夺回官员任免之权！

刘凌恍然大悟地看向御座上的皇帝，眼神中油然生出了敬佩之情。

不说他的父皇是不是无情冷酷，待他学到这般的帝王心术，不知还要多久。

就算学到了这样的帝王心术，他真的能如父皇一般运用娴熟，在这么多各怀心思的官员之中达到自己的目的吗？

在刘凌看向刘未之前，刘未就已经悄悄地对三个孩子进行了考察。方孝庭发言之时，他就已经装作换个舒服的姿势微微向着三个孩子的方向偏了偏，心中有了自己的考量。

待看到刘凌时，刘未意外地眯了眯眼。

这孩子好像能听懂？

可是下一刻，刘未就被老三的举动惊得坐直了身子。

刘凌竟将眼神移向了大理寺卿，继而转向了刘祁，他的面上竟露出了思考之色！

刘凌竟能想到大理寺卿去？！

刘凌到底想到了什么？！

刘未根本连底下的大臣在讨论什么都顾不得了，余光不停地往刘凌的方向乱扫。

然后刘未就看到了刘凌含着敬佩之情的眼神。

刘未莫名地产生了些微醺之意，有些像小时候自己做得出色时，母后脸上那种高兴的神采。

这么多年了，他又一次感觉到手握大权，运筹帷幄的成就感。

看着殿下在方孝庭的发言后突然默然一片的大臣们，刘未突然高深莫测地笑了。

“不必让御史台兴师动众去一趟中州了，朕这里已经得到了消息。”

满朝大臣面面相觑，脸上皆露出意外的神情。

方孝庭的神色倒是自若，可吏部有不少官员的表情却变得紧张起来。

刘祁莫名其妙地看了看皇帝，又看了看曾外祖父；刘恒则竖起耳朵，仔细听着刘未接下来的话。

“年初朕送走太玄真人的时候，派了禁中侍卫和鸿胪寺官员护送他一程，朕劳烦真人在中州和宋州受灾区域盘桓一阵，细细查看受灾情况。太玄真人精通天文地理，河工水利，对渠道受损情况也会有所察觉，所以朕并没有太过担心此事，只等着消息进京。”

刘未的话像一声惊雷一般，惊起了一片议论。

太玄真人是春祭过后走的，谁也没想到他的脚程这么快，不过五六日的工夫就已经到了中州和宋州，还把消息送了回来！

刘未见他们诧异够了，也享受够了各方或敬畏或惶恐的眼神，微微一笑："昨天傍晚，鸿胪寺已经用驿站快报送回了太玄真人一行人的查探结果，当地的灾情没有地方官员汇报得那么严重，不过是震塌了一些人的房子罢了，当地官员用徭役就能修补……”

“陛下，那河工呢？”

工部尚书面露忧色。

“河道确实受损了，但仅有宋州一段，动用千余人就能修复。”昨夜刘未自己估算过了，心中有底，直接点出大理寺卿的名字。

“大理寺卿庄骏！”

“臣在！”

庄骏立刻出列。

“中州、宋州以及各地流刑还未判决的犯人约有多少？”

“若只算中州和宋州，上半年未判决的犯人有三百多人，再算上各地的犯人，千人绰绰有余，但大多数州府太过偏远，臣不建议千里迢迢调用流刑犯人前往宋州，以免延误河防。可以将重罪的犯人减罪一等，允许犯人戴罪立功，以劳刑替代流刑，在当地服刑，也算是人尽其用。”

大理寺卿庄骏不假思索地回答。

“这主意不错，死了或者关在牢里都是浪费人力和地方，不如罚这些犯人去做工。动用这些犯人，工期延误就罪加一等，由不得他们不加紧施工。”刘未心中宽慰，同意了大理寺卿庄骏的建议。

“刑部尚书王昱，你协助大理寺卿安排好此事，河道事关万民，并非小事，不得延误！”

“是！”

病弱年老的王尚书虚弱无力地回答完之后，有些迟疑地又开口："只是陛下，臣从去年入冬以来，风痹越发严重，臣两次请求致仕，陛下都未曾答应，臣也想为陛下分忧，可臣的身体……”

“这件事朕也思虑过好多次了，只是朝中还需要王爱卿这样的中流砥柱支撑大局，所以朕迟迟不肯放卿回乡。”

刘未话中颇有倚重之意，但很快就话锋一转：“如今朕倒是寻了一个合适的人选，即将让他协助王爱卿你处理部中事务。待你将部中事宜交接完毕，确定无误了，朕就命吏部安排你荣归故里，致仕还乡。”

如果说太玄真人早已经探查完了中州和宋州的消息像是往河里滚入一块巨石的话，那刘未给几次请求致仕而不得的刑部尚书找了个接替人选的事情，就如同天上掉下个火球砸中了大殿一般。

“陛下，这于理不合，没经过吏部考核、刑部行走就直接……”

方孝庭心中如同擂鼓，强抑着不安上前反对。

“所以朕才说让他先跟着王尚书学习一阵子，等到能够接手后再接替刑部尚书。吏部考核更是不必，此人为官两任，吏部评级皆是上上，两任期间他的治下从无冤假错案，刑部也经过考核确认无误，他是最合适的人选！”

刘未站起身子，一指殿外。

“来人啊，去把偏殿候着的湖州刺史庄敬请上来！”

“啊！”

站在刘凌身边的刘祁惊得发出了声响，然后连忙慌张地把嘴掩住。

刘凌也是松了口气，从皇帝开始说话起，他的神经就一直紧绷着，生怕错过了父皇说的每一个字，待听到这里，他便知道一切已经尘埃落定，再无反对的余地。

连传闻中已经失踪在半路上不知生死的庄大人都悄悄回了京，他原本就是要回京接任京中官职的，他的资历和才干都足够了。

三个皇子都朝着大理寺卿庄骏看去，只见这位老大人一开始也是露出了迷茫的神色，然后就是狂喜，可见父皇连他都瞒住了，谋划了不止一两天。

随着刘未的声音响起，殿内的侍卫从偏殿方向请出一位官员，那位官员的右臂上还缠着绷带，一看就是受伤未愈，好在他的脚步轻快，显然不是受了什么大伤。

此人白面微须，气度闲适，又是在湖州那等富饶之地做官，通身一副富贵乡里养出来的精细，见到皇帝就跪下先叩谢君恩。

整个早朝一波三折，朝中不少大臣都已经开始在心中默默念诵“高祖保佑”，要到了这个时候还看不出皇帝开始出手肃清吏治了，那简直就是太蠢了。

“诸位爱卿不必如此紧张。”

刘未似笑非笑。

“庄敬协助王尚书理事，至少还要半年才能接手刑部之事。这半年，大理寺卿庄骏也要渐渐将两位少卿培养起来，日后进入门下省时才不会乱了手脚。”

门下省？

一干大臣倒吸了一口凉气。

“门下省江侍郎被太医局诊出患了心疾，已经不适合早起上朝，他提出致仕，朕已经准了，半年后庄敬接手刑部，庄老大人则接任江侍郎的职位，进入门下省，并无勾连之嫌。”

为了提拔一个刑部尚书，解除吏部权力过大的危机，皇帝竟硬生生提拔起一位宰相，让旧相回乡了！

一时间，所有大臣看向二皇子的眼神也越发莫测了。

未来宰相的孙子，父亲又是刑部尚书，家中一门纯臣日后前途无量，却留在二皇子身边做伴读，莫非……

刘祁像是没有看到他们的目光，自顾自地数着地砖。

大皇子脸色变了又变，最终只能暗自叹息一声。

三位皇子等群臣散尽都没有被允许离开宣政殿，只能紧张地等着坐在御座上的皇帝进行今日的考核。

第一次听政就看到这种大戏，也不知是惊吓还是惊喜。

三兄弟各有各的盘算，刘未在御座上等了半天也没等到几个儿子敬佩万分、马屁连连的结局，有些失望地开口询问：“你们几个，可有所得？”

大皇子和二皇子张口正准备说出自己的领悟，刘未却像是随便问问一般摆了摆手：“第一日听政，没什么领悟也正常，听得多了，你们就能听懂了。朕今日教你们的第一课，就是如何维护君臣的道义。”

刘未的手指在御座上弹跳，颇为自得地说道：“对老而无用的官员优待致仕，体现的是皇帝的恩赐；不愿意尸位素餐，全身而退，体现的是官员的道义。有时候，道义更是对社稷的一种责任，你们回去后细细思量，好生写一篇策论来。”

刘凌听到“策论”二字，头皮就是一紧，眼前显现出薛太妃和陆博士将他作为传话筒据理力争的场景。

再加上一个父皇……

刘未见到三个儿子如遭雷击的表情，心中老怀大慰，挥挥手，让他们退下了。

第十九章
良民？愚民？

宋州。

一场地动，使得泰山脚下无数百姓流离失所。

田埂上，太玄真人维持着高人的风度，手持白玉拂尘，对着田间指指点点："这里，还有这里，地下应该有鼠洞，掘开鼠洞，找到鼠仓，能挖出不少种子。"

田埂上簇拥着太玄真人的百姓听到他的话，一下子涌向田间，按照太玄真人的指点挖开了不少地方，果真发现有巨大的田鼠洞。沿着洞的方向一直挖下去，用烟一熏，跑出来许多田鼠。

"有田鼠，打死它们！"

"田鼠肥硕，何不食之？"

一群百姓欢呼雀跃起来，只是发现了小小的田鼠洞也能暂时平复他们失去家园的心情。

太玄真人大步走到田间，声如洪钟地道："上天有好生之德，这些田鼠将自己的粮食还给人救急，自己和后代就要忍饥挨饿，甚至有可能性命不保。诸位如今和这些田鼠一样是流离失所之身，又何必加害它们？万物有灵，今日你毁了它的巢穴，取了它的所有，他日说不得也会得到这样的报应，何苦来哉？既然救了急，就不要再杀生了！"

太玄真人以天师之身说出"报应"二字，这些百姓果然忌惮，一个个松了手，那些田鼠顾不得已经被烟熏得歪歪倒倒，掉在地上后，就跑离了人群。

田鼠都跑干净之后，一群百姓跪倒在田中，用手掏，用棍子捅，终于掏出了许多种子。这些种子一个个保存良好，籽粒饱满，几个年老的人当场就捧着种子跪了下去，对着太玄真人一行人"嘭嘭嘭"地磕头。

饶是太玄真人脸皮厚，见到这么大年纪的人对自己磕头还是避让了下，露出身后真正提出建议的张守静。

这个少年如今已经有十五岁了，三年的宫中生活早已经让他变得稳重而机灵，可来到乡野间，他几乎是抿着唇一言不发。

和宫里的生活比起来，这些百姓实在太辛苦了。

“不要这样，万物俱与天斗，只要有希望，明年他们就又能高高兴兴地全家人生活在一起了。”太玄真人拍了拍张守静的肩膀，“在外面待了这么久，我们也该回泰山去了。”

张守静心情沉重地点了点头，忍不住又扭头望向共工渠的方向。

“真人，你确定往京中的文书里写了共工渠的事情吗？”张守静放心不下，又问了一遍。

“放心，放心，老道不会耽误事的！”

接下来的一整天，太玄真人就领着张守静在田间地头到处寻找田鼠洞的踪迹，就算这样做弄得到处鸡飞狗跳，但老百姓还是成功找到了不少种子，到处都是欢声，泰山下的百姓们人人称颂着三清四帝的名字，更是将太玄真人视作天人一般。

回程的路上，鸿胪寺崇玄署那些管理天下道士、僧人的官员们满脸都是对太玄真人的敬畏之色，就连一路上频频想要回京复命的禁中侍卫都对太玄真人越发恭敬了起来。

“太玄真人，您是如何知道从京中到宋州的捷径的？如果在那条路上修了官道，可以将送信的时间缩短两天，实在是天大的功劳！”

一位官员实在难掩好奇，忍不住询问出声。

“我少时曾经是一游侠儿，跟着同伴游走山林平原，好生快活。那条道，就是我当年知道的。只是这么多年过去了，道上杂草丛生，又有乱石碎片，远没有当年那么好走了。”

太玄真人抚了抚须，打了个哈哈敷衍过去。

听到“游侠”二字，几个侍卫顿时提起了兴趣，开始追问太玄真人当年的事情。太玄真人年轻时什么都做过，贩过布，做过打手，当过游侠，设过骗局，可谓是人生经验丰富。当然他也是和那些真正的游侠打过交道的，当下就开始了神侃。

“若说游侠，实在是登不得大雅之堂，昔年最有名的，乃是一剑侠和一狂客。剑侠是幽州章柳公，狂客是陇右萧无名，皆是以一当百的奇人。”

太玄真人见几个御前侍卫露出不以为然的表情，有意卖弄：“你别瞧不起这两个人，他们是真正的大家出身。章柳公的父亲是范阳太守，真正的世家公子，少年得奇遇，一把分雪游龙剑舞边北地，无有敌手。陇右萧无名更是大有来头，他来自昔日满朝将士出萧门的萧家……”

听到太玄真人说到萧家，侍卫们齐齐一震，用不敢置信的表情看向太玄真人。

在代国，只要从军，无人不知萧家。就算萧家在前朝参与了谋逆之事，也有无数军中同袍不相信萧家一门英烈会做出这种事，在萧家被灭门之前纷纷伸出援手，救出了不少子弟，在京中已经不是秘密。更有人称萧门祸起时，军中萧家的将领半是为了避祸，半是因为愤怒，均领着心腹亲兵和忠于萧氏的士卒离开了军中，从此后没有了踪影。

这一支人马数量不少，后来宫变举国大乱，这些萧家军都没有出现，也是一段传奇。

有一个叫“燕六”的侍卫好奇地询问：“太玄真人，那陇右萧无名难道是出自那个萧家？”

“正是如此。这萧无名当年在陇西一呼百应，一身好武艺，游侠儿们都称赞他的义气。据说他出身武将之门，家风甚严，他又不服管教，少时逃出家门，从此浪荡天涯，为了不让家门蒙羞，从不说自己的名字。”

太玄真人见所有人都听得聚精会神，得意地摇头晃脑：“只有一次，神偷盗无痕和人打赌，为了取萧无名身上的一件东西，跟踪了他整整一年，发现他居然在某年除夕去了京中，还在京中萧家过了年，他出身柱国大将军萧家的消息才不胫而走。”

鸿胪寺的官员们听得津津有味，有一人打趣：“难怪真人懂的事情这么多，原来也是在红尘里游走过的。听说真人在泰山上的弟子有三百，难道他们都是真人在红尘中游走带上山的不成？”

不提这些弟子还好，一提这些弟子，太玄真人原本还微笑着的脸顿时一僵，像是突然想起山上还有一群好几年未管的“弟子们”。

鸿胪寺的官员们和禁中侍卫们押着京中赐下的法器和道书等物送他们到了泰山脚下，原本还要再送他们回山腰上的泰山宫，却被太玄真人好言婉拒。

“到了这里就不必再送了，泰山上不易行走，更何况刚刚地动没多久，山石有可能松动，这么多人上山更是危险。我们自行上山就好。泰山民风淳朴，这些东西放在山脚，待贫道上山差了弟子下山来取，也是一样。”

他的内心却道：万一给他们看见一群弟子抱着我哭穷喊饿，那我就真是晚节不保了！不行，要赶紧把他们打发走！

太玄真人都说成这样了，这些人原本就是皇帝派来跟着明送暗查灾情的，目的达到，他们三推四送一番，拍拍屁股就走了个干净。

等人都走了个没影，张守静和太玄真人才踏上了返回泰山宫的归途。

一个时辰后，泰山宫正殿。

满脸梦游表情的太玄真人坐在一片狼藉的三清殿之中，脚下躺着“玉体横陈”的老君，身后是不知道为什么会滚到那里的“青牛”，太玄真人整个人看起来恍恍惚惚的。

张守静也是差不多如此，他极目望去，原本鼎盛时期足足有上千人的泰山宫如今只有三四百人，还有一部分是杂道，就是那些做杂役的道士。

“怎么会这样？我们在宫中的赏赐每年都托人送回来，为何你们过得这般潦倒？！”

张守静不敢置信地望着众人。

“地动怎么对泰山宫伤害这么大？”

太玄真人抬头望向三清殿的屋顶，顶上破了一个窟窿，应该是被什么砸破的。除此之外，三清殿的内桌椅都毁得差不多了，能坐的唯有掌教的铁木椅，再看殿中的一个个弟子，许多人脸上都有伤痕，太玄真人心中已经隐隐有了猜测。

“张清源，你平时伶牙俐齿的，你来说！”

太玄真人指着一个眉清目秀的美少年。

那叫张清源的少年应声出列，只是他的眼角、嘴角都有伤，一说话就忍不住“嘶嘶”喘气。

“泰山地动之时，我们正在师叔祖的带领下做早课，突然钟鼓自鸣，惊动了所有人。有经历过地动的弟子高声喊‘地动了’，我们便跑到三清殿外的空地上，逃过了一劫。只是老君像在地动的时候倒了，配天门塌毁，城垣房舍皆有破坏，后来陆陆续续又有地动，我们便不敢入室休息，只能在空地上将就……”

太玄真人听得烦躁，一声厉喝：“说重点！”

“是！”

张清源吓得一抖。

“然后两位师叔祖就派人伐木头、修房子，后面的库房被震塌了，我们又开始把库中的东西搬到安全的地方去。不知道是谁走漏了风声，没几天，山下就有百姓来借粮借钱，说是房屋尽毁，衣食无着，希望将以前供奉的符水钱拿回去。

“因为上山的百姓有不少是我们平日里就认识的，又实在是可怜，两位师叔祖就命弟子们送了一些粮食和钱财下山。可就从那日起，每天都有人上山，有些是我们认识的，有些是我们根本没见过的‘百姓’。

“我们山上的余粮原本就不多，您从京中送回来的财物都是按季领取，还没换成粮食和布匹，我们帮了几次后就捉襟见肘了，师叔祖就命令弟子们关闭山门。可是没用，到了晚上，还有翻山来的人，他们借不到粮食和钱财，就偷。

“失窃了几次后，我们发现观中有弟子监守自盗，师叔祖们发现情况不妙，准备将东西转走，不小心走漏了风声，结果……”

“结果不肖弟子勾结了外人，借不到就偷，偷不到就抢，是不是？”

太玄真人的目光从所有弟子的身上扫过，见几乎人人带伤，留下来的人不足三成，心中便已经了然。

张守静似乎完全不能接受一般张大了嘴巴。

“你是说，山上的弟子跟着那些暴民一起抢了东西，然后跑了？”

“是，而且，许多，许多……”

张清源看了眼太玄真人，有些慌张地低下头。

“许多都是掌教的弟子？”

太玄真人脸色铁青，不发一言。

“其实原本也没有多少人做这种恶事，但是那气氛太可怕了……”说起那段时日，殿中的弟子们还心有余悸。

“库房里的东西被抢完后，又有闻讯而来的人想占便宜，他们看起来就不是什么好人。他们得不到什么值钱东西，就把殿中的桌椅摆设都扛走了。铜香炉、铜灯、香油，都被搜得干干净净的。就连弟子们平日的物什都有人抢。

“我们和他们厮打，他们人多势众，有些弟子怕闹出人命，就跑了。还有些弟子被人抢了东西追下山要讨个说法，然后就再也没有上山。我们剩下的弟子守着殿中的铜像物什，粮食又被抢光了，只能勉强度日，有些人熬不住了，就下了山。最后留下来的，就剩这么多人了。有几个师兄说去京城找您，还有说下山去报官的，他们到现在都没回来。骡子被抢了，驴也被抢了，他们是用步行下山的，不知道什么时候才能到……”

张清源每说一句，张守静的脸色就灰一分，太玄真人握着白玉拂尘的手紧紧松松，原本出尘随性的气质一时间变得有些阴沉，余下的弟子们被泰山宗这两位实际掌权人一镇，连大气都不敢出。

“罢了，人没事就好。财帛都乃身外之物，其实这也是上天的警示，那么多不肖弟子日日和我们共处一室，就算没有今日之祸，他日也会有大祸。能留下来的人，就如大浪淘沙，皆是道心坚毅之辈。”

太玄真人缓缓站起身子。

“我与张守静进京三年，幸不辱命，泰山宗已经得了认可，不日就会有敕封并赏赐下来，只要熬过这一阵，重振门庭指日可待！山下还有些箱子，是京中皇帝陛下赠予泰山宗的，你去寻几个……”

“什么？！掌教把东西放到山脚了？！这阵子，有些弟子拿着自己的私房钱想下山买些粮食和盐，在半路就被人敲了闷棍，是以谁也不敢下山，连接引道人都不敢出门，您怎么把东西放到山脚了？！”

老师叔祖急得连连跺脚。

“陆吾、衡越，快带七八个人下山去看看，看看东西还在不在！”

“是！”

太玄真人和张守静互看一眼，没想到情况已经糟糕到了这种地步。

约莫片刻后，飞速前往山下的道士回了山，那些东西果然不见了，只留下几箱子道经，引得一殿人的唏嘘。

处理过一些琐事后，太玄真人借口疲累，领着张守静就去了后殿掌教的院子，说是要休息一番。

一进了屋，太玄真人像是泄了气的皮球一般瘫坐在椅子上，疲惫地抹了把脸。

“三四百人啊，总不能去讨饭吧！”

忽然间，张守静感觉眼前一黑，莫名其妙地定神看去，发现是太玄真人觍着脸凑到了自己脸旁，他有些心虚地笑着。

“怎么了？”

张守静被看得背后发毛，瞪着眼喊道：“你就是叫我去卖身，也卖不到几百人的口粮！我可没你当年那般好相貌！”

太玄真人一僵，恼羞成怒道：“你胡言乱语什么！我是找你借东西！”

“借什么？”

张守静心中升起不安。

“我知道三殿下给了你一颗瑰丽的宝石，我见你偷偷拿出来把玩过。”太玄真人大概是因为打张守静私产的主意颇有些不好意思，但还是厚着脸皮说道，“老道虽不爱财，见识却是有的。你把那颗猫眼宝石借我救个急，我有地方去拿它换钱。”

“这是未来天子赠予我的东西，你可明白？！”

张守静沉默了一会儿，向太玄真人望去。

“这不是猫眼宝石，这是三殿下对我的爱护。”

太玄真人的脸上是说不出的疲惫之色。

“我知道，可是现在我们不能再求道门的地位了，我们得先渡过难关，不能让元山宗笑话。马上就要进行敕封……”

张守静抚着胸口，挣扎了好一会儿，终于从贴身之处掏出一个布袋，像是无法承受一般扭过头，将布袋递给太玄真人。

“你，你拿去……”

太玄真人接过布袋，深吸了口气，对着张守静施以一礼。

“小师叔，泰山宗上下三百余弟子谢过您的援手，只要老道还在一天，必定努力弥补这个错误，光大我泰山宗天师道的道门！”

“你走吧，我想一个人安静会儿。”

* * *

太玄真人带着几个会武的执刑道士下了山，几日后，便带回来一批粮食和御寒的床褥等物。

派下去报官的道士们也回来了，还在半路上截下了之前准备走去报官的师兄弟。得到泰山宗掌教回山的消息，准备赴京去找掌教的弟子们也陆陆续续回到了山门。

果真如太玄真人所料，官府里的人一听说是宫中赏赐之物丢失，根本不敢耽误，立刻派人去寻找，找到后便给泰山宫送了回去。

有了物资，又有了主心骨，加上留下来的弟子都是经历过风雨的人了，泰山宫便有条不紊地重建了起来，反倒有了一番破而后立的景象。

也许是好人必有好报，也许是冥冥之中自有天理，待太玄真人回到山中后，泰山附近的宋州百姓有不少竟然揪着家中的子弟，带着他们抢下山的东西送还给了泰山宫。

又过了几日，山下的百姓没有再来送还东西的了，通往泰山宫的路上反倒被人泼了粪尿，还有丢了死老鼠什么的。

这把整个泰山上的人都郁闷得要死，谁也不知道发生了什么。

泰山宫重修山门需要人力，如今山上的人手根本不够，原本答应了回来帮忙的百姓突然一个个都没有了消息，即使泰山宫里的人捧着钱粮下山去请也请不到人。

“查到是怎么回事了吗？”

太玄真人问起下山打探的道士。

那几个道士犹犹豫豫，最后在太玄真人的逼问下回答：“他们说，因为您向皇帝陛下写信说宋州无须赈灾，所以京中不批赈灾的粮食和银子下来了，山下的人都在骂您呢！说您为了自己，不顾乡亲们的死活！”

“什么？！”

这下可把太玄真人气得吹胡子瞪眼了！

“我拼死拼活累得像狗一样三天就从京城跑到宋州，还把信送了回去，结果我成了罪人？！宋州不就塌了一些房子吗？！东西都在房子里，扒拉出来就是了！地里的种子都没撒下去，能有什么损失！”

一旁的张守静倒是想起一句话，颇为感慨地摇了摇头：“民可使由之，不可使知之，古人诚不欺我。对这些人，你根本不需要告诉他们为什么要这样做，让他们接受就行了，根本就说不明白。就算赈灾，钱粮也是到不了他们手里的，到了真有灾祸的时候，京中又无力赈抚了……”

“掌教，掌教，又来人了！”

突然间，张清源满脸惶恐地冲进了三清殿内。

“王七郎来了！那个富商王七郎来了！”

太玄真人满头雾水：“什么王七郎？”

“掌教你久在京中，大概不知道。这几年西边新起了一支游商，头领人称王七郎。他们专门从西域诸国贩卖香料、牛马和珍奇异宝到代国，再将我国的丝绸布匹等物贩到西域去，人称王七财神。这王家商队也不知是什么来头，西域各国的马贼盗匪都不敢动他们的商队，看顾商队的护卫也个个都是高手，所以没人动得了，他们的生意越做越大……”

张清源是商家出身，修道后改姓的张，天师道出家不脱世俗，他平时下山跑腿跑得多，又经常回家，消息灵通。

“商人？来我泰山宫干吗？我们现在穷得叮当响，没有卖东西的地方。”

太玄真人皱着眉头，站起身。

“可他带了好多礼物！好多好多的礼物来拜访您！”

第二十章
助力？阻力？

太玄真人是个八面玲珑的人，但他也很清楚自己不认识什么富商，此时有富商带了重礼来见他，必有所求。

为了这些东西，太玄真人也得厚着脸皮见一见这富商，所以在张守静和张清源的陪同下，太玄真人亲自前往已经倒塌的配天门去迎接传说中的王财神。

太玄真人以为一个闻名西域中原的富商，要么就富态圆润，要么就看起来精明厉害，却怎么也没想到王七郎是一个外表平平，丢到人堆里都找不到的阴柔中年男人。

真要硬说王七郎有什么优点，大概就是他那一双眼睛还算黑白分明，一看便知不是蠢人。

此人一身黑衣黑靴，身上素净无饰，唯腰间佩着一把短剑，剑鞘上满布宝石，和一身朴素的黑衣相比，简直就像是从哪里偷来的宝贝。

这样的短剑不像是杀人的武器，更像是一个富人用来炫耀财富的装饰品。

被称为王七郎的中年瘦黑男人从太玄真人出现起就打量着他，不但打量他，还打量了他身边所有的人，最终脸上露出了失望的神色。

“向太玄真人见礼！在下姓王，在家行七，凉州人士，冒昧来访，还望真人不要见怪。”

王七郎的声音和他的外表很像，带着一种中性的特质，但他的音调低沉，倒不会让人想到女人和宦官，只是觉得他的声音有些奇怪而已。

“为表歉意，区区薄礼还请笑纳。”

王七郎手一挥，立刻有一仆从送上礼单。

太玄真人身边的张守静上前接了礼单，还未细看，就已经被排到山腰的礼物长队给弄蒙了。

双方都未曾谋面过，客套过一番后，太玄真人请王七郎进了已经修缮过的三清殿主殿，奉上茶汤，开门见山地问起他的来意。

“七郎为何登老道的三清殿啊？”

“既然真人询问，那鄙人也就不隐瞒了。”王七郎见太玄真人不似俗人，身后的几个弟子也是气度不凡，便去了以利动人的心思，从怀中取出一枚拇指大小的青绿色猫眼宝石。

太玄真人心中叹了口气道：“实不相瞒，这猫眼宝石，正是老道迫于无奈之下，麻烦昔日的朋友转卖的。”

“原来洛阳白大善人竟是太玄真人的朋友。”王七郎肃然起敬，“人以群分，真人果真是品性高洁。”

“不敢当……当日泰山地动，我泰山宫首当其冲，损失严重，又有山下匪盗伙同观中不肖弟子强抢庙中财物，待我从京中回来，泰山宫已经不堪使用，我只能卖了这颗猫眼宝石救急。”

“便是如此。这颗宝石乃是猫眼宝石中的极品，一般人物不敢贸然出手，如果稍有不慎，反倒为自己招祸。我和白大善人有些生意上的来往，前些日子，他拿出这枚猫眼宝石来找我，让我看看所值几何。白大善人是宋州地界出了名的善人，从不替人销赃，我知道这猫眼宝石的来历清白，又是有价无市的极品青绿，就收了他这枚猫眼宝石。”

王七郎也不兜圈子。

“不是鄙人狂妄，这猫眼宝石其他人不敢碰，我往来西域和中原，各种稀奇珍宝也不知见了多少，再妙的宝石都是拿来贩售的，也不怕给自己招什么祸。这样的猫眼宝石若贩到西域各国宫廷之中，怕是要争抢破头的。但这宝石既然叫猫眼宝石，自然是要有一对眼睛才好有个名头卖上高价，所以鄙人厚着脸皮来拜访太玄真人，希望真人告知这猫眼宝石的来历，也好让鄙人去凑个一双。”

太玄真人听他说了这么一大通，眉头早就皱得死紧。

“白小楼答应过我，不会和别人说这猫眼宝石的来历。”

“是，白大善人是守信之人，是鄙人求财心切，动了些手段，查出真人前些日子曾经拜访过白大善人，得了他一批存在白家粮庄的粮食。”

听到王七郎的回答，太玄真人的眉头总算是展开了些。

这王七郎说话毫无遮掩，根本不像是个商人。

“白大善人虽然有些家底，但只是以行善出名，肯定买不起您这枚猫眼宝石，他应当是只给了您一部分财帛，待到猫眼宝石出手再给您剩下的，是不是？我知真人如今应当不缺钱用，但真人现在光有钱也没用……”

王七郎拱了拱手。

“若真人能告知鄙人这猫眼宝石的来历，重修配天门和各殿屋舍的人工、砖瓦、木料，王家商队都包了！”

说罢，王七郎爽利地一笑，一口白牙衬着黑色的脸庞，简直要亮瞎人的眼睛。

太玄真人从他开始说起白大善人时就一言不发，待他说完所有的意图，太玄真人把手中的白玉拂尘一扬，幽幽问出一句话来：“敢问王七郎，你和昔日虞城侯皇商王家是什么关系？”

太玄真人的一句话，犹如惊雷，让出身商户的张清源呆若木鸡。

张守静虽不出身商户，但王家名满天下，何止百年？惠帝时闹蝗灾，各地粮荒，虞城侯王家举全家之力就控制了暴涨的粮价，在当年几乎是个传奇。

“鄙人不知道真人在说什么。”那王七郎却摸摸鼻子，“天下姓王的人太多，鄙人只是和那王家恰巧同姓罢了，不敢攀附。”

“罢了，你不愿和老道说实话，必定有你的难言之隐。老道不刁难你，人工和砖瓦也一概不用，实话和你说，这猫眼宝石，你想要凑上一对，难上加难。这世上所有的东西你都能用钱买来，唯有此处，你便是有再多的钱财，也进不去。”

太玄真人看着王七郎紧张的表情，缓缓开口：“我从京中来，这猫眼宝石，是宫中一个人给的。”

王七郎的手不由自主地攥紧腰间的佩剑，握了又放，放了又握，几次三番后，终是咬牙开口：“鄙人想要见一见宫中那枚金绿猫眼的主人，不知真人可能想想办法？只要能见到此人，鄙人……”

“那是不可能的！”

一旁的张守静忍不住了，脱口而出。

“给我这枚金绿猫眼的，是宫中的三殿下！”

听到张守静直接说出猫眼宝石的主人，王七郎也傻了，呆了半天才问：“小道长说的三殿下，是那位冷宫里长大的……”

“王七郎消息倒是灵通。”

太玄真人面色古怪。

“鄙人行走在外，又常去京中贩货，这些消息自然是要打探清楚的。毕竟鄙人出手的都是些稀奇玩意儿，唯有王公大臣才会感兴趣。”

王七郎不慌不忙地回答，又惋惜地叹了口气。

“既然是宫中的三殿下，那鄙人确实是没办法将这宝石凑成一对了，可惜，可惜。”

他站起身，对着太玄真人深施一礼。

“实在是打扰真人了。我之前说的工人和砖瓦木材，依旧作数，明日鄙人便安排管事送人和材料上山，为泰山宫修缮！”

太玄真人受了王七郎这个礼，看他的眼神越发奇怪起来。

送王七郎出去的时候，王七郎彬彬有礼地告别，太玄真人却犹豫再三后开口询问：“不知王七郎可听过王静娴的名讳？如果她还在人世，应该五十有六了”

王七郎身子一震，讶然地抬起头看向太玄真人，上上下下扫过他后，眼中有了一丝了然和厌恶。

“没有。”王七郎硬邦邦地说道，“我从未听说过。”

一旁的张守静有些诧异地看了看太玄真人，又看了看王七郎，不知道这唱的是哪出。

一直不太正经的太玄真人，此时脸上却是难得的肃容，听到王七郎的回答也不意外，只是捋了捋胡子，点了点头。

“既是如此，大约是老道想多了。你这位小友性情慷慨，老道也不能白占便宜。这样吧，若下次陛下再召老道进宫，小友要也想进宫长长见识，可以再来寻我。”

王七郎微微张了张口，黑白分明的眼珠子瞪得浑圆。

太玄真人却像没看到似的继续承诺：“你以老道的随从道人进宫，虽不能保证你见到陛下，但设法见一见金绿猫眼的主人，应当是没有什么问题的。”

王七郎听到太玄真人的话，心中明明提醒自己应该走了，脚下却像是被钉在土里一般不能动弹，只一动不动地看着太玄真人。

良久后，王七郎取下腰间的短剑，递给太玄真人。

“此乃鄙人的随身信物，这几年我不会亲自随商队去西域，应当会留在中原。若真人真要进京，持此佩剑在任一家王家商行留信，鄙人三日之内，一定赶到泰山宫来！”

太玄真人欣然接受了佩剑，此剑入手极重，除却宝石，应当短剑本身也是利刃，否则不会有如此重量。

仅剑鞘上镶着的宝石，就有好几颗珍贵程度绝不逊色于那金绿猫眼，这也越发让太玄真人肯定王七郎绝不是为了一颗猫眼宝石而来。

王七郎得了太玄真人的承诺，像是解决了什么问题一般露出了轻松的表情。临走时他大概是因为心情好，还丢下一句模棱两可的话。

“真人之前说的那个人，应该是还在世。鄙人告辞了！”

等王七郎和他那浩浩荡荡的挑夫队伍下了山，泰山宫上下的道士们才得了消息，从四面八方聚了过来。

“哇啊！这么多箱子！”

“好多东西啊！”

“真人好厉害，认识这样的人物！”

欢呼声在山间回响，一群弟子高高兴兴地奔去空地，围着箱子放声大笑。

多日来压抑又担忧的心情，总算是随着王七财神的到来扫荡一空。

太玄真人摇了摇头，随手将那把佩剑别在腰上，回身往三清殿走去。张守静快步跟上，不解地问：“真人为什么要带他入宫？”

“你不是说三殿下有为帝的气数吗？”太玄真人顿了顿，“我这是在帮三殿下啊。”

“他不过是一个商人。”

张守静和大部分的世人一样，对商人的成见根深蒂固。

“商人逐利，有什么能比支持一位皇子称帝得到的利益更大？惠帝时商人的地位那般高，便是活生生的例子。”

太玄真人小声地说：“那位三殿下根基太过浅薄，既无外援，又无内应，这些并非是一两日就能解决的问题。但有了财帛的支持便不一样了，至少有了钱，很多事都会方便起来。”

太玄真人深深地叹了一口气。

“更别说，王七郎能行走马贼横行的西域地方毫无所惧，必定有他自己的本事。别的不说，能压制住马贼的人马他一定是有的。他能监视白小楼，在各地也一定有自己的眼线。做生意的，耳目灵通，手眼通天，三教九流皆有交情，就算我不卖他这个人情，他也有法子和那位殿下‘相识’。

“泰山宫如今实力大损，唯独留下了名声。我在陛下面前有些脸面，可这位皇帝对道教并不推崇，而是务实之人，我的脸面能维持多久，还很难说。我卖王七郎这个人情，是因为泰山宫需要他的本事来重振荣光。”

“三殿下确实需要人帮上一把。回头我们给他写封信，说说这件事吧。”

* * *

曾经轰烈一时，弄得朝堂上一片血雨腥风的“赈灾”之争很快就成了过眼云烟。自古成王败寇，早在刘未运筹帷幄的那一刻，这件事就注定了结局。

刘未想要提拔庄骏、庄敬父子，平衡日益失控的朝堂局面，这样的事情既然瞒不过人，刘未怎么可能不留后手？

当日明路上回京的是庄家人不假，队伍中却没有庄敬。庄敬是跟在慢悠悠回京的妾室后面回京的。

庄敬的队伍遇险后，载着庄敬妾室的马车就改走了水路，直到京中来人接应，庄敬才悄悄回京入宫，连庄家人都不知道这情况。

也是托庄敬“引蛇出洞”的福，刘未才抓到了方家的把柄，挖出了一支和当地官府有所勾结的匪患，那处匪患自然是被剿灭干净，当地的官员也是被斩了大半，那位犯事的知府，便是方孝庭三子的门生。

因为这件事，方孝庭的三子被罢了官，方孝庭也称病在家休养了一个月。一时间，朝中人人风声鹤唳，生怕与此事沾上了什么关系。

也因为方孝庭托病不出，许多好事者想看热闹也没看到，直到另一件更大的事情彻底吸引了其他人的视线，方党中人才松了口气。

说起这件事，与吏部也是息息相关，正是殿试。

自代国开国的高祖“开科取士”以来，科举制度几经修改，才成了现在的模样。各地书院、学馆的学子，受地方官府举荐的贤士、国子监里的监生，还有蒙荫可以直接入礼部考试的官宦子弟，共同组成了庞大的考生队伍。

朝中什么时候开科并无常例，通常是吏部发起，认为最近的官员空缺太多，需要补充，再经由礼部评议，上奏后请求开科。有时候三年一次，有时候五年一次，有时候五年两次，天下学子什么时候能得此机缘，全靠运气。

所以没有一个学子会浪费开科的机会，只要朝中下令开始科举，立刻便有无数有识之士纷纷参考。

其实从惠帝时起，几朝皇帝就都提出过将科举当作“常科”，经常举行，但很快就因朝中大臣反对而中止。

惠帝节约，不愿冗员，常常有状元无缺可放，只能在国子监里谋个司业等候授官的事情。

平帝时礼部和吏部由吕家人和后戚家族把持，中举之人往往都是靠关系，官位更是受到严重的控制，科举名存实亡，若不是还有薛家等大儒在各地学馆持续不断地培养着国之栋梁，到刘未上台时，估计都没人可用。

当年的吕太后也感觉到了科举被把持后对国家的危害，便开始动手改革科举，到了刘未做皇帝时，这种“有官位无实缺”“状元郎不值钱”的情况才渐渐好转。

可惜这种登天之路太过诱人，即使是皇帝也不得不利用殿试的名次来平衡各方势力的关系，“殿中直侍”的名额也就随之而来。

凡是被皇帝送出了殿中直侍的名额，便可以直接进入殿试，而且得到的名次都不会太低。得到这个名额的一般都是已经进入壮年，可以直接走马上任的官宦子弟。

大家都明白这个潜规则，只要获得名额的人本事不是太差，一般都能很快混到实缺的官位，慢慢走上平步青云之路。

今年的殿试会这么引人注目，是因为今年殿试的状元和榜眼都获得了殿中直侍的名额，这种情况是很少见的，而且他们都出身公卿之家。

要知道殿中直侍的名额往往是群臣博弈后为家中子弟争取来的，需要得到这个名额的人一般都不会有什么经世之才，所以即使能直接参加殿试，他们的学问也无法与学识渊博的三鼎甲相比，获得殿中直侍名额的人也因此得了个“陪三甲面君”的笑谈。

可今年的状元，是靠献画得到了名额的沈国公举荐入试的，入试的不是别人，正是沈国公戴勇游荡在外好几年的大儿子，沈国公府的世子戴执。

戴执今年都已经三十有二了，他靠出身就能得个公爵，偏偏去和一群寒门学子争状元，还争到了，这岂不是让一干学子恨得咬牙切齿，恨不得拍烂沈国公府的大门。

偏偏戴执在金殿上的策论写得极好，又是六部共同选出的第一，想要说他是因为沈国公拍马屁拍得好得到的状元名次都无从说起。

榜眼也是了不得的身份，他是由国子监举荐的监生，虽年纪轻轻，却惊才绝艳，一手薛体惊诧了所有人，包括皇帝，因为他的字和当年的国子监祭酒薛太傅实在太像了。

此人得到名次之后立刻跪下向刘未请罪，直言自己并不姓辟，而是姓薛，正是当年桃李满天下的薛门后人。

薛家并非当时的太后下令满门抄斩的，而是被抄家抓人的勤王之军杀红了眼灭族的，若有一两个遗孤受到庇护流落在外，也是寻常。

更何况薛家因为拥立有失，虽有名声却不能出头，冒充薛家人只会有大祸，不会有好处，他何苦要冒充？

这年轻人敢冒着杀头的危险直言自己是薛家人，仅胆色就足以让人敬佩。

可怜那探花原本也该是个名闻天下的人物，却被状元和榜眼给比了下去。探花是徐州出了名的神童，十四岁便入京赶考，直入殿试，原本他觉得自己凭着年纪和才学得不到状元也该是个榜眼，结果最后还是因为年纪小，长得俊秀被皇帝看顺了眼，直接点了个探花。

站在三十多岁的状元和气度不凡的榜眼身边，那小探花就像个走错了地方的孩童，真是为他掬一把同情泪。

正是因为今年的三鼎甲太过有话题性，所以当刘家皇族三兄弟参加完为三鼎甲授官的早朝后，三人都处在云里雾里，犹如梦游一般的状况中。

若说刘凌在听到戴执出仕时还只是有些讶异的话，当他看到当年受到迫害的薛家人居然也能授官以后，那就不是讶异了，简直是活见鬼。

他父皇什么时候这么深明大义，恩怨分明了？

不是说薛家当年要拥护藩王为帝吗？！

而且，他发誓，刚刚那位薛榜眼谢恩的时候，偷偷向他的方向挤了挤眼！薛榜眼一定知道他和薛太妃的关系！

第二十一章
面首？朋友？

刘未点了薛棣为榜眼，朝中许多大臣都颇为不解。他们大概认为皇帝是不会点一个“乱臣贼子”来为自己添堵的。

只是这些大臣却不明白，虽然那些人反对过刘未，但刘未从未憎恶过他们。

这世上，即使有些人曾经反对过自己，他们也依旧让人尊敬万分，这是很多俗人都无法理解的感情。但随着刘未年纪越大，为君的时间越长，他越发敬畏这些人身上表现出的气节。

如今的朝堂上，再也没有了对君王一言不敬立刻拔刀相见的萧老将军，也没有了会将弄权之臣口诛笔伐到天下共弃的清流谏臣。

当年即使是高祖、景帝想要看自己的起居录，都会被回以“以记人君言行，善恶必书，庶几人主不为非法，不闻帝王躬自观史”的赵家史官，再不复存焉。

如今刘未想看就能看到自己的起居录，记录这些的那名史官，从不敢记一句不是之词。可有些时候，刘未也会莫名想起宁死也不会给他看一眼先帝《起居录》的赵太妃。

她身为一个女人，尚且能够坚持秉笔直书的史家气节，如今他堂下的大臣们，却似乎已经将这些忘了个干干净净。

血洗之下，政权似乎是稳固了，可更大的危机也在一步步降临。

那些操守、那些风骨、那些曾经让人热血沸腾的场面，也随着杀戮过后，被人们一点点遗忘。

当一切都消失的时候，刘未明白了薛太傅的苦心，却从未后悔。

他的血脉里既然流着高祖的血，哪怕是刀山火海，那个位子他也坐得。

这翻手为云覆手为雨、运筹帷幄于宫墙之中的宿命，就是他刘未的宿命，哪怕是父母高堂，子嗣至亲，也不能动摇。

因为有着这样的心情，刘未又怎么会不让薛家遗孤出仕呢？

自从那张高祖的画像挂在那里以后，他恨不得让当时所有反对过他登基的人都来看看，他刘未是不是坐得了这个位置！

薛家的薛棣，薛太傅的曾孙，那个在薛家昔日门生庇护之下，在明山书苑长大的年轻人，将是这个问题的第一个见证人。

而第二个……

刘未转身看着密室里立着的吕鹏程，面上淡淡地浮现出一丝笑容。

“舅舅出面劝江颖容致仕，为朕空出门下侍郎之位，让朕很是意外。”

“三皇子也让臣很是意外。”

吕鹏程露出温和的笑容，说明了原因。

刘未第一次看到吕鹏程服软，心中快慰，忍不住笑道：“即是如此，舅舅是不是该将朕的名字添在当年的谱牒上了？”

刘未以为即将解决一个大大的心结，连面容上都露出了异样的神采。

吕鹏程在刘未期待的眼神中点了点头。

“只要臣能见萧太妃和赵太妃一面，问清楚当年之事……”

“不行！”

刘未原本还兴奋的表情陡然一收，脸色也变得铁青。

“根本没有必要！”

“您明白的，高祖是萧家女所出，三殿下长得像高祖，也许像的是高祖的生母明敬皇后。虽说这种可能性不大，因为三殿下的样貌并不阴柔，可正因为有这种可能，即使臣愿意重请谱牒出来，但臣也必须见一见……”

“此事不用再提！”

刘未坚定地否决了吕鹏程的要求。

“老三已经见过了朝中大臣，无人说他像萧家人。您自己也是从小在萧家长大，应当知道老三长得不像任何一个萧家人。谱牒您愿意请就请，不请也改变不了什么。朕敬您是朕的舅舅，是朕在世上最亲之人，一直对您很是尊敬，可您若还这么冥顽不灵，就继续抱着您的谱牒在墙角发霉吧！”

刘未瞪视着吕鹏程，步步紧逼。

“朕知道母后给舅舅留了人，但这些人，朕再也不会姑息了。日后宫中的老人朕会一点点换掉，直到再无老人为止！”

刘未丢下这句话，刚刚因吕鹏程服软而生出的好心情一扫而空，满脸愤怒地拂袖而去。

空空荡荡的静室里，只留下吕鹏程一人，他的脸上满是不甘之色。

*　　*　　*

冷宫。

身手已经很不错的刘凌，趁着天黑时分悄悄离开了东宫，避开了路上的侍卫，摸到了静安宫的边缘。

越过冷宫的围墙，刘凌难掩心中的激动，向着静安宫而去。他怀中揣着陆凡托戴良带进来的书信，心中想着薛家人的消息，脚步轻快极了。

打探了薛家人的消息这么多年，今日总算有了一点成果。虽说薛棣是送上门来的，可看他对自己的态度，保不准他就是因为知道自己的存在才冒险出山的。

自己终于能给冷宫里的太妃们带来一些好消息了，他怎能不高兴?

刘凌到达绿卿阁时，夜已深，即使是冷宫里也都闭门锁窗，绿卿阁向来是没有人守夜的。当刘凌敲响大门时，顿时惊起一片灯火，约莫半盏茶的工夫，满脸疲惫之色的如意给刘凌开了门。见到刘凌时，如意还惊讶地揉了揉眼睛。

“三,三,三殿下？”

“如意，劳烦你去帮我通报下……”

“不必，太妃已经醒了。”

称心从内阁探出头来。

“太妃正在更衣，劳烦殿下在外面等会儿。”

刘凌点了点头，伸了个懒腰一屁股坐在了门槛上。

过了一会儿，刘凌被称心请了进去。看得出薛太妃也是匆匆而起，她的头发依旧披散着，见到刘凌来了，首先就问：“发生了什么事？你怎么半夜来了？”

“我给太妃带了一个好消息。”

刘凌笑得明朗。

“前几日早朝，我见了今科的三鼎甲，见了一场好戏。太妃可知道这科的状元是谁？”

薛太妃摇了摇头。

“我多年不出宫，王宁现在又在东宫里，怎能知道？”

“状元是戴良的父亲，沈国公的长子，戴执。”

薛太妃微微怔了怔，细细思量后了然道：“难怪沈国公愿意用那幅图换两个殿试的名额，一个名额估计做了人情，另一个是要让自己家的子弟风风光光地重回朝堂。有什么比先抑后扬更能吸引天下人的注意？这下子，戴家世子的名声怕是要传遍天下了！”

“正是如此。殿中直侍之人从未有过中状元的时候，戴执直升殿试，人人都以为他即使不是不学无术之辈，也绝不会多有才学，结果他却独占鳌头，怎能不惊掉人的眼珠子？”

刘凌有意让薛太妃高兴，说得是眉飞色舞。

“但戴执再怎么让人吃惊，也没有这届的榜眼让人吃惊。”

“咦？榜眼是谁？”

薛太妃莫名地看着刘凌兴奋的表情。

“这届的榜眼姓薛名棣，自称父母双亡，所以无人取字。太妃，他是薛家的后人！”

薛太妃当场捂住了口鼻，身子忍不住颤抖了几下，为了维持她在刘凌面前的风仪，强忍着没有哭出声来。

“棠棣之华，鄂不韡韡，凡今之人，莫如兄弟。”一大颗眼泪，像是从灵魂里结出的珍珠，慢慢地在薛太妃眼里出现。

“我的胞兄生有两子，长子薛棠，幼子薛棣……”

“您何必哭呢？”

刘凌抿了抿唇，伸手拭去了薛太妃脸上的眼泪，喜悦道：“这是好事啊！”

“你这孩子，乐什么呢？”薛太妃的微笑里带着一种不安，“我离家时，薛棣还没有出生，我和他毫无交集，不知道他的性格为人，也不知道他的品性志向。你心善，只看到他来了京中，我却担心他来京中的目的。我薛家一门皆亡，就算剩下的也都是苟延残喘，不敢露出行踪，这孩子不但自己暴露了身份，而且还留在了皇帝的身边……”

她摸了摸刘凌的头。

“如果他是来复仇的，你该如何呢？如果他就是来搅得天下不安的，你又会如何？”

“不会的。”

刘凌抬起头来看向薛太妃，他的眼中带着一种崇拜的神色。

“薛太妃您教导过我，‘有明白是非的聪慧而不至于被蒙蔽，能宽宥别人的过失不至于偏颇’。陆博士教导过我，‘穷不失义，达不离道’，能教出这样人物的薛门，又怎会生出一个只想着私仇，却不顾苍生社稷之人？这位薛榜眼，必定也是和薛太妃一样出众的人物。”

没一会儿，被如意喊来的王姬，迈步入了屋子，一见到这副架势，顿时瞪大了眼睛。

“这是怎么了？小三儿在外面受了委屈，回来告状了？”

刘凌这才不好意思地红了红脸，站了起来。

“不是，我来给太妃们传个消息。回了泰山宫的太玄真人派人快马送了封信来，看时间应该是半个月前的了。”

刘凌从怀中掏出那封信。

“信是我的好友张守静写的，说的是这几年在关中地区声名鹊起的王七财神。他自称王家后人，行七，黑瘦身材，年约三十岁。”

“行七？”

王姬露出一副“你开玩笑吧”的表情。

“除非我哪个姐妹生了个三十多岁的大侄子，又恰好行七，否则我王家和我同辈的，没有男人。”

“哈？”

刘凌傻眼了。

“我王家要有男人，何必把我送进宫来？我祖父大概是造孽造多了，到我父亲这辈，兄弟三人，生的全是女儿。”

王姬露出幸灾乐祸的表情。

“女儿家虽然可以从商，但顶门立户、行走四方是差了点，我若不是进了宫，大概我父亲就要招赘了……我妹妹七娘如今算起来，大概也是三十岁，可惜她一身细皮白肉，从小丰腴，跟黑瘦完全扯不上关系。”

这下子，一屋子的人都沉默了起来。

“那……张守静说的那位王静娴……”

刘凌瞪大了眼睛又问。

“这个……哎，这个说起来有些不好意思。其实我家姐妹几个没有嫁人，很大一部分原因是受这位姑姑带累。”

王姬摸了摸下巴，满脸感慨道：“别看我这位姑姑名叫‘静娴’，其实她从小就泼辣，跟着我父亲走南闯北，掌着家中所有的绣庄。也不知怎的，她居然恋上了一个专骗女人财色的恶棍，花了三千两银子包了人家几个月，原本那恶棍答应了入赘的，结果有一天，那个恶棍卷着我姑姑的所有首饰跑了……结果你们可想而知。我姑姑后来一生未嫁，为了不带累家里的女儿，出家做了女冠。”

女冠，便是女道士。

“其实出家还是好的……”

王姬的脸上一片木然。

“总比后来，我家一门女眷都落入贱籍要强。”

第二十二章
私语？密谋？

日子一天天过去，距离春天的话题已经有些时日，一切又似步上了正轨。

沈国公家的世子戴执是未来的公爵，自然看不上什么外放的县令之类的空缺，他交游广阔，擅长吃喝玩乐，又喜欢机关营造之学，最后去了工部，任了虞部一员外郎，专司天下山川、矿产、湖泽之政令，从此以后，他再游山玩水就算出公差了，也算是求仁得仁。

虞部的员外郎虽然品级不高，却是很多官员求之不得的肥差。尤其是勘查各地矿产一职，举凡铁、铜、金、银、锡等矿藏被当地发现，工部自己也是会为了这种事争夺不休，如果确认，就是大大的政绩。而虞部管着天下农林、矿产、水利之勘查，举凡开采、营造都是虞部的差事，虞部的员外郎不但清贵，而且富裕，这是朝中人人皆知的事情。

不管方孝庭为何卖了沈国公家这个面子，戴勇和戴执都不能不为了这个好意上门致谢。

薛棣就更不用说了，得了中书舍人的职位，掌管制诰、誊抄文书之事，算是皇帝身边的近臣，非文辞优美、性格沉稳之人不得担任。中书省的舍人虽然也是低品阶，但身为皇帝身边的"高级秘书"，也是大大的美差，甚至比很多朝臣接触皇帝的时间还多。

东宫里的人原本就因为皇帝对三皇子的态度渐渐改变而不敢再轻慢他，如今戴执去了工部，沈国公府再也不是无权无势、家道没落的吃喝公侯，就连戴良走路都带风了。如此一来，刘凌在外界的消息也就更加灵通了。

三位皇子原本蜷缩在皇宫或道观之中，除了那些固定的渠道，无疑就是聋子瞎子。可如今，他们每个人都有了两条以上了解天下的渠道，是非曲直也有了自己的判断，不再是之前那年幼无知、人云亦云的孩子了。

可听到的声音多了，产生的迷茫多了，选择也就多了，东宫的气氛再不复他们刚刚入东宫时融洽了。

东宫。

“怎么又劳烦薛舍人为我们送功课来。”大皇子见薛棣到来，连忙领着两个弟弟上前迎接，“随便让哪个内侍送来便是。”

“大殿下让臣惶恐，陛下让臣为几位殿下送文书，是臣的荣幸才是。”外表长得风流俊秀的新任榜眼，性格也如他的外表一样讨喜，他的脸上毫无孤傲之色。

“这是几位殿下前日的功课，陛下已经批复过了。当然，陛下事忙，这是陛下口述、臣代笔的，惭愧，惭愧。”

薛棣打开手中的木函，从中取出几张卷起的纸页，弓着身子一一递于三位皇子，笑着又问：“敢问三位殿下，昨日的功课……”

“你稍等。”

二皇子吩咐身边的庄扬波：“去把我昨晚写的功课给薛舍人拿来。”

一旁的大皇子早从魏坤手中拿过了自己的功课，刘凌也从怀里取出了准备好的功课。薛棣一一接过他们的功课，然后放入手中的木函中。

三位皇子中，二皇子对于功课的态度最是认真，每夜都要反复修改，往往到了清晨有了新的想法，他又会重新修改，所以他的功课往往到最后一刻才能确定。

大皇子身边的魏坤虽然并不多话，却是个“好用”之人。无论是习文还是学武，往往大皇子还没吩咐，该做的魏坤就已经做好了，面面俱到之处，完全不像他这个年纪的孩子。

刘凌是三人之中最郁闷的，戴良一如既往地发扬着他不靠谱的“特色”，叫他磨墨能染了整张桌子，叫他帮忙准备书册总能丢三落四。久而久之，刘凌也就养成了什么都自己动手，不假手于人的习惯。

戴良的长处在于他继承了戴家人的超强直觉，一件事往往还没结果，他心里就已经有了预感。只是他又懒又随便，大多数时候这种预感也是废掉的。

薛棣也算是见多识广之人，昔日在国子监中他是掌议，国子监里的监生有寒门庶士，也有宗室子弟、权臣之子，像是三位皇子身边伴读这样有特点的孩子，他也是没见过几个，每每见到，心中总是觉得好笑不已。

这位好脾气的舍人收回三人的功课，稍微攀谈了几句，就抱着木函离开了。

夏日灿烂，阳光洒在这位身材挺拔的年轻人身上，像是为他笼罩着一身光晕。他的官服袍袖穿带严谨，脚步坚定，毫无轻浮之色，即使是抱着一方木函，行走间的风仪也让人心生向往，更想效仿。

对这三个半大的孩子来说，这样的年轻人几乎是他们在宫中能见到的最优秀的人之一了。

刘凌的心情非常复杂。

一方面，他认为寄托着薛家所有希望的薛棣自然是该有这样的人品和风华的；另一方面，他接触的两个和薛家有关的人，无论薛太妃还是陆博士，都是骄傲又孤冷的性格，唯有同类能让他们交心而处。

相比之下，薛棣太平易近人了，八面玲珑到不像是薛家人。

“三弟觉得薛舍人如何？”

大皇子抬眼向一言不发的刘凌问话。

“我看你和他几乎不怎么说话，是对他有什么意见吗？”

“不，只是弟弟和他没什么可说的。”

刘凌的脸上露出有些不自在的表情。

“他的字很漂亮。”

刘凌的功课一向写得不算出类拔萃，但往往能直击要害，另辟蹊径，所以刘未也会十分认真地批复刘凌的功课。哪怕是刘凌的一些异想天开，刘未也会认真地回复刘凌为何可以这样做，为何不可以那样做，这是让其他两个兄弟最羡慕的地方。

刘凌说薛棣的字漂亮，那是肺腑之言，却也是刘凌最不明白薛棣的地方。

薛太妃常言，字如其人。陆博士也说，薛家人习字之前，先正其心。

是以薛家诸人，虽然同出一门，但字体各不相同，字体往往和每个人的行为习惯、心性品格有关。

他的父皇虽然不是薛家人，但毕竟是正统的皇子，从小受到的也是这样的教育，所以字迹雄奇变化，如折古刀、如断古钗，一望惊人的气势便扑面而来，便是从小心中酝酿着冲天之志而致。

像是薛棣这样外表俊美，性格清雅，为人处世又让人如沐春风之人，照理说字迹应该也是巧趣精细的，可是他的字却若山形中裂，水势悬流，云岭孤松，冰河危石，虽精妙到让人拍案称奇，但是他字迹中那种银钩铁画的铮铮铁骨之气也能窥见，和他平时的为人完全不同。

好在薛棣在起草诏书、誊写文书时用的都是一笔疏密有致的楷体，非常规整又合乎他的外表，所以平日里的违和感倒不是十分强烈。

三位皇子都是清早天不亮就起床，跟着朝中大臣和皇帝去上朝，站在殿角听政，然后根据听政的结果写功课，第二天送呈皇帝御览批复，第三天取回，送上第二日的功课，如此反复。

一开始，三个少年都写得是绞尽脑汁，又四处向博士和上课的官员们请教，务求能尽善尽美，可惜每次皇帝送回来的批复都能让人感觉被泼了一头冷水。

无论他们写得多好，刘未都能找到一大堆的问题，有些甚至直斥“狗屁不通”“画饼充饥”“坐井观天”之类。

偏偏皇帝又不写解释，往往几位皇子第二天都觍着脸，捧着被骂得一无是处的功课站在宣政殿门外，一个个地请教殿外等候上朝的众位大臣，才能知道自己的缺憾在哪儿。

这样的“教学相长”让所有的大臣都明白了三位皇子有多么不易，偶尔见到皇帝严苛的评语，也会生出感慨之心，回家对待自家的子侄越发严厉，让那些纨绔子弟叫苦不迭。

也托这样做的福，三位皇子现在和亲近自己这派的官员也处得比较自然了，渐渐也能喊出朝下那些大臣的名字。二皇子的功课之所以每次写得都那么完满，也和他能得到最多的大臣帮助有关系。

薛棣每日来送功课都是趁中午午休的时候，工作时间他都是要随侍皇帝左右的，所以三位皇子也都很习惯送完功课后各自拿着自己前日的功课回到房间里去看，顺便休息一会儿，准备下午的功课。

刘凌怀揣着那份被批复过的功课，领着戴良，回了自己住的偏殿，门一关，屏退左右，便点了一根蜡烛，将蜡烛立在案上。

大白天点蜡烛很奇怪，刘凌却十分熟练地将自己的功课放在蜡烛上微微烤了烤，上面显出了一行字来。

“凉州刺史遇刺身亡，疑似胡夏所为。吏部推举凉州别驾升任刺史，以下官员各升一级，再调任县令继任空缺，陛下未允；刑部尚书交接，冤假错案校验出一百三十多起，陛下留中压下；三位大臣请求确立储君，为大皇子准备大婚之事，折子投入‘待议’文堆……”

微黄的字迹消失得非常快，每每要刘凌重新熏烤才会出现。张守静送的“无色水”能保持七日，七日后再怎么炙烤也没有了痕迹，十分隐蔽，所以也成了刘凌和薛棣互通消息最好的办法。

那个白玉葫芦刘凌早就借由戴良的手转交给了陆博士，而后又给了薛棣。刘凌有时候都佩服薛棣的胆色，仗着无色水没有痕迹，他居然将无色水滴在了洗笔的笔洗里，在为皇帝代笔的空隙时间，假装洗笔，继续在刘凌的功课末尾添添画画，洗完笔，脏水立刻泼出，一点痕迹不留。

就因为薛棣的胆色，刘凌足不出户，已经知晓了大半前朝后宫之事，而且消息传递得都非常及时，他根本不需要等戴良五天一休沐时为他打探消息。

唯一担心接近火源会暴露的问题，也因为薛棣每日正午时分送来功课而完全避免了。像他这样白天点蜡烛的，东宫里找不到第二个人了。

刘凌现在还不能理政，这些消息对他来说只能增长见闻。但很多时候，没过几天，朝堂里讨论的都是这些折子里的内容，这让刘凌能有所准备，即使他没有二皇子那样的渠道，也没有大皇子年长的先天优势，功课做得也不会太丢人。

现在朝中已经有不少大臣对他除了脸以外的地方有了兴趣，三个皇子里他询问功课的时候最少，但他也是出错最少的，这让许多人对他产生了好奇，偶尔还会主动看看他的功课。

外有援手，内有支柱，自己再也不是一无所知的稚子了，刘凌对自己如今的一切很满意了。

一中午一晃而过，每日都要午睡一会儿的戴良揉着眼睛迈出自己的房间，打着哈欠跟着刘凌去上课。

“你下午要再犯瞌睡，就又会挨打了。”

刘凌也是拿自己这个伴读没办法。

“所谓春困夏乏秋无力，冬日正好眠，我怎么可能不犯困！”

戴良振振有词地辩解。

“你们两个怎么老是在斗嘴？”

一句熟悉的调侃声从一旁传来。

“二哥。”

“二殿下。”

刘凌和戴良连忙向刘祁见礼。

自从二皇子的曾外祖父方孝庭称病在家后，大皇子在东宫里越发爱摆架子了。庄扬波的父亲如今还没执掌刑部，他的祖父也还没有去门下省，刘祁的助力一时还不明显，也不愿和大皇子起冲突，只好避让着点。

刘凌则一向是与世无争的态度，不参与大哥和二哥之间的明争暗斗。只是从猎鹿之后起，刘祁渐渐疏远大皇子，对待刘凌却越发和蔼可亲。前几日，方淑妃给刘祁准备鞋履的时候，还特意从尚服局那里打听了刘凌的尺寸，为他亲手做了一双丝履。

“三弟，你那日托我向庄大人借那《凡人集仙录》的后几册，被庄大人拒绝了。”刘祁似乎对这样的结果也很是疑惑，“不但被拒绝了，庄大人还矢口否认有这样的书。”

说到这个，刘祁用无比认真的语气提点刘凌：“你也是，扬波年纪小，又胸无大志，看些乱七八糟的书权当年少无知，你原本启蒙就晚，难得天资还算聪颖，更应当厚积薄发，不可将时间浪费在这些杂书上。你应该看的是经史子集、高祖的《帝范》一类才对。”

刘祁自然不知道刘凌从小的奇遇，会如此告诫，全是一片好心。否则换了其他人，巴不得自己的弟弟越愚笨越好，怎会说这样的金玉良言？

刘凌心中也明白这位哥哥是好意，只是自己有太多的原因无法解释，只能觍着脸笑道：“我不过是消遣一二，二哥说得太严重了……”

一旁的庄扬波听到二皇子提起这个，连忙出声解释。“那书很有意思的，说的是神女下凡回不了天上，必须要凡人帮忙的故事！”

四个少年说说笑笑，沿着游廊向着崇教殿而去。

随着他们离开这段游廊，满脸无奈的魏坤才从游廊背面的角落里走了出来，向着相反方向去了隔壁堆放杂物的宫室。

“他们走了？”

大皇子推开门，左右看了看。

“嗯。”

魏坤点了点头。他完全不明白这位大殿下见到两个弟弟来为何要突然闪身进入这个屋子，又为何非要他去偷听。

“方尚书失势，老二现在急着拉拢老三了。”大皇子烦躁地搓着双手，“老三一向不爱站队，最是狡猾，为何会突然和老二热络起来？难道就为了那双破鞋子？可恶！难道要我去向母妃求情也做套衣服给他？我都没穿过母妃做的衣服呢……”

魏坤眼观鼻，鼻观心，一言不发。

“你可听见他们说什么了？是在讨论我什么吗？”

大皇子急切地问着。

“没有。”

魏坤言简意赅地回答。

“他们在说一本书。”

“什么书？”刘恒急忙又问。

“《凡人集仙录》。”

“那是什么书？”

刘恒自认阅书无数，但是听都没听过这个。

魏坤摇了摇头。

“罢了，问你能问出什么。”

刘恒在原地踱着步子。

“他们一定是在秘密讨论着什么，只不过用书的名义在掩人耳目！对！一定是这样！书里也许写着什么不可告人的秘密……”

刘恒抓耳挠腮，喃喃自语。

“什么书？我得让小钱子盯着他们，一旦他们偷偷摸摸在一起看什么书，我就去抓个正着，看他们还敢再这样躲着做些见不得人的勾当！”

魏坤呼了口气，看向檐角上站着的信鸽，突然说了两个字。

“晚了。”

“你觉得晚了？难道我现在就要去……”

“上课晚了。”

“啊！天啊！我们快走！”

刘恒这才像是反应过来似的，连忙疾步奔往崇教殿。

第二十三章
误会？捉奸？

休沐过后，三个伴读都重新返回了东宫。

皇帝允许伴读和官员一般休沐回家，一方面是怜惜三个孩子还年少，一方面也是想提醒三位皇子，对待三个伴读要像对待臣子一样，需要对他们保持基本的尊重。

正因为如此，哪怕是戴良这样不着调的人，刘凌也从未生出过“他真没用，要是他不在就好了”这样的想法，加之刘凌从小早熟，也确实不需要魏坤那样什么都帮自己做好的侍读。

但是今夜，刘凌焦急地在东宫门前翘首盼望的，却不是自己的伴读戴良，而是二皇子身边的伴读庄扬波。

“你何必这么焦躁？那本书就这么好看？”刘祁陪着刘凌站在门前，“你放心，扬波肯定会在宫门落锁之前回来的。”

夏天的夜晚总是很晚才天黑，所以夏天的宫门是戌时落锁，如今才酉时三刻，还早得很。

没一会儿，魏坤黑炭一般的健壮身躯先出现在众人的眼中，他到了门前，微微犹豫了一下，对着两位皇子行了个礼，便自顾自地进去了。

再过了一会儿，戴良来了，他提着一个小包裹，满脸不高兴的表情，待看到刘凌站在门口等着，才露出兴奋的神色。

“殿下，您是专门在门口等我的吗？”戴良一阵小跑，“门外的侍卫盘查我的包裹翻了好久，否则我早就进来了！真是的，里面都是纸，能藏什么？！”

刘凌等的不是他，只能敷衍地应过去。

戴良直觉惊人，马上就意识到了不对：“殿下等的不是我？您在等谁？”

“等他。”

二皇子笑眯眯地伸手指了指远处矮小的身影。

那身影一到了众人面前，顿时惹得几个少年大惊失色。

“你怎么回事？！怎么成了这样？！”

只见庄扬波的眼睛肿得像是两个核桃，显然哭得狠了，连说话的声音都是沙哑的：“没事，被我爹打了一顿……”

“我和你说了小棍则受、大棍即走！你哪里挨打了？你是侍读，好歹也是宫里的人了，你爹怎么能下这种狠手！”

二皇子满脸愤怒。

“没有，打的是屁股，被按着打的，我为了让我爹心软，哭得狠了点。”

庄扬波不在乎地回答着，对着两个皇子眨了眨眼。

“嘿嘿，临走前，我把《凡人集仙录》的第二册给偷出来了！”

这一下，刘凌和刘祁都笑了起来。刘祁看过《凡人集仙录》，他知道第一册都是介绍神仙来历的，对这些神仙熟悉得很，自然可以跳过第一册，直接读他感兴趣的“凡人帮助神女回天上”的内容。

戴良这才恍然大悟。

“原来他们是在等你！不对，是在等你那本书！”

“不要在门口说话，天色快暗了，我们用了晚膳，寻个安静地方看书。”

刘祁看了看天。

“先进去吧。”

他们像是谈论着正常的书籍一般议论着这本杂书，好不容易等到吃过了晚膳、宫中四处开始掌灯，四个少年一碰头，决定去刘凌原来读书的崇教殿偏殿去看书，那里灯火足，清净，又凉快得很。

就这样去了偏殿，庄扬波神气地从自己系着腰带的肚子上掏出了那本《凡人集仙录》第二册，趾高气扬地抬起了手。

“为了这些杂书，我被我爹打得好惨！你们一定要记得我做出的牺牲，特别是殿下！您不许再骂我不务正业了！”

刘祁随意翻开第一页，看到需要什么“精血”云云，忍不住蹙起了眉头。

“是什么邪门法术吧？你们确定你们看的是神仙志怪？”

庄扬波把脑袋凑到刘祁肩旁看着，戴良则是站在坐在席中的刘凌身后，也津津有味地读着西王母如何“传授”那个少年帮助仙女。

“咦，还有集仙四十八式？每个神女用的招式都不同？写这个的人有些意思，至少想法与众不同……”刘祁自言自语地翻开下一页。

“下面好像是画……啊！”

刘祁像是被什么烫了手一般，那书瞬间被抛到半空。

刘凌眼疾手快，伸手在半空一抄，那本书就到了手里。

总算能好好看个痛快了！

刘凌伸手想要先去翻找瑶姬那页。

“三弟不能看！”

刘祁一声大喝，扑了过来！

刘凌的身手是已经养成条件反射的，二哥扑过来时他反射性地避开，二皇子就一下子跌入了席中，惊得庄扬波和戴良倒吸了口凉气。

什么内容，好看到兄弟二人不顾感情！

谁料刘凌粗粗一翻，一张脸红得像是猴屁股一般，看向庄扬波的眼神也越发不可思议了。

“这……这……这书，你……你看过吗？”

刘凌结结巴巴地问。

“没有啊，我在书房不能待很长时间，后来又把书塞在中衣里，不能拿出来。”庄扬波搀扶起地上的二皇子。

“您怎么了？书有问题吗？”

“有问题，有大大的问题！”

二皇子的一张脸冷了下来，露出惯有的孤傲表情。

“你给我出去！”

* * *

另一边，得到消息的大皇子完全坐不住了。

“你说他们进了偏殿？你亲眼看见他们进去的？”

大皇子激动地站起身。

“有人看守吗？”

“除了门前的侍卫，没有人看守。”

大皇子身边伺候的宦官小钱子连忙摇头。

“他们刚刚进去，殿下！”

“好，好！回头赏你！”

大皇子连忙往外走去。

“魏坤，跟上！”

刘恒大步流星，魏坤叹了口气，跟在兴冲冲像是抓奸一般的刘恒身后直奔偏殿。

刘恒一路疾走，直冲到偏殿大门前。侍卫们还没来得及行礼，刘恒已经抬脚一脚踢开了偏殿大门，居高临下地看着正在推搡着两个侍读出去的皇子。

“哼哼，让我抓到了吧？你们果然在做着不可告人之事！”

四个少年都傻了，抬着头呆愣愣地看着突然冒出来的大皇子。

刘恒的眼睛在偏殿书室里扫过，看到被刘凌丢在案上的《凡人集仙录》，直接过去抄起书，冷哼了一声：“就是这个？让我看看里面到底写着什么，让你们这样偷偷摸摸……哈！”

刘恒“啪”地合起书本，他原本愤怒的表情已经可以用狂暴来形容了。

“你们才多大！居然躲在这里看着这种……唔唔唔……唔唔唔……”

哪个放肆的家伙！赶紧放开我！

刚刚刘恒翻开书页的一瞬间已经足以让他身后的魏坤看清里面是什么了，魏坤忍不住以手扶额，头疼地揉了几下。

可怜刘凌像是做错了事被大人抓住的小孩一般，一只手环过老大的颈项捂住他的嘴，一边无奈地对二皇子打着眼色。

“大哥，大哥，我们看的时候不知道是这样的，您先别激动，我们坐下来慢慢说，慢慢说。”

刘凌在刘恒耳边小声地解释着。

“万一这事闹开了，学官和左春坊被请了过来，真是解释都解释不清楚了，万一父皇知道我们在看这个，以后怎么办啊！”

快要被闷死的大皇子是真的怕了，拼命地用眼神示意刘凌，刘凌会意，渐渐松开了手。

“你是想闷死我吗？！用这么大力气！”

刘恒恼羞成怒地瞪了刘凌一眼，又看着一旁的魏坤，恨铁不成钢道：“平时见你厉害得很，早上还要起来先打拳热身，怎么连拉开三弟都不行！”

魏坤没有回嘴，眼神若有所思地从刘凌的肩膀、大腿等处扫过，重新沉默地站在了大皇子的身后。

“你，你，你，你们三个都出去，去远点！不不不，你们守在门口，谁来都不准进来！”刘恒指着三个伴读，“现在出去！”

“什么？好好的……”

戴良正准备发表意见，却被从刘恒身后走出的魏坤大手一揽，直接搂过了脖子，按着肩膀往外带去。

庄扬波原本还想小小地抗议一下，以示自己“威武不能屈”，结果看到戴良龇牙咧嘴地叫着，彻底没了声音，再加上刘祁一推，乖乖地跟在魏坤身后走了出去。

啪嗒。

门被关上了。

“说吧。”

刘恒举起手中的书，左手在封皮上拍得啪啪作响。

“这到底是怎么回事！”

刘祁自猎鹿以后对刘恒的态度就很别扭，他越别扭，刘恒就越执拗，见刘祁一副“老子为毛跟你解释”的表情，刘凌叹了口气，认命地解释了起来。

“庄扬波爱看闲书，上次我在他那偶然看了本《凡人集仙录》第一册，就想要看第二册的内容，恰巧二哥听说这书不错，我们便约了一起看。因为书是庄扬波在家里偷偷拿的，所以我们只好避开别人找个清静的地方看。谁知道一打开书，就是那个……那个……”

“神仙打架！”

二皇子冷哼着说道。

“是，就是……那个神仙光着身子打架……”刘凌的脸红了红，“我们吓了一跳，正准备把戴良和庄扬波推出去，您就进来了。”

“他不是进来了，他是早就盯着我们，来抓我们呢！”

二皇子的脸色更黑了。

大皇子原本还想讽刺几句，看到老二的脸色，也就默然了。

满室俱静，刘恒将手中的书抛到案上，一时无话。

尴尬了一会儿后，刘凌的眼睛不停地向那本《凡人集仙录》瞟去，挣扎着问：“现在……现在怎么办？”

“这样的污秽之物……”

“我们如今也有十四五岁了，三弟也有十二岁，若不是你那好母妃刻意忘了此事，我们三人都到了该有专门的教习教导人事的时候了，这东西早看晚看都是要看，有什么污秽的！”

二皇子逆反心一起，伸手拿起那本书，冷笑道：“我就是看了，大哥要觉得我丢人，大可满天下叫去。三弟，过来，我们一起看！”

刘凌咽了口唾沫，看了眼大皇子，吞吞吐吐道：“大哥，二哥说得没错，既然你也来了，要不一起看吧？”

“笑话，我怎会和你们……”

“他不敢看的，贵妃没让他看，他摸都不敢摸……”

“有什么不敢看的！不就是一本春宫图吗！”

大皇子怒火中烧。

“一起看就一起看！”

说罢，刘恒拽着刘凌，一屁股就坐在了刘祁身边。

“我们也看，你翻！”

刘祁斜眼看了老大一眼，便从“集仙四十八式”第一式开始翻起。

只见书页上赫然写着：九天玄女含冤带恨，少年皇帝春风化雨。

轰！

新世界的大门，向着少年们敞开了。

第二十四章
登徒子？采花贼？

偏殿外。

“怎么办？”庄扬波眼中噙着泪，“他们怎么能这样！我挨了打，还不给我看！不给我看就算了，还赶我出来把门！”

“就是就是！”

戴良同样义愤填膺。

你们不觉得三位皇子这样安安静静在一起“看书”的日子越来越少了吗？能让他们这样在一起一刻钟也是一种好事啊！

魏坤看了眼两位同伴，千言万语化为一声叹息，继续牢牢地守着门口。

不得不说，魏坤的不动如山让其他两个孩子躁动的心很快就平静了下来，他们也不再想着破门而入了。

“罢了罢了，他们是殿下，我们是臣子，他们说什么是什么。”站了一会儿，戴良有些站不住了，东扯西拉地想要找些话题聊。

“魏坤，我一直想要问你，你为什么话这么少呢？”

“疼。”

魏坤只说了一个字。

“哈？你说话会疼？”戴良马上意会了魏坤的意思，露出不可思议的表情，“什么人说话会疼？”

“变声，说多了疼。”

魏坤摸了摸自己的喉结，何况他本来就不是多话的性子。

“算了算了，我还是看看殿下他们在干什么吧。”

戴良叹了口气，无聊地转过身，倚在门上透过门缝往偏殿看去。

只见偏殿中，烛火将所有的物件都笼罩出了一种微黄的色调，连人也不例外。大殿下刘恒和二殿下刘祁分坐三殿下的左右，头抵着头，以一种非常亲昵的姿势靠在了一起。

刘凌将手中的书页翻动得很慢，大皇子和二皇子都间或用手指对着书页指指点点，发表着什么意见。他们每说一句，刘凌的脸就更红一分，渐渐地，就红到让人担心它会爆开的地步。

于是乎，在这一片微黄之中，最不协调的色调，便成了刘凌脸上的颜色。大皇子和二皇子像是发现了什么有趣的事情一般，一边说，一边哈哈大笑了起来。

“真是邪门，看书看到人发癔症。”

戴良自言自语道，然后便收回了自己窥探的视线。

“他们到底在说什么呢？”

* * *

刘凌从来都不知道，两个哥哥其实在志趣上是相通的！

至少在看春宫图的这件事情上，他们的志趣是相通的。

“老三似乎对这些都不感兴趣？”

大皇子有些意外。

“他毛儿都没长齐呢，能有什么兴趣？看你的吧！”

二皇子刘祁嗤笑道。

“什么毛没长齐？”

刘凌莫名其妙地摸了摸头发。

“哈哈哈哈！大哥，现在你就脱了给他看看什么毛没长齐吧！哈哈哈哈！弟弟毛也没长齐，这教导弟弟的责任，就交给你了！哈哈哈哈，哈哈哈哈哈……”

二皇子一改平时冷傲的样子，笑得满脸通红，连外面的庄扬波都好奇地凑过来看了眼发生了什么。

大皇子搬起石头砸了自己的脚，也被二皇子气笑了，假装生气地在滚倒在地的二皇子腰上轻轻踢了脚，骂道：“你这个没正经的！真该让那些夸你有傲气的朝臣们看看你现在的样子。”

说到朝臣，二皇子揉着的肚子突然没有那么疼了，就连刚刚的笑意都减退了不少。

这两个字就像带着某种魔咒，将掩藏在欢乐下的暗潮涌动又推了出来，将一起看书的快乐冲去了几分。

刘凌见二哥捂着肚子的动作突然僵住，身子还一点点坐直起来，大哥的脸上也出现了后悔之色，连忙打起了马虎眼。

“这书也快看完了，看完以后书放在谁那里？这样的东西，肯定是不能给庄扬波留着的！”

“咳咳，老三，就放在你那吧，你身边人少。回头有空，我们再找你一起参详参详。”

二皇子坏笑着用手指弹了弹书册。

“这真是不错，庄大人收藏的果然是珍品！”

刘凌低头看了一眼，只见那位“仙女”像是没骨头的蛇一般缠在画中少年的身上，浑身上下一丝不挂，他有些头疼地摇了摇头。

看了这种书以后他是长见识了，就是这一册没有瑶姬。看来《凡人集仙录》有不少册，这一册上只有十二个女神。

二皇子大概不会再让庄扬波偷这种书了……

“老二，回头让庄扬波把下面几册都‘借’出来。”大皇子有些食髓知味地看着刘凌手中的书。

“只看了一册没看下面的，总觉得一个故事没有说完。”

三个少年围着一本《凡人集仙录》说说笑笑，他们似乎忘了之前的那些龃龉，即使二皇子在猎鹿时差点吓死大皇子，但在现在这种情境下，他们竟相处得十分融洽。

大皇子和二皇子脸碰着脸，眼角眉梢都极为相似，连兴奋时微微张开的嘴唇都是差不多的角度。刘凌退了一步，出神地看着他们，心中竟生出了岁月静好之感。

如果时间能一直留在此刻，就好了。

如果没有什么争权夺利，如果他们三人都是一母所生，如果父皇早早就立好了储君，是不是就没有这么多争斗了？

可惜，没有那么多如果。

书册再厚，总有看完的时候，走出房门，他们又将是之前那样的关系。

人和人情感之间的维系，有时候来得那么容易，有时候断得又那么简单。

刘凌甚至对那个位子，隐隐有些厌恶了。

他不敢再想，自己是为什么被神仙肯定能为帝的。

“老三，是你自己不看的，又不是我们不给你看，你一副哭丧脸做什么？”

大皇子抬头，见刘凌一副快哭的样子，忍不住发笑。

“来来来，哥哥们带你一起看！”

“好！”

刘凌收拾了下心情，挤出笑容凑了上去，坐在了老大身边。

不管他们三人日后如何，刘凌觉得自己永远都忘不了今时今日。

过目不忘，是多少人羡慕不来的天赋。

从此以后，只要他再抬头，看到那昏黄的烛火，就会自然而然地想起此时的每一个字，每一句话，每一个抬眼，每一声欢笑。

*　　*　　*

怀揣着小黄书的刘凌，在一阵纠结之后没有选择再看一遍，而是将它放在了宋娘子缝制的书包里。

即便如此，到了凌晨时候，刘凌还是迷迷蒙蒙地做了一个梦。

梦里的自己在一群仙女中间乱跑，这些仙女有的穿着衣服，有的没穿衣服，有的凛然而不可侵犯，有的又邪魅好似妖精。

刘凌在其中不停地寻找，起初他不知道自己在寻找什么，等看到那一袭白衣，梦中的自己冲了上去后，刘凌明白了。

他在找瑶姬。

《凡人集仙录》的第二册里还是没有瑶姬。这让刘凌一方面庆幸着自己不必纠结于大哥和二哥看到瑶姬后露出什么冒犯的神色，一方面又有些失望，他唯一知道的、见过的神仙，自己却对她一无所知。

刘凌知道自己在做梦，他冷静地看着梦中那个莽撞的自己——那是已经大了很多岁、可以称之为成人的自己，一把拽住了瑶姬的衣衫。

瑶姬惊慌失措地逃跑，梦中的自己就这么追着，她的华裳被他一件件拽掉，直到她最后再也无法奔跑，只能惊慌失措地环抱着自己的身体。

就在这时，一年四季浑身都火热滚烫的他，突然感受到了一阵冰凉。

这冰凉来自于脐下，黏腻无比，让他很不舒服。

正是这一点不舒服，他很快就醒了过来。梦里滑溜溜的瑶姬、形态各异的仙女们，也都消失得无影无踪。

皱着眉头的刘凌坐了起来，往冰凉的地方一摸。

“哈！”

刘凌看着满手的湿答答，吓得叫了起来。

刹那间，曾经在冷宫中的记忆瞬间闪过他的脑海，超强的记忆力甚至让他记得当时张太妃那瞪得圆溜溜的眼睛，还有那神神秘秘的嘱咐。

“要是身上发生什么奇怪的事情，一定要来找萧太妃问个清楚，别到处乱跑，知道吗？”

找萧太妃？

刘凌犹豫着看了眼自己的腹下。

这种情况，难道和经脉通畅有关？还是自己的经脉阻滞得更厉害了？

算一算，他已有几个月没去过萧太妃那儿了，自从瑶姬放了那段声音之后……

罢了，何不趁这个机会，将疑团索性解了，也省得心中留有心结！

一咬牙，刘凌爬起身，开了衣箱换过自己的中裤，找了一身黑色的常服轻手轻脚地换上。

临出门前，他将那条脏了的亵裤胡乱塞在自己装书的布袋里，连书带亵裤，一起背出了屋子。

“王宁，我要回来得晚了，帮我掩饰一二。”

“唔……唔？咦？殿下你去哪儿？！”

“我去趟静安宫！”

东宫内一片静谧，只有侍卫们巡逻换岗时偶尔发出的甲胄撞击之声。刘凌身手敏捷，沿着一片宫墙寻了个最矮的地方，三两步助跑攀了上去，纵身跃出了东宫，直奔静安宫而去。

宫里防卫最严的是东内，也就是皇帝居住和处理政务的地方，其次便是东宫和中宫，静安宫和后宫不在一处，又荒废已久，倒是疏于防卫。

刘凌从未想过自己竟然这么胆大，居然孤身一个想要穿越小半个皇宫摸到静安宫去，还不带灯笼烛火。

最不可思议的是，还让他成功了！

当刘凌站在静安宫内外之间的高墙下时，他甚至生出了一丝玄妙之感。

就这么容易？

不管他了，先翻过去再说！

刘凌如法炮制，过了宫墙，到了冷宫里他才敢从怀里掏出火折子，将地上的枯枝败叶胡乱裹在一起，点着了脚旁一根枯枝，制了一个简单的火把。

他就举着这简陋的火把，轻车熟路地向着飞霜殿而去。

之前的顺遂感果然是骗人的，还未到飞霜殿外，空气中就传来了可怕的破空之声。

咻咻！

几根铁锥钉到了地上！

刘凌这才想起大司命们的本事，惊得一个翻滚避开，急忙尖叫了起来："是我！是我！别出手！"

还好，在他的叫声响起之后，铁锥没有再被射出，刘凌胡乱爬起身，从地上拾起火把，朗声叫道："我是刘凌，我有急事要见一见萧太妃！"

火把映照着的某处闪过一丝银光，一个身穿黑衣、头戴面罩的熟悉身影从黑暗中慢慢浮现，几乎是不假思索地开口："三殿下，现在天色太晚了，你白天再来吧……"

"云旗，我白天来不了的，我早上要上朝，中午和下午都有课，晚上还要做功课……"刘凌脸上露出哀求的表情，"张太妃说我身上要有什么变化就来找萧太妃，我身上的经脉好像出问题了……"

听到他说得那么严重，云旗犹豫了一会儿，但还是坚决地摇了摇头。

"不行，飞霜殿的规矩，晚上任何人都不得入内，违者死！"

"我也不行吗？"

刘凌看着静安宫这座少见的巍峨宫殿，眼神越发怪异。

"前些日子我夜里去绿卿阁……"

"薛太妃是薛太妃，萧太妃是萧太妃，男女有别……"

刘凌看着云旗，脑中闪现着"大司命""少司命""云中君"云云，再见云旗这鬼鬼祟祟的神情，没来由得一阵烦躁，冷着脸沉声开口："萧太妃不是男人吗？我早就知道了。既然是男人，还什么男女有别！"

一句话，竟惹得四周纷纷传来吸气之声，在这静谧的夜晚，吸气声越发明显，刘凌甚至可以指出几个大司命所在的位置。

若这是高手搏命，此番这些大司命们已经死了。

大司命是何等神出鬼没之人？他们白日里隐藏在各处尚且没有痕迹，被刘凌一句话竟说得暴露了行踪，可见他们心中有多么得惊骇！

"您在说什么！"

刘凌面前的云旗更是神色慌张，尖细的声音像是突然断了弦的胡琴。

"我说我知道了，萧太妃是个男人。"

刘凌更加清晰、更加用力地说着。

"而我，现在想要见他……"

"薛太妃答应过主子的！她们曾立誓的！"云旗咬牙切齿，"你们简直，简直是无赖，是……"

"不是太妃，我是从其他地方知道的。"

刘凌迈步想要上前，却被云旗一把拦住。

“三殿下是从哪里知道的？还有谁知道？”

云旗抓住刘凌的胳膊。

“没有别人知道，只有我。”

刘凌忍着胳膊上的剧痛，倔强地开口。

“三殿下，这事不是玩笑，一旦传出去，主子命就没……”

“云旗，她听到了动静，让你放三殿下进去。”

另一个粗嘎的声音从飞霜殿的墙后传来。

“现在？现在可以吗？要不等到天亮……”

云旗顿了一下。

刘凌趁机拽出了自己的手臂，抚了抚身侧的书袋，抬眼看向飞霜殿的殿门。

殿门，从里面被打开了。

焚琴和煮鹤举着灯笼，在门口有些不安地张望着。

“那位既然让他进去，就放他进去吧。何况他什么都知道了。”

里面粗嘎的苍老声音接着说道。

“如果他日后……迟早也是要知道的。”

“你……等会无论看到什么，都不要惊讶……”

云旗看了一会儿，觉得刘凌的眼神不似作假，再加上他们都是看着刘凌长大的，自然对刘凌多有爱护，最终还是叹了口气，放了刘凌入内。

焚琴和煮鹤早就在门口候着了，迎到了刘凌之后，就领着他往汤池旁的偏殿而去。

几人的身影渐渐走远了，飞霜殿各处才悄悄传来议论之声。

“他怎么知道主子的秘密的？”

“他说不是薛太妃说的，真的吗？”

“你说他知不知道那位的存在？”

“这些都是小事，他要知道主子‘湘君’的身份，会不会因好奇问起其他人啊！”

“哎，三殿下大半夜来找主子，肯定是有什么不得了的事情。”

云旗用传音入密加入了讨论。

“我只希望，他不要让主子为难。”

会是什么事呢？

* * *

汤池底下有温泉，一年四季都是温热的，冬天还好，但到了种夏天，刘凌一进去就热得汗流浃背，想把衣衫除了。

焚琴和煮鹤推开门，躬身请了刘凌进去。

刘凌进了偏殿，只听得背后“吱嘎”一声，门被关起来了。

他有些踌躇地按了按书袋，定睛一看，偏殿窗边的榻上背坐着一个高大的身影，那人一头青丝披散，肩宽背阔，俨然是个男人。

萧太妃呢？！

“你是何人！”

刘凌壮着胆子出声叱喝。

那窗边的人听到刘凌的叱喝，身子微微一震，偏过了头。

那个男人露出一张和萧太妃有八成像的脸庞来。

刘凌吃了一惊，倒退了一步后脱口而出：“您果然是个男人！”

听到刘凌的问话，“萧太妃”露出了委屈的表情。

“这些说来话长，咱们稍后再提！”

刘凌见着这位阳刚沉稳的中年“萧太妃”，想要找些话题驱散现在的紧张气氛。

他按着书袋的手紧了紧，突然想起自己今晚来的目的。

“您是男人就更好了！我正愁没人问去！”

刘凌眼睛一亮，从自己的书袋里抽出那条脏了的亵裤来，疾奔着到了中年男人的身前，将它往他的面前一递。

“您帮我看看！我是不是得了什么隐疾！我晚上尿裤子了！”

只见得那被亵裤凑到鼻子下面的“萧太妃”一下子呆住了，脸色由红转绿，由绿转黑，最终这个仪表堂堂的男子，竟“花容失色”地尖叫了起来。

第二十五章
魂灵？恶鬼？

一阵鸡飞狗跳之后，飞霜殿终于恢复了平静。

萧太妃是个性子爽朗的女人，但是却没有薛太妃身上那种刚硬的感觉。她请了刘凌在偏殿里留下说话，刻意不再提刚刚那条亵裤的事情。

刘凌一想到自己刚刚做了什么就有想死的心，当然也故作遗忘地闭口不提，只和萧太妃讨论着“一身两魂”的事情。

“难怪萧太妃从不出去。”

刘凌盘腿坐在地上，满脸恍然大悟地看着靠在榻上的萧太妃。

“这实在不是什么好事。”

萧遥不太好意思地笑了笑。

“无论是男身女心，还是男扮女装，都是见不得人的事。虽说我兄长用缩骨功能乔扮我的样貌，但毕竟还有许多纰漏和不便……”

“缩骨功？”

“是，缩骨功。”萧遥的魂魄点了点头，“我小的时候，和我龙凤胎的哥哥萧逸长得很像，即使是我爹娘也很难分辨出我和哥哥。可随着年岁越来越大，我们便没有那么相像了，尤其是个子。小时候我还能跟着哥哥出门玩耍，可后来我娘一去，没有我娘领着，我爹便不准我出门了。”

萧遥的脸上满是怀念之色。

“我从小和二哥一起长大，他最是疼我。我大哥久在边关，我和大哥倒没什么感情。我家是将门，家中又没有姨娘，满门除了我，竟没有几个女子。我被圈在后院之中，每天都不开心，不明白为什么长大了我就不能和叔叔伯伯们嬉闹，也不能随便出门了。”她顶着萧逸阳刚的脸，叹了口气，“后来我的小叔回了家……”

“小叔？”

刘凌眨了眨眼。

“外人很少知道，我萧家祖上，原是江湖出身，后来家祖因缘际会娶了身为官宦子弟的闺秀为妻，便金盆洗手，去谋了官身。家中亲人在沙场上征战的本事，其实有许多都是当年走江湖的本领，我这小叔，便是被家中长辈昔年的传说所吸引，从小渴望浪荡天涯，最后离了家门。”

萧遥对这位小叔十分有感情的样子。

“小叔后来真去混了江湖，也闯下了赫赫的名声，只是他觉得丢了萧家的脸，从不提自己的真名。我爹知道他志不在沙场，也不勉强他。我和二哥很喜欢这位在江湖上闯荡的小叔，每次他回家，总要给我们说很多江湖上有趣的故事，又或者会带给我们有意思的礼物。有看起来像是玩偶，实际上按动机簧却能射出几百根银针的暗器，也有刺不死人却看起来吓人的匕首……

“有一年，我小叔回来过年，二哥就问他，有没有什么法子，能让一个人变成另一个人的样子。小叔开始以为二哥在开玩笑，后来知道他是认真的，便记在了心上。那年过完年小叔回陇西，派了一个弟子给我二哥送了几本秘籍，说是从一个叫盗无痕的神偷身上得来的，送给了我和二哥做生辰礼物。”

“小叔给我的，是一本有关易容变声之术的书，给我二哥的，是一本有关缩骨功的书。原来那位神偷偷东西的本事那么厉害，是因为他可以乔扮成各种人的样子混进想去的地方，而这盗门中人都身材矮小，只要施展了缩骨功后，哪怕是极小的缝隙，也能钻进去。我们兄妹两人原本就对江湖十分感兴趣，知道那些神偷原来是这样偷东西的，一些童年的遐想也都被毁得一干二净，再没什么神秘感了。”

萧遥脸上的笑容十分温暖。

“我不爱在脸上涂涂抹抹，易容术和变声术都只学了个皮毛，而我二哥做什么事都认真无比，他和我从不分彼此，所以我二哥两样本事都学了。后来，我才发现我二哥原来是为了我，才向小叔要的秘籍。”

萧遥对刘凌眨了眨眼。

“他一直担心我在后院里无聊，经常让我乔扮成他的样子出门散心，他替我在家里待着。”

“天底下竟有这么神奇的功夫！”

刘凌叹为观止地感慨。

“萧太妃当年一定过得很快活。”

这世上有几个女子能像萧太妃一般，因为这两门奇妙的本事，可以随意出入家中，四处游玩？

薛太妃曾说她的少女时代只能在亲眷家中来往，即使有母亲领着，去外祖家都要避开许多人，哪里有萧太妃当年自在？

“你道这门功夫神奇，却不知它有很大的坏处。易容术虽然高妙，但那么多粉膏油脂在脸上堆砌，久而久之，脸上就会长出疱疹，让脸变得坑坑洼洼的。男子还好，女子脸上皮肤细腻，更是容易出问题，一个不慎，就会毁容。”

萧遥换了个舒服的姿势：“而缩骨功，其实是让所有的关节和经脉压抑至极点，还有一些柔功的底子在里面，一个七尺的男儿，想要缩到五尺，那是不可能的，至多不过缩一尺多罢了。我的身量比一般女儿家要高，但也和我兄长差了一尺有余，所以一旦锁骨之后，周身关节之疼痛，难以想象。

“我没学过缩骨功，我二哥吓唬我说‘半桶水’练了也许变不回来，所以我从不知道缩骨功是这么疼的，直到我第一次还魂回来，周身疼痛无比，还以为自己是得了什么隐疾，才知道的。恐怕他在我前面练这门本事，知道太疼，不愿我受这个苦……”

萧遥眼眶渐渐湿热。

“后来我才知道，原来我二哥为了让我能有片刻放松，像是男儿家一样行走，在后宅里承受着这样的痛苦，可笑我在外面玩得痛快，却不知道我的兄长在受苦……”

刘凌听着萧遥和萧逸两位长辈昔年的兄妹情深，不由得悠然神往，羡慕地开口：“萧太妃和萧将军的感情，实在是让人向往得很。我觉得萧将军那个时候，应该是不觉得痛苦的。比起看见自己的妹妹在家中愁眉不展，萧将军恐怕情愿用一身疼痛看您重展笑颜。血脉手足之情，大约就是如此了吧！”

“你实在是个心善的孩子，难怪我二哥那么喜爱你。”萧遥破涕为笑，擦了擦眼泪。

“他一直是疼我的，虽然我死后还魂，和他从没有过直接的交流，但我知道他总是放不下我。

萧遥的声音渐渐变低。

“因为我只有晚上出现，他晚上从不用缩骨功，哪怕每缩小筋骨一次都疼痛无比，他却还是到偏殿里将最舒服的时候让给我，自己默默忍受痛苦。我几次留言都叫他不要这样了，但他还是在傍晚散了功后，才把身体交给我。

“没人的时候，萧将军难道不会恢复男儿身行动吗？”刘凌忍不住插嘴，“飞霜殿里有这么多大司命守着，即使不打扮成女儿家，也不会有人发现吧？”

“原本是这样的。”

萧遥笑着看了眼刘凌，又重复了一遍。

“原本是这样。”

刘凌这才恍然大悟。

“因为要教导我武艺，为我通顺经脉……”

刘凌几乎有些受宠若惊。

“我不过是冷宫里一个不受宠的皇子，竟让萧将军为我牺牲至此！”

“我二哥对一个人好的时候，没有人会不喜欢他，不爱戴他。这是他的优点，也是他的劫数。其实，他只是不自觉地不希望别人不快乐罢了。甘郎……先帝他，便是这样栽进去的。”

萧遥见刘凌有些不安，又接着安抚道：“其实也不光是为了你，飞霜殿里有这么多人，吃穿用度都比旁的殿要多，有时候内府会送东西过来，我二哥就要易容乔扮成我的样子，以免外人生疑。”

“我……我不明白，如果说您是鬼魂的话，那当年死的就是您了，为什么外人都传死的是萧将军？”

刘凌终于还是将自己的疑问问出了口。

“当年到底发生了什么？”

“你相信我是鬼魂？张太妃和我二哥说，我不是鬼魂，而是我二哥得了一种病，我是我二哥臆想出来的”

萧遥意外地望向刘凌。

“我以为你曾跟随张茜学医，会以为我是个病人。”

他神仙都见过了，鬼魂又算得了什么！

刘凌闻言摇了摇头。

“我不觉得您这样有血有肉的魂灵，是因为得了病所致。当年……”

听到刘凌的回答，萧遥似乎很高兴。

她摸了摸他的头，没有回答他的问题，反倒又问了一个问题：“你可知当年，为何你皇祖母会在那时发动宫变？”

“不是说后宫的妃子们早就不堪……”

“既然早就不堪羞辱，那早一年，晚一年，都是要反的，多等几年把握更大，也不会有之后众王入京的情况……”

萧遥望着刘凌，满脸悲戚。

“……和当年发生的事情有关吗？”

刘凌是个捧场的聊天者。

“因为那一年，宫中有传闻，宫里还藏着一个陛下的孩子。”

萧太妃微微一叹。

“这件事传得太厉害了，连陛下都去质问过皇后，那时候宫中根本没有子嗣能活下来，宫人妃子有孕，往往被陛下送去宫正司，一尸两命。

“皇后一直是贤良淑德的，宫里许多人都知道这个孩子的存在，但他们都当皇后想要保住陛下的子嗣，不让日益疯狂的陛下虎毒食子，所以对那位没见过的孩子都是心生同情，从不在公开的地方讨论他。

“当年宫中人人都夸赞她温柔贤良，但越到后来几年，我每次见她都很害怕。我自己是个不完美的人，所以见到这样完美的人，内心里就会恐惧。我刚入宫时，她还会怒会悲，曾指着我的鼻子骂我不知羞耻，可到了后来，她竟是变得如同完人一般。一个女人要怎样才能做到不喜不怒不惧呢？除非她心中有更大的追求。”

萧太妃的面色越来越白：“皇后和几家密谋之人说，如果再不下手，她的儿子和那位皇子都活不下去了。薛太师为了延续刘家的江山，便联合几家，发动了宫变。”

说完最后几个字，萧遥晃神了很久，然后才像是终于鼓足勇气一般一口气说着。

“后来，到了宫变之日，我大哥跟着薛、赵几家人进宫‘清君侧’，他从小视我父亲为天神一般，我父亲因为我和我二哥的缘故抑郁而终，我大哥将我们也恨上了，一心只想着为父亲报仇。薛、张、赵等妃子知道此事，自然是早有准备，而我和我二哥却是什么都不知情的。皇后忌惮我和我二哥，大哥又不愿见我们，宫变之事，从未有人和我们提及。

“皇后为此事谋划了这么久，几家宫变的人马还没进入后宫，宫中就有许多宫卫已经先行起事，控制了后宫，我也差点命丧寝殿之内。那时候我这里形同冷宫，我根本无法自保，宫中一片混乱，到处都是喊杀之声，我逃不出去，又想着皇后一直恨我曾经得了陛下的宠爱，只想着我大概是要死在宫里了。

“我萧氏一门忠义，我父亲那时受着‘子女皆是妖孽’的骂名，可见他有多么痛苦。我大哥刚烈，又容易受人挑拨，他常年不在京中，和我们兄妹间的关系并不亲密，甚至觉得我父亲的死和我们有很大关系，我也不指望他能庇护我一二。我二哥却是陛下的贴身侍卫，他看起来随和，其实本性和我父亲是一样的。以他的性格，哪怕他死了，也不会让人动陛下一根汗毛。

“他原本是该先保护陛下的安危的，可是为了我，他却没有坚持留在陛下身边。”

萧遥的脸上流过一滴热泪。

“这本是天下间最让人惋惜的事情，明明是骨肉兄弟，却不得不各自为敌，自相残杀……”

萧太妃说到这个的时候，刘凌已经听到入神，再也不觉得萧太妃顶着男人的身子说着这样的话诡异无比。

当年的刀光剑影、钩心斗角，从不同的人嘴里说出来，感觉自然不同。

在薛太妃和张太妃她们那边，他的皇祖父是个荒淫无耻之人，为了一己私欲搅动得后宫犹如地狱，人人都不堪重负，花了几年的时间设计，最终才成功宫变。

而在萧太妃的口中，这场宫变虽然酝酿许久，但其中还有许多隐情。萧太妃以为刘凌不知道如意之事，却没想到之前他已经见过马姑姑，知道那个密室里曾经藏着一个小孩，那小孩后来还刺伤太妃们跑了。

原来当年也是有不少人知道这些事情的。

他的祖母当年留下他，到底是为了什么呢？

“我一直很庆幸，我二哥来找我了。”

萧遥叹了口气，抬眼望向窗外。

她扭过头，刘凌才发现她的鬓角早已经白了，只不过焚琴和煮鹤的手很巧，用黑发掩盖住了白发，才看起来毫无痕迹。

一个人每夜都会被另外一个人替代，即使是双魂，身体一定还是会很疲倦的。在萧太妃没有教他学艺的时候，萧逸一定是在抓紧时间补眠，白天也很少在殿中走动，但教了他之后，萧逸每日休息的时间就会大大减少。

而且这缩骨功会让使用之人十分痛苦，在这样的情况下萧将军还坚持教他武艺……

刘凌顿时觉得背上负着的东西太沉重了。

男儿身女儿心的太妃还在兀自回忆着。

“我不明白皇后那时候为什么要杀我，明明我还是吕郎的未婚妻时，她待我极好。后来我入了宫，对她也算是恭敬，哪怕陛下独宠我的那段时间，我也从不会恃宠而骄，陛下听得进我的话时，我还曾劝陛下去她宫里。

“那时候那些人想要杀我，我会些武艺，命焚琴和煮鹤出去找救援，又关闭了四门，拖到了二哥带人来。二哥杀进了殿中后，为了护我，让我和他换了衣衫，他像是在家中那样乔扮成我的样子，又让我穿上他的甲胄，跟着他的手下回到陛下身边，而他朝另外一条路走引开追兵。

“我们少年时经常互换身份，那甲胄宽大，我在鞋里垫了东西，遮掩着倒看不出来。我知道二哥熟悉宫中环境，武艺又高我太多，带着我反倒累赘，便听了他的建议，跟着宫中侍卫杀回了殿下身边。”

说到这里，萧遥突然浑身一颤。

“但等我到了陛下身边的时候，却发现陛下已经遇刺了。”

显然那日的事情对她打击太大，让她难过到了难以叙述的地步。

“您……要不要先歇息一会儿？”刘凌犹豫了一下，劝说道，“您和我已经说了这么长时间，应该是累了。”

“好孩子，我不累的。”萧遥突然对刘凌温柔地笑了笑，她的眉眼间依稀是刘凌熟悉的萧太妃的样子。

“我二哥是个外柔内刚的性子，这些往事他不一定会告诉你，而是会自己扛着。人和人之间的矛盾，有很多时候是自己造成的，误会源自于各自的臆测，每个人都只看见了自己看得见的事情……”

萧遥的眼神中俱是悲哀之色。

“今日机缘巧合，我能碰见你，便是上天的安排。我虽是个魂魄，却是个没用的鬼，除了带累我二哥，没有任何本事，能和你聊聊，多一个人了解他，也许日后就不会产生那么多的误会，也就不会产生那么多的矛盾。”

“我明白。”

刘凌点了点头。

薛太妃也好，陆博士也好，萧太妃也好，每个人记忆中的宫变，都有着各自的故事，皆不相同。

如果说他之前不能明白萧太妃说的是什么意思，到了这个时候，也已经彻底明白“每个人都只看见了自己看得见的事情”是什么意思了。

“我刚刚说到我去了陛下的身边，陛下已经中了毒。”萧遥幽幽地开口，“那下毒之人不是别人，而是陛下身边的怀柳君。”

“没人想到一向顺从的怀柳君会做出这种事，连陛下自己也没想到。陛下准备逃离宫中，什么人都没带，独独带了怀柳君，显然是对怀柳君有感情的。可怀柳君的毒簪却暗算了陛下。

“事情一发生，大司命的人就疯了，当场就射杀了怀柳君，可惜一切已经来不及了。”

她抱了抱自己怀中的软垫。

“怀柳君也是习武之人，不是手无缚鸡之力的男宠之流。陛下当时揽住怀柳君，恐怕是因为怀柳君表现出了担忧害怕之意，陛下想要安抚他，谁料到偶尔间的温情，却藏着这样的心思。

“陛下允许二哥带着人去找我，显然也是因为我二哥受陛下的重视，还因为我这么多年来的陪伴。

“然后，可怕的事情就发生了。”

萧遥满脸苦涩。

“当时的情况太乱，所有人都把我当作我二哥，我还来不及告诉陛下我的身份，陛下一见到我来了，就命令大司命杀了我！”

萧遥见刘凌一副活见了鬼的表情，摇了摇头。

“我那时候已经死了，死人当然是什么都不知道的。”

“哈？”

“大司命要杀人，一个指令即可。我又不是什么高手，陛下要我死，我自然是活不了片刻就身首异处了。”

萧遥叹了口气。

“我死后的事情，是回魂以后，大司命们告诉我的。”

刘凌这才舒了口气。

如果熬了一夜得到的是这个答案，他恐怕自己真会郁结于心。好在当时在场的大司命们还活着。

“宫变之前，一切事情都是很隐蔽的。陛下也许隐约知道这其中有皇后的动作，但他却没想过这一切就是皇后策划的，他还以为是宫外有人谋反，煽动了其他几家。那时候他还关心儿子，派了少司命去保护皇子，否则宫变一起，有大司命和云中君在，皇后早就活不成了。陛下遇刺后，知道自己的大势已去，皇后必定要成为太后，他的儿子也会登上皇位，他便想在临死之前解决掉最后一个心结。”

刘凌听得大气都不敢出，生怕自己错漏了一句。

“陛下对我二哥有些……爱慕，这件事，你应当知晓吧？”

萧遥有些不好意思地问刘凌。

刘凌微微张了张口，点点头。

“感情这种事情，实在是让人嗟叹……”

萧遥闭了闭眼。

“陛下好生生活着的时候，一直不敢对我二哥有什么不敬，在后宫中再怎么秽乱，他待我二哥都是秋毫不犯。这其中固然有我二哥武艺高强、宁死不屈的原因，但更多的，是陛下自己小心翼翼，不敢越雷池一步。”

刘凌似懂非懂地听着，直将这件事记在心里。

“可当他明白自己马上就要死了以后，心中却生出了魔障。”萧遥眼眶通红，“大司命说，他命令大司命们杀了我后，将我的头和他的头都砍下来带走了，方便日后葬在一处，或烧成灰埋了。”

刘凌瞠目结舌，不知道这是何道理。

“你年纪小，自然不明白陛下的意思。人活着时，对待对方如何温柔，那都是为了日后能够有机可乘，可一旦知道自己要死了，那理智也就跟着走了，只想着自己死后别人就要霸占自己最心爱的东西……”

萧遥摇了摇头："这种事，我说给你这样的少年听，原是极不合适的。可你若不听完，便不明白我二哥为何会变成现在这个样子。

“陛下讨厌女人，自然不愿死后和皇后同穴，但他死了就由不得他做主了，皇后就算为了全礼法，日后也会躺在他的身边。所以他命大司命杀了二哥，其实是为了永远和我二哥在一起，他已经疯了。”

一旁的刘凌听得身子直抖，不知道该说皇祖父是个疯子好，还是该庆幸自己的父皇至少不像皇祖父那般。

“其实我白死了。”

萧遥咬了咬唇。

“大司命们说，陛下下令杀了我后，立刻又后悔了，放声大哭起来，状若疯癫。他那时候已经毒发，大喜大悲都会加速毒发，他却丝毫都顾不得了。这个时候，我二哥甩开追兵，找了回来。

“我二哥看见我死了，不知道发生了什么，但隐约猜到肯定是发生了什么变故，急忙追问陛下。二哥情急之下没有掩饰自己的声音，陛下那时候在悔恨之中，又毒发上脑，脑子里一片迷糊，恍恍惚惚以为是我二哥又回了魂。”

萧遥的眼泪像是断了线的珠子："陛下不要大司命杀二哥了，却命令大司命们从此在我二哥身边寸步不离，任何冒犯他的人都要死。后来陛下又嘱咐了大司命和云中君一些事情，方才去了。

“我二哥知道我因为他而死，当时就疯了，要拔剑自刎。云旗担心他自残就打晕了他，将他托付给了陛下身边的赵清仪，然后回来处理了陛下和我的尸身。我的尸身被大哥抢回去了，想来大哥后来发现了死的是我，但他没有声张。陛下的尸身则被薛太傅他们带走了。”

“赵太师发现陛下竟然因宫变而死，自尽而亡。从那时起，赵清仪就闭门不出，我二哥也就躲过一劫。”

她长长地呼出了一口气，无奈道："后来我醒了，就已经在我二哥身上了。"

"那时候宫变已经结束，我第一次回魂时，吓得赵清仪和其他宫人差点晕过去。皇后控制内宫后，派了太医想要治我二哥的疯癫，没人知道那是我回魂了。但我大哥知道我们两人少年时那些互换的小把戏，大概明白活下来的是我二哥，便加以干预，索性以我疯了为名，不许皇后进入后宫。他手握兵权，皇后实在忌惮他，加上赵太师身死，其他几家对萧家都有不满，皇后有意挑拨几家关系，便任由我大哥在宫中布兵，因此我二哥和赵清仪都没有出事。

"所有人都太小瞧皇后了。"

萧遥幽幽地说。

"正因为我大哥一直把兵权握在手中，让几家生了忌惮，以为他要谋权篡国，后来他们便想法子夺了我大哥的兵权。几家会倒得那么快，几近灭门，便是因为兵权那时已经不在我大哥的手里，他想要救人也无力回天。

"后来我和赵清仪曾经猜测过，怀柳君当年差点在暗室里被折磨死，他曾经欠了皇后天大的人情，皇后那么聪明的一个人，恐怕早就已经收拢了怀柳君，在救下怀柳君的那个月里，她肯定已经引得怀柳君恨极了陛下。怀柳君心中恨极了陛下，却忍受着屈辱以'佞幸'之名一直留在陛下身边，千依百顺。怀柳君大概就是在等一个机会。"

听到萧遥的猜测，刘凌有些尴尬。

无论和太妃们再怎么亲近，也无法掩盖那位心如蛇蝎的皇后是他的亲生祖母的事实。虽然他从未见过她，也不知道她是什么样的人，但每一个跟她接触过的人嘴里说出来的，都不是什么仁善之举。

萧遥没有发现刘凌的尴尬，只是继续说着："再后来，宫里又不知为何起了变化，参与宫变的妃嫔们被好生安置在了后宫里，薛家和其他几家人反倒把皇后和皇子给软禁了起来，皇后就再也顾不上动我二哥的事情了。"

萧遥伸出手，动作优美地抚了下垂在肩侧的头发，嗟叹道："我二哥原本已经存了死志，可他知道我还活在他身上后，便忍辱偷生，这么阴错阳差地留在了后宫之中。"

这一番往事太过惊心动魄，饶是刘凌聪慧，也需要消化许久才能全部理解。他自然知道萧太妃的话语中有许多语焉不详之处，比如皇祖父到底托付给了萧将军什么，比如为何薛太妃她们都知道萧将军的身份却不透露，反倒邦他遮掩……

但这些，都抵不过浮上他心头的问题。

"萧太妃，《九歌》到底是什么？"

第二十六章
成亲？移居？

听到刘凌的问题，萧太妃浑身一震，脸色一下子变得煞白。

她也算是经历过许多事的人了，却有这样的反应，显然是对刘凌知道《九歌》的存在而震惊。

《九歌》，是代国人人知晓的诗篇。

昔年七国争雄，楚国最终统一七国，先楚文化成为日后历朝历代的正朔，楚国的楚巫之风也绵延千年，其中最负盛名和幻想色彩的，便是楚大夫屈原的楚辞《九歌》。

高祖最终能统一江山，不仅仅是靠着文臣谋士，还靠着江湖豪侠、道门高人以及许多民间的奇人异士的帮助。高祖的性子阔达豪爽，大业一成便论功行赏，那些不愿得官的奇人异士也被高祖留在宫中作为供奉，颐养天年。

这些奇人异士在宫中或宫外挑选了合适的继承衣钵的人选，一代代将自己的本事传了下来，以供代国所用，至于这些人究竟是什么人，就不为外人所知了。唯一被人熟悉的大司命，也是因为杀伐决断偶尔会暴露行踪，才在外有了凶名。

刘凌并不确定真的有《九歌》，他只是推己及人，想到自己遇险而求仙的经历，用《九歌》来试探萧太妃，然而一试之下，果然奏效。

附在萧逸身上的萧遥似乎并不具备萧逸的稳重和机变，这也是刘凌认为她真是魂灵而不是得病的原因之一。

虽说用这种手段来试探长辈有些不太妥当，但刘凌知道，如果不能在萧遥这里得到他想要的答案，他在萧逸那边就更得不到了。

男扮女装的萧将军虽温和可亲，但这种小把戏在他面前是行不通的。

“你从哪里知道的《九歌》？”

萧遥蹙起眉头。

“你不该知道的。”

"薛太妃曾经告诉过我一点……"

刘凌低下了头，语焉不详地说着。

"是薛芳？"萧遥并没有怀疑，以为是皇后或薛太傅曾经告诉过薛芳，她避轻就重地告诉刘凌，"《九歌》是一本名册，也是一群人的合称。这些人有些是共用一个名称，有的是一个人一个名称。每一代的'九歌'皆不相同。比如说我二哥身边的大司命，到了下一代，也许就不是这些人了。"

"有了下一代后，上一代呢？"

刘凌好奇地问。

"他们自然是被荣养起来了。'九歌'一旦有了接任之人，就会恢复本来的身份。"

萧遥叹了口气，戳穿了刘凌的小心思："我知道你想问我什么，可是我知道的也不多。你一旦被立为储君，这些事情自然会由你父皇来告诉你，你又何必问我？"

"只要当上了皇帝，'九歌'就会为我所用吗？"

"殿下，你没有弄清楚'九歌'和皇帝的关系。'九歌'是高祖为了代国而立，不是为了帝王而立。'九歌'的每一部，都会听从东皇太一的命令，但东皇太一本身，也是'九歌'的一部分。"

一个苍老的声音在偏殿里突然响起。

刘凌一惊，扭头看去，却没看到什么人影。

"那是大司命的统领，云旗的师父玄云。"萧遥见刘凌吃惊，压低了声音道，"云旗是下一代的大司命统领，可先帝一死，如今的这位陛下因为一些事情并不能让'九歌'信服，所以下一代的大司命之首，必须要等到新的东皇太一出现，才会成为真正的大司命。"

"您是说，东皇太一都是君王，但'九歌'也可以不服从君王的命令"

刘凌明白了玄云的意思，却依然很是迷糊。

"东皇太一必须是君王，但君王却不一定都是东皇太一。当年的景帝就没有得到《九歌》的名册，高祖将名册给了身为皇长孙的惠帝，所以惠帝必定为帝。"

玄云又说出了一些秘闻。

"殿下不必将'九歌'想得太过神秘，我们并没有什么改天换地的力量。大司命是刺客，少司命是护卫，这些听起来玄乎，不过是名头好听罢了。"苍老的声音笑呵呵地解释着。

"其余诸部，有的甚至只有一个人，不过是职责不同，名称不同。既然都是人，叫大司命还是叫刺客，叫少司命还是叫护卫，又有什么区别呢？"

玄云这样一说，刘凌心中的神秘感和忌惮总算是减轻了一点，但他摸了摸脑袋，觉得自己一天接收这么多信息，头都快要爆炸了，也没法子再和萧太妃谈笑风生了。

“我的二哥对你抱有很多期待。”

萧遥对刘凌笑了笑。

“他日夜颠倒，正在壮年却被困于冷宫之中，有志不得伸展，大好男儿身却要藏头露尾而活，是我连累了他。”

萧遥站起身，摸了摸刘凌的脑袋。

“我其实不想再回魂了，我这一生虽然并不算美满，但我并无怨恨。如果我能见到神明，我一定求他让我不再回魂，上天下地、轮回转世我都随意，就是不要再和我的二哥纠缠不休。如果你日后有了本事，能把我从我二哥身上驱走，麻烦你留个心。”

刘凌想起了那道骨仙风的太玄真人，缓缓点了头。

“是，我认识天师道掌教的弟子，如果有机会，我会请他师父来看看您。”

“呵呵，我二哥说得没错，你真是个好孩子。”

萧遥移步到窗边，望着东方微微泛出的白色，嘴角露出了一丝笑意。

“天快亮了呢，我也要走了。”

她转过头，对着刘凌说道：“我要休息了，你去殿外等一会儿吧。等我醒了，起身的就是我的兄长了。有些问题，我不能为你解答，但他可以。”

萧遥的眼神从刘凌身边的书袋扫过，她悄悄眨了眨眼。

刘凌一下子从脸红到了脖子，急忙起身出了殿，连告辞都忘了。

刘凌出了偏殿，也是意外。

偏殿外居然站着好几位大司命，领头的，便是那位云旗。

“你们这是？”

刘凌一开口，几位大司命望天的望天，搓手的搓手，云旗撇了撇嘴，丢出两个字：“好奇。”

刘凌无语，索性在殿外坐了下来，和这些大司命们聊聊天。

“这么多年了，你们就一直住在这里，不憋屈吗？”

刘凌仰着头，满脸好奇。

“我父皇知道你们吗？”

“知道。”云旗沉闷地说，“我们的衣食住行都是现在这位陛下提供的。但是他知道也没用，我们不听他的。”

刘凌摇了摇头，和云旗他们有一搭没一搭地聊着天，直到偏殿的门“吱呀”一声被打开。

萧太妃出来了。

不，应该说，萧将军出来了。

一样的衣着，一样的长相，甚至这位萧将军还带着一丝疲倦的气息，但他往你身边一站，你便知道他不是刚刚的萧太妃。

曾经刘凌感慨于萧太妃的英挺坚强，如今一想，他从头到尾感慨的都不是萧太妃身上异于女人的那一面，而是憧憬着对方身上属于男人的那部分特质。因为他从小生于冷宫之中，身边并无男性长辈和同辈，自然而然的，他就对身上最有男性特质的萧太妃生出了崇拜之情。

萧逸站在偏殿门口，面色复杂地看了眼刘凌，他显然从在殿中的玄云那里知道了刚发生的事情。

但萧逸没提刚才发生的事，只是对刘凌抬了抬下巴：“先进来说话，蹲在外面，成何体统！”

萧逸说的不是刘凌，而是云旗他们。

见萧逸出来了，云旗他们立刻一个个站起身子，向四处散开，像是被猎狗驱赶的兔子。

刘凌有些不好意思地挠了挠头，站起了身。

“进来吧。”

萧逸叹了口气。

刘凌低着头跟着萧逸进了殿，坐在了刚刚的地方。软凳上凹下去的地方都还没充盈起来，显然这位萧太妃一“睡着”，萧将军就“醒来”了。

“我原是不想让你知道这些事的。”

只见萧逸伤脑筋地抹了把脸：“你还是个孩子，知道这么多事，对你来说并不好。尤其是我这种情况，你日后必定要为难。”

后宫里混进一个男人，还是壮年男人，这是扰乱宫闱的大罪。刘凌现在才十几岁，自然是没意识到这点，但日后……

他在外面，已经是个死人，若刘凌真能为帝，其他太妃还有出头出宫的日子，但他这辈子恐怕都见不得光了。尤其皇后恨极了他，给他安上了“弑君者”的罪名，就足以让有识之士恨他入骨。

刘凌听到萧逸的回答，似懂非懂，但他还是本能地摇了摇头。

“我听萧太妃说，您用缩骨功很疼，可是为了教我练武、疏通经脉，您每日不得不将自己缩小到萧太妃的身形中，而后您为了让萧太妃不受苦，傍晚时分又要恢复原样，如此反复，疼痛日益加重……”

萧逸有些意外地望向刘凌。

“如果是这样，我倒庆幸我知道了真相。我皇祖父欠诸位太妃太多，尤其亏欠您和萧太妃，其他太妃好歹还活着，还有很多机会，但萧太妃连命都没了。您和其他太妃陷于这后宫之中，并非你们的过错，您却担心我因此而为难，实在让我很是内疚。”

刘凌的声音渐低：“您以后可以不必用这种损身子的功夫了，我既然知道了您的身份，您大可以原来的身份见我。外面的人不会随意进来，这样至少您在飞霜殿里，还能自在些。”

萧逸大概没有想到刘凌会说这样的话，他眼中的错愕显而易见。当刘凌说到“并非你们的过错”时，萧逸更是身子震了一震，满脸怅然之色。

“你……你真是……”

“我想，萧太妃大概是因为放不下您才会回魂，而您却是因为放不下她而不肯让她消失。你们都同样挂念着彼此，才有了一身两魂的情况。但萧太妃却和我说，她实在太累了，不想再留在这里了。”

刘凌郑重地承诺：“我现在还年小力弱，也没有什么助力，等我能够做主的时候，您也好，萧太妃也好，我会想法子让你们获得真正的自由！”

“傻孩子。”

萧逸眼角带着水色，轻轻叹出了声。

“你大可不必这样。做兄长的爱护弟弟和妹妹，原本就是应该的。”

刘凌见萧逸有些伤感，连忙想法子缓和气氛，想了想后，他从书袋里又扯出了那条亵裤。

“对了，萧……将军。”

“你还是唤我萧太妃吧，我已经习惯了。”

“呃，是。萧太妃，我来这里，原本是为了这个，我昨夜……”他咬了咬牙，“好像尿裤子了！”

“咦？”

“是不是我的经脉出了问题？”

那亵裤原本脏污的地方已经干了，留下一片痕迹，萧逸看了一眼，忍不住捂住眼睛，无力地笑了起来。

大约过了一个时辰，满脸通红的刘凌被萧逸带着满脸笑容地送出了殿外。萧逸抬头看了看天色，摇了摇头。

“快到上朝的时候了，你最好早点回去。我让云旗背你，这样出去快些。”

刘凌得了萧逸的“教导”，满身燥热，被晨风一吹，总算是清醒了不少，低着头“嗯”了一声。

没一会儿，云旗来了，背上刘凌就往冷宫外疾奔，到了宫墙便将他放下，恭恭敬敬地拱了个手。

“殿下，我们只能将您送到这里。”

“谢过。你刚刚用的是轻功？”

刘凌感兴趣地看着云旗。

“不过是些杀人的微末功夫。”

云旗自谦地倒退了几步，只见他的脚在地上一个腾跃，手中银光一闪，他又借着射入树干的银线飞远了。

“别人送人出门赶路用马，萧将军用大司命……”

刘凌也是觉得好笑。

“真是暴殄天物。”

* * *

刘凌回到东宫的时候，自然已是时辰不早了。回去的路上他遇到几个宫人，也被他用“睡不着出去走走”给搪塞了过去。

等他回到光大殿，屋子里伺候的王宁如临大赦，眼泪都快下来了。

再过一会儿就要上朝了，大皇子和二皇子恐怕早就梳洗准备好了，刘凌却没有回来，他怎能不急？

院外，戴良早就在候着了。刘凌和戴良一直走到东宫的大门口，也没看到大皇子和二皇子出来，顿时有些惊讶。

天色已经不早了，刘凌觉得自己来得已经够晚了，怎么大哥和二哥来得更迟？

大约过了一刻钟，大皇子和二皇子才神色匆忙地快步踏出东宫，待抬头一看刘凌，两位皇子都哈哈大笑了起来。

“哈哈，我还以为只有我这样，看样子三弟昨晚睡得也不好啊！”

大皇子挤了挤眼。

再看二皇子，他的眼下也有深深的黑印，显然是没有怎么好好休息。

听到大皇子的话，老二吐了一口气，有些烦躁地说：“看的时候爽快，回去麻烦。

我一晚上都没睡好，尽做怪梦！”随即，他看了看天色，然后大惊失色道，“坏了，早朝要迟了！”

这下大皇子也不笑了，刘凌也不看热闹了，三个皇子并三个伴读你看看我，我看看你，满脸都是惊慌之色。

“现在怎么办？叫轿子已经来不及了！”

大皇子睁大了眼。

“跑。”

魏坤吐出一个字。

“罢了，我们跑！到了宣政殿附近再整理衣冠！”

大皇子一咬牙，率先开跑。

几个少年就这般气喘吁吁到了宣政殿不远之处，他们立刻在宫人们诧异的眼神中停下脚步，赶紧整理衣冠，平复气息。只见刘祁拖着两条腿一下子蹲在众人面前，不想再起来了。

“二哥赶紧起来，这样等下真走不动了！”

刘凌上前搀扶。

“魏坤，把老二架起来，让他在你身上靠一会儿！”

刘恒发号施令。

魏坤面如常色地伸出手去，刘祁却将魏坤伸出去的手一打，冷声喝道：“不必，我在老三身上靠一会儿！”

说罢，刘祁扶着刘凌的身子，慢慢站了起来。

一旁的刘恒面色有些难看，但大概是因为从昨夜起他们之间的气氛就变了不少，所以刘恒的脸色难看了一瞬后就恢复了正常，他只是看着宣政殿门口发怔。

“你们有没有发现，今天聚集在一起交头接耳的大臣特别多？”

他们离宣政殿外的广场还有些距离，但已经可以看清楚广场上的景象了。

听到大哥的话，无论是刘凌还是靠在他身上的刘祁，都面带认真的表情看了过去。

大部分时候，大臣们是各自为政的，在等候早朝的时间里他们也都是各忙各的，除非是上下级关系或者感情特别交好，否则他们不会主动去找人攀谈，以免落人口舌。

只除了一种情况。

三个兄弟并肩往宣政殿而去，身后跟着伴读，戴良、魏坤和庄扬波一到殿前，就被三位皇子支使着去各自的父兄那里打探消息。兄弟三人在殿门前一站，竖起耳朵想要听听，却什么也没有听见。

自从他们来了，这些大臣们就停止了窃窃私语。

往日里，关于国政的事情，大臣们都不会避讳着兄弟三人，有时候为了在皇帝面前露脸，大臣们还会积极议论，刻意让兄弟三人听到。

而现在……

这让三个少年心头都升起了一丝不安。

早朝依旧按部就班，中规中矩。因为同件事情，三个少年昨夜都没休息好，听着东边西边陈谷子烂芝麻的事情，眼皮子一阵一阵发沉，全靠意志力强忍着才没有昏睡过去，在朝堂上丢脸。

“夏季多雨，工部请各地勘查河堤。”

“准奏。”

“陛下，宗正寺卿有本上奏！”

随着吕鹏程的声音响起在朝堂之上，无论是刘恒、刘祁还是刘凌，都统统警醒了过来，他们满脸愕然地向着九卿的方向看去。

这位宗正寺卿一直是不言不语的，宗正寺卿本就不是什么要职，早朝时他只要在场就行，不发表意见也没人注意。

但宗正寺卿一旦开口，那就一定是和宗室皇族有关。

坐在御座上的刘未眯了眯眼，眼睛里露出危险的意味，向着堂下的吕鹏程望去。

吕鹏程并不和刘未有眼神接触，微微躬下身子，避过了刘未的视线。

“哦？吕寺卿有何事上奏？”

刘未的手指在案上轻轻敲了敲，然后问道。

“启禀陛下，如今大皇子已到舞象之年，二皇子的年纪也不小，宗正寺为保代国血脉延续，不得不提出建议，希望陛下能慎重考虑为两位殿下娶妻之事。”

吕鹏程抬起头，不卑不亢地说道：“皇子十四五岁尚未封王，也无妻室，来往于后宫之中，这于理不合。”

“哦？有何不合？”

刘未冷笑了一声。

“他们不是住在东宫吗？”

“东宫乃是储君居住之所，皇子们在东宫读书是权宜之计，如果日后所有的皇子都长居东宫而不出，那储君又如何自处？东宫究竟是储君的宫殿，还是皇子们的起居之所？”

吕鹏程不依不饶。

“就算是陛下，十四岁时也已经有了妃嫔，两位皇子都到了知人事的年纪，敢问陛下，可有专门的教习教导两位殿下人伦之道？”

“这里是朝堂！你怎可提出此事！”

刘未一击御案，差点站了起来！

“天子家事，亦是国事。更何况皇子们的婚事，原本就和国事息息相关。”吕鹏程复又弯下身子。

“请殿下采纳臣的提议，确定几位皇子的婚事、尽早立储，这才是君臣应当相处之道！”

听到是这种事，大皇子和二皇子都惊得瞠目结舌，互相看了一眼，眼神中皆有忌惮之色。

成婚，就意味着必须要离开宫廷，能留下来的只有一个人——那就是住在东宫的太子。

除了太子以外，其他成了亲的皇子必须要去就藩，或去边关之地，或去富饶之地，权看皇子们在皇帝心目中的地位如何。

刘凌年纪尚小，倒是避开了今日的“逼婚”，但既然十四岁的二皇子都已经被群臣视为成人，那么至多两年，他也避无可避。

“陛下，臣附议！”

“臣也附议！”

“陛下，储君定则社稷定，年初泰山地动便是上天的示警啊！臣也附议！”

堂下刚刚“病愈”回朝不久的方孝庭，低下了头，他的嘴角扯出一抹微笑，他轻轻跨出一步，弯下了身子。

“臣附议。储君可以不定，但几位殿下却确实到了该成亲的年纪了。”

方孝庭在朝中是何等地位，他一附议，顿时吏部、刑部等众多衙门的主官立刻站了出来，痛哭流涕地请求皇帝勿要再忽视这些问题。

一直被刘未刻意回避甚至连御史中丞死谏都没有下文的问题，再一次被摆上了台面。而这一次，几乎大半的朝臣都加入了其中。

只有新升任的大理寺卿、两位宰相以及少数纯臣派没有做出回应。

但局面，已经剑拔弩张。

第二十七章
母慈？子孝？

前一夜三兄弟还在一起看着春宫图册，第二天就遇上了人伦大事。

成亲，在这个时代，代表着能够独立，也代表着要肩负许多责任。

无论是大皇子刘恒，还是二皇子刘祁，都没有做好成婚的准备。

但君臣的较量之中，明显是刘未处了下风。

一时间，山雨欲来风满楼。

袁贵妃自听说要为大皇子相看人选之后，立刻拖着“病躯”希望皇帝能让她帮忙操持此事。

皇帝对此事不置可否，但宫内宫外就像是一滴水滴进了沸腾的油锅里一般，走到哪里都能听到宫人和大臣讨论此事。

有些家中有适龄未嫁的女孩的，已经开始想办法走通宗正寺和袁贵妃那边的关系了。

*　　*　　*

东宫。

今年的夏季异常炎热，三位皇子都已经换上了夏衣，可一到了正午，依旧浑身燥热到让人恨不得骂娘。

“真是头疼！”

满头大汗的戴良从外面进来，将衣服一脱，索性坐到了石凳上。

“外面又吵起来了！”

“这次又是为了什么？”

刘凌正在写昨日的功课，连头都没抬一下。

“说是二皇子的人把放在小膳房里的冰镇绿豆汤端走了。”

“因为这种小事也能吵起来？”

刘凌皱眉。

“原本不算什么大事，麻烦就麻烦在那汤是贵妃娘娘派人送来给大殿下解暑的。来问安的人一问，结果大殿下说没喝到，小膳房负责接东西的人就被宫正司给拖走了。”

戴良叹了口气。

“二皇子心善，想到中午喝了一碗绿豆汤，就派人去宫正司说情，说是自己在不知情的情况下把那汤端错了。结果宫正司又把二皇子身边端汤的那位小宦官给提走了，现在这两人都在宫正司里待着呢。”

“贵妃娘娘已经把持宫正司多年，即使她现在‘抱病’，其他人也指挥不动宫正司的人，难怪二哥那么生气。”刘凌摇摇头，“我看啊，这件事估计大哥也不知情，都是娘娘自己的想法，莫名其妙的，大哥就又把二哥得罪了。”

在东宫里，三兄弟的待遇并不对等，围绕着冰盆和凉水如何分配这样鸡毛蒜皮的小事，两殿之中从未停止过争吵。

上面的皇子也许是知道，也许是不知道，总之他们都当作不明白的样子。如此一来，下面的人像是得到了指示一般，争斗得更凶了。

三人之中，刘凌的年纪最小，也没有这些问题，看起来像是不会卷入这些矛盾中，但总有殃及池鱼的时候，弄得他也是苦不堪言。

“我前日休沐回家，听我爹说，外面倒都在夸吕寺卿敢于直谏。年宴上李御史死谏都没办到的事，吕寺卿一劝谏，结果就成了。”

沈国公府人脉广，沈国公又是公认的老好人，所以消息也比其他人要多些。戴良在外得了消息，就悄悄回来说给刘凌听。

戴良压低了声音，神神秘秘地说：“我祖父说，自陛下登基以来，只要是吕寺卿上奏的事情，就没有什么不能成的，只不过他很少反对陛下的意见。当年袁贵妃盛宠成那样，吕寺卿说不给小皇子上谱牒就不给上，陛下和袁贵妃都拿他没办法，显然陛下还是记得舅甥之情的。所以这次吕寺卿一劝谏，许多大臣才敢跟着附议。”

刘凌怔了怔，没想到其中还有这层关系。

“而且，吕家也是后戚之族，虽然吕寺卿因为公主没有儿女，但吕家还是有不少女孩的，吕家在朝中这么多年，根深蒂固，想要再进一步，家中再出个皇后，也不是不可能。”

刘凌不觉得吕鹏程是为了这个直谏的。吕家已经很兴盛了，再进一步不必靠家中的女儿。

吕鹏程会这样做，必定是有着什么其他原因。

“殿下，大殿下派人送了冰盆来。”屋外舞文的声音突然响起，“是不是让他们把冰盆捧进来？”

“什么？”

刘凌起身出了殿门，只见殿外站着几个跑腿的小宦官，抬着两个冰盆，冰盆里放着满满的冰块，在太阳的照射下正反射着透明的光芒。

当头的一位小宦官弯腰禀告着：“三殿下，这是我家殿下殿中的冰盆，殿下说担忧您这里太热，所以命奴婢给您送几个来。铜盆里的是从宫中地窖取的上好冰块，可以冰镇东西，铁盆里的是纳凉的冰块。您看，我们给您放哪儿？”

“二哥那里有吗？”刘凌的眼睛扫过两个冰盆，“大哥把冰盆给我了，他可够用？”

“三殿下，二殿下那里也送过去了。”小宦官轻轻地说，“我家殿下说，就是因为天太热了，所以东宫里的人火气才那么大，他殿里的冰盆够用了，也要让别人降降火气才行。”

这小宦官口齿甚是伶俐，将刘恒的语气模仿得绘声绘色，戴良一下子就笑了出来，满脸期待地看向刘凌。

刘凌听说二哥那里也有，料想大哥也是被袁贵妃的小手段弄得烦躁了，索性将袁贵妃给的东西给他们兄弟也一人一份，免得别人多嘴。

这么一想，大哥倒是给袁贵妃背了黑锅还要再给她擦屁股，实在是可怜。

“端进来吧。”

“是！”

这边几个小宦官刚把冰盆搁下，刘凌还未吩咐弄墨用冰块镇些东西，那头刘祁就气喘吁吁地进了刘凌的殿中，一看到室中摆着的冰盆，顿时怒不可遏地骂道：“老三，你也被他这些小恩小惠给唬住了？！”

说实话，一个冰盆对整间屋子的降温其实起不到多大作用，老大将这些东西送来，刘凌就接着，原本是不想让大哥为难，此时见二哥这么气愤，心头讶异极了：“不是说给二哥你也送去了吗？”

“他以为几盆冰就能堵住我的嘴？！”

刘祁气得眉头紧锁。

“他前面把我的人拖去宫正司，后面就送两盆冰来，这算什么！怕我不收，还给你弄了两盆，装成一视同仁的样子！”

刘凌叹了口气：“戴良、舞文、弄墨，你们出去吧，我陪二哥聊聊。”

刘祁原本脾气就不好，这一发火，更是吓得舞文、弄墨等人连忙离开了。冰盆倾倒，里面的冰块滚了一地，刘祁踏过一地的狼藉，随便找了一处坐下，恶狠狠地抹了一把脸。

“现在外面都传大哥要当太子了，你的心居然宽成这样！以他的性子，若当上了太子，日后真的能善待我们吗？一旦真有了什么威胁到他的，说不定我们就要被丢出去了！你想想猎鹿那次！”

“只是成亲而已，立储之事未必就是定了。”刘凌只能好意揣度，“再说，从定亲到成亲，至少要两年，礼部和太常寺都要做准备，待嫁的女儿也要在家中接受宫中教习的教导，你也太过着急了。”

两人一时无话，就这样坐在殿中，约莫坐了一刻钟，刘祁才缓缓地站了起来，温声说道：“老三，你放心，不管日后如何，二哥一定不会不管你。如果父皇真属意大哥，也不会将我送去什么穷乡僻壤的封地，若是你以后过得艰难……”

他顿了顿，似乎觉得说这样的话有些伤刘凌的自尊。

“……就派人给我送信。”

刘凌没想到二哥到他殿中，竟是为了和他说这个。

想到小时候二哥一开口就冷嘲热讽，对所有人都不算热络，至今依旧如此，二哥能对他说这样的话，无论是为了拉拢他还是真的关心他，他都有些感动。

“二哥放心，再差，也不会比我幼时在冷宫里更难。”刘凌微微地笑了起来，“二哥对我的关心，弟弟感激不尽。”

“我不是关心你，只是不愿意老大过得快活罢了。”

刘祁有些不自在地抚了抚衣角。

“我要再留下去，恐怕大哥又要来‘抓奸’了。”刘祁冷笑着，站起身，“我回去了，你最近也要警醒点。就算大哥并不是什么恶毒的人，但那位娘娘可不是什么心善之人，这些用来镇东西的冰不要真的丢到吃食里去，我踢了你的冰盆，等下我让人把我的那盆送过来。”

“不必。”刘凌浑不在意地摇了摇头。

看到刘凌无所谓的态度，刘祁更是恨铁不成钢，他从未想过刘凌也对那个位子有兴趣，心中就越发觉得这个弟弟从小被压抑惯了，连为自己争取一下都不敢，更别说和他一起对抗老大了。

如此一来，刘祁原本想要拉拢老三的心思也就淡了几分，有些话他也就没有再提。

刘凌恭恭敬敬地送了二哥出去，满面忧色地立在门边。

连二哥都觉得大哥会得到那个位子，外面的人恐怕会想得更多。

* * *

正如刘凌所料，刘恒是长，又曾是嫡，他本身从未有过什么劣迹，在学问上又有贤名，加之袁贵妃如今执掌着后宫，刘恒自然就成了一些希望借由嫁女飞黄腾达的人家最好的选择。

即使刘恒不能成为太子，成为藩王的王妃，也是件荣耀门庭的事情。

刘未并未对此有什么明确的意见，但袁贵妃已经试探着召了一些命妇入宫，见刘未没有反对，她召见命妇的次数也越来越多。

人人都明白她是什么意思，一时间，几家欢喜几家愁，有些人家得了袁贵妃的召见欣喜若狂，有的见到宫中来人便大惊失色。

在这种氛围下，刘恒再怎么想保持平常心，也不可避免地有了一些想法。

偏偏袁贵妃并非是他的生母，有些话，他想说，也无法像对着亲生母亲那样说个明白。

“你说昨夜殿下去了哪儿？”

袁贵妃的手突然一抖，为她的指甲染着茜草的宫女吓得连忙跪了下来，连大气都不敢出一下。

袁贵妃此时却顾不得这个了，她的眼神像是毒蛇一般盯着地上跪着的小钱子。

“你确定？”

“是，殿下昨夜偷偷起身，奴婢跟在后面看到的……”

小钱子神色诚恳。

“殿下确实是在长庆殿待了一夜。”

长庆殿，是“自缢”的静妃，也就是刘恒的生母被贬后居住的宫殿。

皇后曾住的清宁殿如今已经被封住，长庆殿里却还有些宫人在洒扫维持，离东宫也更近。

“娘娘，殿下去长庆殿而已，您不必这么挂怀。他毕竟快要成亲了，去长庆殿祷告一番，也是人之常情……”

蓉锦见袁贵妃脸色大变，心中叫了一声不好，瞪了眼跪在地上发抖的小钱子，赶忙低声安抚。

“放屁！他现在是我的儿子！连谱牒都记在我的名下了！”

袁贵妃脸色铁青。

“我平日里对他嘘寒问暖，又为他的亲事操劳，他不来谢我，向我感恩，居然去了个死人住的地方！”

“娘娘，别忘了孟太医嘱咐过的，您现在不能动气啊！小心痰症！”蓉锦急得连忙给袁贵妃抚胸。

“也许是有什么别的原因呢？您何不将大殿下召来问问？”

“问！叫他来说说，我到底哪里做得不好！”

袁贵妃年纪越大，脾气也越发喜怒无常，孟太医给她下了个“胸闷”之症，若她趁机修身养性，也许真的对身体大有裨益。偏偏她是个急性子，又是不达目的绝不罢休的主儿，也只有蓉锦等人在她身边时时叮嘱，才能保证她不会因为施针的后遗症一下气昏厥过去。

虽说孟太医之前用了法子让袁贵妃能够顺利称病，但坏处也是显而易见的，因为她并不能有效地控制自己的情绪。

此时正是下午，东宫里还有课，去的宦官谎称袁贵妃胸闷又发了，吓得刘恒连课都不上了，告了假就跑了出来。

等刘恒赶到了蓬莱殿，袁贵妃已经恢复了平静，脚下跪着低着头的小钱子。

看到袁贵妃派去伺候他的耳目跪在这里，刘恒心中“咯噔”一下，他挤出笑容说道：“还好母妃无事，孩儿听说母妃贵体有恙，吓得连课都没心思上了。”

要是亲生母子，这话自然听起来亲昵无比，偏偏袁贵妃根本没这个心思，挑了挑眉头平静地开口：“昨夜你去了长庆殿？”

刘恒心中大惧，他眼神里的厉色甚至让跪着的小钱子觉得背后生寒。

“这点小事，小钱子居然让母妃烦神，真是该死！”他冷哼着望向小钱子，“我不过是去和长庆殿里的奶娘说说话而已！”

“哦，真是如此？”

“确实如此。说出来不怕母妃笑话，孩儿从小是奶娘带大的，一直到十岁还和奶娘睡在一起，如今到了东宫，不许带身边的奶娘，孩儿有时候还是很挂念她的，担心她留在原来的地方受委屈……”

刘恒也是机灵，顺势就是一跪。

“正好趁了这个机会，孩儿向母妃求个恩典，让孩儿的奶娘能调出长庆殿，到母妃身边伺候，也能让孩儿偶尔和她说说话。”

他学着刘凌经常露出的腼腆表情，不自在地笑了笑。

刘恒说的话，袁贵妃自然是一个字都不信的。但她在私下里生气，当面却不会因为这种事跟刘恒撕破脸，敲打得够了，也就顺着台阶下来，笑着上前搀扶他。

“就这种小事，你之前要是说过，我早就给你办了。”她用染着茜草的指甲在刘恒的脸上点了点。

“你这孩子啊，就是脸皮薄。虽说你不是从小养在我膝下，但我对待你和对待亲生儿子也没有什么分别。最近我在相看各家的闺秀，日后好向陛下进言，这个节骨眼儿上，你就不要让我再分神了，行吗？”

刘恒点了点头。

“谨遵母妃教诲。”

“还有你的两个弟弟那里，也不要太亲热了。我听说你把我赐下的冰盆给了他们？他们是不会领情的，反倒会认为你惺惺作态。反正都是得不了他们的感激，你又何必热脸贴冷屁股，自找没趣？你是长子，该做好兄长的样子，让他们服你，而不是用小恩小惠去收买他们，那是最下等的手段。”

袁贵妃的指甲慢慢陷入刘恒的脸颊，一个字一个字地说道：“你要狠一点！”

刘恒的身子一震，翕动了下嘴唇，最终只能点了点头，吐出个“是”字。

袁贵妃见他对自己有一种天然的畏惧，心中也是得意，挽着他亲热地坐下，向他介绍最近召进宫中的几位命妇的身份。

“你也知道，我不是什么正经富贵出身，这些女孩的家世人品，还是我费了不少功夫从外面打探来的，也有些是后宫的妃嫔托关系到我这里的。”

她笑着开口：“虽说不能看见这些女孩的长相，但从嫡母的作风个性，也就大概能知道她们是什么样的性格作派了。”

刘恒还是个少年，自然会对未来的妻子有不少憧憬，等听到袁贵妃介绍之后，他的脸上不由得露出犹豫之色：“听起来她们都像是富贵人家……只是，是不是太……？”

好几个侯伯，他都没在朝中见过，显然他们家里连做官的都没有，家业已经凋敝，也没有什么可造之材出仕，说不得都是些纨绔子弟。

还有几个干脆就是京官之女，这些京官是连上朝都不够资格的那种。

就算刘恒再怎么想忍耐住，也没办法接受家世这么差的未婚妻。

“你真是笨得很。”袁贵妃嗤笑，“你只想着家世相貌，却不想着你父皇愿不愿意把她们赐给你。假如你日后想要登上那个位子，最好还是不要娶什么家世显赫的人家，你父皇，心头最忌惮的，便是外戚。”

她好整以暇地玩弄着指甲。

“你道母妃我为什么得宠，难道真的只靠这张脸？我身后无权无势，无家无累，这才是你父皇最放心的地方。如果你不想再进一步，也可以，我这就召见一些国公夫人、一品大员家的主母进来。”

刘恒听得心花怒放，哪里还敢多嘴，连忙俯下身子行了个谢礼。

“是孩儿眼界不够，多亏了母妃想得周全！”

两人这里母慈子孝，那边蓉锦快步进来，朗声通报：“娘娘，西宁伯夫人和京兆尹府上的李氏都到了，是不是让大殿下回避一下？”

刘恒看了看袁贵妃，又看了看蓉锦，低头不语。

袁贵妃见他不想走，笑着说：“屋子里也闷热，烟波亭那凉快，请两位夫人去烟波亭吧。恒儿，我招待西宁伯夫人和李夫人，你在那里确实不合适，就在这里等等吧。”

刘恒顿时大喜，连忙称“是”。

袁贵妃命令宫人给她更了衣，整理了下头面，便带着一大群宫人，浩浩荡荡地向着蓬莱殿后的烟波亭而去。

袁贵妃一走，却没说让小钱子如何，这小宦官自觉不妙，吓得身子直抖，全身都贴在了地上，犹如筛糠一般。

待人都走没了，刘恒露出狰狞的笑容，伸出脚狠狠地在小钱子头上踢了一脚，厉声骂道：“贱人！你居然想离间我和母妃的情谊？！你给我去光大殿外跪着，回头我有话问你。”

“是是是，奴婢这就去，这就去！”

小钱子连滚带爬，面无人色地爬出了蓬莱殿。

刘恒直起身，看着地上的一摊水渍，忍不住喉头作呕，“哇啦”一声吐了出来。

也许是想起刚刚“母慈子孝”的那一幕，他越呕越是厉害，直把心肝脾肺肾都吐出去才舒服一般吐了半晌，这才直起身来，扶着桌案，拭去了眼角渗出来的泪滴。

“再忍忍……”

他低下头，和自己这样说着。

“只要再忍忍……”

第二十八章
遇刺？中毒？

进了宫的西宁伯夫人和京兆尹之妻李氏，心中其实是不愿意结这门亲的。

西宁伯府正是赵太妃的娘家，也是沈国公夫人的娘家。虽说西宁伯只是个伯爵，但当年西宁伯府的开国伯也是高祖的好友，他们是从小一起长大的交情，甚至曾经管过军中的后勤。

只是那位西宁伯很早就战死了，高祖追封了他一个伯爵之位，而后由他的长子继承，如今一算，也有五代了。

旧臣勋贵总是和同样的勋贵人家结亲的，一来都是祖上的交情，几代下来的世交，知根知底；二来不是你家有个侄女嫁过来，就是我家有个闺女嫁过去，总想着自家人能互相照拂，亲上加亲。

但一场先帝年间的宫变，让这些人家都不再敢和宫中扯上什么关系，更何况现在这位大皇子没了嫡出的名分，袁贵妃也不是什么贤德之人，还不是大皇子的亲母，就算这位皇子能坐上储位，也不一定坐得稳。

京兆尹之妻也是小心翼翼。

她的夫婿是真正的寒门出身，在京中也算是少有的能吏，所以才能坐得稳这个得罪人的位置。要知道在现在的京兆尹之前，十年内，管理京畿地方的京兆尹已经换了六七位，没有哪个能坐满三年的。

天子脚下，随便骑个马都能撞到宗亲朝臣，离天子太近，各种矛盾错综复杂，人际关系盘根错节，各抱地势，钩心斗角，治理这一方的治安特别困难，也就是如今的京兆尹冯登青骨头硬，谁的面子都不卖，反倒坐稳了。

毕竟放一个左右逢源的人在卧榻之边，还不如放个软硬不吃的，自己没办法用到，别人也用不到。

仅仅从这一点，就能看出冯登青不是个笨人，而且他的手段并不比京中那些王公大臣差，只不过弱在没有出身罢了。

而京兆尹和他的发妻李氏，也是京中一段佳话。

京兆尹冯登青少年家贫父母双亡，娶了同乡的郎中之女为妻，后得到当地富户的资助读书，直到上京赶考，从县令做起，方有了现在的成就。

虽说京兆尹是人人避之不及的职位，动辄就有杀身灭族之祸，可对于一寒门士子来说，无权无势没出身，爬到这等品级，也算是传说一般了。

而更让人敬佩的，是这位京兆尹四十有余且正当壮年，家中却无妾室，连伺候的丫头都没有，几乎都是些他当县令时留下来的婆子。这位李氏因为丈夫得了诰命，既不用伺候公婆，也不用对付妾室，她虽是乡下妇人，却比许多贵女过得还要舒服一点。

也不是没人给这位京兆尹送美妾良婢，却都被他婉拒了，原因也很简单，他为官艰难，一点小差错都有可能让他万劫不复，女人虽好，但比起他的前程和性命来说，倒显得不足为道了。

正是因为他的谨慎，得到了天子的赞赏，皇帝也越发信任他，将京畿之地交给他治理。

袁贵妃选择这两位命妇进宫，是经过再三考虑的。

西宁伯府已经没落，家中男丁又少，是肯定不成气候了，如果他们想要重振家门，就只能抓紧联姻的亲家一同向前。

但是西宁伯府的情况也没有几个鼎盛的人家看得上。且西宁伯府和沈国公府也有关系，如果西宁伯家的女儿嫁了刘恒，西宁伯府的关系就为刘恒所用了。

召京兆尹之妻入宫也是如此。

冯家家风严谨，人口简单，只有两子一女，皆是一母同胞，京兆尹这官在平时没什么，可是到了紧要关头，谁能拉拢得了他，谁就能控制京中的局面。

袁贵妃在宫中肆无忌惮惯了，很少动脑，这次为了刘恒的前程，她可谓是煞费苦心，更是细细问过了不少耳目灵通之人，才确定下这几个召见的名额。

她自认即使亲儿子在，她也不过就做到如此了，所以听到刘恒夜祭生母，才会那么的生气。

西宁伯夫人和李氏在宫人的指引下进了烟波亭，只见袁贵妃已经在湖边的亭上等候多时，亭中的石桌上摆放着瓜果，桌子是圆桌，没有什么主次之分，见到袁贵妃摆出这样的态度，两个女人在受宠若惊的同时心下也有些不安。

皇子选妃，有时候并不止选一个，除了正妃外，还有侧妃。如果是立储，那除太子妃外，太子嫔、太子良娣等也往往在大婚时一起册立，袁贵妃召见了两个人家进来，是不是打着一正一侧的主意？

想到这里，李氏像是吃了个苍蝇一般恶心。

她自己做了一辈子正室，又没有妾和通房耽误人，自然希望唯一的女儿也能过上这样的日子，女婿家室如何无所谓，只要人上进有原则就行。

她和丈夫原本已经相中了宫中一个叫作燕六的禁卫统领，只是对方年纪大了些，他们还在考虑，遇见这么件事，她的肠子都要悔青了。

袁贵妃对待她二人可谓是春风化雨，一边言谈，一边不动声色地打探着两家闺秀的情况，不时给蓉锦一个眼色，显然是想让她记下。

待一会儿，几个膳房点心间的宫人端着还在熬着糖汁的小火炉、冰沙、切好的水果、热冰等物来了，就候在亭外不远的地方，并将东西放在亭外已经设好的席上准备制作“热沙”。

这本是大户人家经常能够看到的场面，西宁伯夫人和李氏不该动容，可这些宫女们一来，两人都是一怔。

这些宫女头上光溜溜的，一根毛发都没有，若不是她们穿着宫衣，还以为是哪个庵里偷跑出来的尼姑，哪里像是御膳房的娘子！

有些年轻貌美的宫女还好，虽然被剃了头发，依旧还算是标致，头皮上还有青茬，看得出头发刚剃了没多久，大概只是膳房里打下手的。为首几个中年的宫人却是头皮光光，显然她们的头发已经剃了许多年，头顶都已经光滑无比，也伤了头皮，再想留长发就没有年轻姑娘那么容易了。

见到西宁伯夫人和李氏惊讶，袁贵妃得意地说：“在我的小膳房，留头发是不行的，我刚刚入宫的时候，膳房里没那么规矩，我还曾吃到过头发。”

袁贵妃笑了笑：“后来我能管自己的膳房了，我就下令让膳房里的人不准蓄发，也不准留指甲。膳房后面甚至有个浴房，就是专门让她们沐浴的。我可不准宫人脏兮兮地给我做膳食！”

她的语气炫耀，可西宁伯夫人和李氏看着那一大堆光头，心里却不自在极了。尤其是李氏，她明明满身大汗，后背却冒着凉气。

难道袁贵妃这是给我们下马威？

李氏胡思乱想着。

还是说袁贵妃单纯只是想要炫耀一下陛下对她的恩宠？”

袁贵妃可不管两位夫人怎么想，她下令让宫人们端来切好丁的果盘，由两位夫人任意挑选了几份，放入自己的冰沙之中。那边几个中年宫人从熬着糖汁的小火炉上用铜勺舀出糖汁，在她们三人面前用铜勺在冰盘上画出仙桃、芍药和童子的图案，别致极了。

袁贵妃先吃了几口，两位夫人才敢拿起勺子吃。李夫人觉得热，一时贪凉多吃了一些。西宁伯夫人的身子不好，只随便挑了几块水果吃了，那些冰她是碰都不敢碰一下。

“今天的糖衣怎么有些苦？是不是熬过了火？”

袁贵妃放下琉璃盏和水晶勺，由蓉锦伺候着抹了抹嘴。

“朱衣？”

被唤作朱衣的宫人连忙上前，在袁贵妃脚边跪下。

“娘娘，糖汁并未久熬……”

朱衣在袁贵妃惊讶的表情中抬起头，以迅雷不及掩耳之势蹿起身，逼近了袁贵妃，将她扑倒在了身下。

“啊！来人啊！有刺客！”

“快把她拖走！”

李氏见到这种情况，吓得赶紧站了起来，可是一站起身子，她顿时觉得腹痛如绞，刚刚吃了冰的胃里火烧火燎，疼得她根本直不起身子。

“啊……啊……”

她是郎中之女，马上意识到自己中了毒，而毒恐怕和刚刚吃进去的热冰不无关系，她连忙趴在石桌上给自己催吐。

另一边西宁伯夫人不知道是吓傻了还是怎么，不但没有上前帮着拉那叫朱衣的宫女，反倒往后退了几步。

“你这个贱人！收了我们的钱，却甩手不管了！”朱衣从袖中抖出一枚尖锐的冰锥，将它抵着袁贵妃的喉咙，厉声喝道：“你们都别过来！再过来我就捅死她！”

膳房里虽有刀、剪子等物，但宫女每次进出厨房都要搜身，由专门的人盯着她们在浴房沐浴过后换上膳房准备的衣衫才能做点心，莫说带走一样凶器或是带进一点毒药，便是指甲缝里都藏不得一点东西。

但这冰锥却不是凶器，而是长而尖锐的冰块。朱衣等人要炮制热冰，冰块随取随用，朱衣从小膳房建立之初就在这里，算是最老的一批厨娘，拿了一两块冰留着解暑，当然也不会有人去喝止。

谁也没有想到，她竟把冰块打磨成了冰锥！

尖锐的冰锥和匕首相差无几，唯一的缺点就是拖延久了会融化。

蓉锦自然是知道这点，强打着精神想要拖延时间："你想要什么，不妨说来，如果娘娘能做到的，她都会答应，是不是？娘娘？！"

袁贵妃已经吓得梨花带雨，连忙点头。

"是是是，我待你不薄，你何必要做这样的糊涂事！快把冰锥放下，我一定既往不咎！"

"呵呵，待我不薄？"

朱衣冷笑了一声。

"将我们像是猪狗一样脱皮拔毛，平日里除了膳房，我们哪里都不能去。克扣我们的俸禄、以膳房之人不需新衣和脂粉为由贪了我们应有的东西，这也叫待我们不薄？哦，我忘了，你是待我们不薄，你吃不下的东西，就像是喂狗一般赐给我们，就算是厚待了！"

袁贵妃正准备再说什么，只见得李夫人"哇啦"地在石凳旁吐了一片，只是所有人都不注意她那里，所以没人发现她有异样。

袁贵妃心头一阵乱跳，安抚的话还没说出口，突然腹部剧痛，肠子更像是刀割一般让她忍不住尖叫出声。

"啊！啊！"

朱衣是厨房里杂役出身的，厨房里的东西动辄百斤，她力气大得很，一只手勒住袁贵妃的脖子，一只手用冰锥抵着她的喉咙，袁贵妃娇弱又四十有余，自然比不得朱衣，连挣扎一下都做不到。

如今袁贵妃腹部剧痛，更是恨不得弯下身子捂住肚子，却被朱衣拽着，只能疼得直叫唤。

听到袁贵妃的痛呼，朱衣畅快地大笑了起来："哈哈哈！你这贱人也有今日！你不是问我那糖为何发苦吗？呵呵，那糖里，熬着厨房里药老鼠的饴糖！这热冰是不是很好吃啊？我足足收集了三个月，才收集了这么多饴糖呢！"

听到朱衣的话，所有的宫人都吓傻了，西宁伯夫人赶紧抄起手边的茶水给李氏灌了下去，一时间，只听得见李氏剧烈咳嗽的声音。

现在局面是真的陷入了僵持，如果逼近，朱衣一定会一冰锥扎死袁贵妃，如果不逼近，袁贵妃中了毒，既没有催吐又没有急救，也要活生生拖到毒死。

西宁伯夫人定下心神，暗自庆幸她从不用冰，逃过了一劫，那边李氏经此大劫，已经虚弱无力地滑倒在地，也没有人关心她的死活。

西宁伯夫人叹了口气，认命地过去抱住李氏的头，在她的脉上探了探。

死是没死的，可李氏的情况也不算好，脉搏很弱。

三人之中唯有她没有中毒已经很有嫌疑了，如果她猜想的没错，今日她是出不了宫了。

没一会儿，喧闹的声音传出，应当是禁卫军出动了，袁贵妃此时已经痛得晕了过去，身子完全靠在了朱衣的身上。事情一出，蓉锦就差人去请孟太医过来，也不知为何，禁卫军都到了，孟太医却迟迟不至。

她是随身伺候的女官，袁贵妃一旦这样出了事，她也逃不过去。就算她心里怎么恨袁贵妃凉薄，希望她倒霉，也不希望她现在就死了。

那朱衣又拖了一会儿，看冰锥的尖头已经融化，再见袁贵妃已经人事不知，知道毒已经发了，惨笑一声，抛开了冰锥，引颈待戮。

见朱衣丢开了冰锥，四周胆大的宫人们一拥而上，将她压倒在地，待到禁卫军一来，就将朱衣捆成了粽子。

这个时候，太医们才急忙赶来，赶来的却不是孟太医，而是另一位太医局里德高望重的太医。

原来孟太医今日轮到休沐，昨日宫门落锁之前就出了宫。他在京中只有一处小宅，又没有家人，平时休沐很少出宫，其他人也就没想到这次休沐他居然会回家去。

孟太医不在宫里，太医局一边请人去宫外召孟太医回宫，一边看哪位太医在院中当值。那小宦官怕办错差，指定了要等孟太医，耽搁了一些工夫，见孟太医不能来，他心中害怕，才又拉了一位老太医过来。

是以等老太医过来的时候，袁贵妃的脸色都已经发青了，一旁的李氏情况虽差，但却比袁贵妃好得多。

“一步倒？这不是宫中对付鼠害的药吗？”

老太医一诊脉，吓得身子一颤。

宫里鼠药都由太医局派专门的人管理，毒老鼠甚至还有专门的医官负责，管理之严，超出众人想象。

春季是鼠患多发的季节，老鼠产仔，一生一窝，这药春天配得就多些，这位老太医一见袁贵妃是中了此毒，还以为是太医局药物管理不力导致的，吓得差点晕厥过去。

鸡飞狗跳间，西宁伯夫人抱着李氏，壮着胆子开了口：“这位太医，京兆尹的夫人也中了毒，看起来没那么厉害，能不能……”

太医偏过头，看了眼李氏，摇了摇头。

“我得等同僚来，我不善解毒！”

西宁伯夫人一听，就知道这位太医不愿担责任，忍不住一声叹息。

* * *

东宫里，大皇子被袁贵妃称病召去，刘凌和刘祁自然是免不了交头接耳一番，教课的博士见他们心思不在课上，知道这样上课也没什么效率，便令他们自己读书，他则抽空批阅国子监里其他学生的功课。

刘凌和刘祁不相信袁贵妃又病了，两人还在揣测着发生了什么事情，没一会儿，东宫里一阵嘈杂，还隐隐有呼喝的声音传出。

两位皇子一怔，连忙起身向外张望，只见得一群身穿甲胄的禁卫军入了东宫，径直朝着南殿的方向而去。

“三弟，那好像是你住的地方？”

刘祁莫名其妙地说道：“为什么禁卫军去你殿里？”

没一会儿，禁卫军从南殿里出来了，还押着个宦官。看到这宦官是谁，刘凌再也没办法忍耐，连忙奔了出去。

“将军！将军！你们为何押走我殿中的王宁！”

几个禁卫军还算客气，见到刘凌奔来，拱了拱手解释：“殿下，蓬莱殿里的娘娘遇刺了，伤人的是小膳房的朱衣。有人指认朱衣平时和王宁交好，我们也是例行公事，将王宁带走。”

王宁嘴巴里被塞了东西，手也被反剪在背后，望向刘凌的眼神一片惶恐，还带着几分仓皇无措，对着刘凌不停地“唔唔唔”叫着。

刘凌眼睁睁看着王宁被禁卫军押走，再想起刚刚禁卫军说出来的消息，脑中一片乱麻。

“那个奸妃最好是死了！”

刘祁看着走远的禁卫军，眼中一片阴鸷。

第二十九章
一石三鸟?

荣寿大长公主府。

荣寿大长公主是现在京中出身最显赫的贵妇。

她是先皇的妹妹，现任皇帝的姑姑，她自己嫁给了皇帝的亲舅吕鹏程，她胞妹的丈夫是太常寺的寺卿，掌管着皇家的祭祀和各种庆典，她的儿子是宫中的御前侍卫，于公于私，都和京中眼下闹得沸沸扬扬的“皇子娶亲”之事有大关系。

就连宫中的贵妃和皇帝，在商议选妃的人选时，都会找这位经常在京中召开各种花会、茶会的大长公主商量。

所以最近这段时间里，荣寿大长公主府外可谓是车水马龙，无论是打探消息的、想要关说的，还是家中有女儿想要得到举荐的，各方人马都想尽了办法要见到荣寿大长公主。

在这种情况下，荣寿大长公主府的后院里多出了两个不经常出现在这里的人来，一点都不让人觉得扎眼。

“你怎么知道今日朱衣一定会下手呢？”

孟太医悠闲地煮着药茶，不时往小炉上的陶罐里丢上几味药草，慢条斯理地问着对面的好友。

“因为她忍不了多久了。一过立秋，小膳房就会停止供应热冰，她作为小膳房里的厨娘，除了制作热冰外，没有其他机会靠近贵妃。”

吕鹏程面带得意之色：“我为了这一日，已经筹划多时了。你那边配的鼠药，能毒死人吗？”

“那就要看朱衣用了多少了。”

孟太医也不能肯定：“太医局对毒鼠的药物管得很严，出去多少，回来多少都有记录。虽然我让药童无意间给朱衣透露刚毒死的老鼠胃中之物也有剧毒，但她能收集到多少，就不是我能决定的了。”

“只要太医局查不出药物的损耗，就与你没什么干系。”吕鹏程点了点头，“如果是在热冰上动脑筋，那毒不是下在冰中，就是在糖汁中。”

“约莫会是在糖汁中吧，要想将从鼠胃里取出来的糖混在冰里可不容易。更别说那些毒放了许久，恐怕已经有些苦涩之味，熬在糖汁里最不容易让人注意。”孟太医难得地笑了笑。

“就是不知道袁贵妃知道自己吃的是从鼠胃里取出来的东西后，会不会呕吐几晚。”

吕鹏程也跟着笑了，似是很畅快。

“你愿意冒险帮我，我很意外。”吕鹏程笑着开口，“你我多年的交情，但我很少动你的人情，怕的就是还不起。更何况，要用到你这位太医令的人情，那必定是大得不得了的事。”

孟太医自然不会告诉吕鹏程，当他找到张茜，知道她过得很好后，就没耐心在袁贵妃身边待着了。就算吕鹏程不找这个法子弄死袁贵妃，他也是要把她弄死的。

她身上那痰症，就是自己故意给她留下的隐患。

因着孟太医帮了吕鹏程最重要的一环，他为了让孟太医放心，也就把自己设的局说给了孟太医听，权当是给孟太医讲个故事。

论心机深沉，孟太医丝毫不比吕鹏程差，但他只是个太医，比不得吕鹏程的人脉广，背景深厚，所以乍一听闻吕鹏程的手法，也很高兴。

吕鹏程用的法子也很简单，无非就是诱之以利罢了。

朱衣入宫极早，七岁就因为家贫被送入了宫中，得御膳房看重，从小在御膳房帮厨，和家中一直都有联系。

今年出宫大赦，朱衣的年纪没达到要求，但也相差不远。自她入宫起，家中光景一年比一年好，哥哥嫂嫂都有了些家财，也养得起小姑子了。加之宫中许多人都知道她的相好王宁是袁贵妃面前的红人，许多人认为只要她走了王宁的关系，提供些银钱，一定能出宫去。

出宫之年放出一堆大龄宫女，这些宫女有见识、有教养，长相也比一般村妇漂亮，外面有很多富商和大龄的男子愿意娶这些女子为续弦或作为妻室，如果是有一技傍身的，像是厨娘之类的，那更是有大把人捧着金银求娶回家去的。

朱衣也是如此，她是最得宠的妃子宫中专司糕点的厨娘，仅凭这一点，也不知有多少酒楼掌柜用金子等着求她过去。

吕鹏程先是找了一个家中的暗人，乃是一家酒楼的老板。那老板命人带了不少彩礼去求亲，希望朱衣一出宫就能嫁到他家去做掌家主母，并且承诺待定亲之日聘礼十倍，决不食言。

这酒楼的老板长得仪表堂堂，年约四十，哪怕他没有偌大的家产，到朱衣老家这样的地方去求娶一个三十多岁的姑娘，都断没有推辞的，更何况当这个酒楼的老板带着马车载着巨额彩礼去朱家庄的时候，整个乡里的人都震惊了，直呼朱衣家走了运。

朱衣家住在京畿，否则当年她也不会进宫做宫女，朱衣的兄嫂自然是养得起朱衣的，但他们没想到朱衣回家还有这样的好处，加上那老板确实各方面条件都很好，他们都知道朱衣在宫里是剃了光头的，以后能不能长出头发来都成问题，而这老板却一点都不介意，朱衣的兄嫂高兴得很。

至于听说朱衣在宫中有个对食的事情，兄嫂二人也就选择性遗忘了，王宁千好万好，也只是个宦官，总比不上真刀实枪的真男人，还能留下子嗣。朱衣一出宫，她和王宁间的关系也就做不得数了。

朱衣的兄嫂收了酒楼老板的彩礼，已经是被这些彩礼的数量吓到了，再听到聘礼是这个的十倍，自然不停地托人带信希望妹妹能够回家，家中已经连房间都给她准备好了，回家就享清福云云。

朱衣心中虽有牵挂和忌惮，但她在宫中已经半辈子，人年纪大了自然想回乡，而她的兄嫂又表现得非常热情而非将她当作累赘的样子，不但没有打她傍身银子的主意，还为了她能顺利出宫托人送了不少钱进来打点，朱衣心中自然是滚烫一片，托了王宁想要出宫。

这么多年来，王宁和朱衣同病相怜，早就已经对她动了些真感情，实在不愿意她出宫，加上可能还有些吕鹏程不知道的原因，王宁更是推三阻四。朱衣没办法，只好走了袁贵妃身边一位内侍的关系。

袁贵妃身边的那位内侍就不如王宁这样好讲话了，他狮子大开口，好几次要了巨款，朱衣思忖着兄嫂给的钱不少，一次次地填，总算是说动了这内侍，到了袁贵妃面前去游说。

那时正是春天，马上就要入夏，袁贵妃考虑这“热冰作画”的手艺一时半会儿小宫女们学不会，就给驳回来了，驳回来的理由也很简单，因为朱衣还没有三十六岁，年纪不符合要求。

此时宫中已经有许多年纪不到或没有历经两朝的宫人都通过关系确定了出宫，朱衣塞了这么多钱没有确定，心中焦急。那内侍就对她说，袁贵妃这话的意思是多要一点，你再给多一点，说不定这事就成了。

但此时朱衣的银钱已经被掏空了，她知道王宁对她的心思，但她和王宁确实不是对食关系，也对太监这种假男人起不了牵挂，她不愿意欠王宁的人情，只好写信回去找兄嫂要钱。

兄嫂已经把能变卖的彩礼都卖了换了钱给朱衣打点了，这时候要一大笔银子，还要尽快，当然是拿不出来的。但那酒楼老板的聘书都已经下了，就等人出了宫好结亲，眼看着朱衣不能出宫他们连彩礼都退不回去，只好想办法再去找那个酒楼老板。

酒楼老板倒是答应了给这个钱，但他说得也明白，他是生意人，活钱都要进货和营业所用，需要再等一阵子，并给了个日期。

兄嫂没办法，托了酒楼老板的路子，向那利滚利放贷的暗商借了一笔钱，由酒楼老板作保，约定了还钱的日期，如果他们还不上来，就去找酒楼老板。

这笔钱后来进了宫，给了朱衣打点，这么一大笔钱，即使是袁贵妃也不由得动容。她没想到朱衣能拿出这么多钱来，后来知道朱衣的家境还不错，兄嫂还舍得为小姑子花钱，大概是想到自己的兄弟年幼时将她卖了的事，居然同意了朱衣这个事。

可惜后来尚服局的事败露，宫人在交接时又发现各宫中有历年账目对不上的，这些事情都会使袁贵妃贪墨的事实被揭露，袁贵妃怕得罪人，又怕引火烧身，索性装病，将这些事丢给了皇帝派来的女官处理。除了最早一批被登上名册的“例外”，像朱衣这样后来答应了的，几乎都被“秉公办理”了。

这时，吕鹏程又在火上浇了一把油。

还高利贷的日子到了，朱衣的兄嫂带人去找那个酒楼老板，却被告知酒楼关了一阵子了，那老板回了乡没留下地址，朱衣的兄嫂便去衙门告官，衙门是被上面打过招呼的不管这事，朱衣兄嫂这才明白自己被人耍了。

他们把家中田地房舍都卖了也还不上这笔钱，家里还有快要成亲的儿子，这利滚利一日日滚下来，那钱的数目已经极吓人了，还有催债的日日来找碴儿。

朱衣的侄子正是血气方刚的年纪，一次和催债的争执了起来，这些催债的居然失手把朱衣的侄子给打死了。

独生子死了，朱衣的兄长也疯了，混乱之中也被打残，没几日便因伤重死了，朱衣的嫂子去官衙告状，官衙见出了人命，去找那暗商，发现一府的人逃了个干净，那些催债的本就是当地有名的恶霸地痞，弄出命案就逃，哪里还敢留在原处？

这一桩案子，就成了悬案。

等朱衣再托信回家，得到的消息就是侄子死了，哥哥重伤而死，嫂子失踪疑似投河，家中田地房舍的地契全被人收了，她即使回乡也没有了根基。

好好一个大家庭，就在几个月之间，一下子落了个家破人亡。

吕鹏程会选中朱衣，是因为他在蓬莱殿里的内线，经过长期探查后发现这朱衣沉稳有度，做事有条有理，且很能控制情绪，是个内敛且思虑周详之人。

但这种人一旦被逼到绝境，反倒比那性烈如火的更可怕。

当吕鹏程的内应告诉他朱衣不动声色地问管事鼠药会不会毒死人时，他马上就意识到孟太医能帮忙，便冒着极大的风险请孟太医帮忙，并向对方说明了自己这么做的原因。

会选中朱衣，是吕鹏程左右思量后的结果，为的是一石三鸟。

他安排好一切，是为了几个月后奏请两位皇子大婚之事。皇子十五六岁连未婚妻都没有，这是不合法度的，刘未自己的子嗣不丰，至少要在皇孙上考虑开枝散叶，方能保证皇室安稳。

这件事一成，必定是年纪最大的大皇子先操持起来，操持的人，就是袁贵妃。一旦袁贵妃需要招待的人多了，小膳房就要准备点心，朱衣就有了动手的机会。

如果朱衣得了手，大皇子首先就失了倚仗，就算贵妃不是他亲娘，也断没有义母一死马上成亲的，守孝三年不必，一两年还是要的，这就耽搁了亲事，二皇子便能先于他成亲。

袁贵妃死了，原本就在后宫中无依无靠的大皇子再也没有了靠山，即使前朝的大臣认为他是储君最好的人选，可方孝庭经营了数十年，势力那么大，没个两三年双方也争斗不出什么结果。

没在这最宝贵的两三年内成亲、开府，在外朝没人也联系不了大臣，内朝还没了支撑，过不了多久，大皇子就要落得就藩异地的下场。

大皇子必败，便是吕鹏程安排这一切的其中一个目的。

其二，是吕鹏程估摸着朱衣并非普通的宫人，有可能是方孝庭或者方淑妃在袁贵妃身边设下的内应，他想利用朱衣陷害方家和二皇子。

吕鹏程选中朱衣时，曾派了探子去她的家乡调查过。朱衣的家人原本穷到连地都没有，可从朱衣入宫以来，她家中不但置办了田地，还在乡间起了大房，用了粗使婆子。

朱衣是灶间的宫女，刚入宫时根本没多少俸禄，还要给上面的总管“好处”，能在家乡置办产业，只能是得了其他横财。

那时候王宁还没有得势，也没有设赌局，朱衣不是从这个对食这里得的横财，而她家中有田有地的时间，正是她刚刚被尚膳局派去蓬莱殿的时候，这也就不难想象她为什么得了横财。

再联想到朱衣性子沉稳，做事从不张扬，低调到几乎找不到她的差错，就更让人觉得她是被特意挑选过的“人才”。

如此联想，吕鹏程甚至认为连王宁都不仅仅是袁贵妃的人，恐怕他也是身负两层内应的身份。

吕鹏程不是没想过这二人有可能是皇后的人，但皇后已经死了好几年，如果他们是皇后的人，大皇子不可能不联络母亲旧日的人手，尤其是这种放在紧要位置的内应。

一个在膳房，一个在三皇子身边，这样得力的人手，吕鹏程自忖就算是自己得了也要利用起来，让他们知道母后虽死主子还在，否则辛苦埋的暗桩，岂不是就这么废了？

如此一来，只要朱衣不寻死，内宫隶属于皇帝的廷尉就能拷问出朱衣背后的方家，她还有可能胡乱指认是二皇子和方淑妃设计陷害的袁贵妃。反正朱衣家中已经没人了，也不怕幕后的主子再去拿家人做把柄，这么多年被人控制的仇怨，也可以一起发出来。

这便是吕鹏程的第二个目的，有可能牵扯出二皇子和方家，让大皇子和二皇子彻底不死不休。

至于一石三鸟的第三鸟，便是王宁。

吕鹏程知道刘凌绝不简单，至少他亲眼见过，刘凌在后宫中受到追杀，甚至能动用大司命，他至少是得了萧太妃的帮助，绝不是冷宫里凄惨度日的可怜孩童。

但只要刘凌身边有王宁这个探子在，他做什么都会束手束脚，就算想要光明正大地和萧太妃等人会面，也会忌惮王宁告密。

吕鹏程见王宁又开设赌场，又长得脑满肠肥，再隐约听到说王宁有法子从冷宫里的太妃们手里掏到好处，更是对他厌恶无比，吕鹏程没想过王宁可能是跟冷宫里的太妃们做了交易，只觉得他是趁火打劫，早就起了杀他的心思，无奈一直找不到机会。

吕鹏程是准备扶植刘凌为帝的，刘凌没有外戚和什么助力，年纪又小，加上有孟太医和他好友的关系，日后他想要借刘凌的机会重登朝堂比在刘未身边容易得多。

他要和刘凌接触的前提，便是刘凌身边的人都必须是刘凌自己能够掌控住的人，即使他和刘凌有接触，也不会有人告密。

朱衣和王宁是对食，朱衣对袁贵妃下手，王宁也逃不了关系，清除了刘凌身边一个大害，他日他告知刘凌自己替他谋划过什么，料想刘凌也能感激涕零。

吕鹏程自认算无遗策，但他毕竟和三位皇子接触得不多，只是以自己的经验臆测一切，却没料到几件事情。

朱衣是别人的内应不假，却不是二皇子生母的，而是皇后当年还掌管宫务时派到袁贵妃身边的。

如果是二皇子或者刘凌得到了这一支内应，当然会立刻利用起来，可皇后将这些人告诉儿子的时候刘恒心神剧震，心中从未想过一直以受害人的面目示人的母亲居然也是这样恶毒的妇人。加上他的母亲后来居然“自缢”而死，刘恒一想到那日，就对自己产生了深深的厌恶之情，根本没心思去利用皇后留下来的人。

而且他母亲说二皇子和三皇子没几年就会死，可三年过去了，他们两人还活蹦乱跳的，刘恒心里明白肯定是哪里出了问题，这些内应也不可信任了，他就越发不愿意去找他们，以免害了自己。

他本就是一遇到危险就退缩的性子，由于两个弟弟都没死，他知道自己想要谋那个位子只能靠袁贵妃，便只在袁贵妃身上花心思。

他思忖着自己拜了袁贵妃为母妃，哪怕以后当不了太子，袁贵妃为了得个善终也会为他谋个富裕之地去就藩，日后好让他接她出去养老，心里也就有了点底气。

吕鹏程想了许多，唯独没想到大皇子没有和这些人接触过的原因是他害怕得到力量而暴露身份，像他们这样的人，哪里有畏惧力量的？他们这样的人，但凡有点优势，就恨不得抓在手里好好利用，所以吕鹏程自然就认为朱衣和王宁是二皇子身边的人。

方淑妃身边的女官绿翠也曾是皇后的人，皇后死后，绿翠心中又恐惧又庆幸，曾经找过朱衣和王宁商议。蓬莱殿里到处都是各方的探子，这件事自然瞒不过吕鹏程，他越发肯定自己的猜测。

至于王宁，就算吕鹏程把头猜破了，也想不到他是三面间谍，又帮冷宫里的太妃们打探消息、提供物资，又给袁贵妃出谋划策、孝敬银两，还曾给皇后提供过消息。

吕鹏程是见过王宁在刘凌遇险后自己跑了的，虽说在半路上王宁遇见自己还是说了刘凌遇险的事，可他不知道王宁是被刘凌专门安排了去截他的，只以为这贱仆是贪生怕死之人。

王宁左右逢源，嘴巴又紧，还会做戏，连戴良都恨他欺负三皇子刘凌。二皇子恨铁不成钢，日日劝刘凌处置王宁一回。袁贵妃这么多年都没看出王宁在替刘凌做事，吕鹏程这种外朝的官员，在冷宫里又没内应，哪里能知道王宁的底细？

这般阴差阳错，吕鹏程非但没有帮了刘凌，反倒让刘凌陷入了危险。

大皇子确实是被设计到了，他的结局大概也和吕鹏程料想的差不离，可要想重伤二皇子和方孝庭的势力却是难了。

刘凌被砍了一只臂膀，大皇子没有了靠山，最终得利的，反倒是到了年纪就能马上娶亲出宫建立自己势力的二皇子。

如果吕鹏程知道内中缘由，恐怕肠子都要悔青了。

而现在，所有人最关心的问题是：袁贵妃，到底死没死？

*　　*　　*

袁贵妃没死，不过也差不多了。

她中了鼠药，原本催吐加灌药也许还能救她一条命，毕竟她平日里热冰吃得多了，并不把热冰当作什么稀罕东西，当天吃得很少。

可她被朱衣挟持的时候又惊又怒，受了惊吓后痰症发了，一口痰卡在了喉咙里，又因为蓉锦的小心思硬要请孟太医，耽误了救治的时机，现在什么药都喂不下去了，袁贵妃只能躺着等死。

没一会儿，朱衣受了刑后，在神志模糊下招了许多事情，她的家人全死了，再也没有顾忌了，更不会为已经死掉的皇后尽忠，该说的，不该说的，都说了个遍。

但她也许是对王宁还有一些情谊的，硬是咬紧了牙关，没抖出王宁来，只承认了她和王宁是对食。

刘未却不是好糊弄的，他原本还坐在蓬莱殿，听到朱衣的招供，立刻派人去提了刘凌身边的王宁。

哪怕全太医局的太医都来了，各种独门绝技都用了，袁贵妃还是只有出的气，没有进的气。刘未勃然大怒，急召孟太医回来，替孟太医看宅子的人却道孟太医前几日就得一官员的请托，要去给他家的老母看病，辗转了大半天的工夫，才在城东一处官宅里寻回了孟太医。

这官员的母亲前几日得了中风，所以这官员已经四五日因在家侍疾而没有上朝了，刘未批准了他的假，还夸他有孝心，现在自然不能怪孟太医在自己休沐的日子为其他官员的家人看病，但事情这么巧，刘未心中肯定也有了些想法。

这件事在宫中引起了轩然大波，就连东宫里的众人也人心惶惶。

刘凌身边失了王宁，舞文和弄墨也只是什么都不懂的小宦官，戴良只能与宫外联络，刘凌一下子就像只无头苍蝇，恨不得长了千里眼顺风耳知道王宁的情况才好。

他的愿望很快就实现了，到了傍晚时分，王宁被几位禁卫军又送了回来。

王宁被送回来的时候，面无人色，失魂落魄，像是个游魂。

刘凌一见王宁，连忙将他拉到自己的殿中，把所有人都赶了出去。他把门一关上，就看见王宁“扑通”一下跪倒在了地上，“咚咚咚”对刘凌磕了三个响头。

这三个响头磕得其重无比，三下过去，王宁的额头上已经是血红一片。

“你先别磕头，到底怎么了？这件事怎么和你还扯上关系了？！”

刘凌急得直跺脚。

“殿下，奴婢没用，奴婢见了朱衣受刑的样子，没忍住，将冷宫里的太妃教导您读书学艺的事说了……”

王宁泣不成声地拉开自己的衣襟，只见他的胸前像是被巨大的针板印过一般，密密麻麻都是细小的针孔。

“奴婢也想学那不卖主的义人，可奴婢……奴婢真的没有那个本事……那边朱衣连人形都没有了，好生生的人啊，就在我面前被铁刷子一层又一层地刷，那惨叫声……”

王宁颤抖着身子，像是回想到了什么可怕的事情。

刘凌已经隐约有了猜测，王宁恐怕会受刑，却没想到曾经帮他吃饱肚子的朱衣得了这个下场，他的脸上是又青又红，惊慌中还带着几分不忍心。

“不过殿下您放心，奴婢耍滑头惯了，没什么都说，只说您从小遭遇可怜，得了冷宫太妃的恻隐之心，跟着她们习武学文，她们为了不让奴婢将此事说出去，给了奴婢一些银钱堵住奴婢的嘴巴，奴婢就当作什么都不知道，拿了那些银钱去开赌局。”

王宁趴在地上，大哭着说道：“殿下勿要怪奴婢，奴婢，奴婢……”

“我知道你难做。”刘凌叹了口气，“怪只怪朱衣出了事，牵连到你。人人都只想到你是袁贵妃的人，谁能想到你还有这层关系。”

“是，奴婢吓糊涂后说了一点，就被人带去了陛下那里。见到陛下，奴婢马上就清醒了过来，只说了些能说的，陛下还反复问奴婢，又承诺奴婢照实说就给朱衣一个痛快……”

王宁不敢瞒刘凌。

“奴婢虽然只是个宦官，可以前也想过男女之事，奴婢和她相交一场，又料想肯定瞒不过陛下，便招了三分真，七分假……”

“你起来吧，我不怪你。”

刘凌搀扶起王宁。

“你胸前，是上了针板？”

王宁结结实实地打了个哆嗦。

“不是针板，是梳洗的刷子。”

所谓梳洗，就是一大片铁刷子在身上刷过，剥皮抽筋，拉出无数血痕，一直到“梳洗”完毕，只剩个骷髅架子，这是宫中最厉害的手段。

刘凌听到“刷子”二字，也不免胆寒，强忍着心慌意乱随口问了句：“父皇听到你说这些，有什么反应？”

听到刘凌问这个，王宁露出了迷茫的表情。

“陛下……陛下很是奇怪，他的样子倒像是很高兴。”

“高兴？”刘凌疑惑不解，“你没看错吧？”

“殿下，你已经不相信奴婢了吗？”

王宁的脸上露出委屈的神色。

“我那时十分惧怕，陛下让我抬头说话，他的一双眼睛像是能看透人心一般，我那时紧张得几乎要昏厥过去，哪里能看错，我连陛下的每一句话，每一个表情，都记得清清楚楚。”

刘凌心慌意乱，又六神无主，再见王宁狼狈不堪，简直像是从鬼门关里逃了回来一般，不由得叹了口气：“你辛苦了，我虽没亲见，也知道能从那里出来的人没有几个，不管父皇为什么送你回来，我都很庆幸你没事。”

刘凌拉起王宁的手，摸了下他的脉，舒了口气说：“你回去好好休息吧，好在只是皮外伤。但你受了惊吓，如果不休息好，日后可能会常有梦魇，朱衣的事……”

刘凌抿了抿唇。

“我会想法子弄清楚是怎么回事的。”

王宁听到刘凌竟然没有怪他，当下号啕大哭，又跪下来磕了几个头，满嘴都是感激的话，直到刘凌赶他出去了，他才几近昏厥地回了自己的房里。

今夜，刘凌可以说是心乱如麻。

王宁将他的底细兜了出去，虽说没扯出陆博士、孟太医这些人，但他父皇将冷宫的太妃们囚禁在静安宫里，总不是什么好意。

他得了冷宫太妃们的帮助长大，如果父皇忌惮，随时就能让他不得翻身。

就在他胡思乱想间，刘凌突然浑身一冷，汗毛直立，一股莫名地压迫感从屋角传来，让他一下子坐起身来。

这种感觉太过熟悉，简直就像……简直就像他在飞霜殿外，被一群大司命盯着时的感觉。

难道父皇派了人来杀我？

刘凌心中这样想着。

他背后冷汗淋漓，强忍着惊恐之心，幽幽地开口："你出来吧，我看到你了。"

这是赵太妃和他说的笑话，说是高祖当年和人密谈之前，都会说上这一句，若是有哪里的探子潜藏着，即使不会被诈出来，那一下人的气息也会大乱，被高祖身边的暗卫找出行迹。

刘凌这样一试探，果然有一个轻柔的女声传了出来。

"不愧是飞霜殿主教导的孩子，感觉真是敏锐。"

一个一身灰色衣衫的女子从暗处慢慢走了出来，露出自己的行迹。

此女一身灰衣，脸上戴着一个和大司命一样的面罩，但她的面罩上是个笑脸，看起来并不可怖。

刘凌眼睛的余光已经开始在房中不露痕迹地扫过，他的脑子里思考着逃出去的路线，以及哪些物件可以用作武器。

"殿下，我劝您不要再想逃出去的法子了，我们这些人，原就不是会动手杀人的人，您不必害怕。"

灰衣女子一眼就看穿了刘凌的想法，笑着安抚他。

"殿下不必惊惧，我来这里，是因陛下想要见你。"

她看着刘凌一下子瞪大的眼睛，脸上的笑意更浓。

"所以陛下差我将您悄悄地带去紫宸殿。"

第三十章
将错？就错？

灰衣女子不是别人，正是掌管少司命的首领，地位与大司命云旗相当。

在《九歌》中，大司命是专门掌管阴司、报应和命运的神祇，少司命则是管着生育、恋爱、送子和保护儿童的女神。

历朝的少司命都是从宫女中选出，她们的身份很少显露，平时伪装成宫女、奶娘或者其他女官贴身保护需要保护的人。

刘凌并不知道少司命的底细，但也根据灰衣女子和大司命们差不多的打扮看出了她是《九歌》中的一员，所以并没有很吃惊或很惊慌，任由灰衣女子带着他以极快的速度在宫殿之中穿梭。

“我该怎么称呼您？”

刘凌不动声色地打探着灰衣女子的情况。

也不知道那灰衣女子的年纪有多大，她笑着回答道：“殿下，您唤我素华就好。”

绿叶兮素华，芳菲菲兮袭予。

刘凌思忖着这大概是少司命，心中更加不慌乱了。

少司命，是《九歌》中专司护卫的。

素华也不知在宫中住了多少年，几乎从她记事起就在宫中，形形色色的人都见过了，像是刘凌这样镇定的小孩却是少见，心中不由得感叹静安宫中那些人养孩子的本事，脚下的轻功却丝毫不停，带着刘凌毫无声息地就进了殿。

紫宸殿里皇帝的贴身内侍们似乎都知道素华的存在，见她带着刘凌来一点都不吃惊，岱山反而弯了弯腰向她行了个礼，说了声：“陛下已经等候多时了。”

刘凌这才有点不安。

刘凌入内时，皇帝正披着一件夏布做成的罩衣，仰面躺在殿中的榻上歇息，听到刘凌来了，也没有睁开眼睛，反倒有些虚弱地开口：“是凌儿？”

刘凌知道父皇这样绝不是摆什么架子，连忙跪下："是儿臣。"

"朕原本找你来，是想商议一些事情，无奈朕的头风突然又发了，只能在这里躺会儿。"

刘未揉了揉眉心。

"朕为什么将王宁放回去，想必你也知道了。朕只问你，他说的话，是不是真的？"

刘凌将下唇咬得生疼，一言不发。

"哎……"

刘未叹了口气。

"你若矢口否认，朕会觉得王宁言辞有假，你现在一言不发，倒是告诉朕他说的是真的了。"

刘凌将眼底因惶恐生出的眼泪硬生生逼了回去，掐着自己的大腿跪伏下身子。

"朕当年将你母妃送入静安宫，其实有其他的主意，只是后来朕做了一件蠢事，便将这主意打消了，就让你在冷宫里耽误了那么多年。"

刘未强抑着自己的头疼，语句缓慢地说道："你若在冷宫里得了太妃们的教导，应该知道先帝年间发生了什么事，对吗？"

"……是。"

刘凌知道避不过，轻声回应。

"朕实在头疼得厉害，便和你长话短说，往日种种也不必再提，反正也不是什么要紧事。"

刘未说得轻描淡写，就像是刘凌没有在冷宫里受那么多年苦一般。

"冷宫里那些人细心教导你，自然是对你有极大的期待。朕只和你说一句……"

刘未像是忍受着极大的痛苦，从牙缝中挤出一句话来。

"朕不管你用什么办法，只要你去赵太妃那里，把先帝七年秋的《起居录》拿来，朕将来便将江山给你！

"如违此誓，人神共弃！"

饶是刘凌从小经受过各种刺激，听到这句话，也吓得身子一抖，张口结舌不知该如何是好。

刘未头风发作之时，断不会让素华以外的任何人在身边，此时的他最为虚弱，哪怕是手无缚鸡之力的孩童也能轻易杀了他，所以吩咐完这句话，刘未便摆了摆手，让刘凌走了。

候在殿内隐蔽之处的素华又现出身子，原路将刘凌送回东宫。

刘凌在宫中一夜未眠，睁着眼挨到了天亮，疲倦地起了身，听闻外面有司官来说今日的早朝皇帝暂停了，也免了三位皇子的听政时，刘凌才算是真的清醒过来。

“可知是因为什么事情免了早朝？”

刘凌急忙问道。

“听说昨日陛下头风又犯了，贵妃娘娘也生死不知，陛下自然是没休息好。后来下半夜陛下又被蓬莱殿里来的人惊动，去了一趟蓬莱殿，回来后睡下就起不来了。”

那司官大概在二皇子那里已经答了一遍了，回答得流利无比，就像是早就想好了应对之词一般。

刘凌听完了司官的话，自然肯定了昨晚的一切绝不是梦，再抬起手看了看掌心中月牙一般的掐痕，他长长地叹出一口气来。

“殿下，奴婢见您似乎也没睡好，您是不是也休息一会儿再起身？”弄墨卖好道，“奴婢可以把早膳给您送进房里。”

“不用了，早起惯了，我不管晚上多晚睡早上都是这个时候醒，再睡也睡不着，还是起来吧。”

刘凌随便洗漱了一下，便命令两人给他更衣。

“我去和二哥一起吃。”

这个时候与其一个人独处胡思乱想，还不如和二哥在一起，也能排解排解。

就这样，刘凌整理好自己后，去隔壁喊上早就等着的戴良，径直出了门，直奔崇教殿。

他二哥也是自律的性子，刘凌觉得二哥应当不会趁父皇不早朝就赖床，此时应该在崇教殿里用膳，顺便在书阁看看书，或者在校场里练练箭。

果不其然，刘凌刚刚踏入崇教殿，就看到二皇子正在门口和一个郎将打扮的禁卫军一起说着话。

他顿住脚步看了一会儿，发现二皇子的表情很不耐烦，对着那个禁卫军的态度也不是很热络，连带着他身后的徐枫和庄扬波也是一脸无奈的表情。

那禁卫军却像是在求着刘祁什么，不停地执手作礼。

可以看得出这禁卫军不常求人，他已经是满脸通红，但依旧用他的身子拦住二皇子的去路，不让二皇子进门去。

皇子被禁卫军拦住，在宫中算是大不韪的事情，刘凌见二哥马上就要发火，连忙三五步奔了过去，长声喊道：“二哥！你也这么早来了！”

刘凌一边说，一边挤到几人之间，硬生生逼开了已经贴二哥很紧的禁卫军。

他这一番动作，让二皇子和那禁卫军齐齐一愣。

刘凌虽然心善，但也不是滥好人，不是随便什么人都能让他解围的，他会帮忙在二哥发怒之前逼开此人，是因为他记起了这个禁卫军是谁。

刘凌的记忆力极好，先前离得远看不真切，待离得近了，才发现他居然认识这个禁卫军，而且还知道名字。

当年他去参加宫宴，正遇上窦太嫔的生母行刺，他受惊之后是被一个叫燕六的禁卫军抱回去的，燕六还得了刘凌一个非常精巧的九连环。

那一日国公夫人身死让刘凌深受刺激，越发坚定了他要想法子将冷宫里的太妃们都救出去和家人团聚的决心。

所以再见到这燕六，刘凌心中就想起了那一日燕六是如何温言和气地安抚受惊的自己，也就出面管了这档子闲事。

刘祁这边正要发火喊人将燕六轰出去，就见刘凌贴了上来，刘祁只能将脾气压下，冷着脸开口："三弟你来得正好，你看看此人是不是胆大包天，竟堵到门口求皇子办事来了！有这么求人的吗？！"

刘凌闻言向燕六看去。

燕六此时也在打量刘凌，刘凌小时候将自己的脸刷得枯黄，又一副瘦小懦弱的样子，燕六对他的印象还停留在那个六岁的可怜孩童身上，乍一见刘凌，燕六没将面前这个面如冠玉、身材颀长的少年和那个小孩联系在一起。但刘凌的眉目之间还是与从前有些相似的，再听到二皇子喊"三弟"云云，燕六立刻欣喜若狂，连忙一揖到底，苦苦哀求起来："二皇子，三皇子，卑职实在是没有法子，才来求两位殿下开恩，求两位殿下行个方便！"

"到底是怎么了？你先起来。"

燕六像是抓住了一根救命稻草，二十有余的青年，却像是个无助的孩子一般抓住了面前的少年："求殿下借您宫中的腰牌一用，让卑职去请一位太医，为李夫人看个病。"

"看病？"

刘凌有些莫名地眨了眨眼。

"是将军的令尊令堂……"

听到刘凌的话，燕六摇了摇头："卑职福薄，从小父母双亡，由堂伯堂婶抚养长大，请太医也不是为了出宫治病，而是想请太医去中宫救一个人……"

“我劝三弟不要管这麻烦事，他要去救的人，是昨日贵妃召进宫的京兆尹之妻。昨日袁贵妃遇刺又中毒，那下了毒的热冰京兆尹夫人也用了……”

后面的话，不必刘祁说，刘凌也明白了。

在宫中，即使是中了同一种毒，也有轻重缓急之分，地位高的人总是先得到救治，然后才是地位低的人。

这当然是哪朝哪代都一样的事情。

袁贵妃中毒，整个太医局所有的太医肯定都过去会诊了，留在太医局里的都是连开方拿药都没有资格的医官，李氏虽然也中了毒，但那时候肯定所有人都在尽力抢救袁贵妃。

如果袁贵妃当时死了，又或者有了好转，李氏大概就能得到几分照拂，但现在皇帝下令太医局全力救治袁贵妃，李氏当然得不到妥善的治疗，只能维持着一口气罢了。

刘凌看着燕六苍白的脸色，再想起魏国公夫人死时他那些充满侠气的言行，心中为之一动，从怀中掏出了属于自己的身份铜牌来。

锦上添花容易，雪中送炭却难。

他日他落魄之时，可有人会这样伸出援助之手？

“你拿去试试，如今太医局里乱成一片，不见得有人会去中宫，我也不算什么要紧的人物，能让他们冒这个风险……”

刘凌自嘲地笑了笑。

“不过想来蓬莱殿里更乱，也许有哪位太医不想在蓬莱殿里待着，借着这个机会离开那里也未可知。”

燕六没想到刘凌真的给了他铜牌，不敢置信地盯着那块刻着“东宫光大”的牌子，就像是看着什么天降奇迹似的。

“三……”

刘祁的声音一出，燕六像生怕眼前的奇迹立刻消失一般，他飞快地抓过铜牌，塞入自己怀中，生怕刘凌又反悔了。

也许是觉得自己这个举动对刘凌很不礼貌，燕六感激涕零地又深施了一礼：“殿下，救人如救火，卑职这就去太医局！等卑职请完了太医，一定将铜牌送还！”

说罢，燕六按着胸前的衣襟，一溜烟就跑了。

刘凌看着燕六跑得比兔子还快，又好气又好笑，连连摇头，正在感慨间，小腿肚子却被刘祁狠狠踢了一脚。

“二哥踢我腿干吗……”

“你这个蠢货，就这么让他把你宫中的牌子拿走了，你要想借给他身份铜牌，不能让你宫中的小宦官拿着牌子陪他走一趟吗？你知道他是谁？在哪里当值？是不是叫燕六？万一他拿了你的牌子去做其他事，还诬赖在你头上，你冤是不冤？”

刘祁压低了声音又骂。

“现在宫中乱成一片，人人都恨不得离蓬莱殿那浑水越远越好，只有你赶着往上凑！”

闻言，刘凌苦笑。

浑水这东西，哪是你不想蹚就不蹚的，他早就泡在浑水里，爬都爬不出来了。

“三哥多虑了，我小时候跟着父皇遇见魏国公夫人行刺，是这个人帮了我，我记得他叫燕六，是父皇身边的侍卫。”

刘凌挠了挠头。

“反正他就是去试试，太医见了那铜牌不一定就会救人，宫中其他人见了我的铜牌也不一定会给他方便，就算他拿去了也没什么用。还不如让他试试能不能救人。”

“你啊，就是妇人之仁！”

刘祁连咬刘凌的心都有了。

一旁的戴良和庄扬波互换了个眼神，戴良做了个鬼脸，庄扬波横起手掌往自己的脖子上一抹，吐了吐舌头，表示刘凌会被唠叨死。

不过木已成舟，他们在门口拉拉扯扯也有一阵子了，刘祁见不少人都注意到了这边，只能拉着刘凌的胳膊往里边走，十分关心地说道：“听说你身边的王宁又被放回来了？内尉没把他怎么样吧？”

刘凌想到“梳洗”，打了个寒战：“他的胸口被铁梳子刷过一层了……”

刘祁脸皮动了动，又接着打探：“他被放回来，肯定是和这件事没什么关系，牵连到你没有？”

“也许有，也许没有，谁知道呢。”

刘祁没听到什么有用的答案，顿了顿后，只当刘凌打探不到什么消息，只能叹了口气，满脸愁容地望着漫天的乌云：

“蓬莱殿这时候出事，究竟是祸是福……”

刚刚提出成亲、立储，就出了这种事，宫中根本没有人有心思操办这些事。

偏偏后宫之中除了袁贵妃，他们的父皇又不放心让任何人去管宫务。他母亲没落得与皇后一般的下场那都是看在他母亲谨小慎微的份儿上，父皇怎么可能让她掌握权柄？

说不定最后他们三兄弟的婚事，就这么胡乱地定了，储君之位也不知道会落在谁头上。

刘凌心中也恨极朱衣这件事情的幕后主使者，若不是这股力量，静安宫里的事情他还能再隐瞒一阵子，他父皇也不会逼着他去拿《起居录》。

他自然是不信曾经是皇后的棋子，却侥幸活下来的朱衣会无缘无故干这种事。

至于《起居录》，刘凌从小受冷宫太妃们的教导，也知道《起居录》是冷宫太妃们安身立命，不被迫害的免死金牌。按照他父皇的性格，《起居录》拿到手的日子，就是太妃们有危险的日子，他自然不愿意让她们受到半点委屈。

就这样熬到了近午时分，东宫外似乎乱了起来，有许多人跑动之声，刘凌和刘祁心中大乱，忍不住命身边的宫人出去打探。

没一会儿，那宫人面无人色地跑了进来，"扑通"一下跪倒在地，惊慌道："启禀两位殿下，蓬莱殿的袁贵妃殁了！太常寺和尚服局在准备衣冠并祭礼呢！"

这个消息，犹如晴天霹雳，炸得刘凌和刘祁双双呆住。

一人狂喜，一人茫然。

* * *

清晨，紫宸殿。

被悄悄召进宫来的门下侍郎庄骏、新任大理寺卿冯吉和刑部尚书候补庄敬听到皇帝的吩咐后，皆惊得瞠目结舌，简直是心惊胆战。

好半天后，还是冯吉先回过神来，定了定神问道："陛下，如今证据还不足，贸然动手，会不会……"

"朕已经忍了很多年了。"

刘未确实一夜没有休息好，说话时连声音都虚弱无力："朕原想着，朕连国丈都熬死了，方孝庭年纪那般大，朕总不会熬不过方孝庭。嘿嘿，哪知道此人老当益壮，莫说老死，就连病，他一年到头都得不了一回，他不死，哪怕致仕了，他的门生故吏也不会卖新的尚书什么面子，朕的头风却是一天比一天厉害，朕真怕……"

"陛下请保重龙体！"庄骏声如洪钟地说道，"陛下勤勉于政，有时候对自己有些太过苛刻了。若是龙体不适，偶尔像今日这样罢朝几天休息好身子也是情理之中，为国为民，陛下都不该逞强，须知陛下安，天下方可安。"

"正是如此。"庄敬点了点头，"头风最需要静养，陛下不必……"

"朕明白你们的意思，但太医说，头风一旦患上，只会越来越严重，朕必须在静养之前，将朝中的隐患一举清除。”

刘未的手指在书案上敲了敲。

“现在，就是最好的时机。”

“臣等愿为陛下分忧！”

三人见皇帝铁了心要动作，自知不能再劝，只能躬身请命。

“这件事，必须要大理寺和刑部配合，这也是唯一能一举扳倒方孝庭的法子。但扳倒方孝庭容易，扳倒方党却难。常言道，打断骨头连着筋，如果朕真能成事，朝中的官位大概要空出一半，这可不是开科取士就能补上的，日后的路，恐怕比现在走得还要艰难……”

刘未身上的疲惫之态像是要压垮他似的，让他原本就不高大的身躯显得更加虚弱。

“陛下，臣就怕那一两件证据和一个犯人的口供，不足以让天下人信服。”

庄骏毕竟任大理寺卿多年，一开口就是“以法服众”。

刘未笑了笑，不以为然道：“朕要什么天下人信服，朕只要有个理由就行了。昔日薛门、萧门顷刻而倒，难道是靠天下人信服吗？”

他这话一说，庄骏等人只觉得一阵寒气从脚底直蹿到头顶。

这意思，皇帝是要大开杀戒了……

“朱衣那边的口供朕已经命人安排好了，方淑妃身边的青鸾和绿翠都不是什么清白人，在私下和朱衣多有接触，几个月前，绿翠还偷偷找过朱衣，这都是证据。朱衣受人指使证据确凿，她家中一定是有人布局……”

刘未的眼神扫过庄敬。

“刑部尚书候补庄敬！”

“臣在！”

“刑部尚书已经数次告病要求致仕，明日朕便批准，你上任后第一件事，便是将设计朱衣家破人亡的幕后主使之人找出来。唔，豫州？朕记得七年前方孝庭做豫州刺史时，当地发生过一件惨案，但当地官府却坐视这种灭门的惨案发生，那就是监管不力，一并把这件事情处置了。”

这就是要将方家灭口了。

“若是查出幕后之人和方家有关，立刻搜集证据报上来。”

不是方家做的，也要安在方家。

“这件事，只有你等和朕知道，如有差池，朕绝不会姑息！朕等这一日等了许久，甚至连心爱的妃子……”

刘未难掩悲伤，抹了把脸，继续道 ：“不动则已，动则势如雷霆，朕的三千禁卫军已经准备好了，就等各位的佳音！”

“臣等必不辱命！”

庄骏和庄敬心中惧怕地领了命。

他们若办不好这件差事，没有将方党连根拔起，让方孝庭反弹，那三千禁卫军就是为他们准备，黑锅也是要让他们背的。

这就是帝王心术，阳谋之下，避无可避！

那新任的大理寺卿是刘未的心腹，是指哪儿咬哪儿的一位干吏，听到这样的大事，激动得浑身直抖。

正在此时，门外突然传来了岱山惊慌的尖细叫声 ：“陛下！蓬莱殿的贵妃娘娘，刚刚殁了！”

刘未就知道袁贵妃躲不过此劫，他离开蓬莱殿就是不愿意看见自己宠了这么多年的枕边人香消玉殒，当下哽咽一声，当着几位要臣的面，居然落下泪来。

也不知他是在哀悼心爱妃子的枉死，还是在哀悼将要到来的血流成河的那些日子。

随着袁贵妃的“惨死”，刘未的复仇之路才刚刚拉开序幕。

第三十一章
变天？换天？

自古有作为的皇帝，不怕有官弄权，不怕有官贪腐，最怕的，是吏治不清，沆瀣一气，欺上瞒下，将皇帝架空成瞎子、聋子、傻子。

昔日王宰相还在时，他虽一手遮天、权势滔天，但也正因为如此，朝中所有想要得势的官员都恨不得咬下他一块肉，把他拉下马来。王宰相在世的那些年，刘未虽然过得隐忍，但还是和手下的大臣们拧成了一股绳，在这位宰相的眼皮子底下一点点夺回了权力。

王宰相成为了众矢之的，在那段时间内，刘未解决了许多麻烦，也通过帝王的平衡之道，在各个位置上都安插了自己需要的人。

但王宰相身死之后，权力重新回到各方手中，朝廷行事的效率反倒变低了。等方孝庭利用科举、授官、资助等方式控制了一大批基层的官员后，整整二十年间，刘未只能眼睁睁看着那些曾经被他不放在眼里的芝麻小官以一种惊人的速度晋升，迅速地占领了朝中一半以上的机要位置。

方孝庭掌握了代国官场的规律，一开始就用一种不会引起刘未警觉的方式慢慢经营，用二十年的时间布局，让人无法防范。

皇帝固然能封爵封王，赏赐百官，但官员的任免和升迁都是由吏部来主持的，三年任满，根据官绩和官声来决定留任或升迁。在方孝庭的收买和拉拢下，得到方家及方党庇佑的官僚根本不用靠盘剥百姓来取得政绩，上面有吏部放水，下面自己又没有做出什么天怒人怨之举，不升迁都是难事。

等刘未亲政，开始察觉的时候，已经来不及了，除非他冒着一亲政就无人辅政的危险，将代国那么多方党的官员换掉，否则他就只能忍着，用同样的手段再扶植一批人上去，和方党对抗。

在官场上，甚至有一句话，叫作"方家保，半朝不倒"，意思是只要方家愿意出面保你，哪怕半朝人都与你敌对，你也不会倒。刘未在官员任免、考核上的权力被大大削弱，甚至不敢多开科举，因为即使是科举上升的寒门，在权衡利弊之后，也会迅速地倒向方党那边。

在这个官场上，你不和方党在同一阵营，就要被无情地剔除。读书十载是为了做官的，要是为气节，何必还来参加科举？

民间都对刘未不开恩科怨声载道，更有很多等着科举取士的士子直接说“若是薛门还在，皇帝必不会如此”，言语中颇有皇帝惧怕读书人之意。只有刘未自己有苦说不出，他不是不想开恩科，而是开了恩科进了金銮殿的人若不是自己人，只不过是给方党贡献力量，他又何必如此呢？

也许是皇帝不开科举的举动让方孝庭感觉到了自己有些操之过急，又或者是底下人的压力太大，他们自己也无法吸纳新鲜血液。几番博弈之后，才有了殿中直侍的事情，一场科举，皇帝至少还能安插几个自己的人进来。

但对于大局来说，全无用处。

方孝庭这局，还在他只是吏部侍郎、王宰相一手遮天之时就在布置了。他年轻时好学有礼，在国子监和礼部都待过，拉拢了不少得力之人，待他上任，帮着刘未清除了王宰相的力量，刘未还一直认为方孝庭实在是大大的忠臣，甚至娶了他的嫡出孙女儿，很快就让她诞下了子嗣。

如果不是当年有被官官相护逼到家破人亡的官员上京告状，被大理寺卿庄骏悄悄带到刘未这儿来，也许刘未还一直没有警醒，任由方孝庭继续把持吏治，自己还会傻到因忌惮王家余下的势力，真的去扶植刘祁为储君，以打消勋贵们辅佐刘恒的心思。

这方孝庭太过老奸巨猾，又太过能忍，人生有几个二十年？何况他布局时已经是年近五十，有多少人能笃定自己布局二十年，不是为别人做了嫁衣？仅此一点，方孝庭就是世上难得的枭雄。

估计送性格最谨小慎微的方淑妃入宫，让她从不出头也不争强斗狠，直忍到生下子嗣，都是方孝庭的谋划。

那时候刘未需要处理的内忧外患有一堆，太后早丧让他错失了许多机会，若是他母亲还活着，以吕家为首的后戚未必不能和方家一较高低，有他母后居中协调，也不至于让任何一家权力大到可以阻碍他施政的地步。

刘未活到今时今日，还没有见过哪个女人能有他母妃一半的智慧和城府。他年幼时，王宰相的气焰哪里有这样嚣张？方孝庭又何曾出过头？

而他现在唯一的亲人——他的舅舅，却是一个和方孝庭差不多的人物。

当年他母妃担心他不够沉稳，会让人看出端倪，便将宫中一些人手交给了自己的亲弟弟，谁料他舅舅得了人手，不但没有帮过刘未，反倒借用这股力量开始培养自己的人马，这让刘未又恨又怒，但被他舅舅抓住了把柄，无可奈何。

刘未隐忍多年，不动声色地扶植起艳色冠绝后宫的袁爱娘，借她打压皇后，顺便削弱方淑妃在宫中的影响，甚至狠心地把之前生的儿子都当作白生了，全是怕哪一日方孝庭掌握了宫中的权柄，索性也学前朝来个宫变，直接扶了刘祁上位。

他正值壮年得了头风，众太医都称他是多思多虑所致，需要静养，少费心神，否则头风日益严重，还会产生眩晕、痰涌，甚至引发中风。

可代国正值最关键的时刻，他如今放手不管了，日后无论谁坐上这个位置，都只是几家人的傀儡，他又如何对得起列祖列宗？

更何况以刘未的自律和自尊，是断做不出罢朝不上之事的，他不会允许自己的大好山河被他人决定。

所以，当袁贵妃之事一发，他心中虽然也很悲痛，却又由衷地松了口气。

随着袁爱娘年老色衰，他已经很难还保持着年轻时对她的欲望和感情。偏偏袁爱娘也不是优秀到足以让人忽略她容颜衰老的事实，这来自感情上的变化，刘未自己自然清楚得很。

更何况随着刘凌给他太多的惊喜，他最担忧的继位人选也已经解决，他和方孝庭已经剑拔弩张到满朝皆知，他也不必再隐忍了。

袁贵妃这个时候死了，他心中还能永远保持着对她的爱意，她的死还会带给他一个等了半生的机会，仅凭这一点，他就会永远记住她。

对刘未来说，他如今心神俱疲，再也没有力气如宠幸袁贵妃那般宠爱一个人了，她在未衰老的年纪享尽荣华富贵而死，又死在他壮年的时候，没有过上失宠后任人欺凌报复的日子，难道不算是一种福气吗？

只是不知道袁爱娘会不会这么想了。

紫宸殿里，得到蓬莱殿通报后尴尬不已的三位大员，见满面是泪的皇帝突然怔怔地愣起了神，他们不知道该如何是好，究竟是退还是留？

此时应该是日上三竿的时辰，外面却阴云密布，使得紫宸殿的内书房里不得不点上银烛，灯影重重叠叠，让气氛越加压抑。

嘭！

一声惊雷响起，炸得紫宸殿里的众人俱是一惊，刘未这才像是幽幽缓过了神来，慢慢吩咐起门外的岱山。

“袁贵妃和朕恩爱一生，如今枉死，更不能薄待她，命太常寺和宗正寺好生操办丧事，丧事过后，葬入朕的帝陵。”

刘未擦掉眼泪，站起了身子。

“岱山，让尚衣局这几天为朕准备素色的常服。”

“是，殿下！”

庄骏和庄敬听闻皇帝没有以皇后之礼安葬袁贵妃，也没有追封她为皇后，仅仅是陪葬帝陵，忍不住心中一安。

如果袁贵妃被追封为皇后，那大皇子便是嫡命。大皇子的生母曾是皇后，养母又是追封的皇后，在天下人的心目中，那就是正统。

好在刘未并未因爱乱了心智，也让担忧大皇子会因祸得福的庄氏父子松了一大口气。

他们家的嫡子正在二皇子身边做侍读，虽没有得到刘未什么暗示，但他们心中是不希望二皇子出事的。

“让几位爱卿见笑了，朕就命人将你们悄悄送回去。冯吉，你留下。”

大理寺卿闻言应诺，立于一旁。

那边庄骏心中藏着无数心事，再见刘未搅动腥风血雨之日就在眼前，料想今日大概是唯一能问出口的机会，便强抑着不安，开口问道：“陛下，动方孝庭不易，动方党更不易，但只要陛下一心去做，总是能成的。只是方党一倒，二殿下那边……”

“朕早料想到有这一日，所以不是把庄扬波送去了吗？一个没有后戚牵绊的老二，难道不比作为方党傀儡的老二更强？”

庄骏心中狂喜，仅皇帝这一句话，不知比多少承诺更有效，他心中想要帮着扳倒方家的心思更加强烈了。

其子庄敬听到这句话，脸上却是出现了不安之色，但他从头到尾都身不由己，只能在心中长叹一声，告退之后搀扶着明显大喜的父亲，一起离开了紫宸殿。

出了紫宸殿，外面果然阴云密布，眼见着一场大雨就要降下，连空气中都弥漫着水汽，庄家父子走到廊下，并肩站定看着乌云密布，电闪雷鸣。

“要变天了啊！”

庄骏的眼中豪气万千。

“是，要变天了。”

庄敬的神情忐忑不安。

“两位大人好雅兴，这乌云密布，宫中人心惶惶，您二人还能在这里笑看电闪雷鸣……”

“谁？”

庄敬目光如炬，立刻向身后看去。

只见紫宸殿的门口，抱着一大堆文书的年轻舍人倚墙而立，眼睛望着紫宸殿的入口，双目含笑，出声的就是他了。

庄骏已经猜出了这个舍人是谁，仔细打量一番后问道："你就是那……"

“我的祖宗啊，薛舍人，宫里现在都乱成什么样子了，您还送这些来，陛下哪里有心思批啊！”

一旁的岱山这才发现另一个方向来了人，几步上前，赶紧叫身后的宫人替薛棣接过一堆奏折文书，絮絮叨叨地埋怨。

看得出岱山也很喜欢这个年轻人，嘴里虽然抱怨，但句句都是提点之意。

薛棣的手中重负被接走，立刻规规矩矩地向庄敬和庄骏躬身行礼："下官中书省中书舍人薛棣，见过两位庄大人。"

“你竟认识我们？”

庄敬感兴趣地打量着薛棣。

“你就是今科那位榜眼？”

“让两位庄大人见笑了。”薛棣有些羞涩地笑了笑，“下官随殿下在宣政殿里抄录过文书，所以远远见到过两位大人，只是两位大人不认识下官罢了。”

“你倒是好记性。”

只要是正经读书人，没有不敬仰薛家的，庄敬自然不会为难天子身边正得了信任的近臣。

“天色不太好，爹，我们还是趁雨没有下来之前赶紧回府吧。”

“好。”

庄氏父子别过岱山和薛棣，跟着一旁等候的侍卫，缓缓去了。

“您来得可真是时候……”

岱山看了看掩着的门，连忙摇头。

“陛下和大理寺卿正在谈话呢，您不能进去。”

“陛下今日没有上朝，门下省那边让我把奏折和要紧的文书先拿过来了。”薛棣笑着和岱山搭话，“宫里怎么了？不是说陛下头疼吗，这几位怎么来了？”

“您真不知？”

岱山压低了声音，将薛棣拉到一旁。

"刚刚蓬莱殿来了消息，袁贵妃去了！"

薛棣脸上的笑这才收敛了起来，愣了愣道："不是昨日还……"

"那么多太医在那儿，也不过就是吊着命罢了。"岱山惋惜地摇头，"陛下今日的心情很不好，大理寺卿和两位庄大人就是清早被请进宫的。您且候着，等大理寺卿冯大人离开了，您再进去。"

"谢岱总管提点。"

薛棣满脸感激，不着声色地问："这几位大人来宫中，是不是为了查袁贵妃中毒的事情？"

提到正事，岱山立刻一问三不知。

"哎哟，薛舍人，奴婢要知道这些国家大事，哪里还是个区区内侍！"

薛棣笑笑，一脸"您老就瞒我吧"的表情，也不多纠缠，眼睛直盯着庄敬和庄骏离开的方向，若有所思。

* * *

变天了。

前几日还酷热无比的天气，一下子就狂风大作，大雨倾盆而下，盛夏的天里，竟也让人冷得直打寒战。

这样的天气，东宫里的人绝不会再为一盆冰或一碗解暑汤争吵不休，但到了这个时候，东宫里想来也不会有人在这上面费什么心思了。

谁也没有想到，曾经宠冠六宫，让无数女人恨之入骨又羡慕不已的袁爱娘，就这样死在了一个小人物手上。

蓬莱殿那位一去，对于后宫来说，无异于地震。对于前朝来讲，袁贵妃的死也足以改变很多局面。

而对于大皇子来说，这更是无异于天塌地陷一般。

即使袁贵妃对他并不见得有多少真心，也曾敲打过他，往他身边安插了不少自己的党羽，但相处了这么多年的人就这么死了，刘恒心中还是有些难过。

等刘祁和刘凌换上素服前来蓬莱殿拜祭之时，见到大哥这般面如枯槁的样子，也都生出了同情之心。

见到二弟、三弟来了，刘恒缓缓地抬起头来，板着脸问道："你们是来看我笑话的，是不是？"

第三十二章
选择？绝路？

说实话，无论是刘祁，还是刘凌，都对袁贵妃没有好感，会换了素服过来祭拜，一半是为了做给皇帝看，另一半是心中有些放心不下刘恒。

但见到刘恒这个样子，又实在让人同情不了多久，就想骂娘。

“你有什么笑话给我们看？三弟从小没娘，难道我一天到晚笑话他不成！”刘祁没好气地冷哼，“再说，她也不是你亲娘……”

刘祁的话还没说完，刘凌就一拉他的袖子，匆匆忙忙往灵堂里添了把纸钱，拽着他出了灵堂。

刘恒一直跪在那里，不喜不悲，就像是自己已经成了泥巴捏成的人儿一般。

刘祁被刘凌拉出了灵堂，忍不住一拂袖子：“你拉我做什么！看他那鬼样子我就来气！”

刘凌心里不觉得事情有这么简单，他总觉得一切都透着一股不稳定的气息。也许父皇猜测得没错，事情背后真有什么阴谋。

那么，这件事究竟是谁干的呢？

如果贵妃死了，大哥没了靠山，最终谁会得益？

“二哥，大哥的母妃去的时候，父皇以‘自尽不祥’为由，没让他祭祀，也没让他为静妃戴孝，还没过几日，就让他去了蓬莱殿。这才不过三年，大哥又在守灵，为的，却不是生母。换了谁，跪在那里，脑子里都是千头万绪。大哥的情绪不好，也是正常。”

刘凌说这些话，是发自肺腑的，他回忆起自己的往事道：“我生母原是小国的公主，母国战败，被献入宫。我记事早，母亲去时，宫中宦官们派人来抬她，只用一卷草席随便一裹，就这么把她抬了出去。我那时候年纪小，不知道死是什么，还以为母妃的病又重了些，想跑出去追他们，问他们为什么要把我的母妃带走，结果却被奶娘紧紧抱在怀里，捂着眼睛，连送她最后一程都没有做到……”

刘祁面容复杂，不知该如何安慰。

“现在我的日子和以前比，不知要好了多少，可有时候我却想，我情愿母妃还活着，一起住在冷宫里，过清苦的生活……”

刘凌的眼眶有些发热。

“我不是想说自己有多可怜，只是想以自己的经历告诉你，大哥虽然是有些让人讨厌，但这个时候，我们还是不要再刺激他了。”

“罢了，我何苦来蹚这浑水，之前还在劝你离蓬莱殿远点，现在就眼巴巴送过来招人讨厌。”

刘祁撇了撇嘴，转过身子。

“这事我不管了，我们走！”

“好。”

刘凌点了点头，抬脚就走。

“两位殿下，请留步！”

一个有些粗哑的少年嗓音突然在两人身边响起。

随着这声轻唤，从小道旁的树荫下走出一个人来。

这个人是魏坤。

他站在那里，也不知有多久了。

“你竟偷听我们说话？”刘祁怒不可遏地骂道，“这样的时候，你不是应该陪在我大哥身边才对吗？！”

“殿下不让我靠近，”魏坤很少说废话，“方才无意间听了两位殿下的话，我觉得有些事还是要说一说比较好。殿下从昨夜起，就有些不太对劲。”

“什么？”

刘凌和刘祁的脸上都露出了莫名其妙的神色。

魏坤咳了咳，清了下嗓子，才开始了他的长篇大论。

“昨日，陛下下令让殿下守灵，我便陪着，半夜里，听着殿下嘀嘀咕咕说着什么诅咒，什么不祥之人……”魏坤眉头皱得更紧，“子不语怪力乱神，我家是不信这些的，但殿下好像魔怔了一般，一天都不太对劲，看人眼睛都是直的……”

魏坤有些挣扎地翕动了几下嘴唇。

“贵妃出事，宫中已经有许多传闻，说殿下命中克亲，如果再弄出什么神鬼之事来，恐怕陛下那边……”

“大胆，谁敢妄议皇子！”

刘祁瞪大了眼睛。

“蓬莱殿的人果真没有规矩！”

“你倒是心细，和你这黑炭一样的外表真不相配。”刘凌意外地看了眼健硕寡言的魏坤，“这倒不是什么大事，应当让太医看看大哥的情况，父皇现在心中悲痛，头风又犯了，恐怕不会想到这件事。”

刘凌伸手入怀，突然一愣：“呃，我给忘了……”

他的腰牌也给人借走去请太医了。

刘凌扭头看向二哥。

“我知道你什么意思！”

刘祁被刘凌恳求的眼神看得心烦意乱，从腰上摘下铜牌，往地上一掷，冷哼着说：“拿去拿去！别让他知道是我的腰牌请来的人，否则他还以为我要害他哩！”

“哐当”一声，铜牌落在了地上。

魏坤闷不作声地弯腰，却有一只手抢在他前面将铜牌捡了起来，拍了拍上面的灰尘，递给了魏坤。

“你不要怪二哥脾气暴躁，他刚刚在殿中受了大哥的气。”刘凌温和地说，“大哥这里，我们不方便多来，你这段时间受累了，劳你多看着他点。”

魏坤自然地接过刘凌递来的铜牌，点了点头。

“我是伴读，此乃职责所在。”

直到两人离开蓬莱殿的范围，朝着东宫而返，还能听到刘祁在那里絮絮叨叨：“真是见了鬼了，我怎么跟着你做这种吃力还不讨好的事！这下倒好，我们两人的腰牌都没了，这段时间除了在东宫待着哪里都不能去，三道宫门的侍卫不会让我们过的！你说说，这可如何是好？！”

刘凌被训得一点脾气都没有，只能觍着脸笑：“二哥你平日也根本不离开东宫，左右只是借一下，魏坤性子稳重，用完了就会还回来的。再说了，宫中谁不认识二哥你的脸啊，还要什么腰牌！”

“你就知道傻笑！”刘祁翻了个白眼，“真是傻人有傻福，看你没心没肺的，居然也能好好活到这么大！”

两人并肩回了东宫，忽见外面跑过去一个宦官，满脸畏惧之色，见到刘凌和刘祁掉头就跑，刘祁见那宦官看到他惊慌失措的样子，对守门的一个侍卫指了指那边，沉声命令：“劳烦将军把那鬼鬼祟祟之人给抓回来！“

那守卫也是干脆，应声而出，没一会儿就将那宦官抓了回来，按倒在地上。

“你在东宫旁边晃悠什么？”刘祁恶狠狠地逼问，“你是哪个宫的宫人？来这里干吗？”

“奴婢，奴婢是乐隐殿的粗使宫人……”

那宦官眼泪鼻涕糊得满脸都是。

“奴婢真不是什么……”

听到和自己母亲宫中有关，刘祁有些心慌意乱。

“你既然是后宫的宫人，窜到前面来会被如何处置，难道没想过吗？”

“呜呜呜，奴婢原本觉得自己是不怕的，可真靠近了东宫，就害怕了，所以奴婢想回去啊……”那年纪不大的宦官哭得更厉害了，“奴婢原本想求二殿下救救奴婢的义母的，可东宫门口这么多侍卫……”

“谁是你义母！”

刘祁恨不得掐着那宦官的脖子让他一次性把话说完。

“奴婢的义母是殿下母妃身边的女官青鸾。奴婢从小受尽打骂，义母看奴婢可怜，就收了奴婢做个义子，奴婢的日子才算好过一点。今天宫里来了一堆人，将奴婢的义母和绿翠姑姑都带走了，陛下还命人封了乐隐殿，不准任何人进出。”

那宦官惊慌失措地继续说着：“奴婢正好在宫外办事，回殿一见义母和绿翠姑姑都被带走，就没敢进去，奴婢想来想去只能找东宫里的殿下求救，可奴婢胆小，连乐隐殿都没出去过几次，等摸到东宫门口，就不敢再走了……”

“怎么回事？！为什么我母妃身边的青鸾和绿翠……”

刘祁心惊胆战地松开手，倒退了几步。

“二哥，你冷静点，也许有什么缘故！”

刘凌抓住刘祁的肩膀，想要让他冷静下来。

“父皇不会无缘无故封了乐隐殿，也许是在保护乐隐殿里的娘娘呢？你应该去找父皇，而不是贸然冲到后宫里去，更何况……”

刘祁顺着刘凌的眼神往自己的腰上看，只看见一片空空荡荡。

“是了，我的宫牌被魏坤借走了，你的也是……”

刘祁双手握拳，对着天空像是受伤的幼兽般号叫出声。

“啊啊啊啊啊！三弟你误我！”

*　　*　　*

刘凌被刘祁赶走了，刘祁虽然容易暴躁，但大多数时候是很通情达理的，这次居然对刘凌口出恶言，可见他已经是心乱如麻。

三兄弟，大皇子正在祭母；二皇子母妃的宫殿被封，淑妃的贴身宫女被宫正司带走，眼看着要下内狱；刘凌看起来像是最没有烦恼的，实际上却被刘未逼着要找到《起居录》，他根本不可能庆幸得起来。

刘凌根本不知道为什么会变成这个样子。

“您怎么出去一趟，跟魂儿被打飞了似的？”戴良不能随皇子进后宫，闲着无聊在屋里自己跟自己下棋，见到刘凌的样子，吓得棋子都抛下了，连忙挤到刘凌身边。

“出什么事了？”

“进来时遇见淑妃娘娘身边的宫人，说是父皇将淑妃娘娘身边的绿翠和青鸾带走了，又把乐隐殿封了不准人进出。”

刘凌由着舞文和弄墨替他除去素服，擦面净手，面露担忧之色说道：“二哥想去乐隐殿，我劝阻不成……”

“挨骂了吧？！”戴良愤愤不平地叫道，“谁知道那来的宫人是不是乐隐殿的，他说是就是？万一是不明身份的奸恶之人，二皇子这样贸然跑回去，陛下一定会震怒的！他该感谢您拦住了他才是！”

刘凌心中正对这一切的发展满头雾水，总觉得有什么迷雾挡在眼前，差一点就可以拨开了，只是他找不到关键，戴良这么一说，他就像是被人指了条明路一般，一下子就想明白了！

“戴良，你真是聪明，我就没想到那宫人有可能不是乐隐殿的人！”

“嘿嘿，我这不是聪明，我爹说我们戴家人都有趋吉避凶的本能。”戴良不好意思地挠着后脑勺，“刚刚我就是那么灵光一闪，随口一说……”

“可惜那小宦官自称害怕牵连二哥，被放开后就跑得没了影子，否则抓了他送到父皇那里，就知道真假了！”

刘凌恍然大悟。

“难怪他跑了！”

“也不一定，不过就算他说的是真的，既然陛下已经下旨，肯定不会是无缘无故这么做，一定是有什么事。”戴良满脸感慨，“真没想到，大皇子的母妃刚刚出事，二皇子的母妃接着就出事了。这是怎么回事，不是还说他们要成亲开府的吗？”

刘凌心中越想越乱，直觉告诉他，他的父皇恐怕在布什么局，究竟袁贵妃是局中的一环，还是他们所有人都是这局中的一环？

“殿下，你怎么了？脸都白了！”戴良有些担忧地转过头，“舞文，给殿下端杯热水来……”

“不用了，我去看看王宁。”

刘凌站起身。

“看他做什么！要不是他和那宫人搞什么对食，也不会让禁卫军到东宫里来抓人。真是的，我之前还不知道对食是什么，真是恶心。”

戴良扁了扁嘴。

“不要胡说，他好歹伺候我多年。”刘凌随口丢下一句话，“你们在这儿待着，我去看看。”

刘凌起身去了偏殿里的小宫室。自王宁被送回来后，刘凌就没让他与自己同住，不是疏远他了，而是他身上有伤，舞文、弄墨和他一屋，好照顾他。

刘凌进屋的时候，王宁正披头散发地坐在床上，双手抱膝，脸上还有泪痕。他原是个圆滚滚的富态身材，这么一抱，看起来就像是个胖妇人坐在床上，刘凌怔了怔，才开了口：“王宁，你好些了没有？”

王宁木然地回过头，流下两行清泪。

“朱衣已经死了是不是？奴婢刚刚梦见她来找奴婢，说是要去找她哥哥和侄子去了……”

刘凌不会明白一个宦官的爱情，所以他只能干巴巴地安慰：“你也知道，朱衣那情况，去了反倒是解脱。你和她这么多年的感情，会难过是正常的。”

“能有什么感情呢……”王宁幽幽地说道，“我们这样的人，在主子眼里，就如蝼蚁一般。奴婢和她当初会被皇后娘娘看上，就是因为我们谨小慎微，懂得分寸。可悲！在这宫中，如果你蠢笨了，会死得连渣滓都不剩；可如果你谨慎了，又会被人当作识趣的棋子。

“不管怎样也活不下来……人怎么这么苦呢……”

王宁的声音越来越低。

“怎么就这么苦呢……”

“方淑妃身边的绿翠和青鸾被带走了。”刘凌在床沿上随便坐下，“不知是什么原因，但大致和贵妃之死有关。”

“青鸾和绿翠？”王宁慢慢地抬起头来，“她们也被带走了？”

“是，今天才出的事。”刘凌咬了咬下唇，“我心里也有其他事情，烦乱得很，所以到你这里来坐坐。”

“青鸾和绿翠也是皇后娘娘安排的人，只是皇后一去，我们都以为以后不会有事了，这才过得轻松起来。青鸾不怎么和我们来往，绿翠有时候会来找朱衣聊聊，但她们心性都不狠毒，也没做过什么坏事。”王宁脸上挤出不知是哭还是笑的表情，“这世上哪有那么多坏人呢，如果有选择，我们当然希望做一个普普通通的人，不必去害人，也不被别人害……”

“如果她们都是皇后的人，为什么会被抓去？”刘凌百思不得其解，“照理说，要是审讯出她们的身份，乐隐殿不会有事才对，除非……啊！”

刘凌惊得一下子蹦了起来。

除非父皇想让乐隐殿有事！

父皇想扳倒方家不是一两天了！

难道神仙的预言会应验在这里？！

“啊！陛下要做什么了吧！”王宁不以为意地叹着气，“不动则已，一动天下惊……只是可怜了奴婢们这样的卑贱之人……”

“你们不是卑贱之人。”刘凌摇头道，“你从小护着我，朱衣赠你糕点，你又偷偷给我，让我不至于小小年纪就饿死。我和太妃们在冷宫忍饥挨饿，是你打通关系，给我和冷宫的太妃们送衣送食。这么多年，你做的每一件事，我都看在眼里，不管你最初是为了什么来到我身边，又是为了什么照拂我，但你从未做过对不起我的事，我一直都把你当作可靠的长辈来看待。”

刘凌看到王宁难以置信地望着自己，接着说：“朱衣的死，我也很遗憾，但我目前还很弱小，做不了什么。但我却知道，我绝不会成为像袁贵妃和迫害朱衣的人那样。

“整个代国，是由无数像你、朱衣、绿翠这样的人组成的。如果百姓都被牺牲完了，那下一个被牺牲的会是谁呢？大臣吗？如果大臣都被牺牲完了，要轮到谁？难道是皇帝？防患于未然是必要的，可用这样下作的手段来得到想要的结果，总有真相大白无法挽回的一日！薛太妃和陆博士从小教我的，不是牺牲别人来成全自己，而是在平衡和尊重之中寻求相处之道。这才是‘王道’。”

刘凌的脑海里一遍遍出现跪在那里的刘恒，失魂落魄的刘祁，单膝跪下求着自己的燕六，还有那些被困在冷宫里的太妃们。

他不知道是哪里出了问题，但他知道，这样是不对的。

这样是不对的！

如果是靠牺牲别人得到的成功，那在成功之后，会不会人人都害怕自己变成下一个被牺牲的人？人人都先想着自保，又如何能为百姓和其他人考虑？

皇帝若不能让自己的臣子安心，又如何让臣子们为这个国家付出一切？

刘凌闭了闭眼，来了王宁这里一趟后，他长久以来的思考使他终于做出了自己的决定。

也许这个决定并不正确，但至少他能问心无愧。

* * *

回到房间里的刘凌，屏退了所有的宫人，静静躺在床上，等着夜晚的到来。

天色越来越黑，黑暗像是一床厚重的棉被，压得人喘不过气来。

刘凌闭着眼睛，脑子里各种纷纷乱乱的想法在不停地浮现，他强迫着自己平静下来。

蓦地，刘凌突然睁开了眼睛。

“素华，是你来了吗？”

“殿下总是这么敏锐。”素华的声音悠悠地从房梁上传出，随着她的声音，一道灰色的人影像是鬼魅一般出现在刘凌的床前。

“怎么，殿下是想好了，想让我送你去冷宫吗？”

“不是。”

刘凌坐起身。

“相反，我正要让你去转告父皇，我是不会去冷宫找赵太妃要什么《起居录》的。”

“哦？殿下不会是一时意气吧？我在陛下身边这么多年，知道陛下对《起居录》有多么重视，如果您拿来了《起居录》，陛下是一定会给您储君之位的。”素华的声音里带着错愕。

“您从冷宫里出来，如此勤奋勉励，难道不是为了那个位子吗？”

“诚然，如果我要那个位子，我当然可以去冷宫里偷、骗、抢，想法子谋取太妃们的信任，徐徐图之，我最后一定会成功，因为她们都是善良又真诚的人。然而如果我靠这样的手段得到了储位，我真的就能坐得稳吗？如果那样的话，我和皇祖父又有什么区别？”

刘凌冷声开口：“我从来就不是为了那个位子而努力的，我是为了让所有人都能过上自己想要的日子而努力的。

“冷宫里那些太妃做错了什么事呢？她们想要活下去，想要过上有尊严的生活，这是一种罪过吗？她们已经在冷宫里孤寂了半生，即使我能得到那个位子，等她们迎来希望时，都已经老了。”

刘凌望着少司命：“我听说，高祖创立《九歌》的时候，那些奇人异士是抱着和代国最有能力的人一起，让代国越来越好的信念，才放弃自由进入宫中的。这么多年过去了，代国真的变得更好了吗？你们又做到了自己想要的一切了吗？”

刘凌摇头。

“我虽只是个什么都不懂的少年，但我知道，现在和沈国公与高祖一起携手赢得丹青子的尊重、景帝常常微服到臣子家借宿、惠帝变卖宫中珍藏用内库赏赐清廉官员的过去完全不同。从我听政以来，官员相互倾轧争斗，吏治混乱，百姓之声无法上达天听……

“这难道是百姓的过错吗？又或者是大臣的过错？我认为不是，而是人心变了。正因为父皇心中存有疑虑，所以不再相信臣属，也不愿交心，最终君臣间只会越来越疏远。”

刘凌深吸了口气。

“我不认为父皇错了，也不认为我是对的，但我只能坚持做我觉得对的事。冷宫里的太妃们认为自己手握《起居录》才能活下去，我不能为了自己的野心，将她们视作性命的东西夺去。我是她们养大的，她们都是我的皇祖母，这种事情，我做不出。”

“殿下的想法……很有意思。”

素华的语气没有变化。

“不过殿下说这么多，我有点记不住呢。”

“如果你记不住，就这样去跟父皇说吧。”

刘凌挺直了脊梁，用锐利的眼神望向素华：“我原本是可以去向冷宫的太妃们说明此事，伪造一个假的《起居录》给父皇，也许这不容易，但比起从太妃们那里拿走《起居录》，用她们的性命作为赌注换取储位，我现在的决定让我的良心更好受。

“但就如我不愿意欺骗太妃们一般，我也不愿意欺骗父皇，所以我选择诚实以告。”

刘凌自嘲地笑了笑。

“如果因为这个我继续被丢到冷宫里去，那我就只好去跟太妃们做伴了。我相信她们不会嫌弃多了我这个吃闲饭的，至少我还有力气能种菜。”

素华“扑哧”一声笑了。

“看样子殿下会的东西很多。”

“为了活下去而已。”刘凌抿了抿唇，“更何况，我认为以父皇对代国的贡献，他原本就不必担心什么《起居录》。百姓和大臣需要的，是一位为国尽心尽力，爱民如子的皇帝。父皇亲政以来，从未缺过早朝，赈灾救济，绝不犹豫，也许有方党等玩弄权术之人，但也有更多愿意为国赴死的忠臣义士，像父皇这样的皇帝，为何还需要一本书册来证明自己的身份？”

刘凌看着素华面上复杂的表情，继续说道："父皇自己，就是最好的证明，高祖希望代国强大而富庶的信念，已经融于父皇的血脉之中，就算父皇在其他地方有所不足，难道那些不足就能掩盖住这最大的证据吗？"

"你这样说，很冒险。"素华叹了口气，"陛下会以为你知道了他在担心什么。"

"即使我不知道，从父皇对《起居录》的在意程度上，也能猜出什么。还有为什么高祖那张画像一出，父皇就突然对我温和起来……"

刘凌对着素华躬了躬身。

"希望少司命能为我转告。"

"你不后悔？"

素华的眼睛里带着笑意。

"萧太妃对我说过，不能既配不上你的野心，又辜负了自己曾受过的苦。"

刘凌苦笑。

"但我觉得，就算是配不上自己的野心，又辜负了自己曾受过的苦，也不能做出违背自己信念的事情。如果那样的话，人就成了被野心和权欲操控的怪物，变成可以将别人当作棋子随意牺牲的不仁之人。"

"我明白了。"

素华长叹一口气，也不知道是在叹什么。

"我会转告的。"

素华的心神似乎很乱，以至于她跳上屋梁的时候，刘凌还能清晰地看到她的影子，但无论是刘凌还是素华，都已经顾不得这些细节了。

戒备森严的静谧宫廷里，一道灰色的影子在跳跃闪动，快得仿佛是宫廊的倒影，又像是无声的幽魂。

夜风中，传来细不可闻的喟叹。

"那小子，也许可为太一吧……"

第三十三章
封王？放弃？

“他真这么说？”

刘未停下手中批阅奏折的笔，微微一怔。

“是的。”

素华叹了口气。

“他还是个孩子啊！”

“朕还在这个年纪的时候，想法都不会这么幼稚。一旦有了机会，便会拼尽全力也要抓在手中，努力往上攀登，这才是好男儿该做的事情。”刘未冷笑，“不愿意欺骗朕，也不愿意欺骗太妃们……

“嘿嘿，他还真是幼稚。治理国家如果只靠仁善和理想，那不过是空谈罢了。何谓牺牲？为了代国的稳定，为了不陷入灭国亡族之恨，就算让朕牺牲自己，也在所不辞！如果没有这样的觉悟，如何为帝？”

刘未站起身，在素华的伺候下披上衣袍，笑得张狂而寂寞。

“他不想要那个位置就不要？他不愿意牺牲别人来成全自己，那朕就让他明白什么才是牺牲！”

“陛下早有决断？”

“一开始，老三本就是最合适的，不是吗？”

刘未嘴角带着笑意。

“他说得没错，朕本就不需要什么《起居录》，因为朕已经有了掌握代国的实力和忠于自己的臣子，所以朕一直想要销毁掉《起居录》，为的不是自己，而是将来可能坐不稳这位子的不肖后人。”

素华心中一惊。

“朕能保证自己是个足以掌控朝政的皇帝，但朕不能保证朕的儿子、朕的孙子也是这样的人。朕能在朝政崩溃之前解决掉吏治混乱的问题，但朕不能保证子孙后代也能。如果有一点把柄落在了有心人的手上，原本就已经危机暗藏的国家只会雪上加霜，朕如果不能在有生之年解决掉这个隐患，又以何颜面去面对列祖列宗？”

刘未心中早已经被这些重担压得不堪重负，而今夜，他终于说了出来。

“老三以为朕是为了自己让他去拿《起居录》，但他错了，朕是为了江山的稳定、为了他日后不会后悔，才让他去拿的。但既然他不懂……”

刘未笑得无奈。

“罢了，他也该学着了解帝王的霸道了。他难道以为冷宫里那些太妃教的家家酒一样的东西是王道吗？从明日开始，恢复听政吧。”

刘未看向素华。

“素华，你是少司命，职责应当是保护皇子，但朕从小被你保护，朕成年后，也从未让你保护过谁……从今日起，你便去保护老三吧。”

刘未说完这句话，便若无其事地低下头去继续批阅奏折了，就像是刚刚那句话只是随口之语。

* * *

“你说什么？二皇子没有回乐隐殿？不是安排了人去求救吗？！”

吕鹏程站在宣政殿外不引人注意的角落里，看似和其他大臣一样在等候上朝，其实是在和身旁等候宣布上朝的赞者说着话。

吕鹏程必须时刻警觉周围有没有人注意，还要做出一副只是闲聊的样子，他的神经已经绷得很紧了。

但绷得更紧的，是他快要发泄出来的怒火。

“正如您所料，朱衣招供之后，绿翠就受了牵连，但没想到青鸾也不干净。陛下动了乐隐殿，我等立刻按您的吩咐派了人，可是听说二殿下被三殿下拉住了，没有去成。”

那赞者用轻松的表情说着一点都不轻松的内容。

“究竟是什么情况？”

吕鹏程咬牙。

只要刘祁去找皇帝争执，必定会引起皇帝的怒火，至少短期内，皇帝是不会考虑立刘祁为储的事情了。

他辛辛苦苦在为刘凌谋划，结果却被刘凌搅了局！

“似是什么腰牌被借走了，三殿下又劝二殿下，说也许陛下是在保护方淑妃。二殿下当时很生气，但应该是听了劝，一天都没出屋子，也没让人去打探消息。”

“二殿下的腰牌被借走了？谁借走的？”

“已经派人打探过了，应该是大皇子身边的人借去请太医的。”

吕鹏程只是思索了片刻，便明白了。

“刘恒接二连三受了打击，又熬夜守灵，应该是身体不适又逞强不愿请太医。唔，这倒是个好机会……”

吕鹏程压低了声音，对赞者低声吩咐了几句。

那赞者连连点头，满脸敬畏。

皇帝已经罢朝两天，这在刘未亲政之后是很少发生的事情，这让大臣们在感慨袁贵妃确实得宠的同时，也由衷嗟叹大皇子刘恒的命运。

遇到这么件事，想要再找个好亲事就难了。更何况在礼法上，除非立刻娶妻，否则大皇子至少要守孝一阵子。

就在大臣们的议论纷纷中，二皇子和三皇子领着庄扬波和戴良，从东宫的方向而来，径直到了宣政殿的门外。

两个皇子都是心事重重的样子，互相之间并没有什么交流，一到殿门口就站定不语。三皇子起先还左右看了看，似乎是在找什么人，二皇子却是两眼放空，定定地看着面前的柱子。

没一会儿，吏部尚书方孝庭来了，也顾不得什么避嫌，上前直接拉走了二皇子，到了一旁去商议什么事情。

此时宫中的消息还没传到外面，也没有几个人知道乐隐殿出了事。但作为经营几朝的元老，方孝庭不可能不清楚女儿宫里发生的事情，急忙忙拉走了二皇子，说明方孝庭已经到了慌乱的地步。

宫内宫外，原本就有很大的区别，一道宫墙，任凭你手眼通天，该不明白的事，怎么你也不会明白。

方孝庭现在就是如此。

“究竟是怎么回事？你知道吗？朱衣刺杀贵妃，怎么和你母妃扯上关系了？”方孝庭压低着声音询问自己的曾外孙。

“说是绿翠和青鸾曾与朱衣有过接触。母妃没事，只是乐隐殿不许人进出了，连我都不可以。”刘祁情绪低落地说道，“昨天有个小宦官自称是乐隐殿的人来求救……”

“不要理他！”

方孝庭紧张地开口：“这时候一动不如一静，什么都不要做！”

“是。可是阿公，我母妃那儿……”

“陛下一向多疑，老臣没在乐隐殿安插任何人手，所以当年那些宫人，都是层层选拔进入各殿的，具体什么情形，现在老臣也不得而知。”

方孝庭搓动了下手指，继续说道：“殿下这个时候最好和三殿下同进同出，不要单独做什么，以免被人抓了把柄。横竖这件事和我们没有关系，总会水落石出！”

听到曾外祖父的解释，刘祁这才打起了几分精神，有些惊讶地开口：“真不是您做的？”

“老臣没有动过手。”

方孝庭摇了摇头。

方孝庭不屑多做解释，但刘祁明白，以这位曾外祖父的性格，此时他说他没有做过什么，那他就一定是没有做过什么，而且也一定没有人敢冒他的名义去做什么。

如果这么点掌控力都没有，那他也不是“方半朝”了。

方孝庭肯定的回答，对刘祁来说无疑是最大的安慰。他最担心的事，就是在袁贵妃遇刺这件事中方家插了手，如果是那样，祸及乐隐殿他也无计可施。

方孝庭何其老辣，见刘祁松了一口气，立刻明白了他在担心什么。

方孝庭心中有些不悦，脸上却没有表现出来，只是像是拂去刘祁身上的尘土一般拍了拍他的衣衫，和蔼地说道：“您母亲是臣嫡亲的孙女，您又是一直受臣照顾的曾外孙，老臣虽然在政事上和陛下不肯相让，但老臣绝不会将手伸到后宫，因为朝臣干涉后宫之事是陛下的逆鳞。否则当年袁贵妃入宫，老臣若想要对她下手，也就早下了，何必等到今日？”

方孝庭见刘祁露出羞惭的表情，继续趁热打铁。

“殿下这次应对得很好，老臣甚是欣慰，宫中如龙潭虎穴，殿下应当加倍小心。”

回到了宣政殿外的刘祁明显像是找到了主心骨，轻松的表情溢于言表，让刘凌也跟着轻松了起来。

“看样子二哥解决了一些困惑？”

“是！”

刘祁笑着回答。

“这还要多谢昨日三弟提点。”

“没什么，二哥本就冷静，只是一时乱了方寸罢了。啊，大哥来了！”

刘凌偏头看去，见一身朝服的刘恒被父皇身边的宫人引着入了殿，在他们不远处站好，刘凌忍不住一怔。

刘恒没带魏坤。

发生了什么事?

“看样子，魏坤吃力不讨好了呢。”

刘祁有些替魏坤不值。

“魏坤没来，我的宫牌找谁讨去?对了，老三你的宫牌那燕六还回来了吗?”

“也没有，不过我想……”

“陛下驾到!百官入殿参拜!”

赞者尖厉的声音打断了所有人的议论，刘凌也不得不收回接下来的话，跟着其他大臣入殿参拜高祖的画像，然后在熟悉的位置上，站定听政。

入了殿，就由不得刘恒离他们远远的了，只见刘恒两眼充满血丝，脸色惨白，眼下俱是黑青之色。

拜高祖和父皇的时候，刘恒甚至摇了摇身子差点栽倒，全靠刘凌眼疾手快伸手搀扶，才不至于让他出丑。

这一幕自然落在了不少有心人的眼里，他们心中对大皇子的同情之心更甚，对于及时伸出援手的刘凌，也有了不少好印象。

可惜接下来的一幕，让许多大臣皱起了眉头。

刘恒甩开了刘凌的手臂，回身瞪了刘凌一眼，才重新站直了身子在殿内听政。

刘祁在一旁又露出恨铁不成钢的表情，脸上全是“我说过叫你不要管闲事”的表情，刘凌无奈地叹了口气，安分地在三人最末处站好。

三兄弟的性格和为人处世的方式，几乎是一目了然。

刘凌收回手后，长长地叹了口气。

他叹气不是为了别的，而是刚刚借搀扶的机会，他摸了下刘恒的脉象。

这已经不是郁结于心了，而是神思不附，刘恒再这样下去，恐怕要出大问题。

刘未肃容端坐，示意两位宰相主持早朝。

他前几日才犯过头风，又在昨夜批阅完了几天积攒下来的奏折，其实已经很是疲惫了。但在疲惫之外，刘未又因为即将发生的事情而激动着，这使得他的精神陷入了亢奋之中。

大臣们一边揣测着皇帝的心思，一边长篇大论地奏着鸡毛蒜皮的小事，直到刘未不耐烦地伸出了手，他们才停止了争论。

随着刘未越来越严肃的表情，所有的大臣都屏住了呼吸。

“朕今日上朝，有一件事要宣布。”

刘未并未站起身，但所有人都竖起耳朵等待着他接下来的话。

刘恒、刘祁和刘凌三兄弟亦是如此。

“贵妃遇刺而亡实乃不祥，但朕不想因此耽搁吾儿的亲事。从明日起，由太常寺并宗正寺为大皇子刘恒选定王妃人选，交由朕亲点。此事要尽早，这门婚事，最好在四十九日之内办完。”

刘未的一番话，惊得满朝官员人人瞠目结舌。

刘未不开口则已，一开口就震惊了众人。

且不说别人，刘恒当场就晃了晃身子，呻吟了一声。

“不……”

这下子，刘祁和刘凌两兄弟怎么也不能置身事外了，他们难掩面上的惊讶之色，一左一右扶住了刘恒的身子，没让他当场软倒在地。

一下子，宣政殿内“嗡嗡”之声不断，简直像是炸开了锅一般。

尽早成亲？四十九日之内能有什么像样的亲事？

莫说太常寺和宗正寺了，就连礼部的官员都有些犯傻，有几个还真的站了出来，询问道：“陛下，四十九日之内筹办婚事，那就只能在京中的人家里选取闺秀了。先不说诸多礼仪是否可以从简，可殿下在哪里举行婚事？还有，陛下您刚刚说王妃……”

刘恒的身子剧烈地一抖。

“是，朕准备将封王之事和大皇子的亲事一起定下来。婚事就在麟德殿里办吧，让唐贤妃主持。”

刘未命令身边的岱山捧来山河地理图，指了指边陲的一个位置。

“大皇子就封肃王，代朕镇守肃州。”

肃州，属于河西地区，县治在酒泉，是西边一个较大的州府。

这并不是重点，重点是肃州地广人稀，土地贫瘠，由于西边的胡夏国一直向西拓边，使得通商的道路十分不太平，这几年河西也萧条了起来。

肃州根本不是什么富庶之地，民风还十分彪悍，总有外族作乱。

对于从小习文不习武的刘恒来说，让他去江南鱼米之乡治理一地还有可能，让他去肃州这种动辄连长官都敢行刺的地方，简直是要了他的命。

去肃州唯一可取的，大概就是能够领兵。

可话说回来了，听说大皇子的武艺在三兄弟之中并不出类拔萃，他还这般矮小……咳咳，大皇子真的适合去肃州吗？

听到父皇连他的封地都已经确定了下来，刘恒面如死灰，已无力抗衡。

作为三兄弟之中唯一一个封王的皇子，他原本应该高兴才是，可婚事被定得如此匆忙随便，就藩的又是那样的地方，对他来说简直就是雪上加霜。

他根本就是被父皇放弃了吧？！

“陛下，臣有异议！”

御史大夫得到方孝庭的眼色，立刻出列反驳。

“有何异议？”

“陛下，藩王就藩，向来是根据其所长确定藩地。大皇子勤学好读，如果在南方督促教化、兴文治之举，也许是适合的，但西部多战，又有贼寇横行，并非大皇子这般年纪的少年能够镇守。藩王之事事关天下安稳，希望陛下能够慎思！”

“请陛下慎思！”

“请陛下考虑其他州府！”

“臣认为大皇子可去湖州、晋州等地就藩！”

一时间，方党众人纷纷出声附和。

从他们站出来的时候，刘凌就知道大哥去肃州的事已经成了定局。如果他们不反对还好，一反对，父皇肯定是不会顺从的。

果不其然，刘未见这么多人反对，皱起眉头冷笑着说：“历来藩王去何地就藩，皆有皇帝自己决定，怎么，诸位爱卿是想称帝了吗？”

刘未这句话一出口，出声的大臣便都闭上了嘴，不敢再言，生怕落得个“谋逆”之名，徒增祸端。

方孝庭在心中叹了口气，微微摇了摇头。

虽说让刘恒离开京中就等于是变相宣布了他与皇位无缘，但在西边镇守，他一个人肯定是镇不住的，说不定皇帝要为他选定忠臣良将一同前往开府。

在边关那种地方锤炼个几年，也许刘恒的性子会变得更加坚毅，也许他领兵之后，倒有了许多宫中皇子得不到的好处。

散朝之后，不少大臣出于这样那样的目的，都纷纷上前来对着刘恒道一句“恭喜肃王”“肃王双喜临门，实在是可喜可贺”之类的场面话。

只是随着他们的每一句贺喜之话，刘恒的脸色变得越来越白，到了最后，竟是半点血色都无。这惨白的脸色衬着他那充满血丝的眼底、青黑色的眼圈，这样子简直就像是活死人一般。

刘凌和刘祁本该安慰或一同道喜的，可经历过昨日，他们两人根本没办法说出什么，只能一言不发地送大哥回蓬莱殿。

刘恒白天还是要在蓬莱殿里留着的。

要是魏坤在就好了。

刘祁心想，魏坤虽沉默寡言，性格却是可靠的，这个时候，他在大哥身边比我们还有用处。

刘凌却是一到蓬莱殿就四处张望，见魏坤没有前来，直接问出疑惑："魏坤呢？见您回殿，他为什么不出来？"

"你们是在找这个吧。"

刘恒顿住了脚步，从怀里掏出一枚宫牌。

"这个还你，还要多谢二弟的'关心'。"

刘恒将宫牌掷给刘祁。

刘祁抬手接住宫牌，心里有些恼怒。

刘恒被封为肃王明明是好事，为什么还一副全天下人都欠着他的表情！想当年他在宫中唯一盼望的事，就是父皇能把他封到好一点的地方，让他可以将母妃接出去颐养天年！

肃州虽不好，但昔日也是西域通商之路上的重镇，精心经营，未必会比鱼米之乡差。

各州都有各州的好处，去哪里就藩，难道是他们能自己选择的不成？！

这时候甩什么脸色！

简直是好心当作驴肝肺！

刘凌见二哥已经有了怒意，知道再待下去肯定会吵起来，只能叹了口气。

"大哥你不要想太多，至少你已经封王，可以娶亲开府了。想想弟弟们，我们还不知道要熬多久才能出这道宫墙……"

"老三，你是好心，只是小心你的好心变成了别人利用的工具。"刘恒淡淡地说着，"大哥不能帮你什么了，你以后在宫中，要自己当心。"

"大哥，你这是什么意思！"

刘祁顿时脸色大变。

"你还怪起我来了！"

"你以为我不知道乐隐殿的事？"

刘恒眼眶里蓄起了泪水。

"如果不关你的事，为什么方淑妃那里出了事！"

"你这是血口喷人！你简直是不知所谓！"

刘祁恨不得上去咬刘恒一口。

“二哥，我们走吧！”

刘凌抓住刘祁的手，用力地将他拖着往外走。

“刘凌，你给我停手，你让我把话说清楚！什么叫关我的事！喂，刘凌！你听到没有！”

刘凌充耳不闻，加大了手上的力气。

“刘祁，我告诉你，就算我封了王，也不代表你就赢了！你也别想假惺惺拉拢我身边的人，魏坤我让他回家去了，蓬莱殿里不宜留男人！”

刘恒冲着刘祁阴恻恻地笑着。

* * *

刘恒封王的事情才过去没几天，乐隐殿那边又传来了消息，说是从乐隐殿里搜出了巫蛊和扶乩之物，诅咒的对象，正是死去的袁贵妃。

这件事一时惊起各方惊诧，甚至比过了刘恒封王纳妃之事。

楚国好巫，楚巫之名天下皆知，以至于上千年间，层出不穷的巫蛊、咒杀之事在宫中屡禁不绝，有些巫女甚至就是以宫女的身份混入各殿，靠这些把戏获得主人的信任。

这种事一旦被发现，立刻就会引得宫中血流成河。

方淑妃信佛，自然是不会碰这些的，但偏偏她的殿中就是搜出了这些东西。

此事一发，宫中顿时明白了皇帝为何要封锁乐隐殿。无论是要找出这些东西还是放入这些东西，这么多天里发生了什么事，皇帝绝不能让别人知道。

被搜出的，除了巫蛊之物外，还有几个带荆楚口音的宫女。没有刑讯多久，她们就招供了，一致指认是得了方淑妃的授意，才行厌胜之术的。

得到事情的“真相”之后，皇帝勃然大怒，派出刑部并大理寺官员彻查此事，包括巫女的来历，如何进宫，朱衣之死的幕后真相，等等。

京中刑部和大理寺的差役频出京城，方孝庭也被下令休朝在家，不许出京，宫中的禁卫军甚至把守了方孝庭所住的东城附近，连只鸟都飞不进去。

这种架势，任谁都看得出皇帝要对方党下手了。

略显讽刺的是，虽然京中到处戒严，可太常寺和宗正寺还是不得不为新任肃王的封王仪式和纳妃之事奔波劳碌。

一个藩王纳妃通常要经历一年甚至数年，往往也不会只纳一妃，在开府的时候还要确认王府官员的名单，这些都不是一朝一夕能够完成的。

如今吏部形同瘫痪，王府官员的事情自然又是皇帝自己操心了，藩王纳妃恐怕也不会太过顺利。

谁愿意自家女儿去西边那荒凉之地啊！再等几年嫁二皇子不是更好！

如今二皇子的母族遭殃，此事又涉及大皇子，人人都等着看热闹，没多久就传出大皇子在蓬莱殿中听闻巫蛊之后砸了满屋子东西，又去灵前号啕大哭的事情，可见大皇子心中的怨怼。

在一片混乱之中，东宫里三皇子的地位突然变得微妙起来。

随着大皇子被封王，二皇子的生母牵扯到巫蛊之事中很可能因失德被废，三皇子无母族连累，年纪又小，似乎也有点“奇货可居”的意味。

三皇子的性格如何？有何能力？和皇帝陛下亲不亲密，一下子成了无数人关心的问题。

可怜东宫的任教官员和博士们，甚至都不敢返家，生怕家中的门槛被踏破了。

刘凌心中也是忐忑不安。就在东宫人心惶惶之时，他选择了前往冷宫。

这个时候，他需要别人的指引。

第三十四章
骨肉？亲情？

见到刘凌来，薛太妃非常惊讶，因为随着刘凌的功课越来越紧，他已经很少来冷宫了，上次他来的时候，还是半夜。

现在虽然已经临近傍晚，可宫门还没有落锁，刘凌来做什么？

刘凌没有说刘未向他要《起居录》的事情，只是把皇帝下令让大皇子前往肃州就藩和二皇子生母宫中搜出巫蛊之事说了个详细，直让薛太妃眉头紧锁，脸色阴沉，竟领着刘凌去飞霜殿。

显然，这件事已经不是什么小事了。

没过一会儿，几乎刘凌认识的太妃都到了，在飞霜殿里坐了个满满当当，有几个太妃见了刘凌就又捏脸又揉头，引得刘凌连连讨饶，气氛总算是有了些缓和。

“袁贵妃死了，是王宁那个对食朱衣干的，大皇子没了倚仗，被封到肃州，方淑妃宫中搜出巫蛊，我估摸着皇帝要对方家下手了。”

薛太妃看向萧逸。

“你大概还能待几个时辰？”

萧逸摸了摸鼻子，苦笑：“怕是……最多一个时辰。”

在场的诸人都是帮着萧逸隐瞒过的，自然明白他们在说什么。

“薛太妃，我不明白……”刘凌莫名道，“此事难道不是方老大人做的吗？”

“你不是女人，不明白女人的心思。方淑妃多年来甘居王皇后之下，王皇后将她抛弃后，她立刻避守宫中不再出现，显然她是个非常理智且善于忍耐的女人，对皇帝也没有多少感情，所以才能撒手得这么干脆。”薛太妃说，“这样的人，是不会请什么神巫来行巫蛊之术的。”

“吕鹏程谏言皇子们应该筹备婚事，皇帝没有反对，就是默认了，在这个节骨眼上，皇帝是不会杀袁贵妃的。且不提他这么多年来盛宠贵妃，一定对其有些感情，就算没有感情，如今后宫里的嫔妃压的压、失宠的失宠，已经没几个能主持宫务了。”

薛太妃说到“感情”二字时，满脸嘲讽之色。

“袁贵妃死了，对皇帝来说，麻烦更大，所以不可能是他下的手。”

“你父皇是将计就计，想趁着这机会扳倒方孝庭。”萧逸慢条斯理地开口，“他应该为了这一天准备了许久，一直按而不发。大皇子如今已经被你父皇放弃，二皇子年纪也大了，大皇子一倒，就逼着你父皇必须下手清除方党。否则方党势力越来越大，恐怕到时候也就由不得你父皇要选哪位皇子为太子了。

“就算你大哥或你坐上那个位置，方党一派为了日后的权势，也是要反的。”

刘凌点点头，表示明白了。

“你父亲是个很自负的人。”张太妃脸上露出了不赞同的表情，“你大哥一夜之间历经两次大变，又没有什么外力可助，自然总是希望得到别人的称赞和肯定，这样他才会觉得安全。如果我是你父皇，要培养这个孩子，总该多多夸他，让他得到鼓励，经常和他谈谈，他才能上进。如今你父皇这么对待你大哥，也不愿对他解释，这是把他往绝路上逼。”

“正是如此……”

刘凌将早上摸到的脉象说了一下。

太妃们面面相觑：“不过是一个孩子，竟然郁结到这种地步？！”

窦太嫔叹了口气：“正因为他是孩子，想得多了也没人注意。真是造孽，这宫中就是个吃人的地方，把好人都折磨坏了。”

“刘凌，接下来一定有一场大的变故，这样说虽然很薄情，但你要记住我的话。”

萧逸的语气无比慎重。

“我们还不清楚幕后之人的身份，这个时候，不管是谁，你都不要相信！”

刘凌呆了一会儿，方才缓缓地点了点头。

“皇帝要对方家动手，方家唯一能放手一搏的机会，就是在皇帝完全将他们连根拔起之前制造出更大的动乱，足以让社稷动摇的动乱！”

赵太妃的脸上也是一片肃杀之色。

“在这种情况下，方家也好，皇帝也好，都几乎要把自己全部的力量用在这一场角逐之中，谁输了，谁就万劫不复。你父皇是个自负又不愿意相信别人的人，更不要提在这场争斗之中保护好你们，即使他能胜，也是惨胜……”

赵太妃是刘凌的权谋课老师，无数的历史典籍就是她最好的课本，在这一点上，连薛太妃都承认自己所知不如赵太妃多。

她说得这么慎重，让原本就紧张的刘凌更加紧张了起来。

“古人说，君子之泽，五世而斩，这句话不仅仅是指公侯之家，对于国家也是一样。一个国家能经历五朝，原本简单的政局也会变得复杂，各方势力经营五代以上，有时候就会连成庞大的门阀，威胁到皇权的地位。所以处在这个时期的君主，不是亡国之君，就是变革之君，而你父皇，正是五世之君。”

赵太妃沉声说道：“你父皇是希望做变革之君的，可但凡变革，没有哪一次不是伴随着血流成河。如果你父皇半途而废，留给下任皇帝的就会是一个烂摊子。但即使他变革成功，若不能维持变法超过十年，让新的制度成为惯例，也是失败。”

“我父皇正是春秋鼎盛之年。”刘凌明白赵太妃是什么意思，“所以……”

“他恐怕也是这么想的，才在现在动手。等他稳固了朝政，下一任的继承人也已经成年，他便可以平稳地进行交接。即使现任的皇子里没有成气候的，你父皇毕竟年轻，后戚和吏治的问题一旦被解决，后宫里的子嗣大概就会如同雨后春笋一般冒出来，毕竟袁贵妃已经不在了，他可以不用再专宠一人了……”

“刘凌，你要抓住这次机会！能不能成为东宫的主人，就看这一次了！”

赵太妃几乎是厉喝着：“不要软弱，不要犹豫，我们这么多人的身家性命和自由都系在你的身上了！”

昏暗的灯光下，只能听见油灯燃烧时灯芯炸裂发出的“哔剥”声。所有人都屏住呼吸，双眼中闪着异彩，一动不动地凝视着刘凌。

被这么多敬爱的长辈以这种目光看着，使得刘凌不得不想起自己刚刚拒绝父皇的事情。

很多事情，原本可以用最简单的方式做到，可他就是死脑筋，情愿自己一口一口去啃。

“我……我做错了件事，大概在父皇眼里，我已经和废人差不多了。”

刘凌嗫嚅着出声，满脸苦涩。

“你到底做了什么？！”

薛太妃寒着脸问出声：“难道袁贵妃遇刺之事你做了什么不妥当的事情？”

“不是。”

刘凌低下头，反常地不发一言。

“但是我不能说。”

“你这孩子，真是……”

薛太妃柳眉倒竖，恨声道：“你居然也开始对我们不说实话了！”

“好了，他这个年纪的孩子，有些秘密是正常的。”萧逸站出来，将刘凌护在身后，“你们都知道他是什么样的心性，他会做出的事情，绝不会是什么坏事。为了心中正确的事情而得到了不好的结果，我们应该安慰和鼓励他才是，怎么能训斥他呢？”

“萧将军……”

刘凌心中滚热一片，刚刚的委屈也顿时变成喉头的一声轻唤。

好好的气氛，因刘凌一句谜语般的话，变得不欢而散。

薛太妃对刘凌抱有的期望最大，也是她用尽了办法将冷宫里的人联合在一起，共同养育了这个孩子的，此时她受到的打击最大，她满脸失望之色地离开了飞霜殿。她一走，其他太妃们看了看天色，发现萧太妃就要出来了，也就纷纷离开了。

唯有赵太妃和萧逸还陪在刘凌的身边。

“我不知道你身上发生了什么事，但你既然还能好生生地来这里，情况应该没你想象得那么糟糕。你们……咳咳，你们刘家的子孙们，脑子都和平常人有些不大一样……”

赵太妃面无表情地说着刘氏皇族的怪癖。

萧逸则是看了看殿中的漏刻，言简意赅地说道：“你现在这个情况，实在危险得很。如果宫中真有什么大变，不必再来冷宫，想法子去找看守延英殿的侍卫统领何新，他是《九歌》中的云中君，掌管着延英殿内的藏身之处。你只要唤他‘丰隆’，他就知道你是何人。”

“咦？”

刘凌惊诧地看向萧逸。

延英殿是祭祀刘氏皇族，安放历朝历代皇帝画像的地方，先帝宫变之时，有人一把火烧了延英殿，现在的延英殿是后来修缮的。

可萧逸却说延英殿里有《九歌》的人？

“云中君乃是云神，掌行云布雨，遮蔽天日。丰隆是先帝的云中君，延英殿地下有一巨大的宫室，原本是为了在紧急关头藏匿重要之人的，可惜先帝时期《九歌》分裂，山鬼、东君和河伯都不服先帝的德行，宫变之时趁机一把火烧了延英殿，逃出宫去，也毁了先帝安身立命之所。”

萧逸面不改色地说出了历朝东皇太一才能知道的秘密。

“后来延英殿重建，地下宫室没有被发现，丰隆花了十年的工夫才清理出入口。他名义上是吕太后的心腹，其实一直忠心于先帝，你找到他，他能保你安全无虞。”

刘凌默默记下了萧逸说过的话，不过片刻光景，他心中纷乱的思绪已然理清，如今暮色将沉，他感受着迎面吹来的冷风，踏出了飞霜殿。

此时他已经快要走出飞霜殿的前门，在即将离开之际，不知为何他心神一动，突然扭过身对着院子里喊了一嗓子。

“小子前几天遇见了一位少司命，自称素华，诸位大司命可认识？”

随着刘凌一声问话，飞霜殿的院内发出一阵窸窸窣窣的声音，像是因为太过震惊差点滑到树下而不得不抓住树干一般的扒抓声，刘凌甚至还听到了一声喘气声。

刘凌等了一会儿，没听到回答，只能摇摇头，自顾自离开了。

他沿着冷宫中的小道没走多久，就在路旁遇见了一个意外之人。

那人裹着斗篷，提着灯笼，在夜风中等候着。此人正是很少主动找刘凌的王太宝林。

“我这人性子急，今天的事等不到明天，所以才特地在这里等你。”

王姬一边说着，一边将手中的一件衣服塞在刘凌手里。

刘凌低头一看，是一件无袖的夹袄。

“这是？”

刘凌莫名其妙地捻了捻手中的夹袄。

夹袄的手感并不软和，做针线的人手艺也并不好，夹袄中夹着的不像是丝绵，倒像是什么粗线一般。

“这件衣服我做了有一阵子了，只是没什么机会给你……”

王姬有些不好意思地看着夹袄肩膀上一处不平的针脚。

“我曾听家中祖父说过，昔年有富人遍收累金，缝于衣中，可挡箭矢。我想你近身功夫是萧太妃亲传的，寻常刀剑应该伤不到你，索性就把剩下的累金全部给抽出来了，藏在这件夹袄的要害之处。之前的累金，我拿去给王宁换东西用了不少，否则全身都织上应该也够了。”

说完，王姬拉开衣袖，亮出一截白嫩的手臂，从手臂上褪下一支金环来，塞在刘凌手里。

“你一个人在东宫里，想来那些宫人也不会愿意白做事。这金环是中空的，里面都是不打眼的金银珠子和一些宝石，你留着差遣人的时候用。若遇见牢靠点的人，也可以拿这些让他帮你带些东西。左拧一圈，右拧三圈，就可以打开了。”

自金绿猫眼招来王七郎之后，她们已经很小心地不出手这些扎眼的东西了。无奈王家当年富甲天下，就算再不扎眼的东西，也不见得能有多普通，所以自刘凌去了东宫之后，她们又恢复了自给自足的日子。

刘凌接过金环，上面还有王太宝林身上的余温，烧得他几乎握不住，压得他心头沉甸甸的。

“你别露出这样的表情，弄得我倒不好意思起来了！”王姬爽快地拍了拍刘凌的肩膀，“你都已经是比我高的人了，别这么扭扭捏捏的，只有你好了，我们大家才会好。薛太妃是刀子嘴豆腐心，其实她回去以后担心得站在窗前到现在都没进屋……你登不上那个位子也没关系，但千万要保重好自己。如果你出了事，我们，尤其是薛太妃，一定承受不住这个打击。”

“嗯，嗯……”刘凌哽咽着，拼命点头。

“天黑夜凉，你赶快回去吧。金环套在小臂上，回去找没人的时候再打开。”

王姬似是也受不了这样的气氛，微微抬头退了一步，扭头奔入夜色之中。

* * *

蓬莱殿里，刘恒守着袁贵妃的灵堂，心中一片冷寂。

守着两盏不能灭的油灯是他的职责，刘未坚持让他为袁贵妃守完头七。

其实不必刘未，刘恒也会守完头七。说起来，袁贵妃若不是为了他的亲事，也不会给朱衣可乘之机。

那个叫朱衣的宫女其实他有印象。当年他母后临死之前，曾说过朱衣，还说过王宁、绿翠、青鸾，让他尽早把他们抓在手里。

但是他没听，他太害怕了，那样的母后让他陌生到无法接近，更别提去接触她留下来的人。

他越想心中越是郁结，偏偏魏坤也给他赶回去了，没人排解，那股郁结到了几乎让他眩晕的地步，让他不由自主地想去灵堂外散散心。

如今，蓬莱殿里的主人去了，所有人心中都很惶恐。

他们往日里仗着袁贵妃的势头，在后宫里作威作福惯了，现在袁贵妃一死，他们都成了无主之人，还不知道明日会如何，会不会有人痛打落水狗，会不会有人借机落井下石。

所以，即将封王的大皇子刘恒，就成了不少人希望攀上的人。哪怕在穷山沟里风光，这些人也不愿在这宫中落难，不是吗？

心中有事的刘恒自然感觉不到这些宫人态度的变化。他虽名义上是袁贵妃之子，但他过继到袁贵妃名下时已经十几岁了，不适合留在袁贵妃宫中，和这些宫人的情谊也不过就是比陌生人熟悉上一点而已。

所以，当他听到偏室里伺候热水的宫人们在讨论自己时，忍不住就藏起了身子，将耳朵贴在门上，静静地听了起来。

“哎，大皇子明明是长子，还是废后的儿子，就算是在一家之中，也是嫡长子继承家业，怎么会混到现在这种地步！”一个略显老迈的声音说道，“我看陛下啊……”

“你要知道陛下想什么，你就不用去了根到这里来了！”

另一个人“嘿嘿”一笑。

“去你的！那是我爹妈狠心！”说话之人压低了声音，开口问道，“说起废后，你们听说过那个传闻没有？我听说，有人见到陛下身边的一位少监去过长庆殿，他出来之后，就传出那位自缢了。你说巧不巧，他前脚走，后脚那位就自缢了，而且一夜之间人人都知道了……”

老迈之声中带着几分唏嘘。

“你是说……静妃是陛下给……”

“这有什么好奇怪的。”老邱的声音响了起来。“不去母，怎能让大殿下安心到袁贵妃膝下为子？大殿下又不是什么都不懂的小儿，人家正儿八经当嫡长子养了十几年的，若不是没了指望，还不见得拿我们家娘娘当回事呢！陛下啊，说起来心也是狠……”

“大殿下什么都好，就是性子太古怪了一点。你说他温和吧，我曾经挡过他的路，给他一脚踹了个狗啃泥。你说他性格暴躁吧，可他读书识字又能一坐一整天。当年袁贵妃那么折腾他们母子，他居然待我们娘娘跟亲生娘亲似的……反正我是想不通。”

“都是命，陛下要真想让他当太子，就不会弄出这么多事来了。这下好了，肃州那地方又不太平，人说穷山恶水出刁民，别把命都弄丢了！”

“你们是不知道，我便是来自西北的。西北干旱缺水，寻常百姓很少洗澡，更别说洗头了，头上有虱子那是常事，身上有跳蚤也不稀奇。到了冬天的时候，身上实在是脏了，就敞开衣衫，晒晒太阳，直晒得皮肤冒油，拿手那么一搓，搓下一大条泥条来，美其名曰‘洗旱澡’……”

“老邱你快别说了，说得我快吐了！”

“这就要吐？你都要吐，你想想看这位殿下如此爱洁，该怎么在那地方待下去！从京城到肃州要路过不少险恶之地，驿站也不见得干净，这一路上有的折腾。你们要跟去？先跟着被折腾掉一层皮吧！我听说小钱子刚到大殿下身边的时候，被殿下命人用丝瓜瓤差点刮掉一层皮！那位魏坤魏侍读，好歹也是国公之子，每天还要用殿下的洗澡水……”

老邱的声音冷淡得很。

“到时候，前不着村，后不着地，你去哪里找水？嘿嘿，他再爱洁，也只能跟着洗旱澡！”

呕！

刘恒捂着自己的嘴巴，强忍住呕吐的冲动，扶着墙壁一点点离开了这个角落，直走到没人的地方，他才俯下身子吐了起来。

他这一阵呕吐，直吐到心肝脾胃肾都快出来了，眼泪鼻涕糊了一脸，这才抱住柱子，勉强支撑住自己的身体。

可是无论他是睁开眼睛还是闭上眼睛，无论他如何忽略刚才听到的那些话，那些声音都一个劲儿地钻入他的脑海之中。

“啊啊啊啊啊！”

刘恒心中大恸，又气又恨，仰天狂啸一声，直挺挺地倒了下去。

第三十五章
病发？谋刺？

方国公府。

不在休沐日，方国公府的小郎魏坤却从宫中回来了，惊动了方国公府一干奴仆。

此时方国公和方国公府的世子魏乾都在衙门里坐班，魏坤回到府中，倒头就睡，直到方国公从衙门里回来，命人叫醒了魏坤，方国公府的一干人才知道了事情的原委。

方国公对外宣称的是，大皇子在蓬莱殿守灵，蓬莱殿里的女官和宫女众多，年纪已经不小的魏坤在蓬莱殿里留着不合适，就被大皇子遣了回来休息几天。

魏坤倒头就睡，也是因为陪着守了几夜的灵，实在困得狠了。

事实却不是如此。

"你就这么被赶回来了？！大皇子一点感激之情都没有？！"

魏乾气得直拍桌子。

"弄半天，是把我弟弟送进去给人糟蹋去了！你也是的，知道大皇子和二皇子不对付，还拿二皇子的腰牌去请什么太医，这不是缺心眼儿吗！"

"我想借三皇子的腰牌，可他的给别人借去了。"

魏坤也很郁闷。

"罢了罢了，也是我上辈子造孽，自己的儿子还没养大呢，先养出这么个气人的东西！强儿和凤儿都眼巴巴等着你休沐回家，你现在回来了，他们正高兴得很，你去后面见见他们吧。"

魏乾说的是自己的一双龙凤胎儿女。

说到自己的小侄子和小侄女，魏坤才笑了笑，点点头离开了前院。

魏乾一直目送着魏坤离开，直到看不见他的影子，才叹出一口气来。

"他的脾气怎么就这么闷，偏偏性子还倔强得很……"

魏乾烦恼地抓了抓头。

“这次要去找谁打探消息？哎！准要给那群狐朋狗友笑死，自己的弟弟就在宫中当差，从他嘴里掏不出一句话，我还要在外面打听！不过他这时候回了家，也许还是好事。”

书房里，方国公坐在书案之后，手中拿着一本《公羊传》，目光却定定地穿过书案，不知投向何处，显然是在思考着其他的问题。

在魏坤之前，方国公已有一子两女，大儿子虽不算是旷世奇才，但性格和他迥然相反，自己的性格过于沉闷方正，做不到长袖善舞，也不愿趋炎附势。所以方国公一直深居简出，在京中也算不上什么说得上话的权门之家。

但他这个大儿子从小就喜欢和各家郎君在一起厮混，竟比他更有人缘，这也让方国公在京中渐渐为人所知。

而魏坤虽然话少，但他从小就有自己的主意。他从小就爱往府里收藏兵器的地方跑，对祖宗们留下来的兵书和沙场战阵之法很有兴趣。他并不拒绝读书，但明显对习武的兴趣更大，横竖家业是要老大继承的，他爱学什么就随了他，他的性子也就变得越发硬朗。

如今大儿子任着鸿胪寺典客，负责迎送进京的官员和外使，比上不足，比下有余。他在十年前又得陛下同意，被封了世子，这国公位便妥妥地继承下来了。方国公想着再过几年，他精力不济了，就上表将这个位置交给魏乾，这国公位算是又传了一代。

虽然陛下将魏坤调去了大皇子身边做伴读，但方国公很是担心，可他现在所处之位，也做不了什么，唯愿小儿子安全罢了。

天底下做父母的，恐怕在安全和富贵面前，都希望孩子能安全。至于什么夺嫡站队之事，他们恨不得子女能躲得远远的。

魏坤回来了，他问了几句，知道没有什么大事，也就放下了心。现在他在想的，是刚刚小儿子对他说的话。

魏坤话少，自成人变声之后话更是少了，所以他不说废话。

魏坤回家后没有长篇大论提自己为何回家，倒说了耐人寻味的几句话：“大皇子喜怒无常又缺乏自信，总想着别人变弱而非想着自己变强；二皇子什么都想要，但每到关键时刻总是分不清主次；三皇子宅心仁厚、性情坚毅，只是当断不断，太过心软。不过儿子仔细观察过，三皇子似乎武艺不弱，至少不比儿子差，应当是另有奇遇。”

莫非宫里已经乱到，皇帝要做出选择的时候了？

还是说小儿子是在提醒自己，三皇子表里不一，其实有可能是皇帝暗中培养的继承人？

如果说皇帝想要培养三皇子，为何要如此呢？把三皇子放在冷宫里，将他偷偷摸摸养大，不让外人知晓，是为了什么？

想到宣政殿里挂着的《东皇太一图》，方国公身子一震，惊得手中的《公羊传》都落了下来。

难道是这个原因？！

“何人擅闯书房！”

外面守着门的家丁大喝。

“是老奴！门房的老栓子！宫中来了人，要接小郎君，人在门厅里候着呢！”

方国公还没从自己的领悟中清醒过来，便猛地听见守门的家丁大喊，更是纳闷不已。

他努力让自己平静下来，深吸一口气，这才出现在门外。

“何事喧闹？”

老栓子给方国公府看了一辈子大门，见到方国公出来，连忙避到一边，恭恭敬敬地回话：“公爷，宫中来了人，说是大皇子病重，急召小郎君去问话。”

* * *

东宫。

刘凌回到自己住的地方时，已经过了晚膳的时间。

不过因为蓬莱殿、乐隐殿接连出事，东宫人心惶惶，二皇子也不在东宫里，所以谁也没留意刘凌在不在的事情。

戴良明日休沐，下了课就在整理回家的东西，见刘凌回来了，也识趣地没问他去了哪里，反倒问他有没有什么信要带出去。

刘凌闻言点了点头。

“帮我给陆博士送一封信。”

说完，刘凌拿出两条素帕，在上面写了起来。

在给陆博士的信中，刘凌将宫中发生的事情说了一些，也提了提几位太妃的猜测。陆博士在国子监里颇得人望，认识不少德才兼备之人，如果方家真要倒台，朝中必定会空出无数职位来，那个时候，就是谋官职的最好时期。

只要没被牵连进去，过个几年，吏治清明起来了，晋升之路就没有这么艰难了，上升的道路不会像现在这样被人把持，有识之士可以得到重用，他们当然就不会像现在这样闲散度日，做一介隐士。

他相信以陆博士的大局观，应该也看得明白，但他写的信，那便是宫中的消息，在士子之间也许更有说服力一些。

这也是他在为自己日后留下人情做打算。

当然，如果他还有日后的话。

刘凌用了晚膳后，又看了一会儿书，等做完了功课，洗漱过后，他便屏退众人，自己上了床榻歇息。

这一觉没睡多久，刘凌就被外面吵吵闹闹的声音惊醒了。

他从小习武，敏锐异于普通人，一点小的动静就能让他清醒，此刻他坐起身来，立刻就张口发问："今日是谁在外面值守？"

"启禀殿下，是奴婢弄墨。"

"去看看外面什么动静。"

刘凌有些担忧地听了一会儿外面的动静，实在无法安心，索性披衣起身，又将那金丝夹袄穿在外衣里面，才走出了内殿。

内殿的门外放着一张小几，旁边是弄墨打的地铺，防止刘凌起夜没人伺候。其余的粗使宫人是连进内殿的资格都没有的，他们只能在外殿和角房里等候传唤。

一时间，整座寝殿里空空荡荡，刘凌站在殿内，竟有些遍体森寒之感。

他先天体热，绝不会无缘无故觉得寒冷，更别说他现在还披着外衣。这样的预感让他心中更加不安，直到弄墨慌慌张张地跑回来，他的预感才算是真的得到了验证。

"是二殿下被带走了！被陛下身边的人领走了！"

"什么？！"

刘凌惊叫。

"可有什么消息？"

"奴婢不知道啊！奴婢出去的时候，二殿下已经被带走了！"弄墨一脸惶恐，"奴婢瞧着，后宫那边的方向也有光亮，是不是谁又出事了？"

难道是方淑妃？

刘凌此时才感觉到自己在后宫没有内应的坏处，后宫一旦出了事，他一点消息都得不到。

"你把戴良叫起来，让他去庄扬波那看看，庄扬波年纪小，别被吓到了。叫王宁和舞文来我这。"

刘凌定了定神。

“是！”

没一会儿，外殿值守的王宁和舞文来了，跪在殿外等着刘凌吩咐。

“现在东宫里一团乱，也不知道是什么情况，王宁你今夜受点累，约束好我殿中的宫人，不要让他们乱窜，也不要让他们去打探什么消息。舞文，你安排人值夜，今夜都不要睡了，如果白天二哥没有回来，再让他们休息。”

刘凌怕他们半夜为了得知消息在东宫里乱跑，被人抓了把柄，就这样折腾了一会儿，约束完宫人的王宁回来了，顺便带来了一些消息。

“殿下，这次是真出事了。二殿下身边的宫人说，大殿下好像在蓬莱殿出事了，太医都过去了，二殿下也是因为这件事才去的。”

王宁满脸错愕。

“您说，怎么会大殿下和二殿下一起出事呢？真是……不是说大殿下马上就要封王纳妃了吗？这好端端的……”

“你说谁？大哥在蓬莱殿出事了？”

刘凌心头“咯噔”一下。

“是啊，奴婢也没敢细问。”王宁摸了摸头，“要不然，明天奴婢摸回后宫去打探打探消息？奴婢在后宫里还有不少认识的人。”

“以前你是在冷宫里，没人注意你这小卒子，而且你设的是赌局，打探消息只是顺带。现在刚刚出了朱衣那事，袁贵妃又去了，你便是去打探，别人也不敢和你说什么。”

刘凌对于这些人情世故倒是通达得很。

“你在殿中帮我抚慰下人心，就已经是帮了我大忙了！”

就这样到了天亮，刘凌也没有等到蓬莱殿或宣政殿那边的消息，但他等来了一个在意料之外又在情理之中的人。

“殿下，一个自称是燕六的禁卫军在东宫外求见。昨晚宫里乱糟糟的，我们不敢放他进来，您看……”

一位守门的侍卫亲自来见刘凌。

“啊，是他。等我随你出去。”

刘凌没让人多等，立刻跟着那侍卫直奔东宫之外。

等到了东宫偏门，果见一身戎装的燕六守在了门边，他的眼中还有血丝，显然是昨晚值夜，一直没有休息过。

见到刘凌出来，燕六立刻从贴身之处掏出刘凌那枚腰牌，他半跪在地上，恭恭敬敬地将腰牌举过头顶。

“原物奉还，谢殿下救命之恩！”

刘凌听到燕六的话，立刻明白那京兆尹夫人是救回来了，脸上也不由得露出欣喜的笑容。

“这腰牌能派上用场，实在是太好了！将军不必谢我，要谢就谢那位治病的太医，快起来吧。”

燕六被刘凌虚扶着起身，满脸庆幸地说道：“卑职昨夜在紫宸殿当值，听说二殿下因为借腰牌的事情都被召去了紫宸殿，卑职心中实在担忧自己擅自借了您的腰牌会给您惹祸，所以一到当班的时间结束，就赶紧给殿下送来了。知道此事的人不多，想来也没有什么大碍。”

虽这样说，但这个汉子的脸上还是有些忐忑的神色。

刘凌看看左右，发现没人注意这边，压低了声音询问：“昨夜二哥被带走了，又说大哥出事了，我在东宫里一点消息都没有，心中实在是慌乱，将军可知道发生了什么？”

燕六这才知道刘凌竟不知道发生了什么！

他犹豫了一会儿，才含含糊糊地开口：“听说大皇子昨夜满身是血地倒在蓬莱殿一处偏僻的地方，直到半夜没有回殿才被人发现。陛下恼怒蓬莱殿的人伺候不力，严厉地处置了一些人。”

刘凌倒吸了一口凉气。

“什……什么？！”

“大皇子到现在还没清醒，也不知道他那样是自己所致还是别人伤的。蓬莱殿里有奴婢说，之前魏侍读借了二皇子的腰牌为大皇子请过太医，但是被大皇子赶走了。恐怕大皇子不是他人伤的，是发了什么病，但陛下不敢确定，所以才连夜请了魏侍读和二殿下去紫宸殿对质。”

燕六说了这么多，心中已经是很不安了，陡然住口，用为难的眼神看了看刘凌。

“我明白了，谢谢将军解我心中之惑！”

刘凌躬了躬身子，将腰牌放入怀中。

“将军慢走，不送！”

燕六如释重负地行过礼，又丢下几句“今日之恩来日必报”之类的感谢之辞，这才满脸疲惫地向着宫门而去。

回了东宫，刘凌脸上一片青白之色。

大皇子出事，二皇子出事，从今日起，他便要成为众矢之的了。

第三十六章
冲喜？扯淡？

人们发现刘恒时，他倒在一片秽物之中，脸上、身上满是已经干涸的鲜血，因为他是俯身倒下去的，翻过来时一片狼藉，谁也不知道这血是他自己的，还是别人的。

偏偏他还是在蓬莱殿里一处观荷的偏僻所在晕倒的，这黑灯瞎火，又是只剩残荷的季节，谁也没想到刘恒会跑到这里来，等找到他的时候，刘恒的脸色都已经冻到黑青了。

蓬莱殿是袁贵妃的宫殿，原本就不是伺候刘恒的，所以没有多少宫人对刘恒上心，他出灵堂的时候说要到处走走，散散心，不让人跟着，也拒绝了宫人要去给他找披风的建议。到了半夜宫人们发现他还没回来，这才开始担忧，安排人去找寻他。

刘恒乍听得那样的秘闻，心情激动之下全身发烫，突然就晕倒在了四面无遮挡的湖边，吹了一晚上冷风，被抬回寝殿的时候就已经不行了。

若不是他后来喷出一大口血，说不得当场就气结而死了。

皇子出事，在宫中是了不得的大事，可怜刚刚从蓬莱殿回去没多久、恨不得洗洗霉运的太医们，又纷纷被请回了蓬莱殿里。这一次，他们要医治的，竟是从小到大几乎没生过病的大皇子刘恒。

"到底是什么情况？朕已经命人给他擦洗过了，他身上没有一处伤口，那么多血是哪里来的？"刘未想起那件血衣就觉得触目惊心，"是不是他遇见了什么歹人，和别人搏斗后敌人留下的？"

就大皇子那三脚猫的功夫，要功夫多蹩脚的刺客才能被他伤成那样？

孟太医不以为然地默默腹诽，在仔细检查过刘恒的指甲、皮肤等处后摇了摇头："大皇子身上没有与人搏斗后的痕迹，您也说了，他身体各处都没有伤口，大皇子手无寸铁，断没有和人打斗后，身上连一道淤青都没有的道理。"

"臣看殿下这情况，倒不像是和人打斗过，倒像是……倒像是……"

一位年纪较轻的御医翕动着嘴唇。

“说！”

“倒像是和人争执之后，突然气结而倒！”

那御医一鼓作气地回道。

“什么？！”

刘未瞪大了眼睛。

“大半夜，恒儿能和谁争执！”

“臣来自民间，医治过不少疑难杂症，民间常有乡邻间斗嘴，争着争着一方突然倒下的事情，有的甚至是倒下后就再也起不来了。”

年轻的御医咬咬牙，知道自己能不能升到太医这一阶，就看今日冒的险如何了：“争执而倒的，也往往伴随着许多征兆，有的是吐血三升，有的是泪涕横流，甚至还有抽搐不已的。臣想，殿下这种情况……”

“你往日如何医治的？朕允你在恒儿身上试一试。”

刘未虽没见过这种病症，但心中已经有八分相信，移了位置让这御医医治。

这御医心中大喜，上前几步，从医药箱里取出自己的银针，抓起刘恒的手，便向着他的十指刺去！

刘未闭了闭眼，重新转过身来，满脸铁青，他千想万想，自然想不到刘恒是受了宫人闲谈的刺激。刘未往那位御医诱导的方向去想，越想越是害怕。

就在刘未思绪万千的时候，御医已经用银针刺破了刘恒的十指，挤出不少瘀血来。随着他继续施针，刘恒脸上的青黑也渐渐淡了下去，开始变得像是常人的气色。

御医也很紧张，施完针连忙拭去满头的大汗，刘未见儿子似乎是救了回来，也是满脸喜色，连连称赞：“想不到你年纪轻轻，竟有这种本事，太医局会征召你入院，果真是不负众望！你叫什么名字？”

“下官乃太医院太医参事李明东，胶州人士！”

“官升一级，升为太医，赐黄金百两。李爱卿，你如今已经是太医了，好好照顾大皇子。”

刘未轻飘飘就送出去一个太医的职衔，惹得太医院里不少熬了许多年才升为太医的医官们又羡慕又嫉妒。

李明东有些得意地看了身边的孟太医一眼，跪下谢恩的同时，又提到一件事：“陛下，下官认为大殿下会变成这样，不仅仅是因为昨夜受的刺激。早在前天，殿下身边的魏坤就拿着东宫二殿下的令牌来请过太医，那时候去的是陈太医，但陈太医没有诊到脉，就被大殿下派人送了回去。”

李明东看着皇帝凝重起来的脸，继续上奏：“恐怕大殿下之前就有些郁结的征兆，但没有人重视，昨夜被人一刺激，便立刻发作了出来。”

刘未没想到还有这样的事情，眼睛扫过孟太医，冷声问：“太医令，可有此事？”

孟太医微微颔首：“确有此事，但因为魏侍读拿的并非大殿下的令牌，臣心中存疑，所以并未亲去，只是派了给东宫诊平安脉的陈太医去。”

“为何不上奏？”

“陈太医并未诊脉，没有医案，无法上奏。”

“荒唐！”

刘未指着孟太医的鼻子破口大骂道：“皇子的事，岂是可以怠慢的小事？！”

孟太医知道自己成了泄愤的对象，一言不发，只垂下眼眸。

“不仅如此，前几日还有人……”

李明东得理不饶人，想要把燕六曾经取了刘凌的腰牌来请太医的事情也说了，恨不得趁热打铁，立刻把孟太医从太医令的位置上拽下来才好。

“这些话日后再说！”

可惜刘未已经不耐烦听他在这里告恶状了，招招手立刻把岱山叫来，在他耳边吩咐了几句，这才扭过头来，继续吩咐孟太医。

“你们看顾好恒儿，如果他清醒了，立刻派人来紫宸殿通传。”

“是！”

刘未的眼睛扫过那新任的太医李明东，微微嗤了一声，大步离开了蓬莱殿。

等皇帝走后，太医们才陆陆续续抬起头，看向李明东的眼神里满是鄙夷。差点被他牵连的陈太医更是走到他身边，狠狠地“呸”了一口，背起药箱就离得他远远的。

太医局中的派系争斗和地位之争向来是见不到血的战场，其残酷的程度，更甚于朝堂。施针用药，可令人死，可令人生，但怕的是你明明是让人生的，最后人却死了，那就有嘴都说不清了。

像李明东这样未曾和其他太医一起商议过就擅自冒头用野方子的事情，在太医院是根本不允许出现的。

更别说李明东还试图拉其他人下水了。

李明东做出选择时就已经想到了有这种后果。在太医局的这段日子里，他一直被打压，这让他憎恨太医局里所有道貌岸然的老医官，并认为自己不能出头，是因为他们嫉贤妒能。

孟太医这一辈子不知道见过多少李明东这样的年轻人，他的脸上挂着淡淡的讥笑，上前为大皇子把了一把脉，收回手后哼道："你当我们不知道银针放心头血的办法？但心头之血乃是气脉运行的根本，你现在把心头血泄掉，大殿下的血脉倒是能即刻畅通，可气血大亏，醒来后也不知还会有多少毛病。"

孟太医脸上一片讥讽，心中其实已经乐开了花。

不必他出手，李明东这蠢货就已经自作聪明地把大皇子给毁了。

"你这般只看得到眼前之利看不到日后之祸的家伙，就等着大皇子醒来后，降罪于你吧。希望你到时候没事，李、太、医。"

孟太医捋了捋袖子，负着手径自出了寝殿。

李明东被众人这般奚落、羞辱，原本已是恼羞成怒，可被孟太医一说，他竟吓得背后冷汗淋漓。

那放心头血之法有弊端的事情是真的，还是孟太医吓唬他？为何他之前这般抢救别人，从未出过差错？

如果大皇子醒来后真有什么毛病，太医令会不会在陛下和大皇子面前告发他？他会不会因此倒霉？

李明东面如金纸，胆战心惊。

一定有办法的，一定有其他办法的，只要想法子让太医令不说出这件事，其他太医也不敢在陛下面前说什么，只要能想法子找到太医令的把柄……

* * *

魏坤和刘祁被皇帝召去了紫宸殿，一夜未归。

这造成的结果之一，就是第二日上朝听政之时，只剩下刘凌一个光杆司令。

朝臣们不乏消息灵通之辈，昨夜宫里派人连夜出宫，将魏坤带走的事情，许多人家都知道，也猜测出大概是大皇子出了什么事。

这时候见到了刘凌，哪怕是和他没有什么交情，连熟悉都说不上的朝臣，也都纷纷凑了过来，打探消息。

"三殿下，为何今天只有你一人来听政啊？"

"三殿下，二殿下去了哪儿？"

"三殿下，你可知道昨夜紫宸殿为何派人去了方国公府？"

"三殿下……"

刘凌被众人"围攻"，他们问的又是这般紧要的问题，刘凌张口结舌不知该如何应付，饶是他定力过人，也觉得头晕脑涨。

那些大臣不肯放过他，眼见着围过来的人越来越多，刘凌正在心中叫苦，突然有一只大手拉住了他的胳膊，将他拽到了后面。

“诸位同僚，吕某有些问题要问三殿下，少陪，少陪。”

拉走刘凌的，正是最近为了大皇子的婚事忙到焦头烂额的吕寺卿。

“殿下不必理会这些人，于公，他们是臣子，不可刺探宫内之事；于私，他们议论的是您的兄长，您也没有回答的义务。”吕鹏程微笑着说，“您若觉得不自在，就站在臣的身边，等过一会儿陛下吩咐赞者唱朝了，您再过去就是。”

吕鹏程是那种很难让人产生厌恶感的人。他出身名门，年少得意，力挽狂澜，中年清贵，加之人又风流潇洒、气度闲适，活生生就是贵人的典范。

但刘凌此人，天生对某些事有种直觉上的敏锐，以至于他每每见到吕鹏程，总生出一种对方是将自己当作待价而沽的货物，对他千般好万般善，都是为了卖出个好价钱的奇怪感觉。

“您皇祖母是臣的亲姐姐，臣又没有子女，对臣而言，你们都跟臣自己的晚辈一样……”吕鹏程慈爱地说道，“如今大殿下要开府纳妃了，眼见着二殿下和您也这么大了，都快到了要纳妃的年纪，平日你们要多和老臣交流交流，老臣才好知道给你们找什么样的闺秀啊，哈哈……”

若是其他这个年纪的少年听到这句话，不是记在心里，就是面红耳赤，这年纪正是对男女之事最懵懂向往的年纪，皇子亲王纳妃也确实和宗正寺息息相关，听到这番话，怎会有人不刻意结交这位寺卿？

偏偏刘凌心中有瑶姬，又因为他知道太妃们的经历，所以他对三妻四妾没有什么兴趣，听到吕寺卿的话，也只是微微红着脸支吾了几声。

吕鹏程自以为说了个笑话，却得了冷场，大概他也觉得有些没趣，和刘凌勉强聊了一会，说了几句“有困难不妨来找我”之类的话。

刘凌从小在冷宫里长大，和袁贵妃做戏已经做惯了，当下摆出一副“受宠若惊，我有事一定去找您”的欣喜表情，在吕鹏程既和蔼又自得的表情中，连连道谢，回到了宣政殿外。

其他大臣见刘凌从吕鹏程那边回来了，还想上前询问后宫之事，忽地从人群中走出一位老者，其余众人便纷纷止步，不再上前。

白发白须的方孝庭拦住了刘凌，行了个礼，开门见山地问道：“敢问三殿下，二殿下去了何处？”

刘凌被方孝庭如电一般的眼神逼视着，心头升起了一丝反感，冷了冷脸，沉声道："不知道，一早起来，东宫里就剩了我一位皇子。我住在东宫最南边的殿中，连伺候笔墨加起居的近身宫人一起也就三个人，二哥被陛下召走时，我正睡得云里雾里，值夜的宫人只有一个，睡得比我还沉，也无从得知什么消息。"

其他听到解释的大臣们纷纷露出"原来如此"的表情。大臣们都听说过这位殿下幼年时的遭遇，袁贵妃出事时他身边的一个宫人还因为是袁贵妃的心腹受了牵连，要想他耳目多么灵通，还不如找个普通的宫人问问。

一时间，有些大臣就不免意兴阑珊，不再关心这边了。

方孝庭笑眯眯地看了刘凌几眼，"哦"了一声，对着刘凌拱了拱手："即使如此，那老臣也明白了。殿下也莫怪老臣性急，实在是骨肉相连，人之天性，殿下和二殿下是手足，理应明白臣的心情。"

刘凌认真地点了点头。

"这是自然，二哥早上不在东宫之中，我也十分焦急，恨不得他赶快回来。"

这话是真话，情真意切，方孝庭仔细看了看刘凌的眼睛，发现他不似作伪，心中叹了一口气，慢悠悠地踱开了。

方孝庭走后没多久，刘凌从未接触过的京兆尹便找了上来。因为之前有许多大臣好奇来打探消息，这位大人靠近刘凌时便没引起多少人的注意。

京兆尹冯登青是来道谢的。

"今日天不亮，燕六下了职突然登门，冯某才知道自己得了殿下这么大一个人情。冯某和贱内生活了大半辈子，早已经是谁也离不开谁，家中儿女知道母亲无事了，也俱是欣喜不已。宣政殿外不是说话的地方，他日若有机会，冯某必定报了殿下的大恩！"

冯登青不敢引起别人注意，只微微行了行礼。

"不敢当冯大人的谢。"刘凌赶紧虚扶一把，"大人该谢谢燕将军才是。若不是他冒着被重责的危险求到东宫里来，又苦苦恳求不肯放弃，也不见得能等到我借他腰牌。"

"话虽如此，但若殿下没有伸出援手，即使燕六再神通广大，也断没有手眼通天的本事。"冯登青被刘凌扶起，心中有些诧异他的力气，不过还是再三感谢，"燕六的恩是燕六的恩，冯某自有报答的法子，但殿下的恩情，冯某也是不敢忘的！"

刘凌没想过随手帮一个忙，还给自己结了这么个善缘。不过京兆尹是外官，和他这样的深宫皇子是没什么接触的，所以刘凌只把冯登青说要报答的话当作套话，并没有太放在心上。

冯登青走后，刘凌靠着宣政殿外的柱子，闭起眼睛思索起当前的形势来。

三位皇子，原本自己实力最弱，登上皇位的可能性最低，但因为两位哥哥都变弱了，自己反倒变得显眼起来。

一旦大哥出事，二哥又有了麻烦，正如几位太妃所说，为了让二哥顺利上位，方孝庭就必须要做出更大的动乱。

父皇身边强手如云，兵部和军权又牢牢掌握在父皇的手中，方家在父皇那里掀不起什么惊涛骇浪，最有可能的，就是对他下手。

无论他对方孝庭的态度如何，方孝庭对他都不会手下留情，说不得之前他在东宫里遇见泼热水的那些死士，就是方孝庭的人马，现在自己除了小心谨慎，似乎也想不出什么法子来应对。

“殿下，可否移步一叙？”

一个陌生的声音突然响起，打断了刘凌的思绪。

刘凌睁开眼，眼前出现的是一副和魏坤的长相有七分相似的面孔，此人正是魏坤的父亲，方国公魏灵则。

“方国公有事？”

刘凌点了点头，跟着方国公到了一旁。

“让殿下笑话了，老臣并不是找殿下打探什么消息的……”

老国公的脸皮涨得有些发紫，显然是不好意思：“老臣的儿子被带走，一定是他做了什么不妥当的事情，老臣不愿问，也不会求情。

“只是坤儿被带走时刚刚入夜，他和家中几位侄子、侄女玩得忘了进晚膳，如今已经是进早膳的时候，估计他也没有进食，人不是铁打的，几餐不用，精神又绷着，万一熬坏了身子……”

方国公叹了口气，对着刘凌连连拱手：“老臣想着，如果不肖子被陛下送回了东宫，就劳烦殿下记得膳食之事，为老臣那不肖子准备些吃喝……惭愧，老臣请求殿下的事情竟然是这么不……”

“没有，您是个好父亲。”

刘凌心中感动，并不觉得他小题大做，反倒记在了心里，对方国公也生出了好感：“我会记在心上，一散朝就让宫人准备好热粥和小菜。我二哥昨天半夜也被召去了，如果没有进食，这个时候应该也饿了……”

刘凌对方国公回了个礼：“魏侍读对我大哥一直忠心耿耿，照顾他细心入微，人人都看在眼里，必不会出事，您且放宽心。”

“陛下到！百官入朝参拜，上朝！”

赞者一声高唱，打断了方国公和刘凌的谈话，刘凌急急忙忙对方国公拱了拱手，返身就进了宣政殿。

百官进了殿，参拜过后，还未等两位宰相奏读议事，坐在御座上的刘未就开了口，吸引了所有人的注意。

“昨天朕的大皇子在蓬莱殿遇刺，如今还在昏迷不醒中。”

霎时间，朝中哗然一片，简直像是炸开了锅。

刘凌没想到是这个结果，惊得张口结舌，看向父皇的表情也是难以置信。

蓬莱殿是袁贵妃的地方，即使她死了，里面也都是她的宫人，谁会在众目睽睽之下对刘恒下手？

刘未站在宣政殿最高处，对殿下所有人的表情一览无遗，自然也不会放过方孝庭和吕鹏程脸上的错愕之色。

“大皇子遇刺”之事只是他用来诈人的，为的是看看朝臣们的反应，但现在见到所有人都一副难以置信的样子，弄得他也不太确定了。

左右刘恒没有醒，刘未也不愿放过这个机会，趁热打铁，继续说道：“自朕下令为恒儿封王纳妃以来，先是袁贵妃遇刺，而后是恒儿在蓬莱殿里离奇出事，可见宫中已经大不太平，有不少意图谋逆之人正对着朕的卧榻之侧虎视眈眈！”

刘未深吸了口气，冷着脸继续说道：“既然有人不愿意恒儿纳妃就藩，朕就偏偏不能让这些宵小之辈如愿。民间素来有‘冲喜’之说，老大现在昏迷不醒，正是需要喜事冲一冲的时候，朕命宗正寺、太常寺今日便给出肃王妃的人选，由朕亲点，三日之内，举行大婚！”

哗！

大臣们简直要疯了，出列直谏的人一个接一个，都表示如此纳妃太过荒唐。

“如果恒儿出事，连亲事都没有，难道你们要他在九泉之下做一个孤魂野鬼吗？！”

刘未恨声开口，打断了所有人的谏言。

“就算他日要过继其他兄弟之子为他拜祭，恒儿也须有王位、有妻室，诸位爱卿大多都是已为人父之人，难道就不能考虑一下朕的心情吗？！”

一时间，朝堂上人人无心朝政，不停分神，就连北方大旱这样的事情都没有引起多少人的注意，还是户部连续三次提醒，才重新让众人回归到议程上来。

刘凌立在一旁，手指无意识地抚着腰带上的玉带扣，有些不敢相信大哥的命运就被这样随便地决定了。

父皇甚至连大哥死后以兄弟之子为嗣子继承香火的事情都想到了，还要像民间一般冲喜……大哥的情况究竟坏到了什么地步？

*　*　*

蓬莱殿里，像是荒唐的玩笑一般的冲喜旨意，竟像是有了用一般。

已经昏迷不醒到让人生不起什么希望的刘恒，静静地睁开了眼睛。

“大皇子醒了！来人啊！殿下醒了！”

李明东又惊又喜，连连高呼。

“快去通知陛下！快去通知陛下！”

此时刚刚是下朝的时候，刘未一得到消息，连书房里的大臣们都没管，就立刻赶到了蓬莱殿。

只是片刻后，无论刘未再怎么有心理准备，也忍不住咆哮出声。

“你们给朕说清楚！为什么朕的儿子成了个木头人！！！”

第三十七章
失魂？招魂？

刘恒醒来之前，李明东就已经陷入了惶惶不可终日之中。

李明东虽少年成名，家学渊源，但他自己心里清楚得很，和历经三朝的太医孟顺之比，自己还嫩得很。

孟顺之在杏林之中简直就是个神话。

孟顺之少年时深入各处毒瘴毒物横行之地，救治过无数百姓，后来秦州瘟疫，赤地千里，人人避之不及，他却孤身进入疫区，组织起当地的郎中们治病救人，成为人人敬仰的“神医”。

当年张家为杏林魁首，可孟顺之进入太医局后，不但没有受到打压，张家子弟反倒对他恭恭敬敬。他一步步登上太医令之位，几经起落，虽说宫里人人都说他和袁贵妃沆瀣一气，害过不少人命，可要能让这些贵人服气地用他，没有真本事是不可能的。

从放完血让刘恒面色如常后，李明东就开始挣扎该如何让孟太医不去告发他这治法的弊端。虽然李明东也不知道孟太医是故意这么说吓他，还是事实就是如此，不过他知道，只要孟太医向陛下这么说了，不管他做得对不对，但凡大皇子有事，他就要被推出去做替罪羊、出气筒。

李明东端坐在大皇子的床前，脸上早已经没有了那般得意之色，眼睛一动不动地望着孟太医的背影。

终于，当孟太医单独一人离开殿中，要去外面吩咐药童研磨一味药剂之时，李明东悄悄地跟上，半路上把孟太医截下，恭恭敬敬地行了个大礼：“小子适才得意忘形，实在该死，求太医令救一救我！”

“李太医实在是太看得起孟某人了，如果孟某有善后的法子，难道不知道和你用一样的办法救人吗？正是因为我也解不了这个弊端，所以才会一直沉默。”

孟太医依旧是万年不变的冰山脸孔。

李明东低下头，掩饰住眼睛里狡猾的光芒："小子不是求太医令出手相救，而是陛下那里……"

"李太医，你是不是不明白太医局是什么地方？"

孟太医被气得笑了出来。

"在这里是绝对不可能一步登天的，你只要行错一步，就要面对应得的惩罚！从你入太医局开始，多少太医对你耳提面命，你以为他们是啰唆不成？！"

李明东听到孟太医的话，缓缓抬起头："太医令的意思，是不会替小子掩饰，是不是？"

"是如何，不是又如何？"

孟太医皱了皱眉。

"本官还要吩咐药童磨药，少陪了！"

"如果你在陛下面前陷害我，我就把你给三皇子开补药，意图让他虚不受补的恶行告知陛下！你一直给三皇子开一些奇奇怪怪的药方，有些甚至是滋阴之物，根本就不适合这个年纪的孩子。"

李明东自认为抓住了孟太医的把柄，笑得也张扬起来："鄙人有爱翻看医卷的嗜好，从鄙人一入太医局起，就将太医令您所有经手过的方子和医案都抄了一遍。原本，鄙人是敬仰太医令的医术，想要从中学会一些本事的，谁想到，堂堂妙手回春的孟太医，居然也会开那种狗屁不通的方子！"

孟太医这才明白李明东在说什么，心中有些哭笑不得的同时，也为此人的性格和手段深深头疼。

这人既狡猾又愚蠢，既狂妄又小心，各种矛盾的特质居然都出现在他的身上，真让他这么留下去，时间一长，说不得太医局里都要翻了天。

不能让他再留了！

孟太医心中冷笑，面色平静地看着这个年轻人用畅快的语气滔滔不绝地说着。

"三皇子才多大？他都没有成人，您给他开那些药，恐怕是想让他毛发不丰、声音尖厉，丧失男儿的威武之气吧？！那些滋补之物，会让他出现阴阳失调的情况，说不得还会给他留下病根。啧啧，我知道孟太医您不是这么恶毒的人，那您是受了谁的指使？恐怕是袁贵妃吧！"

李明东笑得猖狂："非但如此，之前您为后宫诸嫔妃开的补药，也有许多存有弊端，如果她们长期服之，反倒会出现反效果。这些不知陛下知不知晓？"

孟太医一言不发，面无表情。

李明东说了一阵，见孟太医既没有露出担惊受怕的表情，也没有恼羞成怒，就像是听着别人的故事一般毫无反应，李明东脸上的猖狂之色也一点点收起，心中更是忐忑不安。

“不知所谓。”

孟太医丢下这句话，摇了摇头，负手离开了原地。

只留下脸色铁青、眼中满是挣扎之色的李明东。

午时过后，刘恒醒了，可醒了还不如没醒。

从醒来开始，刘恒就没说过一句话。无论是刘未，还是其他人，不管怎么和刘恒说话，他都没有一点回应。刚开始的时候，宫人们没有伺候好刘恒，甚至还让他在身上便溺了，这让一干宫人非常惶恐，生怕皇帝发现了这件事情。

待刘未赶来，看到睁着眼睛，却像是失了魂一样的儿子，当然是根本无法忍受，当下就咆哮出声。

“你们给朕说清楚！为什么朕的儿子成了个木头人！！！”

刘未握着儿子的手，另一只手不停在他眼前挥舞，见刘恒的眼珠子连动都不动一下，更是烦躁不堪，再见一干太医都盯着孟太医，好像在孟太医说话之前绝不敢开口一般，刘未顿时一声大吼：“太医令，你的医术最高，你跟朕说说这是怎么回事！”

“臣遵旨。”

孟太医搓动了下手指，思忖着开口。

“大殿下清醒之前，曾大量呕吐，又吹了一夜冷风，这最容易引发肝虚邪袭之症。此外，虽不知大殿下身上那些血是不是他自己的，但既然见了血，便说明他曾有过神志不宁的情况，这也对心神最是损耗。”

孟太医斟酌着继续开口：“所谓肝藏魂，如果肝虚邪袭，神魂离散，则有可能患上离魂症。此病暂时没有什么好的药物能够医治，可以先用独活汤、归魂饮滋补肝肾，养血安神，然后再想法子。”

这些解释一出，竟是把李明东之前放心头血的弊端给瞒下了！

众太医心中疑惑万分，不明白孟太医为何要手下留情，明明将李明东抛出去是最简单的做法，有这不知分寸的小子在前面承担怒火，他们的压力也要轻得多。

孟太医何时这般爱护后辈起来了？

一旁的李明东一口气长长地舒了出来，此时他才觉得后背发凉，浑身上下也在不住地打着寒战，显然后背被汗水濡湿之后又过了风，他已经有些着凉了。

但他这时哪里顾得上这些，他只知道自己赌对了！

刘未将信将疑地问过好几个太医，这些太医上去轮流诊了脉，发现大皇子确实有心肾两伤的情况，而且大概是他之前守灵通夕不寐，精血也损耗得厉害，只是因为年轻，所以才没有留下什么隐患。太医们不由得心头感慨，也同意了孟太医的说法。

刘未一听到“离魂症”云云，头部就不停地裂痛。他自己就有头风，也是心神亏损太过之故，可自己这大儿子才十几岁，况且刘恒的压力还没有他的大，竟然也是心神上的毛病，这怎能不让他又惊又气？！

“孟太医，以你看，恒儿在成亲之前能恢复正常吗？”

刘未低下头，满脸犹豫。

“陛下，四十几日内，恐怕……”

“不是四十几日，朕刚刚在前朝宣布，婚事就在这几天。”

刘未冷着脸补充。

“这……这……”饶是常年和这位皇帝接触的孟太医，也被惊得半天才讷讷道，“陛下恕罪，仅仅几日，臣等恐怕无法彻底治好大殿下！常言道病来如山倒，病去如抽丝，更何况皇子大婚礼仪烦琐，就算是寻常的健康人一天下来，也不免疲态丛生，更别说大殿下……”

刘未见到孟太医脸上的难色，知道孟太医这里没有什么可靠的法子，只将眼睛一扫，眼神从屋子里所有太医脸上掠过，最后定定地停留在了最末尾的李明东脸上。

他对这个年轻人有印象。

李明东有野心，有想法，敢尝试，就是太过轻浮，欠缺磨炼。

太医局里都是些老成持重之人，孟太医是他从母后时起就倚重之人，本事虽有，但不会冒险，其他太医也差不多如此，非常时行非常事，说不得此人还有些法子。

“李明东！”

“在！”

李明东听到皇帝唤他，茫然抬头，随后一阵狂喜。

皇帝居然准确无误地唤起了他的名字！

“朕记得你是从民间来的，擅长各种疑难杂症。民间遇见这种情况，一般是怎么做的？”

刘未温声询问。

“民间……大多是请神、招魂……”

因为不知道大皇子的失神是不是和他有关系，李明东也有些心虚，只能模模糊糊地吐出几个字来。

果然，刘未听到这个回答，脸上立刻出现了不耐烦的表情，脸拉得老长，显然是觉得自己受到了愚弄。

李明东见皇帝似乎开始对他失望了，只能咬着牙，硬着头皮继续解释："民间请神、招魂，大多是因为请不起什么名医，只能用这种办法，心病还须心药医。"

"心病还须心药医？"

"正是如此。臣觉得请神也好，招魂也好，都能表现出至亲至爱之人对患者的关心。人即使在昏睡之中，也并不是完全丧失对外界的感觉的，是以常有亲人在病床前呼唤，濒死之人奇迹般清醒的事情。一般人觉得这是在招魂，但在医家看来，让病人明白自己没有被放弃，从而生起求生之志，也是一种治病的法子。"

李明东乱七八糟地说了一点后，思路越来越清晰，口齿也越来越伶俐。

"况且，道士和巫师，多有各自神通之处，不为外人道也。在医家看来，像是大殿下这样的情况，便只能慢慢滋养神魂，见效极慢，但若是道士和巫师有什么管用的法子，也不见得就是谬论。医者医人不能医心，这些道人却是修身养性……"

"李太医，你休要再胡言乱语！"陈太医实在按捺不住，破口大骂起来，"你堂堂一名太医，病人患病不思医治，却让人去找道士和神巫去请神抓鬼，简直是荒谬！荒谬！你可对得起自己的医术和良心？！"

李明东被陈太医一骂，反倒激起了脾气，厉声道："陈太医在宫中养尊处优惯了，是不知道民间的疾苦！您说的那些道士和巫师，在不行法事的时候，大多是以郎中和医者的身份在各地行走的！他们见识过的病症，说不定比您老在宫里见过的还多，您怎么知道他们就没有办法？！"

孟太医听到李明东这样说，突然想起一个人来。

一个能间接对刘凌大大有用之人。

"陛下，其实李明东所说也并非全无道理。其实有一个十分合适的人选，他既通晓医术，又内功深厚，还懂得不少神仙本事。"

孟太医乍然开口。

听到孟太医说这些，李明东难以置信地看了过去。

只见皇帝听到孟太医的话，几乎是顷刻间就明白了过来，两眼放光道："你指的是太玄真人？"

孟太医连连点头。

"臣与太玄真人曾一起救治过四皇子，此人确是奇人，医术精湛且见多识广，又有不少道家独门的丹方，可以请他出山。再者，神魂之事，确实不是我们太医局的专长，但这位真人说不定有些法子。”

刘未迫切地希望刘恒赶快离开京中，听到孟太医肯定了李明东的话，他心中顿时大定，连忙吩咐身边的宫人去鸿胪寺，派专人星夜兼程去请太玄真人下山。

等一切安排完，刘未看着犹如活死人一般，睁着眼却面无表情的嫡子，捏了捏拳，竟扭头又问了李明东一句话。

“民间招魂，是怎么招的？”

* * *

刘未政务缠身，根本没有时间在蓬莱殿里陪着儿子，安排好相应事宜后，就又匆匆离开了蓬莱殿。

李明东得了皇帝的肯定，亲自去操持招魂之事，然后满脸得意地离开了。临走之前，李明东还“特意”谢过孟太医的“提携”之恩，但他的眼中并没有什么感激的神色，反倒有一种理所当然的满足。

这样的事情在孟顺之看来自然是不值一哂，连眼皮子都没动一下，太医院不少太医却忍不住了，一个个义愤填膺。

“孟太医啊，您往日不是这样行事的，这次您怎么帮了这么个人物！”陈太医连连摇头，“您听到没有？我们这些太医如今要做起招魂之事了！简直滑天下之大稽！传出去就是杏林中的笑话！”

孟太医对这些同僚并没有太多的感情，随便扯了几个理由应付过去，回过头就去为大皇子细细诊脉。

大皇子既然已经清醒，虽然不死不活，但至少脱离了危险，几个太医安排好值班，各自回去休息、拿药、做医案，刚刚还满满当当的寝殿，顿时空空荡荡起来。

孟太医用张家独门的探脉之法探着大皇子耳后的穴道，叹了口气，压低了身子在刘恒耳边低声说道：“大殿下，虽然臣不知道您为什么会变成这样，但恐怕跟您不愿意离开宫中有关。可如今的大势，哪怕您真是濒死，陛下也会给您开府纳妃，就是抬也要将您抬出宫中，您这样勉强，只是让自己受更多苦而已。”

孟太医收回手，继续叹道：“臣和贵妃娘娘也是交情深厚，不愿见您这样自误。您出了事，很多人都要遭殃，说不得就会连累到无辜之人，还是见好就收罢！

“如果您有什么需要臣帮忙的，可以来找臣，看在贵妃娘娘的面子上，臣一定会帮您。”

孟太医丢下这番话，给刘恒重新拉上被子，站起身来，走到门口去唤宫人为刘恒添一个炭盆。

刘恒装病，瞒得了别人，却瞒不过孟太医。

其他人或有怀疑，可不敢真的做出判断，以免又刺激了刘恒，心病变成癔症，又或者逼得他干脆轻生。

毕竟那郁结在心、神魂不附的脉象，作不得假。

孟太医不知道大皇子是遭受了怎样的打击，才会使他如此爱洁成癖的一个人，竟能忍受一醒来之后便溺在身。

正是因为刘恒做出便溺在身这种不可能出现的事情，伺候他惯了的那群宫人才觉得这位大皇子是真的脑子坏掉了，成了一个活死人。

死亡，真的是能让人迅速长大的一种法术。

孟太医甩了甩头，开始思索着该怎么将这种局面化为对自己有利的一面，又如何能把宫中的水搅得更浑。

刘凌不上位，张茜出不了冷宫。可拦在刘凌之前的还有三座大山，要想一一除去，实在难度不小。

罢了，等用完了李明东，把他先处理了再说。

* * *

紫宸殿内有一座乐室，原本是在皇帝办公之余让皇帝放松片刻，享受歌舞的地方，但惠帝不喜歌舞（实际上是不爱一切要花钱的事情），平帝又曾拿这间乐室藏过怀柳君，这间乐室便成了紫宸殿里一处闲置的所在。

如今，里面的乐器早就被清理到了库房，偌大的乐室空空荡荡，仅留下不曾除去的毛皮地毯，但因为多年来无人打理，地毯上积灰厚重，颜色也已经褪去了鲜亮，更显得荒凉了。

就在这间长期没有人逗留的乐室内，如今竟坐卧着两个少年。其中一人卧倒酣睡在另一人的腿上，另一人靠墙而坐，屋子里只能听见睡倒之人细微的呼吸声。

又过了一会儿，也许是坐着那人的腿部实在不适，只好轻轻换了个姿势，就这么一动便将睡着的少年给惊醒了。

刘祁慌乱地抬眼一看，只见满脸痛苦之色的魏坤扶着墙壁，小心翼翼地站起身子，借着墙壁的支撑开始小心地活动筋骨，刘祁忍不住面色一红：“对不住，昨天半夜被惊醒，到了清早就犯困，不知道怎么就睡在你腿上了，大概是滑下去的。”

魏坤没说刘祁开始靠睡在他肩膀上，他实在觉得别扭，才将刘祁放在了自己的腿上，他只是小心地活动着自己的右腿，不以为意地摇了摇头。

“无妨。”

“寅时刚过，父皇应该才刚刚上朝……”刘祁呼了口气，情绪低落地开口，“真是无妄之灾，我明明是一时心软……”

刘祁刚刚睡着了不觉得，现在醒过来了，脑中不免就涌入各种思绪，加上魏坤一向少话，他没人闲聊，想得更多。

如今他母妃出了事，被关在乐隐殿里已经算是优待，扯上巫蛊，被废了投入冷宫都是正常。他前几天还是袁贵妃死后的赢家，转眼就和大哥同病相怜。

相比之下，刘凌无牵无挂，反倒让人抓不住弱点来攻击。

这么一想，他觉得刘凌的运气也太好了点，从冷宫里出来开始，刘凌竟没有哪一天像是他和大哥这么倒霉的。

刘凌的功课一直都跟得上，身体健壮，武艺上也是出类拔萃，就天资而言，刘凌不在他和大哥之下，只是这么多年被耽误了而已，刘凌一有机会，就能飞速地进步。

东宫里的教习们都喜欢刘凌，人人都喜欢这种勤学上进的学生。一开始，教习们认为教刘凌会很吃力，之后发现不是这样，反而很庆幸。

后来沈国公又将《东皇太一图》进献给了父皇，刘凌更是出尽了风头。

等等，为什么父皇好生生要那幅《东皇太一图》？

刘祁突然心中一凛，开始细细思索起来，忍不住一个拍掌，心中惊叫：三弟的运气实在是太好了！好的就像是上天在庇佑着三弟一般！每一次他和大哥倒霉，三弟都会更进一步！

就像这次腰牌之事，以他们当时的情况，如果不是刘凌的腰牌被借走，魏坤借去的就一定是刘凌的腰牌，也就没有今日他和魏坤连夜被召来紫宸殿一事了！

为什么魏坤借走的是他的腰牌？

王宁被召走，为什么一点事都没有地回来了？

刘凌……刘凌……

刘祁想得头疼欲裂，忍不住猛捶了一记墙壁。

“不要胡思乱想！”刘祁对自己说着，“如果不是我自己心生疑虑不肯行燕六的方便，也就没后面的事情了。说到底不是三弟运气太好，而是他与人为善，老天眷顾，我怎可卑鄙地认为这些是他的算计？”

只是虽如此自我安慰，但疑心的种子一旦种下，就不是那么容易拔除的，刘祁的心中乱糟糟的，一下子是各种阴谋之论，一下子是往日和刘凌接触时感受到的真实情意，竟不知道该和谁吐露心事。

魏坤抱臂坐在一边，冷眼看着刘祁忽喜忽悲，缓缓闭上眼睛假寐一番。

大约过了大半个时辰，天已经亮了，乐室外来了两个侍卫，直接传唤走了魏坤，说是皇帝传唤，只留下了刘祁一人。

刘祁坐在乐室里，又累又饿，心中还惴惴不安，若不是乐室的地上铺有厚毯，就这么坐一夜，冻都要冻出毛病来了。

就这样，刘祁一直浑浑噩噩忍到了午时，待他从梦中清醒，就发现一身朝服未换的父皇已经站在了他的面前。

“父……”

“你大哥昨夜晕死在蓬莱殿里，方才醒转。”刘未丢下这句话，直接打断了刘祁的惊讶呼唤。

刘未低头看着刘祁，接着道：“朕不知道你大哥是怎么到了那里的，也不知他为何浑身是血，太医说魏坤之前用你的腰牌去请过太医，所以朕才召你们过来。朕刚刚从魏坤那边过来，事情的始末朕已经知道了。”

“父皇，儿臣借魏坤腰牌，只是担心大哥的情况……”

“朕明白，朕叫你来，只是做给其他人看的。这乐室虽阴森，其实是整个紫宸殿最安全的地方，四周皆有暗卫在无人可见之处，这儿曾是先帝时期的布置。”

刘未微微分了分神，又重新提起精神说道：“既然将你带到这里，朕也不妨告诉你，朕准备动吏治这块了！”

刘祁闻言一震。

“你也听了这么长时间的政事，应当明白吏部这边有很棘手的症结。以你曾外祖父为首的文官结党营私，已经阻碍了朝廷正常的取士和提拔人才之路，不动不行。朕虽动了方党，但必定会保住你母亲的性命，以待你来日荣养。你需忍耐再忍耐，不可学你大哥。”

刘未顿了顿，显然对刘恒的情况心有余悸，才有了今日这场长谈。

“日后宫中的动乱会越来越多，前朝后宫都有些变化，你们兄弟在东宫中一定要相互扶持，等朕将这些弊病处理干净，朝堂上才有你们兄弟施展抱负之地。所谓有舍必有得，你也不要耿耿于怀。”

刘未沉默了一会儿，又像是不经意提起一般说着：“如果你曾外祖父那里有什么异常，或者联络你要你做什么，你可以先应承下来，但之后一定要告知于朕。”

刘未表情慎重。

刘祁错愕地张开了口。

“切记，吏治不清，则民不聊生！”

刘祁等了一天一夜，等到父皇对他说的是这个，忍不住心中大恸。

这是父皇在逼着他做出选择了！

三年前贵妃收养儿子之时，出现了同样的情形，但那次他义正词严地拒绝了，甚至生出了日后就藩也不错的想法。

可现在父皇这言语中的意思，竟是告诉他，他已经没有退路，连藩王之路都不能再选。

刘祁咬得下唇生痛，直到嘴里充斥着血腥之气，方才认命一般跪了下去。

“儿臣……接旨。”

* * *

午时过了没多久，魏坤被送到东宫，说是皇帝体恤魏坤一夜未眠，安排他先到东宫休息一阵，稍作洗漱之后，再出宫返家。

刘凌不由得对魏坤心生同情，天子一句话，底下被折腾的人是连怨都不敢怨的。

只是还没过多久，该被同情的人就换成了刘凌自己。

光大殿的厅堂之内，刘凌呆若木鸡地看着眼前的物件，难以置信地抬起手，哆哆嗦嗦地问：“这……这……这都是什么？”

面前的人自称是太医局的太医，说这些东西是由紫宸殿的管事送来的，此外还带着一大堆稀奇古怪的东西。

只见那年轻的古怪太医拿起身前的箩筐，搓动着箩筐中的白米，咧着嘴笑道：“殿下，臣刚刚不是已经说了吗？大殿下得了离魂症，陛下命臣安排招魂事宜，这些都是招魂的东西啊。”

“但是……”

刘凌攥着手中的东西，心中已经开始歇斯底里。

你拿个红肚兜来，让我穿在外面，到底是要干什么？！

第三十八章
恶鬼？人心？

这代国的民间招魂，是要一个失魂者的血亲在外面呼唤失魂者的名字。

血亲是童子，便身穿红肚兜，手拿小箩筐，边走边撒米，一路撒到失魂者的床边去；血亲是老人，便用失魂者的衣服绑在扫帚上，边走边扫，一路扫到失魂者的身边。

这事要放在民间，家里孩子丢了魂儿，一定是父母或祖父祖母去招魂的，可这事儿摊到皇家，谁敢跟皇帝说“嘿，陛下，您扛个扫帚出去扫扫，大殿下也许就醒了”。

谁说了，恐怕谁就会先丢了魂儿！

于是乎，李明东根本想都不想让皇帝替刘恒招魂这事，而是用了另一种办法，让身为刘恒血亲的兄弟去招魂。

选中刘凌的原因也很简单，李明东根本不敢派人去问二皇子“您还是不是童子身哪”。

即使是大户人家，家中十四五岁的男孩偷偷摸摸知晓人事的情况也比比皆是，李明东不知道皇宫里的情况如何，不过人总是越不了解越喜欢猜测，李明东想着宫里的孩子说不定比外面大户人家的孩子知晓人事还早些，就跳过了二皇子，直接找上了才十二三岁的三皇子。

当然，三皇子在三位皇子中看起来性子和善也是一个原因。二皇子脾气冷傲是出了名的，叫他穿红肚兜，说不定会被踹死。

那边送太医来的官员一听到说是找三皇子，心里也松了口气，领着李明东就直入东宫，找上了刘凌。

刘凌心里是一点都不相信这样能招到大哥的魂魄的。见鬼！要是他大哥的魂魄看到他穿着红肚兜在外面跑，恐怕吓都吓跑了，哪里还肯跟着他的身影回去！

但这位太医口口声声地说这是父皇的命令，而且父皇身边的随员们也一副有这么回事的样子，刘凌只能心不甘情不愿地脱下自己的衣衫，穿上了那个明显是小孩才穿的红肚兜，然后又抄起手边的外袍就把自己裹了起来。

出了东宫，刘凌正好遇上被护送着回来的二哥，双方见到彼此的模样，俱是一惊。

“你这是怎么回事？怎么衣衫凌乱？”刘祁板下脸，看了看刘凌身后护送的宫人，发现有几个竟是紫宸殿的，更是吃惊，“究竟发生了什么事？”

“二哥，魏坤已经先回来了，我让你殿里的人给你温着粥，你回去喝一碗快休息去吧。”刘凌见着刘祁下唇稀烂，双眼通红也是吓了一大跳，“我这不是什么大事！”

“两位殿下真是兄弟情深，不过大殿下还在等着，请三殿下快点。”

紫宸殿里的宫人有些不耐烦，急着回去复命。

“什么大殿下？大哥的事情和你有什么关系？三弟！三弟！说清楚再……”

刘祁看着刘凌被紫宸殿的诸人裹挟着离去，忍不住追上两步，直到刘凌对他笑着摇了摇手，示意自己没什么事，刘祁才略微松了松眉头，停下了脚步。

罢了，东宫里肯定有人知道，回去问问！

刘凌被紫宸殿的人推搡着一路前往蓬莱殿，等到进了安置刘恒的寝殿，看见屋子里黑压压一排太医，饶是刘凌再怎么冷静，也不由得愣了一愣。

看到刘凌真被李明东给“请”来招魂了，刘凌身后的宫人手上还拿着一大堆莫名其妙的东西，屋子里的太医们或多或少都露出了嘲讽或不屑的表情。

孟太医更是忍俊不禁地看着刘凌被催促着脱掉了上衣，露出连乳头都遮不住的大号红肚兜来。

“殿下，您拿着这个。”李明东把箩筐塞入刘凌手中，“里面是驱邪的糯米，从这里出发，您一路走，一路撒，边撒边呼唤大殿下的名字，直到大殿下出事的地方，多绕上几圈，再如此这般回来。”

李明东拿出一张写有刘恒名字的纸，将做药丸用的蜡衣烤化，以此将纸粘在刘凌的红肚兜上，继续说道：“等回到大殿下身边时，您将这纸烧了，便算是招魂成功了！”

刘凌深吸了一口气，他得死命地忍住，才能让自己不对这整出一堆名堂的年轻太医动手：“就这样吗？这样就行了？”

“殿下，还要喊‘刘恒，魂归来兮’！”

刘凌闻言脚下一个踉跄，差点摔了一个跟头。

如今已经是八月底，所谓“九月授衣”，刘凌上身只穿着一件可笑的、遮盖不住身子的红肚兜，被风一吹，身上顿时激起一身鸡皮疙瘩，由于寒冷，他的肌肉无法控制地紧绷了起来，展现出锻炼后才能出现的结实线条，衬上那条童子才穿的肚兜，有着说不出的不协调。

蓬莱殿是后宫，是袁贵妃居住的地方，宫内伺候的皆是宫女和宦官，见到刘凌这半大的少年穿成这样，一边撒着米一边呼着魂，原本只有三两个宫人看热闹的宫道两旁，不一会儿就陆陆续续来了许多“偶遇”的宫人。

这些女人一边满脸通红、眼睛发光地对着刘凌张望，一边自以为不引人注意地和身边的同伴对着刘凌指指点点，间或发出几声窃笑，真让人毛骨悚然。

这种事摊在刘凌身上，起先他是愤怒，而后是害羞，再后来就是麻木了。

现在，麻木的刘凌正手抓着糯米，沿途撒着，满脸木然地喊着：“刘恒，吾兄，魂归来兮！

“刘恒，吾兄，魂归来兮……”

“大家仔细看，这就是代国一代宠妃袁爱娘所居住的蓬莱殿，皇帝对这位妃子的宠爱程度，即使在历朝历代也不多见。她本身大皇帝八岁，又是贫贱出身，却数十年……年，那是什么？！”

姚霁介绍到一半的话突然卡住了，整个人僵硬地站在抄手游廊之下。

同样僵住的，还有正捏着米的刘凌。

“哈哈哈哈哈！大家快来看，这里有一个不穿衣服的男人！”

“哈哈哈，你别瞎说，这不还裹着一块肚兜嘛，哈哈哈，这是什么鬼！”

一个扎着马尾的女孩笑得弯下了腰去，另一个二十出头的年轻人也是笑得靠着身边的同伴，眼睛一眨都不眨地望着刘凌的方向。

“殿下，您还没喊……”

一旁跟着的李明东连忙催促。

刘凌呕血三升的心都有了，手中捏着米，像是泄愤一般掷于地上，含糊不清地开口继续喊着：“刘恒，吾兄，魂归来兮！”

“他就是代昭帝刘凌？史书上说‘容貌绝异，矜严有威’的刘凌？这不还是个孩子吗？”

一个明显是学者的斯文男人看着刘凌怪异的打扮，摇了摇头。

“哪里矜严了，简直胡闹！”

“李太医……我觉得有些冷。”

刘凌被一群人围观着指指戳戳，面前的瑶姬更是饶有兴味地围着他不停绕着圈子，他真想找个洞钻下去。

“殿下，不行，您就走快点，走快点就不冷了！”

李明东有些为难地看了看前方。

“那莲湖还在前面，大殿下出事的地方在那儿，得绕过那里回来！”

“他们在说什么？”

“什么出事的地方？”

姚霁看着刘凌这一身，再听到他说什么“魂归来兮”，就已经有了些猜测，只是还不敢肯定。

她刚刚结束休假没多久，之前写的那篇《关于冷宫女人们对代昭帝继位所起的作用和影响》一文，也得到了学术界广泛的好评，心情正是最好的时候，见到从小看到大的刘凌被弄得犹如小丑一般，也不免有些同情，帮着他说起了话。

“大家来得正巧，你们见到的可能是源自上古巫楚文化的一场法事……”姚霁拍了拍掌，吸引其他人的注意。

“这是民间广泛采用的一种招魂方法，一般由兄弟姐妹担任巫者。”

“什么招魂？”

一个精神矍铄的老者摇了摇头。

“真是愚昧！”

“您不能把他们的时代和我们的时代比。”姚霁看着刘凌被几个宫人催促着不得不继续撒米前进，她便招招手，示意其他人跟上。

“在这个医疗技术不发达、对人体和自然的认识还不够深刻的时代，人们对上天和神明有着深深的敬畏，各种祭祀活动也因此而生。刘凌是这个帝国身份显赫的三皇子，即使从小并不受宠，他的身份也决定了他不会随便给别人招魂。这场法事，在宫中应该是看不到的，所以我才觉得我们很幸运……”

听到瑶姬在解释的话，刘凌羞惭恼怒的情绪终于平复了不少。

是啊，神仙觉得这件事可笑，是因为在神仙看来，凡人实在是太过弱小，只能用这种手段来达到心中的目的，可在凡人看来，这却是最后的希望。父皇是不是也想着大哥能好，才同意了这种胡闹之举？

“这么说，被招魂的对象地位很高了？”斯文男子四处看了看，终于发现了不对，“你们看到没有，各处都挂着白幡！”

“是的，刚刚我就注意到了，我担心你们忌讳，所以没有说。殿中各处挂白幡，说明这座宫殿的主人袁贵妃死了，宫中正在办着丧事。”

姚霁叹了口气。

“啊！袁贵妃死了？你怎么不早说！算了，看在看到了小帅哥的份儿上，我就原谅你了！”

马尾女孩骄纵地扬起下巴，再看刘凌已经走远了，她连忙追了上去。

“喂喂喂，别跑那么快！喂！”

“如果是招魂的话，他等会儿还会原路返回，以示将魂魄带回。几位老人家要不想走，可以在这里歇息，顺便等他。”姚霁好脾气地笑着，指引他们在抄手游廊休息的地方坐下。

“这里原本是为了观赏荷花而设置的，下雨天可以遮风避雨，夏天还可以享受湖面吹来的凉风，最是惬意。”

“是啊，古代的风景真是不错，到处都是一片开阔，看得我们心情都好起来了。”

几个老人对招魂有些忌惮，还是选择了坐着。

“姚博士，你也别陪着我们了，你去跟上那些年轻人吧，别让他们跑散了！”

“……那好吧。”

姚霁用指挥仪确定了几位老人的活动范围，然后打了个招呼，快步向着刘凌的方向追去。

刘凌撒米的时候，其他游客已经跟了上来，姚霁追得太累，干脆使用了“无障碍”模式，直接踩着湖面抄近道过来了。

刘凌一抬头，就看见了凌波而来的姚霁，心头一震，差点握不住手中可笑的箩筐。

难怪高祖要修仙，见过这样的神通，怎能不心生向往？

“殿下，就是这里！”

蓬莱殿的宫人恐惧地指着地上一块地方。

“大皇子就是在这里被发现的。发现他的时候，地上全是……”

“咳咳！”

李明东使劲咳嗽了一声。

那宫人噤口不语，低下头去。

“殿下，请在这里躺下吧！”

“什么？”

刘凌不可思议地指了指潮湿的地面。

“这里？”

“是，请躺在大殿下出事的地方，闭上眼，默念‘魂归来兮’，与大殿下通灵。”

到了此时，李明东自己也不明白他到底是为了把招魂仪式完成，还是单纯享受摆布皇子的快感，他只想着把所有烦琐的步骤都进行一遍。

“他们到底在干什么？看样子不是给袁贵妃招魂啊！”

斯文男子皱了皱眉头。

“是给什么大殿下招魂？”

“应当是为他哥哥刘恒招魂。”

姚霁若有所思地开口：“这位肃王少年得疾，后来似乎成了个痴呆，一生全靠肃王妃照顾，从此淡出了朝野的注意。”

刘凌的身子震了震，他咬咬牙，为了继续听这些神仙的预言，闭上眼朝着蓬莱殿那宫人指定的地方躺了下去，顿时觉得背后一阵阴寒之气沿着脊椎往上蹿。他打起精神，聚集起十二万分的注意力，不敢有丝毫放松地听着瑶姬神女接下来的话。

“关于肃王痴傻这件事，史学家们也是各有议论。有人说他当时实力最弱，又恰逢袁贵妃遇刺而亡，为了自保只能装疯卖傻，以躲过后来的夺嫡之变；有的人说他生性爱洁，听闻要去肃州那种地方后就装病想躲过去，结果却被人信以为真，直接丢了成为继承人的机会，后来真的疯了；还有人说成帝年间淑妃宫中那场巫蛊之乱，方淑妃诅咒的是蓬莱殿主，结果袁贵妃已经死了，就落在了当时住在蓬莱殿的肃王身上，是以肃王中咒而痴傻……”

这下子，姚霁就很清晰地将这一系列事件串联了起来：“这么说，这位未来的代昭帝现在在做的，就是为已经犯病的肃王招魂。”

“还有肃王这个王爷？我怎么只知道有个秦王？”几个爱好历史、来之前也做过功课的游客好奇地问。

“肃王很早就退出了夺嫡的舞台，所以不如秦王出名。秦王是代昭帝的二哥，哎，说起来，这三兄弟也是命运多舛……”

姚霁摇了摇头，没有再多说什么。

刘凌听到了关于兄长的预言，不着痕迹地继续撒着米，呼喊着“魂归来兮”，往蓬莱殿寝殿一步步而返。

李明东见刘凌浑身泥土，头发凌乱，上身也狼狈不堪，心中有些后怕，路上便再没要求什么，任由刘凌快速地回到了蓬莱殿寝殿。

“姚霁姐姐，我还是不进去了吧，这里刚死过人啊……”

马尾女孩看着两边的白幡和白色灯笼，有些害怕。她刚刚来的时候还觉得这些很好看、很浪漫，一知道这是做什么用的，顿时毛骨悚然。

“而且这孩子还刚招过魂！”

“是啊，既然袁贵妃都死了，招魂也看得差不多了，我们也看不到什么了。我对一个真死人和一个活死人不感兴趣。”

斯文男子推了推做装饰用的眼镜。

“是啊是啊……”

“我们去湖边逛一逛吧，趁天还没黑！”

其实姚霁是想跟着刘凌一起进去，看完全部招魂仪式的。可是她现在的身份毕竟是导游，而不是历史学者姚霁，当然是以投资者们的意见为上。

今天姚霁带来的投资人大多是新锐艺术家、对古风感兴趣的设计师，以及做古建筑修复和复原的老建筑学家，虽然他们没有之前那些财主们投资得多，但胜在和姚霁的业务息息相关，他们会持续地进行赞助以换取进入历史获得灵感的机会。

姚霁不能不顾及他们的想法，只满足自己的好奇心。

这大概是她最烦恼的一个地方了。

“既然如此，那我就带你们去御花园吧。”

姚霁可惜地看了眼刘凌。

刘凌已经见到蓬莱殿二门的飞檐了，却没听到身后有什么动静，忍不住回身一望，发现那些神仙已经消失得无影无踪。

* * *

尽管李明东信誓旦旦地说可以招一招魂魄，然而就如刘凌在神仙们那里听到的一般，这一切并无什么作用。

皇帝原本也是抱着死马当活马医的想法，可刘恒没有恢复如初，依旧一副呆愣愣的样子，皇帝也只能失望而去。

刘凌招完魂，在孟太医的建议下于蓬莱殿沐浴洗漱了一番，换上了临时从东宫拿来的干净衣服，陪着“失去意识”的刘恒坐了一个下午。

因为有神仙们的推测，刘凌知道这位哥哥没有性命之忧，只是似乎大哥以后过得也不是很如意，而且他的“痴傻”，还有很大一部分可能是因为太过忧心而自己憋出来的心病。

所以刘凌临走前，抓着刘恒的手，絮絮叨叨地反复安慰着他，然而刘恒却一点反应都没有。

刘凌心中也是一片唏嘘，只能趁着天色未黑，东宫没有落锁之前返回自己的住处。

出蓬莱殿时，是孟太医出门相送的。刘凌和孟太医小心地保持着一个不太熟络的交情应有的距离，小声地聊着。

“现在可怎么办？我早上上朝，听父皇说三天内主持大婚，明天就要确定肃王妃的人选了。”

“那就草率着办呗。”孟太医不以为意地说，“娶妻这种事，要看娶的人如何，说到底，办得好办得潦草，都是一样过。大被一盖，连脸都不必看。”

刘凌哑然：“孟太医还真是……咳咳……懂得很。”

“我没娶过，不懂，看别人娶，大致就是这样。”

孟太医言简意赅。

刘凌面皮薄，被孟太医戏弄得落荒而逃。

孟太医看着刘凌离去的背影，双手负在背后，对着静安宫的方向，缓缓地吐出了一口气。

这世上的男人，在没有确定的目标之前，大多想要娶的都是如花美眷、无双的丽人，最好再有高贵的出身，优雅的举止谈吐，可真栽进去了，才知道有时候甚至不需要什么条件，只要她站在那里，就够了。

刘恒的命是不好，可比起那么多命更不好的人，他已经太过幸运。

* * *

第二日。

正因为刘凌一场闹剧般的招魂，宫中人人都知道大皇子得了离魂症，有些消息灵通的京中朝官，也就立刻知道了大皇子已经形同废人。

等到下了朝，刘未留下了两位寺卿并礼部的官员，确定王妃的人选。大概刘未也知道，自己的儿子如果挑个好人家的女儿，那肯定要生出许多怨恨来，所以他再三思虑过后，为刘恒选了已满十八的昌平伯之女。

前任昌平伯徐子谦已经去世七八年了，昌平伯夫人江氏在昌平伯死后没多久也跟着病故，留下了长女并两个幼子。

昌平伯去世时，两个嫡子没有一个年满七岁，最后在吏部的商榷下，昌平伯的伯爵之位由昌平伯的胞弟徐子勋继承，儿女也由新任昌平伯抚养长大，公产由徐子勋继承，私产归两个嫡子，江氏的嫁妆由江氏的娘家取回保管，待长女成年出嫁之时送回，当作长女的嫁妆。

这位长女为了抚养两个弟弟，一直不肯出嫁，曾发誓两个弟弟不能自立之前，不会嫁人。徐子勋自己还有儿女，这位侄女不愿意嫁人，自己女儿的婚事也要被耽误，所以肃王选妃时，他就把这位侄女的名字报了上去。

算起来，这也是真真的嫡女，从小按照伯府的嫡长女养大，只是父母双亡，自己也落下个“命硬”的名声，就算不是她自己不嫁，也不见得能找到什么好人家。

这样的姑娘，就算迎娶过来以后做了寡妇，也是没有什么人会有不平之气的。

更何况既然是要找人冲喜，当然是选命硬点的好。

但是更严峻的问题摆在面前，那就是以刘恒现在的身体情况，肯定是不能自己拜堂行礼的，能不能洞房都难说。

刘未召来了太常寺卿和几位朝官，最后下了旨，迎亲并行礼等事宜，由刘恒的两位皇弟协助，刘祁负责去迎亲，还未成年的刘凌负责代替兄长行礼，送入洞房之后，两位皇子再代替兄长在外面招待宾客。

旨意传到东宫的时候，刘凌和刘祁都变成了苦瓜脸。

与此同时……

泰山下，一匹骏马飞快地向着山下的王家商行奔去。

马上的骑士年纪有十七八岁，皮肤黝黑，眼神清明，穿着一身天师道的道袍，正是道门中人。

到了王家商行，年轻的道士径直寻上了商行的掌柜，从腰上解下黑布裹着的一把佩剑，露出珠光宝气的剑鞘来，拍在柜上。

“告诉你们家主人，该赴约了！”

第三十九章
新婚？心昏？

寻常贫穷人家里，即使是成亲，也断没有草率到三天之内完成的，可圣旨一下，所有人也只能依照圣旨而行。

原本按照礼制，肃王这样的开府亲王至少有三百随员、官员和护卫人员随同一起去开府，婚事也由肃王府的官僚来协助操办，加上王爷开府都会有一大笔银两作为添用，婚事绝不会寒酸。

现在王爷开府和成亲的事由太常寺和鸿胪寺办了，两个官衙要动的都是皇帝的内库和国家的公库，当然是抠着手指头省着花，加上上下克扣的那些潜规则，刘恒的婚仪面子上虽然过得去，但要有怎么隆重却是妄想。

更雪上加霜的是，蓬莱殿里的袁贵妃还没过头七，新房自然不能设在蓬莱殿，东宫是太子居住之所，皇子们在未立储之前可以在里面读书、起居，但要想在东宫里大婚，就只有太子有这个权利。

皇帝和一干礼官商榷了之后，下令将招待入京官员的礼宾院腾空用作新房，直到刘恒身体稍好，便启程前往肃州的王府。

礼宾院是鸿胪寺管辖的地方，鸿胪寺掌管着京中三处招待宾客来使之地，鸿胪寺的典客正是魏坤的亲胞兄魏乾。作为鸿胪寺的典客，魏乾管送往迎来，日后肃王前往肃州，也是由他相送。

有了这层关系，魏乾当然是尽心尽力，将礼宾院布置得喜庆端庄。

礼宾院虽不大，但绝不比刘恒在东宫的寝殿地方小，又有亭台楼阁、厅堂水榭，还有现成的官奴和仆役，用这里暂时安置新婚的小两口，也算是刘未有心了。

就这样，一辆马车将刘恒送到了内城的礼宾院，宫内则由最近得宠的唐贤妃在麟德殿主持招待各方命妇，忙中有序之下，这婚礼居然也像模像样地办起来了。

到了成亲那天，刘祁和刘凌被特别允许出了宫，骑着各自的坐骑，帮着刘恒去昌平伯府迎亲。

其实若要是迎亲所用，那一定是刘恒的马最为合适，他的马一身雪白没有一根杂毛，披红挂彩之下肯定是神骏非凡。无奈刘恒还在失魂落魄之中，只能由刘祁骑着他的马去迎亲，刘祁的马是个大胃口，走着走着就要刘祁塞一把豆子，如果刘祁骑着自己的马去迎亲，看起来倒像是去游玩，而不是去迎亲。

刘凌是第一次离开宫中，看着宫外的一草一木都觉得稀奇。虽说只是从宫城到内城，连东西二市都没有到，但他总算是出过一次宫了。

到了礼宾院，刘祁黑着脸，跟着吹吹打打的人和仪仗去了昌平伯府迎亲，刘凌则留在礼宾院里看太常寺和鸿胪寺的官员来来去去地布置礼堂，赞者和歌者不安地互相闲聊。刘凌只觉得屋里实在是憋气得很，便带着戴良，准备在礼宾院里随便走走。

“二哥走的时候脸色不太好看……”刘凌叹了口气，“希望嫂嫂的家人不会多想。”

“肃王妃的家人才不会多想呢，有人肯娶走这位姑娘，昌平伯家高兴得很。”

一声带着笑意的打趣回应了刘凌的话。

刘凌和戴良猛然一惊，扭过头去一看，原来隔着层层绿荫，有一个青年坐在草中，四处都是修剪到半人高的花木，他们是后来的，是以没有发现草丛里坐着个大活人。

“殿下您看，他和魏坤长得是不是很像？”

戴良凑在刘凌耳边窃窃私语。

“非也，非也，是魏坤和我长得很像才是，下官是魏坤的兄长魏乾，下官生得比他早，应当是他像我。”

那眉眼含笑的青年从草丛里伸出自己的脑袋，笑吟吟地望了望刘凌。

“您喊二皇子二哥，您就是今日替肃王行礼的三殿下啰？”

刘凌对魏坤印象极好，连带着对魏乾也爱屋及乌，笑着点了点头，而后问道：“魏典客之前说，我的王嫂嫁出去，昌平伯家会高兴……”

“哎呀，那边又有来找下官的蠢蛋了！”

魏乾急忙把头缩了回去，在草丛里急急喊道：“我现在不想出去，殿下若想问肃王妃的事，还是进来说话吧！”

刘凌好笑地摇了摇头，戴良倒是跃跃欲试。两人小心翼翼地按住身上的礼器，从花丛边跳了进去，一进去才发现这地方还特地种了草坪，草皮柔软，看起来杂乱，坐着倒不难受。

他们三人席地而坐，只听着外面鸿胪寺的小官大叫着“典客！典客！你在哪里啊？典客……”，一个个都屏住了呼吸，不敢发出一点声音，就听着外面的脚步声踢踏踢踏地跑了过去。

一时间，三人都有种捉弄到人的快感，一齐偷笑了起来。

“刚刚殿下问我，为何肃王妃匆忙出嫁，昌平伯反倒高兴，这就要说到上任昌平伯和这任昌平伯的关系了……”

魏乾肃着容，将肃王妃的来历说了一遍，尤其是她父母双亡后的遭遇，话语中不免带有些许唏嘘之意。

“那昌平伯府的长女原本也是金枝玉叶，宝贝一般养大，一夕之间，昌平伯府还是那个昌平伯府，人却都不是那些人了。现任的昌平伯原本有些品行不端，所以才被上任伯爷责令开府另居，他一下得了势，竟把之前的老仆都遣散了，换上了自己的心腹，为的就是不让人知道自己之前的丑事。”

“这位贵女为了将两个弟弟培养长大，一刻都不敢轻忽，亲自督促两个弟弟的学问、管教院中的下人，一有人说媒，她立刻以死相逼，绝不愿出嫁，一留就留到了十八岁，竟连个未婚夫都没有。”

魏乾带着嘲讽的语气说着：“但凡娶亲，都是高门来往，她父亲虽是昌平伯，可现在这位昌平伯却不是她的父亲，自然没有堂叔的女儿们在婚事上吃香。加上还有两个弟弟做累赘，也不是人人都愿意提携小舅子的，留来留去就留成仇了。”

“她不嫁人，昌平伯家三四位女郎也不能出嫁。可若胡乱许人，真逼死了前任昌平伯的嫡女，先不说现任昌平伯的名声会如何，两个侄子就先变成仇人了。这件事在京城中也算是笑话，人人都说现任昌平伯不肯善待侄子和侄女，以至于这女郎情愿不嫁，都不敢离开伯府。”

刘凌了然地点了点头，大致了解了王嫂的为难之处。

“所以陛下一为肃王纳妃，昌平伯就开始动起了脑筋。其他人都是求情不要把女儿远嫁，只有他上下活动，要把这个烫手山芋给送出去。”魏乾摇了摇头，“所以，肃王妃是昌平伯家这位姑娘，许多人都不意外。”

“说到底，就是那位昌平伯欺负人！”戴良气呼呼地说，“陛下的圣旨是不能违抗的，那位姑娘若要抗旨，她的弟弟们也要倒霉，昌平伯就是因为这一点，所以一定要把侄女嫁给肃王！”

“其实我大哥人很好的，也比其他同龄人稳重。”刘凌有些听不得其他人把嫁给刘恒当作跳进了火坑，虚弱无力地争辩道，“他身边也没有什么宫女侍婢，从小专心读书，做他的王妃，也不见得很差。”

“如果肃王没有得病，这确实也算是徐家女的一门好亲事。”魏乾摸了摸头，“殿下莫觉得我说话直，我自己的弟弟就在大殿下身边当侍读，我自然是希望大殿下万般都好，可现在这种情况，莫说别人为肃王妃可惜，就是我家……”

魏乾望着刘凌，眼中熠熠生光。

“……也为我小弟的事情急得很呢！”

戴良还没听懂魏乾说这个是什么意思，刘凌却已然明白。

原来这位鸿胪寺典客兜兜转转，先扬后抑，甚至引起他的注意，为的，只是这个。

魏乾想知道宫中究竟要怎么安排这位侍读。

“我父皇的意思，似是要让魏侍读作为王府人员陪同肃王去肃州。”刘凌自己也有兄弟，当然明白魏乾为什么如此，也不为难他，据实以告。

“我听二哥说，去肃州这一路上多有匪患，虽说随同的侍卫和官员不少，但魏侍读武艺不弱，跟在大哥身边，父皇也能放心。肃州民风彪悍，我大哥性子温和，魏侍读稳重刚毅，正好辅佐他。”

“为人兄长父母的，都希望自己的手足儿女能过得很好，最好是能出人头地，能靠自己的一身本领行走于世，魏坤他从小心中就有自己的主意，我们管不了他，只是希望他能平安罢了。”

魏乾正坐着，对着刘凌恭恭敬敬地行了个伏地之礼：“魏坤若去了肃州，我等是不可能违抗陛下的旨意的，只希望他日若有机会，殿下能把魏坤记在心上，能让他得偿夙愿。”

“我不懂，我只是一个皇子而已，这种事，您不是该请求吏部尚书或是父皇才对吗？”

“潜龙总有升天之日，雏凤也有长成之时，魏坤常说殿下不同于常人，下官也只是期望能多一分希望罢了。”

魏乾说得十分诚恳。

“肃州哪有你说的这么艰险！”刘凌哑然失笑，想了想，只能模棱两可地说道，“如果日后能有机会，我又帮得上忙，只要魏坤愿意离开肃州，我一定帮忙。我们好歹也是有同窗之谊的！”

“多谢殿下！”

魏乾大喜，连忙又行一礼！

如果父亲猜得不错，他这句请求，今后就是得了君子一诺！

不枉他如此煞费苦心！

刘凌应了魏乾的请求，又满足了自己的好奇心，自是不会在这花丛里多待，否则等会儿刘祁迎了亲回来，见不到刘凌，那这礼节也是行不下去了。

魏乾见事情已成，偷懒也偷够了，便以护送刘凌的名义一起前往正厅。走到一半，他就被鸿胪寺的官员给拉走了，他只能苦笑着先去处理公务，没办法再和刘凌套近乎。

“这魏典客，似是个不简单的人。”戴良摸了摸下巴，“您有没有觉得他话中有话？”

“我也听出来了。”

就是不明白魏乾为什么这么笃定自己日后不凡，难道他就不怕押错宝吗？

“哎呀，这么多人，应该是宾客跟着迎亲的队伍一起到了……”戴良跟刘凌回到前厅，一看到厅里厅外黑压压都是人，顿时大感头痛。

刘凌从别处而来，立刻有眼尖的大臣看见，上前招呼起他来。平日里刘凌上朝听政，和这些大臣交流都少，最近宫中暗潮涌动，人人都有着自己的心思，对刘祁和刘凌也越发感兴趣，这里许多人来，倒不是为了刘恒，而是想借个机会和这两位皇子结交罢了。

一时间，刘凌被围在各怀心思的官员之中，和这个闲聊几句，听那个说几句抱负，小心应对，处处留神，提起了十二分精神。

另一边，其他几位大臣的谈话也隐隐飘进了刘凌的耳中，引得他心中对肃王妃的家人更加不满。

“听说之前纳彩的时候，昌平伯府还弄出了笑话，你们可知道？”

“什么事？我怎么不知道？”

“当年不是由徐子勋继承了爵位，将私产判给侄子，原昌平伯夫人的嫁妆由娘家拿回去吗？最近才知道，原来昌平伯夫人的娘家上门来要过数次嫁妆，都没有要到。徐子勋那位夫人的意思是怕长女的舅家挪用了昌平伯夫人的嫁妆，日后填补不上来，侄女出嫁时难看，索性就让长女保管。原昌平伯夫人的娘家也是心疼外甥女，就允了，后来没有再提嫁妆的事，结果那嫁妆也没交到长女手上，你们猜怎么着？”

“这还要猜？徐子勋得了爵位，要支撑府内府外的开销，又没私产又没什么像样的官职，肯定是把昌平伯夫人的嫁妆挪着用了！”

“正是如此，徐子勋的嫡妻也是个狡猾的角色，没敢动嫂子的首饰珠宝，也没动昌平伯夫妻从小为女儿置办的家具和大件物什，却把那些良田和庄子给吞了，换了不值钱的薄田和年年亏损的庄子充数，他们以为肃王妃不知道。偏偏肃王妃也是个精明的人，从小就跟着母亲管家，知道母亲有的都是什么田地，趁着昌平伯府不敢在这个关头为难她，竟就在前几天发作了出来，逼着婶婶将吞下去的东西吐了出来，还把这么多年田里和庄子上的出产利钱都补了回来……”

说话的官员也是带着快意的语气。

“徐子勋虽得了爵位，但当年走动吏部的关系为夺爵几乎花了个倾家荡产，他自己也是个没本事的人，这么多年不得重用，昌平伯府不过是个花架子罢了，以前还能挪用侄子和侄女的财产作为补贴，现在侄女成了肃王妃，他不敢得罪，反倒要大大地出血置办嫁妆，他恐怕已经后悔当初把侄女的名字报上去了。”

“这件事一出，前任昌平伯夫人的娘家才知道所谓嫁妆由外甥女保管都是子虚乌有，也找上门来，带着大理寺做证的官员要求核算两个外甥继承的前昌平伯家产。”

“哈哈，这样一来，难怪你说徐子勋出事了！”

“正是如此！这一核算不得了，当年昌平伯徐子谦名下的店铺、庄子、良田，并存在户部的银两，或被挪用，或被鱼目混珠，转了大半到现任昌平伯徐子勋的名下。私吞财产这罪名说大不大，说小不小，可这些东西很多都是惠帝时期就赐下的，不能转售，尤其是徐子谦存在户部的银两。那是徐子谦自知病重时交由户部打理，陛下亲自恩批的，户部也有存证，到两个孩子十四岁后分家所用。这徐子勋把户部的存票都拿了去，可见不但贪婪，还蠢得很！”

那官员似是个性子直率的人，话语中厌恶之情显而易见。

“有这样的叔叔，我倒觉得肃王妃此事做得大快人心了！”

“周大人的意思是……这事是肃王妃……”

周大人？

刘凌暗暗将他的姓和声音记了下来。

这人性格正直，又难得还人情练达，是个人才。

“不然还能有谁？这么多年来都没管过肃王妃的舅家吗？肃王妃实在聪慧得很，平日他们姐弟寄人篱下，自然不能发作，可这时候再不发作，她远嫁了出去，两个弟弟就要活生生熬着受苦，不如就把这些丑事彻底抖了出来，也好让她的两个弟弟早点分家。”

周大人快意道：“陛下点了徐家这位长女做肃王妃，就算亏欠，也是对他们姐弟有所亏欠，昌平伯自以为卖了侄女在陛下面前得了个人情，却不知道这人情，陛下就是给肃王妃的亲弟弟也不会给他的，你看着吧，肃王妃的两个弟弟分家之后，成就不会太差，说不定以后就得到天家照拂了。”

“我说呢，怎么昌平伯府最近四处借钱，我还以为徐子勋是想风风光光地把已故兄长的女儿嫁出去，还在家里赞叹这徐子勋为人仗义，现在想想，我真是瞎了眼了！”

一个老者感叹道。

“你们不知道，徐子勋喜欢养粉头，这种事最花钱，他在外面有那么多外室，人又抠门，家中自然不会是什么夫妻和睦的局面，克扣侄女的钱财也不奇怪。”

另一位官员冷哼着。

“就让他倾家荡产去填补这窟窿才好！肃王去就藩的那个地方，就算不荒凉也不是什么富饶之地，不思忖给侄女在肃州多置办点产业，还弄出这种丑事，我明日就要在陛下面前参他一本！”

“林御史，休怒休怒，大喜的日子……”其他几个官员纷纷安抚，“就昨天，昌平伯府还在凑东西借钱呢，债台高筑之下，他们以后的下场恐怕也不见得好。这样的名声传出去了，哪家还敢把女儿嫁进去倒贴嫁妆？谁又愿意娶他们家的女儿，昌平伯已经是搬起石头砸了自己的脚。”

刘凌也跟着暗自点头。

人心不足蛇吞象，老把别人当傻子，总有自己倒霉的一天。

“说起来，若知道这位徐家女是如此秀外慧中之人，当年我长子要相看亲事时，我就去寻官媒说媒了，家中有这样能干又聪慧善于忍耐的妻子，是家中的福气啊！”

周大人的声音又带着失望之意响了起来。

“得了吧，您的长子娶的也是贤妻啊，您说这样的话，不怕陛下听见了怪罪于你？”

“一家好女百家求，陛下听到这些也只会觉得自己眼光独到，有什么好怪罪的？”周大人偷笑，“陛下要是为了这种事怪罪于我，大不了我这鸿胪寺少卿不做了！”

鸿胪寺少卿，姓周。

魏乾的顶头上司。

刘凌立刻想起了鸿胪寺卿后面常年跟着的一位长须文士。

难怪周大人人情练达，这个位置上坐着的，自然是见多识广的人。只是周大人上朝的时候很少说话，远没有现在这么健谈，所以刘凌竟没听出他是谁。

看见刘凌频频走神，正在和刘凌说话的沈国公戴勇也有些奇怪，一扭头发现是身后众官员的闲聊吸引了刘凌的注意，不由得压低了声音问道：“殿下，要不要臣为您引见？”

“不用，我就在这里听听就好。”

随意听到的，反倒是别人真实的意见。

这样想来，他日后是不是该和晚上那位萧太妃去学一下易容术？说不定以后能派上用场。

在这样的场合里，扮作其他人听听百官的声音，不是比朝堂上听得更明白吗？像是那位周少卿，他在朝堂上就很少发表什么意见，是以刘凌听政那么长时间，竟不知道他是个长于分析的人物，甚至不记得他的声音。

“那殿下随便……”

“二殿下迎亲回来了！已经过了东城了！”

礼官焦急地在正厅外呼喊。

“三殿下，快出门迎接肃王妃，和迎亲队伍一起前往宫中行礼！”

亲王和王妃行正礼之前，必须先入宫参拜过延英殿和宫中的皇帝与主事的妃嫔，然后再回到礼宾院行正礼。

刘凌不是刘恒，只是代替刘恒行礼，所以不能直接在宫中接新娘子，而是在礼宾院以仪宾的身份领着肃王妃进宫去。

刘凌精神一凛，连忙整了整衣冠，带着身边的侍从，跟着礼官迎出门去。他骑马随着一应官员一直迎到礼宾院外的曲安桥上，方和板着脸的刘祁做了交接。

想来刘祁去昌平伯府迎亲的经历并不怎么好，才会有这么一张不耐烦的脸。

新任的肃王妃坐在宫中派出的凤台宝驾上，四周的纱笼和珠帘遮住了她的身影，厚重的礼服也让其他人看不出她的身材窈窕与否，一切都朦朦胧胧的。

好在刘凌也是个对这些不感兴趣的人，一板一眼地按照礼官的吩咐去做，战战兢兢地直把宝驾护送到宫门口，就由宫中派来的女官们迎了出来，扶着肃王妃下了车。

听到刚刚那些官员的讨论，刘凌心目中其实已然有了一个性格刚强、聪明决断的王嫂形象，然而这位肃王妃一被扶下马车，刘凌顿时有些错愕。

这位王嫂身材高挑得很，厚重的礼服穿在她的身上也不会给人一种她要被压垮的感觉，反倒把她衬得格外有气度。

她的脖颈很长，一头乌黑的高髻和沉重的宝冠没有让她弯一下脖子，反倒让她将脊梁和脖颈挺得更直。

刘凌在礼官的示意下伸出一只手，要牵着她，却被她淡淡地拒绝了。

“殿下既然只是代替臣妾的夫君迎亲，那这种虚礼还是不必了吧。臣妾走得稳，无须搀扶。”

听到她拒绝了，刘凌也松了口气，眼角的余光不由得打量了她几下。

听起来，她似乎是和他接触过的宫人完全不同的性子。

这样的女子，应该能在肃王府过得很好吧。至少很多事，她能自己做主了。

就这样折腾了一日，刘凌像是个傀儡一般被牵着从这个殿到那个殿，又拜祭了先祖、祭过了天地，在父皇和麟德殿那边接受过大哥才应该接受的教诲，从天没亮一直到将近黄昏，大哥的婚事才算是完成了一半。

婚礼便是昏礼，代国的正礼是在晚上进行的，接近黄昏时分，刘凌又和王嫂从宫中到了礼宾院，在京中官员和宗室宗亲的见证下替大哥行完了礼仪，才算是结束了这荒诞滑稽的任务。

这么一天下来，就连刘凌这种从小习武的人都汗流浃背，累得这辈子都不想成婚了，可再看身边的王嫂，全身衣冠配饰加起来恐怕得有十几斤重，可她除了脸色苍白了一点以外，竟看不出多少虚弱之色。

就这份毅力，也足以让人敬佩。

临将王嫂徐氏送入洞房之前，刘凌看着这位可敬的女子，由衷地希望她能够在嫁给大哥后过得幸福，所以真心实意地说道：

"我大哥其实是个很好的人，我从小住在冷宫之中，一年只有过年宫宴之时能见到他们，我曾经受过他不少关照，虽然长大后我们之间有了不少误会，但当年的照拂，我终生都会铭记。"

刘凌说的是暖阁那一拉之情。

徐氏没想到刘凌会对他说这个，愕然地偏过头，珠冠上的珠珰立刻晃动起来，发出柔和的撞击声。

"人人都说大哥得了离魂症，但我觉得他应该是听得见的。即使他真的失了魂，那魂也不会离得太远。他会变成现在这样，是因为他心中有太多的事情无法对人诉说，只能这么睡下去，自己说给自己听……"

刘凌叹道。

"有人对我说，父母会老去、子女会远游，唯有妻子能相伴一生。从此以后，你们都有了可以互相诉说心事的对象，各自的烦恼，应该也会少得多了吧。

"我这做弟弟的，希望哥哥能早日醒来，和嫂嫂白头到老，相扶相爱一生，肃州虽远，但身边人却近得很！"

刘凌恭恭敬敬地对嫂嫂行了个礼。

"我大哥，就拜托给王嫂了！"

此时两人身边还有不少宫人和女官，听到这样的祝福，都有些微微的意外。

"殿下的祝福，比今日其他人的富贵之言都要实在。"

珠冠后，清脆的声音慢慢响起。

徐氏的嘴角露出淡淡的微笑。

“所谓女子，不过但求一心人，相守到白头罢了。”

刘凌微微有些脸红。

这些话是以前张太妃说的，倒不是他的话。

“您的心意，臣妾领了。日子是要臣妾和夫君一起过的，自然是不能过得不如意。天色已晚，您还要和二殿下一起宴请宾客，还是请回前面吧。”

她微微屈身作礼，这才风姿卓绝地回过身，入了洞房所在的主楼。

“王嫂果然明白我的意思。”

刘凌脸上浮起了笑意，脚步轻快地回过身，回了前面。

* * *

刘恒已经“失神”了好几天了。

他其实听得到别人说的话，也明白所有人的意思，他知道父皇曾凶狠地训斥过太医们无能，也听到李明东那些可笑的主意。

他听到了孟太医对他的建议，也听到了刘凌沙哑着嗓子喊着“魂归来兮”……

但他什么都不想管了。

从得知母妃是被父亲派去的人赐死的，而不是为了他的前程自缢之后，他为之坚持的最后一点信念，都轰然崩塌了。

就让他这么一直活在自己的世界里吧，这里没有人骗他，没有人在意他，也没有人想利用他。

他只要当个傻子就好，究竟是去肃州还是去凉州，是去天涯还是去海角，他都无所谓了。

哪怕让他睡在粪坑、泥淖之中，他也不会再动一动眼皮。

他已经心死。

刘恒感觉到自己的灵魂在空中飘飘荡荡，无悲无喜。

这是一种玄妙的感觉，他觉得活了这么久，都没有像这般觉得好极了。

突然间，好像有什么温润的东西贴在了他的脸上，柔柔的，暖暖的，带着一股如兰似麝的香气。

他感觉到有人抓住了他胸前的衣襟，俯下了身子，倚靠在他的胸膛上，轻轻地颤抖着。

他竟一点也不觉得讨厌。

“殿下，他们都一样，都想看我们的笑话呢……”

有什么带着哽咽的声音，细细地飘入他的耳朵中。

“我今天是不是做得很好？我在外面一直很努力，没有给你丢脸……”

他感觉心头有什么东西在沁入，一滴一滴，滚烫而酸楚。

“我们以后一定要好好的，好好的，让所有想看我们笑话的人，都气得嘴斜脸歪……”

轻轻颤抖着的声音渐渐平静了起来，还带着一丝隐隐的轻快。

“从今天起，我就有自己的家了。我们关起门，过自己的好日子，好不好？”

第四十章
弊病？顽疾？

肃王封王后立刻成亲，算是了却了皇帝一桩心事，但肃王的神志依旧还未清醒，加上如今已经是秋末，已经到了西边大雪封路的时间，路上不太安全，刘未再三考虑之后，还是选择了让肃王第二年春天就藩。

内城那处礼宾院，就成了肃王和肃王妃暂时寄居之所。

虽然肃王傻了，但刘未并未亏待儿子，给肃王定下禄米每年三万石，诏令肃州地方在酒泉修建一座王府，由于时间来不及，工部建议修缮前朝在酒泉的别宫以作王府，也被刘未准了。

代朝之前的前朝贵族穷奢极欲，皇帝更是在各地都建有规模庞大的行宫。当年西域通商之路未断，酒泉是非常繁华的地方，有西域各国的商人和胡姬驻留，所以酒泉的行宫也修得很有西域特色，且占地宏大。

到了代朝，几代帝王在政事上都很勤勉，对出宫巡查这种劳民伤财的事情也不感兴趣，酒泉那处行宫渐渐荒废，但毕竟一梁一柱都是当年四处搜寻而来的好东西，底蕴还在，修缮一番，便可见得之前的容貌。

仅凭这一点，肃王以后在酒泉的日子，也不会太坏。

因为贵妃死了，肃王的生母也不在了，自然没有嫔妃能跟他出宫，但刘未还是把当年皇后宫中的旧宫人挑了出来，包括肃王的奶娘和伺候他母亲的那些女官，加上亲王该有的配置，包括太监、宫女、婢女、女佣、内使、校尉、乐户、良医等王府从员，共定下了一千七百多人，共赴肃州。

魏坤果然被定为了肃王府的左长史，他今年刚十五岁，过了年也才十六岁，手中却掌管着肃王府将近一千人的侍卫兵马，以及肃州封地地方的安全防卫，可见皇帝对他人品及能力的信任。

右长史由一位宗正寺的司官担任，掌王府之政令，凡辅相规讽，凡请名、请封、请婚、请恩泽及陈谢，进献表启疏书，皆是他的职责。

这么大的一批人马，当然是没办法住进礼宾院的，皇帝也只能让他们先各司其职，待春祭过后出发前往肃州，等到了肃州，那边的肃王府大概也修缮好了。

没过多久，便传出新婚的肃王妃非常能干，头脑十分清醒地动用了肃王府的赐银在京中置办了些产业，又和魏坤一同商量之后，开始采办京中的风仪土产并一些肃州难买的药材和物件，风仪土产是为了去肃州用作赏赐的，药材则是为了补刘恒气血大亏的身子。

刘恒本身的性格是很被动的，即使他醒了，也不见得会做得比肃王妃更好。皇帝显然喜欢这种性格刚强，头脑聪慧，绝不轻言放弃的女子，竟然将肃王妃召进了宫中好生嘉勉了一番。

等肃王妃徐氏出了宫之后，皇帝竟然命宗正寺插手了昌平伯家的事情，由礼部和宗正寺主持了肃王妃两个弟弟的分家，长子被赐了奉国将军的职位，入太常寺做一文书，等来年开科取士再通过科举正式授官，也算是有了前程。

肃王妃知道这件事后，立刻送了折子想要进宫谢恩，但被刘未拒绝了，派了使臣传旨出宫，希望她能和肃王相爱相亲，就算是知恩了。

肃王的情形虽然不见得好，但他无疑脱离了宫中的旋涡，过上了置身事外的日子。失去意识和行动能力在平民家中肯定是很大的打击，但在衣来伸手饭来张口的皇家来说，无非就是麻烦一点，既然有了肃王妃这个主心骨在，整个班子还是能运转起来的，何况肃王妃确实很有能力。

而对刘凌、刘祁两兄弟来说，今年的冬天过得比往年更加糟糕。

有些事情，是犹如堆雪人一般堆出来的。

袁贵妃在世的时候，虽然无数人恨她恨得牙痒痒，可她毕竟理了宫务十几年，宫里即使称不上井井有条，也是有人处理事情的。可袁贵妃一死，淑妃被幽禁宫中，德妃早丧，唐贤妃不能服众，这宫务由谁处理，就成了一件麻烦事。

宫里没有太后，也没有太妃，皇后被废身死，刘未即使想找一个人出来处理宫务，也不是一时半会儿找得到的。肃王的婚礼其实就办得出了许多漏子，只是人人都能理解肃王婚事仓促，才没有成为笑柄，可到了秋末冬初正是准备过年的时候，没人处理宫务，就真要成笑话了。

东宫。

“殿下，今年的炭还没送来？”

戴良搓着手，不停地对着手哈着热气。

“再这么下去，要冻出风寒来了。”

“等一等吧，往年就在这个时候，今年就算略微晚一点，应当也晚不了多少。”刘凌写了几个字，手指也冻得僵硬得不行。

“我们是不是该和陛下提一提啊？要不，和薛舍人稍微说一说，让他替我们向陛下提提？”戴良素来怕冷，“二殿下毛裘都上身了，想来他那边殿里比我们这儿还冷！”

听到戴良说起二哥，刘凌愣了愣，不置可否地“唔”了一声。

“那就提提。”

刘恒封王出宫后，东宫里就剩下了刘祁和刘凌两位皇子，从清早听政，到下午功课，两人都同进同出，可两人之间的关系，却莫名地疏远了。

方淑妃宫中被搜出巫蛊之后，淑妃就被幽禁了，身边的宫人削减到只剩十人，且不允许任何人探视。

袁贵妃被刺一案，大理寺的差吏前往朱衣的家乡查案，查出朱衣的家人曾经向官府报过案，可是受理此案件的官员却将案子以证据不足驳了回去。大理寺和刑部在搜查这位官员的时候在他家中发现了数目极大的私产，还没来得及审问，他就在狱中“畏罪自尽”了。

因为这件事，皇帝龙颜大怒，下令将当地的官员从太守到县令县尉等上下一起彻查，果真查出许多由官官相护、贪赃枉法引出的冤假错案来。

朱衣家乡所在之州就在京畿附近，实乃重要的州府，可天子脚下，却有如此多的冤情血债，欺男霸女，且桩桩都证据确凿，不容狡辩，于是引起了当地百姓的众怒。当时正是秋后，皇帝甚至没让刑部之人将这些官员押送回京，直接就在当地处斩了，用以安民。

这件事原本说大不大，说小不小，可被斩首的官员之中，有一位是方孝庭的侄女婿，还有一位是上届科举刚刚外放的榜眼，在当地熬资历的，皇帝下令将他们全部斩首，等于是直接打了方党的脸面。

更耐人寻味的是，皇帝先是出手动了方淑妃，而后又动了方党，这是否是即将开始清理吏治的讯号？

如果皇帝开始动手清理吏治，那就代表着已经平静了近十年的朝堂，又要开始新一波的大换血了。

于是乎，京里京外都开始动作不断，昔日在吏部得过好处，如方党一派自然是四处打探消息，相互结盟或支援，京外的诸多官员也以“过年”“送孝敬”的名义准备在年末回京，和方孝庭为首的吏部官员好好商议应对之法。

出于对方孝庭的忌惮，在皇帝的授意下，兵部的官员甚至频频入宫，京畿周边的大营也开始了名义上是“秋狩”，实际上是练兵的行为，更是扰得人心不安。

刘祁这段日子过得也不是很好。方淑妃出了事后，乐隐殿就一点消息都没有传出来，东宫教习的官员也隐隐分成两派，一派每日交头接耳，对刘祁和刘凌的态度也为之大变；另一派则是每日上完课就走，生怕和两位皇子牵扯上什么关系。

在这暗潮涌动之下，泰山上修行的太玄真人，带着自己的徒弟和道童等人，快马入了京城，奉皇帝的命令，为肃王“治病”。

* * *

紫宸殿。

“……仅以宋州一地来说，宋州一小县的县令，每年需孝敬上司并大小官员总计五级，每一层按照级别不同，孝敬的数目也不同，如此一来，每年的俸禄尚且不够年节孝敬的，更不要说生活。过不了这种日子的，若是性格刚直的，自然是辞官不做，可有心在仕途上向上走的，只能随波逐流，跟着填这个无底洞。

“如果出仕的官员家中也是豪门大族，这些人情往来自然有家中支持，可若是寒门出身，抑或家中并无如此实力、得不到家族的重视，这些‘立身钱’就得自己想法子谋取。”

在紫宸殿里陈词的，正是被皇帝以“暗使”名义下令探查各地情况的太玄真人。

“户口安存，在于抚育，移风易俗，亲民之官，莫过于县令。一旦治理一地的父母官开始想要盘剥暴敛，当地的民生必定苦不堪言。”

殿上坐着的刘未眉头紧锁，身边跟着的几位舍人和近臣更是大气都不敢出，只能静下心听着太玄真人口中的官场恶迹。

太玄真人是道人，时人多奉道教，尤其是清贵门阀之地，更是修仙重道的多，加之太玄真人为人风趣，又通情达理，他的“天师”名号又是皇帝亲赐的，民间早就把他传得神乎其神，所以无论他游历到哪里，都能轻而易举地成为当地豪族和有名望的官员之座上宾，也就能看到许多别人看不到的事情。

“竟已经到这种地步了吗？”

刘未揉着额角，喃喃道：“朕原本还想着再等几年，等朝中再稳定一点再出手，如今看来，朕似是已经出手晚了……”

“陛下，并非老道危言耸听，实在是如今世道之艰辛，已经到了不吐不快的地步。陛下可能不知道，在本朝之前，没有多少官员希望自己的治下出现灾荒以及人祸，可在本朝，许多官员却是祈求上苍能够出现灾荒和混乱。

“老道在各地游历时，甚至有官员毫不避讳地问老道今年会不会有洪水，会不会出现溃堤。老道原以为是当地官员关心河防，后来经人点拨，这才知道，原来每有暴雨，沿河两岸的官员都十分高兴，因为他们可以巧立名目向京中索要加固河堤的银子。一旦银两下拨，一百两里能有一两用于河工，就算是万幸，有些甚至干脆就变成了少量的黄沙和石子，直接倒入河中……”

太玄真人苍老的声音在殿中回响着。

“这样修理河工，自然起不到任何作用，洪水一旦泛滥，各地就要受灾，此时官员再向京中要求赈济，赈灾的布匹、粮食、银两等物自然是逐层盘剥，到不了灾民手里。更可怕的是大水过后，即使是百姓担忧家园变泽国，想组织乡民族众去修理堤坝、河防，这些官员也不会允许，只是为了来年再次受灾。如此一来，这就变成了一个恶性循环，河工修理不力，洪水泛滥，百姓流离失所，第二年工部检查河工，自然是不合格，吏部将当地治水的官员撤职，再换上一批，另一批继续借河工或赈灾之款中饱私囊。

“如克扣赈灾物资、私吞修理河工的工银、贪污受贿等已经是司空见惯，有些官员根本不是为了仕途晋升而谋取私产，仅仅是为了私产而做官而已。上下互相包庇之后，人人都吃得肚儿圆，只穷了国库和各地的百姓！”

“简直是岂有此理！岂有此理！”

刘未抄起手中的镇纸，狠狠地掷了出去！

砰！

镇纸落地，直接磕掉了一个边角，铜钮落地，滚出老远。

“朕每年派出去那么多御史，俱是报喜不报忧，该杀！该杀！”刘未咬牙切齿，“朕就说，年年修河防，年年处置那么多人，为何每每暴雨一至，依旧是各地频频报灾……”

“陛下，这不是最可怕的。”

一旁立着的中书舍人薛棣破天荒地插了嘴。

刘未心中正是又气又恨，听到薛棣开口，冷冷道：“怎么，薛舍人也有高见？”

“是，陛下。”

薛棣深吸一口气，拜伏于刘未面前，沉声开口。

“臣留意过数年来户部收缴的赋税，除了一部分确实评为‘下下’或‘中下’的贫县，大部分州府都能按照户籍记载的数字按量向国库缴足赋税，所以吏部任免评级才能如此顺当。因为作为考核最重要的赋税这一项，大部分州府都完成得非常好。”

刘未几乎是马上就听懂了薛棣的话，脸色一下子变得铁青。

“按照太玄真人的说法，在县令及州府这般盘剥之下，百姓的负担应当极重，赋税很难收缴齐全，尤其是受灾过后又得不到妥善安置的灾民，更会无心于农务，抑或流离失所，干脆失去田地，这种情况下，为何还能将赋税收齐？”

“你是说……”

刘未突然头痛欲裂。

“各地官员和豪族相互勾结，兼并了土地，将失去田地的百姓变为佃户？因此各地丰收之后，只要计算地税而不用计算户税，所以才足税收缴国库？”

按代国的律法，对于税收，最重要的是人头税和土地税，即两税制。两税制合并了大部分税目，对于种田的百姓来说，主要缴纳的就是地税和户税。

其中，无地有户者缴纳户税，并承担一定的徭役；有地有户者两税并交，可以用租庸充抵徭役；有地无户者除缴纳地税之外，还要按照佃户数量缴纳均税，并且以一定租庸充抵徭役，以这些赋税支付无地有户之人服役时的消耗。

三种税收之中，对于没有土地的自由民其实最为优待。他们虽然没有田地，但富户不愿服徭役的需要缴纳足额的替金，用来支付那些代服徭役的丁户之用，所以这些人只要去服徭役，耕种国家的公田，或是修缮城防、河堤、修桥铺路等，在徭役时间内都由国家负担所需的粮食和酬劳；有地、人口又多的富户，虽然要缴纳两税，但因为田地毕竟不多，得到的收成又有大半是自己的，也能负担得起。

最后一种大多是大地主、各地的富户豪族等，他们土地众多，佃户、荫户也众多，瞒报情况严重，无法按照具体数字收税，所以按照田地数量估算，统一收取户税，再按照土地的贫瘠肥沃情况收取地税。

地税虽缴纳得多，但户税却比之前一种少得多，毕竟这样的田户很多属于私产，大多属于奴婢，并不能按照百姓的计算方式来征税。

这个税收体系税制简单，负担合理，一直是代国历代君王最引以为傲的德政，可刘未如今一想到原本有地有丁的人家纷纷沦为佃户或部曲之流，顿时怒不可遏。

“臣估计，有三种可能……”

薛棣心中快速地盘算着各种可能，理清了思路，有条有理地分析着。

“第一种可能，正如陛下所言，百姓流离失所后不得不变卖田地，沦为庄户或进入奴籍，是以每年应当缴纳赋税的丁户不增反减，但收缴上来的赋税却是足额。”薛棣冷静地说，“兼并了土地的豪族反过来再雇用这些百姓耕种土地，获取大量的私产，但上缴国库的只是该缴纳的地税，庄户的数量很可能被隐瞒，或者以奴隶的身份缴纳人头税，无法再重复计税，国库虽然也很充盈，但国与官富，黎民依旧贫贱无依，甚至更糟。”

“继续说。”

“第二种可能，当地官员隐瞒治下丁户的具体数字，如某地应有一百户，五百丁，却只报五十户，两百五十丁……”

薛棣叹了口气：“那么，原本该缴纳的巨额数字的赋税，只需一半便可以完成。原本这种情况是很难做到的，因为一个地方的人丁总是在增加，除非……”

“除非灾荒频生，又有动乱，百姓纷纷迁徙到他地，又或者伤亡惨重，便可向户部报减丁……”刘未接着薛棣的话，将结果说了出来。

薛棣一言不发，算是默认。

“难怪他们盼望着有天灾……”刘未面如寒冰，“难怪遇见灾荒，他们不急反喜，原来不光是为了那些赈灾的物资和银子。”

刘未听着这两种分析，已经是揪心不已，再想到薛棣所说的“三种可能”，只觉得五内俱焚，焦急着催促道：“还有一种可能是什么？！不必跪着回话，起来！快起来说！”

薛棣跪着实属无奈，他职位低微，原本只是给皇帝制诰的，如此洋洋洒洒讨论起国政，属于一种僭越，当然要先认罪再说话。

如今皇帝允许他起身回话，便是承认了他的才能，给予他足够的尊重，他又不是呆子，当然立刻站起身来。

薛棣起了身，微微躬了躬身子，不卑不亢地继续说道：“无论是兼并了土地，抑或谎报户籍，这种事情历朝历代皆有，只需派出值得信任的官员分赴诸州重新核算人口和田地就可以缓缓治之，所需的无非是陛下的支持和雷霆的手段罢了。陛下已有近十年未曾重新丈量土地并核计人口，如今重理黄册，也不算突兀，怕就怕是第三种……”

薛棣咬了咬牙。

“如果百姓缴纳不了赋税，但当地富户或官吏豪族之流愿意借租、借钱帮他们缴纳当季的赋税，之后再收取重利……”

“什么？！”

“陛下，按照我国律法，多次逃税、漏税、拒不缴纳赋税的，可判杖刑、徒刑、流刑等种，具体如何量刑，皆由当地的官员来判定。如果官商勾结，明明该判杖刑的，被判了徒刑或流刑，又或者其中动用了严酷的私刑，那么无法缴税的百姓即使知道借了这笔钱结果绝不会好，依然还是会借，这就是强借。”

薛棣从小被薛家的门生们隐藏在书院中养大，但也不是不食人间烟火的穷酸书生，对于民间的疾苦也知道不少。

如今有了机会，他自然是要直言。

“一旦借了他们的钱，利滚利之下，第二年百姓们就不得不再借钱来还之前的债，如此一来，这债永远没有还清的一天，到了最后，连作为抵押的田地都要被收去抵债，原本的平民人家便沦为庄户或奴隶……”

刘未只觉得一阵眩晕，差点没有当场晕厥过去，全靠用牙咬破了舌尖才勉强维持住了神志。

“陛下，臣虽说有三种可能，但还有一种可能，便是臣所说的三种情况，其实都已经存在，相互交织，愈演愈烈……”

薛棣幽幽地叹了一口气，打起精神，又问出一句话来。

“陛下，您可想过，如果国计民生真如太玄真人所言、臣所猜测的这般，那么官员和地方巧取豪夺、贪污受贿，侵吞的大量钱财，究竟去了何处？！又用来做了什么？！”

薛棣这振聋发聩的一问，却让刘未彻底经受不住，闷哼一声，软倒在御座之上，半天不能立起身子。

“快来人啊，陛下……”

岱山急得尖叫起来。

“朕没事……”

刘未咽下口中的腥甜。

“不必召太医。这个时候，不能再生出什么枝节。”

第四十一章
负心？薄情？

刘未双手按住御案，一点点坐直了身子。

“太玄真人，劳你帮朕看看。”

“是。”

“薛棣，你即刻拟诏，宣禁军统领樊琼进宫。岱山，你安排可靠之人秘密领诏出宫，务必以最快的速度将这诏书送到樊琼的手上。”

刘未伸出手，由太玄真人把着脉。

“臣领旨。”

“老奴接旨。”

有太玄真人在，刘未自然不会跟刘恒一般呕血三升不省人事，但他比刘恒的情况复杂得多，他还患有头风。

刘未召了太玄真人来，除了想要知道他去各地的巡查结果外，也有借助道家的办法治好自己和肃王的意思。但是太玄真人的内力在刘未身体里运行了一个周天，他之后就已经明白，刘未这头风，是治不好了。

见太玄真人气色凝重，刘未心中烦乱不已，再也按捺不住，屏退了所有人，只剩下从小伺候他的宦官总管岱山，问起太玄真人：“真人，太医们向来是报喜不报忧，朕就想知道，这头风还能不能治好？”

太玄真人并不是什么真的得道高人，在这种情况下，他的第一个反应当然是自保。治是一定治不好了，可要说有什么生命危险，那也未必。

所以太玄真人没有告诉刘未他的身体已经很糟糕了，只是斟酌后开口：“陛下体内阴阳不调，阳气不能内敛，肝阳上亢，动则生风，所以风疾越来越严重。这种病最是折磨人，却还不到最坏的地步。”

刘未听到太玄真人的话，终于松了口气。

“不过这种病症，最怕的就是数病同发，又或者是外风引发内风。所以从此往后，陛下最好少食油腻、勿要疲累，也不要吹风。冬季虽将至，您最好不要去泡温汤，一冷一热，最易引发风痹……”

“这些太医都和朕说过。有没有什么医治的法子？或者头风发作时怎么做能够减缓一点痛苦？”

刘未难得露出示弱之色。

“至少这几年，能够……”

太玄真人好歹也在宫中受过几年皇家供奉，脸皮再厚也做不出再忽悠皇帝的事儿。更何况这皇帝为了江山确实是殚精竭虑，只是因为皇帝性格多疑，所以才留下这么一堆隐患，是以太玄真人斟酌再三后，还是送出了金玉良言：“陛下，其实只有保重身体，才能徐徐图之，贫道建议您……吏治之事，可以暂缓几年，待身体调养好了再……”

“此事已经迫在眉睫，不得不发。”

方淑妃和方党都动了，动一半后放弃，岂不是功亏一篑？

“我道门用方，讲究中正平和，颐养天年，如果陛下是想短期内能够振奋精神，确保国事，最好还是和可靠的太医商议。”

太玄真人说得也诚恳。

“只是这种药，大多是虎狼之药，一时用来提升尚可，但不可多服久服，否则有生命之危！”

刘未听了太玄真人的话，眼睛微微眯起，想起一个人来。

那个以招魂之说得罪了整个太医院的年轻人李明东，是个可以利用的人物。

李明东有野心，有机变，且以他这种张狂，日后肯定在太医院大受排挤，唯有紧紧抓住自己才能在宫中立足。这种人，不但不会想他出事，恨不得他能长命百岁，一直替他稳固权势，做第二个孟太医，所以李明东倒是可以一用。

说起李明东的招魂……

“太玄真人，朕的长子突然口不能言，木讷无神，太医们俱说是得了离魂症。前些日子，太医局有人用民间的方法招魂，但毫无用处，您看，是不是举行一场法事，尝试着……”

刘未苦笑。

“肃州山高水远，朕的长子若想平安抵达，病情最好还是能好转一点。”

“敢问给大皇子招魂之人是？”

“是老三刘凌。”

刘未开口。

“陛下，那老道行法事的时候，最好还是三殿下在场。”太玄真人又开始卖弄他神棍的本事。

“敢问大殿下如今在何处？”

“在礼宾院。”

“这……”

太玄真人露出为难的表情。

“无妨，朕命人送刘凌出宫一趟，待道人行过法事后就回。”刘未叹了口气，“希望恒儿能好，否则……”

肃州民风彪悍，精兵猛将众多，其实刘未也留了后手。

只是刘恒出了这事，刘未派去稳定肃州大局的人马，说不得会有自己的心思。

如今肃王妃看起来倒是个精明能干的，只是女人在兵马之事上天生就是弱者，魏坤年纪又小了点，等成长起来至少还要几年……

刘未的思绪跌宕，不免对太玄真人有了些期待。

* * *

礼宾院。

“守静兄，你怎么不去帮忙？”

被宫人送到礼宾院的刘凌终于见到了自己的好友张守静，也见到之前王太宝林心心念念的可能是她七妹的王七娘。

由于礼宾院里来来往往还有不少人，所以刘凌没有办法单独去和太玄真人身边正在忙着架设法坛的王七说什么话，只能找了也闲在一旁的张守静聊聊天。

“说实话，我要谢谢你和太玄真人。”刘凌抬眼望去，太玄真人脚踏七星，手持七星剑，正在祝祷着什么。

“你们一直关心着我，你送我的无色水，也派上了很大的用场。”

“这些不过是小玩意儿罢了。”张守静骄傲地说道：“所谓无色水，不过是借着植物的特性，我天师道兼容百家，但凡机关、符箓、医药、天文、地理、水利、农事、阴阳五行，皆有涉猎，等殿下登……等殿下成年，如有需要，可传召我等三千天师道弟子，任您差遣。”

刘凌没明白张守静的意思，但任谁听到这种话，心情都会大好。

“哈哈，借你吉言。不过可不是人人都是你，我一传召就会来，等你当上了掌教，我才敢说差遣三千弟子，否则三十个我都不见得能用上。”

“那殿下可否和我打个赌？”

张守静笑着开口。

“什么？”

“如果我能在二十岁之前当上天师道的掌教，殿下便重新修缮祭天坛，尊我道门为国教，如何？”

张守静认真地说道。

“我不和你打这个赌。”刘凌脸上的笑容慢慢收敛，“此事不是我能许下的，也不是我能用来打赌的事。”

张守静有些失望，但他知道事情没有那么简单，所以他既没有恼怒也没有气馁，只是微微点头。

“我明白殿下的意思了。”

刘凌大概是觉得自己的口气有些过于严肃，只好随便扯了件事来化解有些尴尬的气氛：“我看那王七在太玄真人身边跑来跑去，可态度却丝毫不见恭敬，还有些隐隐的敌视，这是为何？”

“您看出来了？”

张守静心惊于刘凌的心细如发。

“原本没太注意，可刚刚烧符篆时，太玄真人似乎也有些避着王七？”

“其实这并不是什么能拿出去说的事，太玄真人和昔日的王家之间，有一些纠葛。”张守静也知道刘凌是从小由冷宫里的太妃们带大的，所以没有什么隐瞒，“说起来，这件事还跟离魂症有关。”

“咦？”

“当年王家大姑奶奶年过二十还未嫁人，王家为她招入赘的夫婿，引得四方来人。太玄真人那时候还没入道门，只是一四处游荡的游侠儿，便跟着一群朋友去瞧热闹……”

其实就是变了装束混进招婿的队伍，趁机进去敲诈勒索。

“后来人多生乱，来参加招婿的都想娶掌管王家绣庄、布坊的王大娘子，就有人在王家闹了事，差点伤了王家那位大姑奶奶，太玄真人阴错阳差，也不知怎么就救了她一命，只是太玄真人的头部受了重伤，变得痴痴呆呆，看过的大夫都说他得了离魂症，怕是好不了了。”

“又是离魂症？！”

刘凌吃了一惊。

“民间把失去意识或突然性情大变的人，都说是失了魂，离魂症也因此而得名。”张守静不以为然地摇了摇头，“总而言之，太玄真人伤了头部后，性情变得犹如小孩，而且一直黏着王家那位大姑奶奶，走到哪儿跟到哪儿……”

刘凌想象着身高过八尺的太玄真人小鸟依人般跟着一个女子到处跑，忍不住笑了起来。

“他是救王家娘子而出了事，王家自然不能恩将仇报，也不差养这一个傻子。只是他跟着王家娘子进进出出，不免就传出不少闲话，再加上太玄真人的长相，你也知道……”

刘凌了然地点了点头。

即使太玄真人如今已经年近七十，却依然相貌堂堂，面如冠玉，脸上连一丝皱纹都没有，想来年轻时更加英俊潇洒，神采飞扬。

“也许是太玄真人虽然痴呆但性情讨人喜欢，也许是王家大娘子就喜欢太玄真人这样的，这位王家大小姐居然看上了太玄真人，要让他入赘，做她的夫君。”

“啊？可太玄真人那时候不是傻了吗？”

“正是如此。一个傻子，自然是写不得媒聘之书的，哪怕是要入赘，也得得到别人的同意。但这位王大娘子一口咬死了，说他就是她的相公，哪怕没有媒妁之言也没拜过堂，她也不嫁别人。于是王家人无奈，只好想了其他的办法。”

张守静摇了摇头。

“太玄真人当时是跟着几位朋友一起混入王家看王大娘子招婿的，用的是其中一位朋友弟弟的身份，王家人找到太玄真人那位假冒兄长的朋友，给了他一笔钱，由他代替太玄真人写了文书，自称愿意入赘王家，日后若生孩子姓王，生是王家人死是王家鬼云云。

“太玄真人那时得了离魂症，按照民间的规矩，便是谁是他最亲近的血脉亲人，谁就可以为他做主。那朋友和他本就不是什么过命的交情，有那么一大笔钱，又思忖着太玄真人已经成了傻子，有富甲天下的王家照顾他，总比在外漂泊当个浪荡的傻子好，就以太玄真人兄长的名字签了这纸文书，彻底将太玄真人托付给了王家。”

“那为何静安宫的王太宝林说她的姑姑被一恶棍骗财骗色，毁了一生云云？”

刘凌诧异连连。

“难道太玄真人的痴傻是装的？为的就是做王家的女婿？”

“他要是为了做王家女婿，后来就不会逃了。此事说来话长。”

张守静想到这笔糊涂账就头痛："太玄真人当年是真撞坏了脑子，成了一痴儿，如果一直这么痴傻下去，他那样真心实意地对待王家娘子，又对她服服帖帖，未必和她不是一对神仙伴侣。毕竟当年王大娘子凶悍之名众人皆知，打理生意时又出入内外，抛头露面，也不见得什么男人都能接受得了她。"

"坏就坏在太玄真人后来病情见好，恢复了记忆和神志。"

张守静挠了挠脸。

"他是个不受拘束的人，醒来后发现自己居然多了个未婚妻，屋里屋外全是奴仆，见了他就喊他姑爷，自然是吓个半死。

"他昔年走南闯北，见识过不少怪事，先开始还以为自己是借尸还魂，后来一看，并未还魂，只是伤过一阵子脑子，丢失了许多记忆，也想不起和王大娘子如何恩爱，他一心只想着出去，和那一群朋友们继续快意人生，不愿被困在王家……"

"难怪。"

刘凌叹了口气。

"那王家大娘子要伤心透啦！"

"正是如此。太玄真人变回了原样，其他人看不出来，王大娘子却是看得出来的。她也知道太玄真人要是清醒了未必愿意娶她，便拿出做商人时候的本事，一张文书拍在太玄真人身上，告诉他，他已经被他的哥哥卖给了她做面首，王家花了三千两买了这纸文书，给他在官府上了籍，他生是王家的人，死是王家的鬼。

"太玄真人原本也出身大族，只是从小性情飞扬跳脱，有一日走出家门，便被拐子给拐了。他年岁太小，只记得家中是大户人家，却不知家乡在何处，少时被卖来卖去，做过乞丐，当过铁匠铺、杀猪摊子的学徒，后来逃了出来，拜入一私塾习文学字，又认识了一群草莽朋友，学了一身本事，过得也算是快意。"

张守静撇了撇嘴："他曾发誓一辈子就算穷死饿死，也不会再卖身给任何人，此时被人拿了身契要挟，怎么可能对王大娘子有好印象？更何况他神志刚清醒时，只记得自己舍身救了这女子一命，可刚刚醒来，这女人不思回报，反捏了他的身契说自己成了她的面首……"

"然后他就跑了？"

"是，王大娘子也提防着他要跑，只是不愿意传出去丢脸，所以让自己的心腹看守他，寸步不离。她每日或软或硬，对太玄真人百般讨好，就为了让他能留下来。太玄真人后来是得了王大娘子身边的一个侍女相助，逃离了王家……"

张守静还隐去了些话没说。

其实太玄真人也是德行有亏，竟靠着自己的俊脸引诱了一个王大娘子的婢女，骗她和自己私奔。

那女子是管王大娘子妆奁的贴身婢女，正是怀春的年纪，对太玄真人的话信以为真，竟帮着太玄真人逃离了王家。

那婢女还指望太玄真人真能带她远走天涯，逍遥快活，却没想到太玄真人一逃出王家就溜了个没影。

“太玄真人离了王家，想到自己的身契还在王家，便改名换姓，也不再和以前的朋友接触，一路流浪到了宋州。他力气大，干活利索，长得又好，倒也是不愁吃穿，后来遇见了我天师道下山游历的师……师……”

张守静将“师兄”二字咽下：“……师叔祖，便被收入门墙，改了道号叫‘无尘子’，四处游历，为人消灾解难。再后来，他回了泰山，得到上届掌教真人的重用，负责泰山上的庶务和收徒教习之事，一留就是几十年……”

还靠着不要脸的手腕和一张模样出众的脸当上了新任掌教。

“这和我在王太宝林那里听到的不太一样。”

刘凌咋舌道：“我听到的是，有一恶棍用尽了手段，混到了王家大姑娘身边，伙同骗子演了戏，对王家大姑娘是又骗财又骗色，后来还挟持着王家一位家人，裹了王家姑娘所有的首饰跑了。”

张守静听到刘凌的话，忍不住面红耳赤，将太玄真人年轻时犯下的恶迹在心中骂了个遍。

刘凌回想着，继续说着：“随后王家派人去找，只找到了被挟持出城后放回来的那个婢女，珠宝首饰已经被那个恶棍带走了。再去找卖了自家兄弟的那位‘兄长’，却发现那人早已经没有了踪影。王大娘子派了人去打听那恶棍的身份，想要找回他来，才知道他是别地有名的骗子无赖，惯于敲诈勒索，于是气得一病不起，差点死在那年冬天……”

“这其中一定是有什么误会！”张守静蹙起眉，“太玄真人虽然不喜欢拘束，从小苦惯了，却不爱财，也不好享受，我师……师叔祖收他为徒的时候，他饿得要和野狗抢饭吃，如果得了那么一笔横财，怎么会过得这么潦倒？！

“而且太玄真人其实很有分寸，他那时知道自己虽然经历荒诞，但是已经是对不住王大姑娘，决计不会再占她一点便宜，更别说抢了她的首饰逃走了！”

“那到底是怎么回事？”

刘凌也想不明白。

“王家总不会说谎吧！”

“我也不明白。”张守静摇了摇头，“但我相信太玄真人……”

“我也相信王太宝林。”

刘凌的孩子气也上来了。

“算了，当年的事，我们又不是当事人，有什么好争的。”

张守静连忙打着哈哈。

“其实后来太玄真人遁入道门之后，常叹自己当年不管不顾地跑了，太过亏欠王家女儿，也曾派弟子去王家打探过，得知王家大娘子已经出家做了女冠，改道名‘静远’，早已经不理世事。当年还是无尘子的太玄真人有心想去见她一面，了却以前的宿怨，却得知她修道的地方是元山本宗的天师道，便按下了最后一点心思。”

张守静年纪还轻，也不明白什么男女之情，说出来的往事，带着一份轻飘飘的事不关己。

元山宗的天师道一向视泰山宗为叛徒，关系势同水火，要是太玄真人上了门去，见不见得到静远道姑不说，很有可能被守山道人当踢山门的给打出来。

“她本就是豪门贵女，即使是出家，也远比旁人要富贵得多，自然是拜入元山宗这种源远流长的大门大派。何况她当了女冠之后，再没有了旁人的指指点点，每年寄情山水，比困在山上教徒弟、管事的太玄真人要快活得多。过了几年后，太玄真人也就放下了这件事，直到继任了掌教，无尘子的道号也被上任掌教真人改为了‘太玄’。”

等听完了张守静说出的往事，刘凌再看不远处施法的太玄真人，心中就有了些微妙的不平之气。

张守静和王家女儿素不相识，又和太玄真人朝夕相处，言语中自然对太玄真人有许多维护之意。

可世人对女子严苛，王大娘子当年以女子的身份行商理事，性格刚强，却不代表她不会被世人的眼光和言语所伤，否则她也不必弄什么劳什子招婿了。

太玄真人痴傻之时却得了她的爱慕，这世上又有几个女人能做到下定决心和一痴傻之人相伴一生？

可太玄真人醒来之后，竟惶惶不可终日，连句解释都没有，就这么不管不顾地离开了。

刘凌见过静安宫中不少的太妃，但凡能过得潇洒豁达的，都是曾经没有对皇祖父动过情的妃子。

如桑昭仪、马姑姑那般，一旦动过心的，最后即使不是落得伤心欲绝的下场，也是幽怨一生，实在算不上过了什么好日子。

太玄真人还能安然一生，只是偶尔对王家女有些亏欠之感，那是因为他对王家女有情之时正在“痴傻”之中。对他来说，王家女并不比陌生人好多少，就像是有一块手帕，将他脑子里的情意全部擦了个干干净净，让他也有了借口好逃离出去。

可对于王家那位出家修行的女冠来说，她真的能放下一切，走出去吗？

刘凌又一次感受到了世人对男女的不公。

因为是女人，就该相夫教子、就该守在家中，一旦勇于追求自己的情感又受了挫折，便只能落得终生被误的局面。

而男人犯了错，只要日后改了过，便是“浪子回头”。等他洗心革面一番，出人头地之后，往日做过的那些错事，反倒成了他用于改正自己的证据。

这更提醒了刘凌，日后有关女子终身之事，一定要慎之又慎。因为绝大多数女人，根本没有像男人一般“再来一次”的胆量和能力。

即使有，她们也会被各种束缚所禁锢，做不出其他选择来。

刘凌忍不住遥遥地向着兄长刘恒的主院看去。

如今大哥也得了离魂症，甚至比当年的太玄真人还要糟糕。当年，太玄真人虽是浑浑噩噩的，但至少他只是有些痴傻，还能自理，也能说话走路，可大哥就犹如木偶，对于外界的一切毫无知觉。

如果他日大哥醒了过来，发现多了一个妻子，又身处肃州那陌生之地，会不会如同太玄真人一般惶惶不可终日，只想着逃离？

想到这一点，刘凌心头又揪了起来。

王嫂有一点比王家女要好得多，她和大哥的婚事虽然仓促了点，但也是正儿八经上了谱牒，皇家和世人都承认的婚约，断没有被轻易抛下的道理。

至于两人有没有感情……

刘凌抿了抿唇，没有多想。

“殿下，王七郎在那边等您……”

张守静看见法事已经进行到了一半，所有人的注意都被呼风唤雨的太玄真人吸引了过去，连忙指向那边穿着道袍，捧着玉板的王七郎。

“殿下和他相处的时间不多，法事已经进行得差不多了，王七郎可能要取你一点指尖血，而后你便可和他站在一起，沟通一番。”

张守静说出之前的安排。

“时间很紧，只有一刻钟的时间，之后王七郎便会住进京中的铺子。如果再有消息，就需要其他人带进宫中了。”

刘凌点了点头，整理好了衣冠，跟着前来请人的道士一步步走近道人打扮的王七郎。

到了王七郎身前，王七郎一手持着银针，一手持着玉板，沙哑着声音低头道：“殿下，请挽起袖子，小道要取您一滴血给太玄真人招魂用。”

刘凌仔细打量了王七郎几眼，发现他虽然晒得黝黑，五官也并不出众，但眉眼之中有几分像王太宝林，恐怕真是王家遗孤。

刘凌抬起手，挽起袖子，将手伸到王七郎面前，任他取血，腕间却滑落一枚古朴的金环。

只见这金环不但毫无装饰，而且式样还有些笨拙，和刘凌全身上下精致的配饰风格完全不符。可那王七郎见了这枚金环，激动得手竟哆嗦了一下，应该采无名指之血的那银针竟滑了一下，戳进了刘凌的指甲缝里。

银针进了指甲缝，自然是疼痛难忍，刘凌痛得一缩手，嘶了口气。

一旁送刘凌出来的宫人吓了一跳，开口就要斥责：“你怎么回事，怎么取个血也笨手笨……”

“无妨无妨，是我手抖了下，不怪他。”

刘凌连忙打住了宫人的话头，将手指递到王七郎面前。

“指缝里的血也是指尖血，可以用吗？”

刘凌苦笑了下。

“还是要再戳一下？”

“不不不，这个就行！”

王七郎小心翼翼地用双手递上玉板，接了刘凌手中滴下的鲜血，然后飞奔着送到太玄真人面前。

只见太玄真人用剑尖一挑玉板，也不见他怎么动作，那玉板上的血滴像是自己有了意识一般，逆着向上朝着剑身流了过去。

“神啊！”

“好！”

一旁围观之人纷纷叫好，就连刘凌身边那个陪同的宫人也忍不住频频回头。

“李常侍去那边看吧，我就在这里待一会儿，不会跑远。”刘凌伸手掐住指节止血，笑着说，“你也难得出宫一趟，随意逛逛也好。”

“殿下真是善心人，难怪对刚才那道人也这么宽厚。”

这名宦官喜笑颜开，看看一同出宫的宫人、礼官早就已经凑到法坛那里去了，也心痒难耐，一听到刘凌让他随意，立刻就挤进了人群。

此时王七郎也已经送完玉板走了回来，放下手中的杂物，状似无意地站在了刘凌的身边，嘴唇翕动着问道：“敢问殿下，王姬可好？”

刘凌知道是王太宝林给的金环得了王七郎的信任，微微点了点头。

刹那间，王七郎的眼泪就流了下来，他像是难以自抑一般捂住了脸。

“太好了，太好了……大姐还活着……”

刘凌含笑看着王七郎流泪。

薛棣听到薛太妃无事时，也是这般情景。

想来骨肉至亲，是不可磨灭的深厚关系，一旦有所希望，便会披荆斩棘，不顾一切地伸出援手。

约莫几个眨眼的时间，王七郎已经平复了自己的情绪，擦了擦眼泪，丢下一句让刘凌如遭雷击一般的话来。

“殿下，这天下，恐怕要乱了！”

* * *

法事结束，刘凌匆匆向王嫂问了声好，便跟着宫人回了宫。一路上，刘凌犹如梦游一般，好几次分了神，差点从马上跌下，也没有了之前出宫时那种对什么都感兴趣的新鲜劲儿。

几个宫人见了刘凌这个样子都有些害怕，再想到他是取了指尖的心头血后变成这样的，不由得生出了一丝恐惧之心。

难道说帮人招魂，是真的会对自己的魂魄有所损伤吗？

一想到这个，他们看向刘凌的表情也变得古怪起来，生怕刘凌一回了宫，也变成活死人。

变成活死人却是不会，可刘凌的脑子里犹如一团乱麻却是真的。

他的脑子里不停回想着王七郎对他说过的那些言语。

“殿下知道，鄙人是个商人，南来北往，互通有无，便是鄙人的生意，所以鄙人对市场上的动荡极为敏感。从四五年前起，市面上的粮食便一直在被人囤积，鄙人也曾探查过，发现各地都有人在囤粮，且做得隐蔽，看不出有什么不对。只是但凡囤积新粮，旧粮就要被抛出，市场上的粮价变动不大，可这几年新粮被囤积不少，旧粮却没有被大量抛出，导致粮价越来越高……”

王七郎的声音还犹在耳边。

“惠帝时，天下设立十七处皇商，举凡盐、铁、铜、粮一旦价格有所波动，立刻便有皇商彻查清楚，或抛或购，控制物价。可如今皇商已经名存实亡，天下商人争名逐利，粮价一高涨，许多人都看出这其中有利可图，于是乎从去年起，但凡大一点的商号都囤积了不少粮食，就等着囤积居奇。

“今年南方大旱，秋收的情况不尽如人意，加上赋税未减，民间已经有了许多摩擦，只是还没彻底爆发出来。现在市面上的粮食又被大商人囤积，等百姓没有粮食又买不到粮食之时，恐怕会有大祸！

“非但如此，鄙人做的是西域通往中原的生意，主营的便是马场。这么多年来，举凡有关马匹生意的消息，鄙人都比旁人更加灵通。”

“从前年起，从凉州、肃州各马场售往中原各地的马匹价格越卖越高，如果是西域的种马，更是获利百倍。殿下，这行商犹如做官，也是有自己的规矩的，马匹价格变高，那是因为市场上有人在大量收购马匹，使得供不应求、有价无市，最终造成马商高价买再以更高的价格转手的状况。如今连很难出手的劣马都能卖到往年良马的价格，您说，有人又囤粮食，又囤马匹，是不是马上就要天下大乱了？”

代国以前曾经发生过大旱，所以从惠帝起，京中就修建有十座粮仓，负责收储粮食，以备灾年所用。每年收入新米，再用陈米发放百官的禄米，已经成了定律。

就如肃王，一年的禄米是三万石，这么多米他自己肯定是吃不掉的，要么售出，要么就赏赐给其他官吏作为福利，对于所有的官员来说，肯定希望市场上的粮价越涨越高，而不是卖个贱价。

时人轻商，没有多少官员精通商道，即使是户部的官员，大多也只是精于计算，并非真的从过商。而所谓的皇商，因为先帝时，他们资助谋反，也不再得到重用，几乎名存实亡。

是以如今国中出现了这么多变化，竟没有几个人发觉，恐怕还有不少官员认为粮价升高是好事，至少每年吃不完，拿出去卖，可以换到更多的钱。

他该怎么办？

他要怎么才能把这件事的严重性告之父皇？

对了，有薛棣，还有陆博士，实在不行，还有沈国公！

一定还来得及！

还来得及！

图书在版编目（CIP）数据

寡人无疾. 2 / 祈祷君著 .— 南昌：百花洲文艺出版社，2018.4
ISBN 978-7-5500-2792-3

Ⅰ . ①寡… Ⅱ . ①祈… Ⅲ . ①长篇小说–中国–当代
Ⅳ . ① I247.5

中国版本图书馆 CIP 数据核字（2018）第 066809 号

寡人无疾 2
GUAREN WU JI
祈祷君 著

出 版 人　姚雪雪
责任编辑　袁　蓉　李　瑶
装帧设计　VIOLET Q1152979738
排版制作　刘珍珍
出版发行　百花洲文艺出版社
社　　址　南昌市红谷滩世贸路 898 号博能中心Ⅰ期 A 座 20 楼
邮　　编　330038
经　　销　全国新华书店
印　　刷　北京嘉业印刷厂
开　　本　700mm × 980mm　1/16
印　　张　20.5
版　　次　2018 年 6 月第 1 版
印　　次　2018 年 6 月第 1 次印刷
字　　数　366 千字
书　　号　ISBN 978-7-5500-2792-3
定　　价　42.00 元

赣版权登字：05-2018-175
版权所有，侵权必究
发行电话 0791-86895108
网　址 http://www.bhzwy.com
如发现图书质量问题，可联系调换。质量投诉电话：010-82069336